兄弟猎手

王伟力 著

北方文艺出版社

图书在版编目（CIP）数据

兄弟猎手 / 王伟力著 . -- 哈尔滨 : 北方文艺出版
社 , 2019.1

ISBN 978-7-5317-4402-3

Ⅰ . ①兄… Ⅱ . ①王… Ⅲ . ①长篇小说 – 中国 – 当代
Ⅳ . ① I247.5

中国版本图书馆 CIP 数据核字（2018）第 239895 号

兄 弟 猎 手
Xiongdi Lieshou

作　者 / 王伟力

责任编辑 / 王　爽　张　帝　　　　　　封面设计 / 锦色书装

出版发行 / 北方文艺出版社　　　　　　邮　编 / 150080
发行电话 /（0451）85951921 85951915　经　销 / 新华书店
地　址 / 哈尔滨市南岗区林兴街 3 号　　网　址 / www.bfwy.com

印　刷 / 廊坊市海涛印刷有限公司　　　开　本 / 880×1230　1/32
字　数 / 260 千　　　　　　　　　　　印　张 / 10.75
版　次 / 2019 年 1 月第 1 版　　　　　印　次 / 2019 年 1 月第 1 次印刷

书　号 / ISBN 978-7-5317-4402-3　　　定　价 / 48.00 元

目录

第一章　童年就不同凡响

黑龙江密山太平沟村有一个猎人世家。

太平沟村位于两山之间的山沟里。山沟面积不大，耕地稀少，粮食短缺，可谓穷乡僻壤。出了山沟，两山大踏步后退，令人眼前豁然开阔——一片湿地和荒原。幽深的荒山野岭和原始的湿地荒原中，繁衍生息着大量野生动物。

特殊的自然环境、特殊的生活状况，造就了一个以狩猎为生的特殊人群——猎人。猎人世家祖祖辈辈都生活在密山的太平沟村，主要以狩猎为生。他们可能是肃慎人，可能是挹娄人，因为都没有文化，没有传下来家谱。

本书所写的，主要是猎人世家中张大豹、张二豹兄弟俩的故事。

兄弟俩的爷爷叫张山峰，八岁就开始打猎。张山峰出生的时候，太平沟村只有六户人家。兄弟俩的爹爹叫张天彪，也是八岁开始打猎。张山峰和张天彪都是枪法精准、武功超强、英勇无畏、血性十足的硬汉猎手，长得高大英俊、强悍威猛，习惯于使用两支洋炮，都曾经孤身一人战黑熊，斗野狼，杀胡子，是太平沟方圆百里有名的大英雄。

张大豹、张二豹的妈妈叫钱芳菲，是个秀外慧中、知书达理、温柔贤惠的女人，然而胆小怕事，足不出户。她不赞成张天彪当猎手，穿越山岭，过于辛苦不说，她还担心他整天和凶猛的狼虫虎豹打交道，总有一天会出事儿。她希望张天彪当一个守家种地、安于田园的农民。然而，张天彪酷爱打猎，血管里都流淌着猎人世家一脉相承的血液，不可能放弃他的狩猎生涯。

张大豹一九二一年出生，张二豹一九二三年出生。他们相差两岁，性格是截然不同的。

张大豹身高一米七二，身体强壮，力大无穷，四方大脸上长着牛犊子一样倔强的大眼睛，大嘴抹哈的，饭量惊人，一顿能吃掉一只狍子大腿，外加六穗苞米。听钱芳菲讲，张大豹长得像他的舅舅。张大豹力量有余，敏捷不足，反应迟缓，缺少智慧。他不喜欢读书，没上过一天学；不喜欢打猎，就喜欢种地。张大豹小时候，张山峰和张天彪在犁地，他就整天跟在他们后面一趟一趟来回走，好像他也在犁地一样。他再大一点儿，就开始和张山峰、张天彪一起犁地、种地、施肥和铲地，什么活儿都想伸手。

张二豹身高一米八一，身材健硕，肩宽腿长，肌肉发达，刚劲有力。长形脸上长着一双和东北豹一样凶悍、锐利的眼睛，浓浓的眉毛恰似两把利剑横在眼睛上方，既有气宇轩昂的英俊，又有龙眉豹颈的威风。无论从长相还是从性格看，张二豹都和张天彪极为相像。听张山峰讲，张二豹就是小时候的张天彪。张二豹聪明过人，机智果敢，思维敏捷，英勇坚韧，熊心豹胆。他奔跑的速度如同豹子，猎手拳的动作如同劲风，是当猎手的好材料。

张二豹酷爱打猎，不爱种地。从四岁开始，每当张山峰和张天彪在一起讲述有关打猎的事情时，他都坐在一边儿认真聆听，并铭记于心；每次张山峰和张天彪为洋炮装填弹药时，他都坐在一边儿静观默察，并烂熟于心。

张天彪和张山峰看到张二豹如此喜欢打猎，就想给兄弟俩灌输打猎的知识和技能，长大了好继承猎人世家的狩猎生涯。于是，耐心细致地教他们兄弟俩洋炮、弹药性能，狩猎应注意的事项和野外生存本领。这个时候，张大豹总是心不在焉，收获寥寥无几；张二豹总是聚精会神，收获沟满壕平。张山峰和张天彪才知道张大豹对打猎兴趣索然，对种地情有独钟，张二豹和张大豹正好相反。他们就把培养继承人的重点放在张二豹身上，而把家里那一亩三分地留给了张大豹。

但是，他们也不想让张大豹成为猎人世家的门外汉，不喜欢打猎，并不一定不喜欢打枪。学会打枪，可以防身可以保家，关键时刻不至于因为不会打枪而手忙脚乱，让猎人世家蒙羞。张天彪开始教张二豹、张大豹打枪。因为张二豹太小，拿起洋炮双手在颤抖，感觉非常吃力。练习了三个月以后，他举起洋炮就显得轻松自如了。张大豹身体强壮，拿起洋炮比张二豹要轻松，但是，他不愿意当猎手，即使再轻松的洋炮，他也感觉沉重。

张山峰、张天彪和钱芳菲都清楚，张大豹憨厚，也许很多事情在他的面前是一堵墙，难以捅破；只有种地，对他来说是一层纸。张二豹精明，也许很多事情在他面前是一层纸，一捅就破；只有种地，对他来说是一堵墙。因此，张大豹适合种地，当一个本本分分的农民；张二豹适合打猎，当一个风风光光的猎手。

张山峰和张天彪的培养目标明确了，对兄弟俩的培养就各有侧重了。

张二豹从小胆儿就比熊还大，而且善于动脑筋，什么都不害怕，不畏难。

张二豹四岁的时候，登着梯子到家里草房的房檐下掏家雀。他刚要把手伸进雀窝里，突然，看到雀窝旁有一根一米多长的麻绳子，不，那是一条蛇。它正在一个圆木上用力地盘着它的身躯，开始还圆圆的肚子一下子就瘪了下来。张二豹一惊，看出它一定是吞吃了雀窝里的家雀或者家雀蛋。他非常气愤，一把抓住蛇的脑袋，就想把它拽成两段。然而那条蛇不太大，却贼拉结实，他铆足了劲儿拽了两下，竟然没有拽动。蛇挣扎着想要逃走。张二豹情急之下，用两只小手抓住蛇的身体，用嘴去咬蛇的脖子。这时，蛇猛然回头，咬了他的脸。他毫不畏惧，继续咬着蛇的脖子不松口，终于把蛇的脖子咬断了。

当张天彪看到张二豹满脸满手是血地站在他的面前，一只手里还拎着一段死蛇，他大惊失色，仔细一看，那是一条麻蛇，没有毒。张天彪才放心了……

张二豹五岁的时候，邻居窦家的大黄狗突然抢走了他手里的苞米饼子。张二豹吓了一跳。他极为气愤，随手拎起一根沉重的木棍，想打死那条大黄狗。大黄狗受到了平时被它的狗眼看低了的小孩崽儿的威胁，就居高临下地像野生食肉动物一样露出锋利的犬牙，摆出一副要捕食张二豹的架势，想让他屈服于它的狗威。张二豹吃力地举起沉重的木棍，又吃力地放下了。他一看，那只大黄狗比张天彪他们打的狍子大很多，威风凛凛的，如果用木棍和它较量，感觉实力悬殊，自己还太小，如果硬拼，他不是大黄狗的对手。于是，张二豹略施小计，就轻而易举地把大黄狗给收拾了。他回家偷拿了一块苞米饼子，然后来到大黄狗跟前儿。他先是把苞米饼子放在大黄狗的鼻子边儿上，让它闻了一下。大黄狗以为上次抢走了他的苞米饼子，震慑了他，他已经对它俯首帖耳，言听计从了，从而故意贿赂它，讨好它，以求得到它的保护呢。于是，它刚要张开大嘴把苞米饼子吃掉，张二豹却拿着苞米饼子，转身走了。

在那个连人都吃不饱的年代，大黄狗只有在过年的时候才能啃到几根没有肉的骨头，平时是啃不到哪怕像山兔肋骨一样细小的骨头的。因此，苞米饼子对它的诱惑不亚于一根骨头。大黄狗马上收起平时那令人望而生畏的犬牙，温顺得如同一只绵羊跟在张二豹的身后，渴望他能够不计前嫌、大发慈悲地恩赐给它一块苞米饼子。张二豹一直把大黄狗引到窦家的辘轳井边儿上，小声对大黄狗说："你敢抢我的苞米饼子，这就是你的下场！"大黄狗还以为张二豹对它谆谆教导几句之后，就会把苞米饼子赏赐给它了呢，丝毫没有防备。张二豹猛然用力，一下把大黄狗推进了七八米深的辘轳井里……

张二豹跑到窦家，高喊了一声："你们家的大黄狗掉到辘轳井里了！"然后就若无其事地疯玩疯跑去了。

窦家媳妇听到有人喊大黄狗掉辘轳井里了，以为哪家孩子淘气，瞎喊着玩儿的，就没有在意。下午，窦家媳妇到辘轳井打水的时候，才看到他们家的大黄狗真的掉辘轳井里了。她费了九牛二虎之力，才把连泡带冻已经奄奄一息的落水狗摇了上来……

张家有一个家规，男孩子八岁的时候必须学会打猎。

张二豹七岁的时候，就软磨硬泡地要和张山峰、张天彪上山打猎。

他们看出张二豹倔强、执着，喜欢打猎，就想带着他到荒原去打一些野兔、野鸡，到湿地去打一些野鸭什么的。他们也想让他早早地体会一下当猎人的艰辛，感受一下当猎人的危险。如果他自己知难而退了，再大一些，就先让他一心一意地读初级小学。因此，开始并没有给他洋炮，只是让他看着爹爹和爷爷开枪打猎，让他了解一下打猎的过程。他坚决不干，非要一支洋炮不可。

张天彪只好为张二豹准备了一支洋炮。这支洋炮是当年张山峰用一支野山参，从一个修建中东铁路的俄国人手里换来的。洋炮是精铁制造的，做工精美，只是多年不用了，枪膛已经不那么光滑。张天彪担心张二豹年幼力弱的肩膀承受不住洋炮巨大的后坐力，给洋炮里装的火药很少，只是正常量的一半儿，用的是打家雀的铅砂，只有小米粒那么大，后坐力很小。

然而，张二豹打的第一枪就不同凡响。

张天彪看到荒原上有一棵孤树，上面落着四五十只家雀，密密麻麻，就像树上结满了果子，就让张二豹打树上的家雀。

张二豹看了一眼孤树，上面的家雀非常密集，即使他不瞄准，随随便便地朝树上打一枪，就能打下最少四五只。善于思考的人容易把复杂的事情看得简单，也容易把简单的事情看得复杂。只有头脑简单的人才做简单的事情。简单的事情即使做得再轻而易举，也不会得到别人的认可和尊敬。于是，张二豹举枪，对准孤树瞄了半天，就是不开枪。这时，有两只斑鸠从他头上飞过。他突然掉转枪口，一声低沉的枪响，两只斑鸠同时从天空坠落。

张山峰和张天彪早就发现张二豹具有打猎的天赋，张二豹打斑鸠的这一枪更证明了这一点。他们认为张二豹长大以后，会成为出色的猎手，成为猎人世家的中流砥柱。即使如此，他们也不想让张二豹过早地开始打猎生涯，想让他读完初级小学，有一些文化，再开始打猎。张山峰没有文化，张家的家谱竟然没有传下来。所以，他让张天彪读了四年私塾，学习文化。他认为有文化，无论做什么，即使是打猎，都能用得上。

张二豹却对打猎迫不及待了。在荒原体验打猎的感觉已过一周，张二豹不仅没有对打猎知难而退，而且有乘风直上之势。他要和张山峰换洋炮，到深山去打野猪，打黑熊，表现出了坚定不移的雄心壮志。

张二豹一再央求爹爹和爷爷带着他到深山里打野猪之类的大家伙。在深山里打猎常常是危机四伏、险象环生。他们怕张二豹受到猛兽的攻击，一直没有同意带他到深山打大型猎物，不过，经常对他讲："野猪可以打，但是不要打黑熊。黑熊极为凶猛、顽强，如果没有打中它的要害，它就容易对人造成伤害。"

有一天，张山峰和张天彪要到深山打野猪。当他们快走到山腰时，突然听到后面有轻微的响动。他们以为是野狼尾随着他们呢，猛然转身，用洋炮瞄准尾随的野狼。然而他们大吃一惊，原来是张二豹在后面跟着。他们只好带着他进入深山打猎了。

张山峰、张天彪打大型猎物的时候，习惯于每人带着两支洋炮，如果第一枪没有打中猛兽要害，好用另一支洋炮补枪。即使带着两支洋炮，他们也力求在猎杀猛兽的时候一枪毙命，因为他们清楚，猛兽没有被他们一枪打死，就会向他们发起凶猛的进攻，他们有可能被猛兽咬死。洋炮装填弹药麻烦，常常来不及为洋炮装填弹药。没有办法补枪，就有受到猛兽伤害的巨大危险。

张二豹非得管张山峰要一支洋炮。

张山峰把他的一支洋炮递给张天彪手里，然后对他说："这支给你，让你爹背着。"

张二豹说什么也不让他爹背着，非要自己背着，也许他认为只有背着洋炮，才能算是真正的猎手。张天彪只好把洋炮给了他。这支洋炮装足了火药，还装着一颗和洋炮管同口径的大号铅弹。

张二豹虽然比同龄孩子有力量，但是背着沉重的洋炮也有些吃力。

路上，张天彪一再告诫张二豹："一会儿遇到野猪，你千万不能开枪。你现在还不到打野猪、野狼的时候。你就在边儿上看着，看我们是怎么样猎杀野猪的，好好学习和体会。你如果朝野猪开枪，很容易打到我和你爷爷。记住了，你手上的洋炮是用来防身的，只有野猪、野狼要攻击你，你才能开枪！"

"我记住了。"张二豹听话地说。

他们翻过了一座山，走到半山腰，猛然看到山下有一只黑熊，在吃着一个蜂巢里的蜂蜜。

　　张山峰一摆手，张天彪拽着张二豹就要离开。张山峰和张天彪都知道，黑熊在聚精会神吃东西的时候，是不会攻击人的。他们是来打野猪的，不是来打黑熊的。黑熊又是最凶悍顽强的猛兽，打黑熊是十分危险的。所以，他们想离黑熊远远儿的。

　　张二豹很不情愿地说："咱们三个猎人，四支洋炮，还怕一只小黑熊啊？"

　　张天彪责备他说："小孩子千万不要不知天高地厚地狂妄。你没打过黑熊，不知道黑熊的厉害。让你走你就走，听大人的话！"

　　当他们走了二十多步的时候，黑熊突然转过身来，疯狂地朝他们追来，就好像小孩子不知天高地厚的话让它听到了似的。

　　他们本来没想打黑熊，但是既然黑熊主动攻击他们，他们也不会坐以待毙。于是，张天彪把张二豹安排在一块石头后面隐藏起来，嘱咐他说："千万别乱跑乱动！"他和张山峰则躲避在两棵树后。

　　按照他们父子平时打大型猎物的约定，张天彪打第一枪，张山峰补枪。当黑熊冲到跟前儿的时候，张天彪打出致命的第一枪，如果黑熊没有被打死，或者没有丧失攻击能力，继续向他们顽强攻击的时候，张山峰负责打关键的第二枪。

　　就在他们父子准备朝黑熊开枪之前，张天彪也不忘记看一眼张二豹，他总是担心张二豹有危险。当他看到张二豹的小脑袋如同豆畜子一样伸出在石头上面观望着气势汹汹的黑熊，初生牛犊一样不知道害怕。他感觉在黑熊面前，二豹连豆畜子都不如，因为他没有豆畜子那样的机智和敏捷，脆弱得就像一个刚刚长出来的蘑菇。他当爹的，一定要用生命去保护自己的儿子。

　　黑熊已经距离他们大概有四十多米了，那巨大的喘息声音令人心惊肉跳。

张二豹心里琢磨：爹，什么时候开枪啊？

张天彪和张山峰不止一次打黑熊，张天彪感觉每次打黑熊都比打狍子紧张。因为黑熊是猛兽中体形庞大，力量最强大，毅力最顽强的猎物，即使身受重伤，也会不顾一切地向猎人扑来，必欲置猎人于死地。而且黑熊长着两颗食肉动物的犬齿，非常锋利，能够轻而易举地咬掉人的胳膊，杀伤力极强。

猎人都知道，打黑熊要打它胸前那小片月牙儿形的白毛，那是黑熊心脏的位置，其他地方皮糙肉厚，很难实现一枪毙命。

黑熊已经距离他们越来越近。

张二豹心里说着：爹，开枪啊。

洋炮的子弹是圆形钝弹，穿透力差，不像步枪子弹，是尖弹，穿透力强。距离越近，洋炮钝弹的穿透力越强，甚至可以造成比尖弹大几倍的创伤。

黑熊距离他们只有三十多米了。可以清晰地看到黑熊那和东北虎一样锋利的牙齿，甚至可以闻到它血红的大嘴里传来的腥臭气味。

张二豹心里喊着：爹，快开枪啊！

正当张二豹的心脏要蹦到草地上的时候，就听到"咕咂"一声闷响，张天彪的洋炮响了。

黑熊一下就倒在了地上，然而它在地上骨碌了一圈，又站起身来，更加疯狂地朝张天彪扑来。

"咕咂"，又是一声闷响，张山峰的洋炮响了。

只见黑熊摇晃了一下，并没有倒下，径直朝石头后面的张二豹冲去。那气势，那速度，恰似一块巨大的石头，从山上滚落，瞬间就要撞飞张二豹藏身的石头，而把他压成肉酱。

张天彪又用另一支洋炮瞄准黑熊，想补射最关键的一枪，然而这一枪没有响，也许火门里的火药受潮了。洋炮没响，张山峰和张天彪的脑袋却"轰"的一下响了，眼看黑熊凶神恶煞地朝张二豹扑了过去，他们焦急万分，同时抽出猎刀，就要冲上去和黑熊拼命，保护张二豹。

千钧一发之时，就听"咕咚"一声闷响，张二豹的洋炮响了。

只见黑熊一头栽倒，骨碌了两个个儿，才在张二豹藏身的石头前面一动不动了。

张天彪、张山峰走近黑熊一看，张二豹洋炮里的大号独弹正好击中黑熊胸前的白毛，形成一个鸡蛋大小的洞，鲜血涌出，把白毛染成了红色……

后来，张天彪才知道，是张二豹趁他们没注意，朝黑熊的方向扔了一块石头，激怒了黑熊。打黑熊胸前白毛，是张二豹平时聆听张山峰、张天彪讲述有关打猎的事情时记住的。

张二豹成为成熟的猎手之后才明白，张山峰和张天彪这次失手，都是因为他，过于担心他受到伤害，心理上受到了影响。

一九三二年，张二豹九岁，到了上初级小学的年龄。张二豹主动提出要到镇上去上学，而且提出和张大豹一起去上学。张天彪早就打算让兄弟俩一起去上学了，学到的知识和文化，以后总能用得上。但是，看到张大豹喜欢种地，张二豹喜欢打猎，感觉兄弟俩没有一个喜欢学习的，就没有催促他们去上学。

张二豹主动提出来要上学，张天彪和钱芳菲很高兴。钱芳菲感觉二豹太小，担心他一个人每天走过那片危险丛生的荒路不安全，尤其担心他遇到野狼，也赞成大豹和二豹一起上学。大豹说什么也不去，他不喜欢上学，上学耽误种地。钱芳菲认为，上学和不上学也许有着相同的命运，但是绝不会有相同的生命质量。她为大豹惋惜，为二豹欣慰！

张二豹认为大豹目光短浅，胸无大志。怕耽误种地，就不学文

天彪亲手为张二豹砸的靰鞡草，像棉花一样柔软；钱芳菲亲手为张二豹絮的靰鞡草，像棉花一样温暖。钱芳菲还亲手为二豹做了比猎装还要厚实的野狼皮衣。张二豹每天都用一根粗麻绳子扎在野狼皮衣的外面，进一步防寒保暖。然而这些还是阻挡不住寒风的长驱直入。

张二豹看到两边儿的山在慵懒地逶迤着，没有一点儿生命的活力。他甚至担心白雪下面的植物也已经被冻透，即使明年春天，也不会长出新绿了。

突然，生命活力来了。只见三个黑点儿朝他这边儿飞速移动。开始，他还以为是狐狸、豺狗什么的呢，当他看清楚是野狼的时候，不由得大惊失色。他举起柞木棍，准备和野狼拼命。

野狼距离张二豹只有大约四十米远了。

他断定野狼饿了，把他当作猎物，一起向他扑来。在这样的情况下，他告诫自己，如果惊惶失措，他必死无疑；如果英勇无畏，他必将无敌！他要像爹爹那样，做一个顶天立地的硬汉，打击野狼，保护自己。他把柞木棍紧紧地握在手里，挺立在寒风中。

就在这时，陡然听到一声沉闷的枪响，一匹野狼在雪窦中翻滚一圈，倒在地上。只见从雪地里站起来两个猎人，又一声枪响，另一匹野狼又栽倒在雪窦中。第三匹野狼立马往回跑，后面又站起来两个猎人，一枪将最后一匹野狼击毙。原来，是猎人在围猎野狼。

虽然是一场虚惊，但是，通过这件事儿，张二豹变得更加勇敢，更加像一个男子汉了……

上小学四年级那个夏季的一天，张二豹放学回家，天空下着大雨。他没有雨伞，到家晚了天就黑了，还不能耽搁。于是他冒着大雨往家跑。当他经过荒原的时候，听到了湍急的水流声。他仔细一看，山上的洪水倾泻而下，恰如山顶上有一个堰塞湖被瞬间凿开了一样冲向荒原，整个儿荒原白茫茫一片，变成湖泊。开始，水没到张二豹的脚踝，后来没过膝盖，再后来就没过大腿了。

张二豹不会游泳。荒原里面高低不平，有很多洼地。洪水浩瀚，已经看不出他每天踩出的小道了。如果东一头西一脚地乱闯，有被淹没的危险。

张二豹突然看到一条蛇向他游来。他急中生智，迅速爬到一棵大孤树上。树孤但未枯，在浩渺的洪水中挺拔着一身的苍翠。

张二豹爬上树之后，看到有三四条蛇从洪水中游过。他庆幸自己及时爬上了树。然而，他瞬间就不感觉庆幸了，因为他猛然看到了他四周有四五条蛇：有的怡然自得地盘在树干上，有的清闲自在地垂在树枝上。有两条蛇则跋扈恣肆地怒视着他，有一种随时准备向他发起进攻把他赶跑的架势，让他毛骨悚然！他在树上谨小慎微，一动不动，生怕一不小心激怒了毒蛇，它们向他发起恶毒的进攻。

天完全黑下来了，洪水才慢慢退去。张天彪带着洋炮和蓑衣来接他来了。

张二豹才惊魂甫定。

从此，张二豹无论遇到野狼，还是毒蛇，都和硬汉张天彪一样英勇无畏了……

第二章　硬汉张天彪的故事

　　硬汉张天彪是张二豹的榜样。张天彪的童年也是不同凡响的。他和钱芳菲的婚姻具有传奇色彩。

　　一九〇三年，张天彪出生在太平沟村。张山峰有四个儿子，其中的三个都如同弱不禁风的小树，在天灾人祸的狂风暴雨中夭折，只有张天彪一个长成了一棵伟岸挺拔的大树。

　　张天彪生下来就比别人家的孩子大，五六岁的时候就像别人家孩子七八岁那么大了。张山峰从他小时候就开始教他拳脚功夫，但是他对学习拳脚功夫兴趣不大，学习起来也不是全神贯注。他认为有洋炮和猎刀，再高超的拳脚功夫也是无济于事。所以，他情之所钟的是洋炮和猎刀，一有时间就练习瞄准，练习使用猎刀。

　　张天彪是张山峰的三儿子，小时候，爹妈都管他叫张三儿。东北人管野狼叫张三儿，给他起了个野狼的名字，就是为了好养活，能够像野狼一样有吃有喝、无忧无虑、自由自在。张天彪最不喜欢的动物就是野狼，所以他讨厌别人叫他张三儿。

　　一九一二年，张天彪九岁了。他自己没有一点儿要上学的意思，也没有心理准备。

　　张山峰听说村里钱大柜的女儿钱芳菲要到镇上读私塾了，突发奇想，也想让张天彪读私塾。因为多年来，张山峰心里有一个遗憾，像一粒枪砂一样，一直在硌着他，那就是他们猎人世家祖祖辈辈都没有文化，认识的字加在一起，还没有他们打到的猎物多。所以猎人世家连个家谱都没有，他们的祖先到底是肃慎人，还是挹娄人，谁也说不清楚。他想让张天彪读私塾，学会写字，以后好能整理出猎人世家的家谱。张山峰在没有和张天彪商量的情况下，一个人到镇上找到了那家私塾，直接把张天彪的名字报上了。读一年私塾要交一车粮食或者五块大洋。张家既拿不出一车粮食，也拿不出五块大洋。张山峰和先生提出，一个月给私塾送去两只狍子或者一头野猪，他们才让张天彪读的私塾。

张天彪还没明白读私塾是怎么回事呢，就被张山峰稀里糊涂地带到了镇里，交给了私塾先生。第一天上课，他竟然迷迷糊糊地睡着了，在同学面前打起了呼噜。先生感觉张天彪不成体统，朽木不可雕。当张天彪听说为了让他读私塾，家里每个月都要给私塾送两只狍子或者一头野猪时，他感觉太费了，就不想再读了。张山峰对他晓之以理，让他好好学习，成为张家第一个有文化的人，会写字了，会算术了，好整理出他们猎人世家的家谱。张天彪对整理家谱感到新奇，就听他爹的了，继续读私塾。而且，他感觉读私塾的成本太高，不好好学习对不起每个月那两只狍子或者一头野猪，就开始专心致志地学习了。

因为要读私塾了，张山峰才给他起了个大名——张天豹，希望他像东北豹一样威武、敏捷，在生活中不被人欺负。张天彪最喜欢的动物是东北虎，所以他自作主张，把他爹绞尽脑汁为他起的名字改为张天彪。他想当一个自由自在又威风凛凛的小老虎。

张天彪第一天去私塾是他爹送去的。以后，张天彪就一个人上学放学。

张山峰不放心张天彪一个人去上学，就到钱大柜家，提出让钱芳菲每天和张天彪一起上学放学，好相互有个照应。钱大柜毫不犹豫地拒绝了张山峰的好意，就好像张天彪是个充满野性、充满危险性和攻击性的雄性动物似的。钱芳菲心里希望每天和张天彪一起走，钱大柜说什么也不同意，她也就不敢说什么了。

张山峰只好给了儿子一把崭新的大号猎刀，让他在路上防身。他欣然接受了猎刀。张山峰只嘱咐了他一句话："啥都别怕。人要是胆大勇猛，鬼都怕！"

有一天放学，张天彪走在山路上，突然感觉身后有人跟踪，并有一种巨大的喘息声。他回头一看，一只巨大的黑熊跟在他的身后。张天彪小时候，张山峰就给他讲过黑熊战狼群的故事。二十多只野狼围攻一只巨大的黑熊。黑熊一会儿迅猛冲击，对付前面的野狼；一会儿重掌左右开弓，对付后面的野狼。野狼则在黑熊进攻自己时撤退，在黑熊进攻别的野狼时进攻。经过一个时辰的激战，黑熊寡不敌众，最后伤痕累累，精疲力竭吐血而死。但是，黑熊的身边儿躺下了九只野狼的尸体。张山峰多次提醒儿子："猎人都不敢轻易打黑熊，你见到黑熊一定离它远远儿的，千万不要去招惹它！"所以，张天彪对黑熊有一种特殊的忌惮，不想招惹黑熊。他突然加速飞跑，想离黑熊远远儿的。不知道黑熊刚才是有意尾随张天彪，还是无意走在他的身后。它看见张天彪快速奔跑，立马咆哮着朝他追来。

张天彪总以为黑熊肥粗老胖的，不可能跑得太快。没想到黑熊跑起来动作灵活，非常迅速，让他大惊失色！如果他和黑熊比速度、拼体力，他一定会命丧黑熊之口。他想到上树，但是好像听张山峰说过，黑熊会爬树。他绕着树跑，黑熊也绕着树跑。跑了一会儿，黑熊就没有耐心了，用熊掌折折了两棵小树，甚至好几次他都感觉到了黑熊那迅疾的掌风，如果打在他的身上，他立马皮开肉绽、筋断骨折。

张天彪在万般无奈之际，猛然想到前面有一个山崖。他不能白白地死在黑熊的利齿重掌之下。他想把黑熊引到山崖边儿上，和黑熊同归于尽。于是，他快速朝山崖跑去。距离山崖还有三百米的时候，张天彪突然停顿了一下，然后继续朝着山崖跑。

黑熊跑到张天彪停顿的地方，一下摔倒了，然后又站起来，熊掌在用力挣脱着什么。

张天彪心里清楚。刚才它突然停顿了一下，是因为它突然看到了猎人设下的一个大号捕猎夹子。张天彪和他爹设置过捕猎夹子，所以他对捕猎夹子极为敏感。刚才在奔跑的时候，他一下看到了捕猎夹子，本来要踩上去的脚用力迈了过去。

张天彪清楚，捕猎夹子能捕捉到狍子、小野猪和野狼什么，捕捉不到力大无穷的黑熊。但是，黑熊要想挣脱捕猎夹子那锋利的钢牙，也需要一点儿时间。张天彪趁此机会，摆脱了疯狂的黑熊……

一年冬天，张天彪上学走到一个叫青石坎的地方，忽然感觉身后有轻微的响动。他回头一看，一只野狼跟在他的后面。恐惧立马笼罩在他的心头。他听张山峰说过，野狼吃人不是从正面进攻，而是从后面偷袭。先是在后面跟踪，突然扑上来咬住人的脖子，让人窒息。张天彪抽出猎刀，一步一回头地加快了脚步，生怕野狼从后面扑上来咬他的脖子。然而，他快野狼也快，他慢野狼也慢。野狼如影随形地跟着他，他无论如何也甩不掉野狼。

平时，张天彪都是跑步上学的。今天他为了防备野狼的偷袭，时快时慢，不敢快跑。眼看上学不赶趟了，他心如火焚！最后，张天彪被野狼激怒了。人在极端愤怒的时候，恐惧会被抛在九霄云外。他想要杀死那只野狼。

张天彪突然加速，飞快地向前狂奔。野狼也飞快地向他追来。眼看野狼就要追上他了，他猛然回身，双手握着猎刀，就要把猎刀刺进野狼的脖子。野狼疾速转身，躲过了张天彪的猎刀。野狼本以为它的凶猛强悍能把张天彪吓得毛骨悚然，没想到张天彪更为凶猛强悍，竟然把它吓得毛骨悚然地逃进树林……

回到家里，张天彪向张山峰讲述了遭遇野狼的经过。张山峰担心张天彪再次遭遇黑熊和野狼，尤其是狼群，反复告诫他，每天上学放学必须带着足够的洋火和松明，野狼怕火！还把一支洋炮和一些弹药交给了张天彪，让他上学放学都带着洋炮。同时，张山峰还担心张天彪遇到胡子。他清楚张天彪的性格，即使遇到胡子，他也不会害怕，更不会屈服。私塾本来有规定，不让学生上学的时候携带武器，但是考虑到张天彪每天要走很远很险的山路和荒原，就没有反对他携带洋炮和猎刀上学……

一九一五年，张天彪已经读了三年私塾。他在私塾总是目不窥园、心无旁骛地听先生授课，从来不心不在焉、调皮捣蛋，学习成绩自然名列前茅。

但张天彪的学习成绩不如钱芳菲。

钱芳菲是钱家唯一的希望。在钱大柜的眼里，钱芳菲是钱家的荆山细玉，张天彪是张家的野岗粗石。钱大柜生怕细玉蒙尘、细玉破损，不管刮风下雨，还是大烟儿炮天气，天天送她上学，接她放学。

钱大柜过去是山东的举人，因为被县官排挤，没有当上乡官而抑郁成疾。病好了之后，他带着媳妇闯关东，偶然落脚于太平沟村。钱大柜要个儿没个儿，要长相没长相，瘦得恰似一只脖子细长、浑身没肉的灰鹳。他皮肤苍白，几乎看不出血液流淌的迹象；他两眼灰暗，几乎看不出生命运动的光泽。钱大柜性格古怪，近似于生活在现代社会的古人。村民们也感觉他如同封建社会遗落在现在的一个古董，不合时宜，让人无法接受。太平沟村的孩子们看到钱大柜都有些惧怕。

钱芳菲的妈死得早，因为上山采摘木耳、蘑菇，被草爬子叮咬，持续发烧，没有得到及时治疗。因此，钱大柜只有钱芳菲一个孩子。他们的家庭是封闭的，不和任何家庭有任何往来。钱大柜对谁都不信任，对谁都不友善，甚至对任何人都有一种莫名的敌视。一个村子的，走对面他不会和别人主动说话，别人和他主动说话，他也是带搭不理地从牙缝里挤出一个"嗯"字，甚至挤出半个"嗯"字。让人听得囫囵半片的。

钱芳菲小时候和村里的女孩子玩，钱大柜都不让，和男孩子玩他就更不让了。后来，除了上学，平时他干脆就不让钱芳菲出门了，也不让她做家务活儿，整天只做一件事儿——学习。

在钱大柜的眼里，别人家的男孩子都是粗野的傻狍子，他们家的女孩子则是高贵的梅花鹿。

钱大柜唯一过人之处是会侍弄菜地和果树。钱大柜家的园子不大，但是他家的蔬菜和水果都比别人家长得好、收获多。附近村屯的人家，凡是在种植蔬菜和栽培果树上有问题，只要找钱大柜，他就像医术高明的医生对患者一样，手到病除。

钱芳菲上初小的时候个子不高，但是身材比例合理、骨肉匀称，小胳膊小腿儿匀称笔直；五官细腻精致，科学合理地摆放在白白净净的小脸儿上，显得瓷娃娃一样招人稀罕。她做事慢条斯理，说话细声细气，活脱脱一个古代闺阁中深居简出、弱不禁风的淑女，胆子比兔子还小。有一次一个男同学和她开玩笑，把一只蝈蝈放进她的书包里。上课的时候，蝈蝈跳到钱芳菲的大腿上，她吓得惊恐万状，几天都没敢来上课，差一点儿辍学。她的成绩在私塾里是出类拔萃的，永远是让同窗望尘莫及的第一名。

张天彪相当佩服钱芳菲在学习上的聪颖和用心，感觉她是一个珍稀的野山参苗子，然而，遗憾的是她没有生长在土壤肥腴的深山密林之中，而是生长在了钱大柜家土质贫瘠的花盆里。

一九一六年夏天，张天彪已经读四年私塾了。张山峰说什么也不让他再读下去了，能算账，写信，看信，记家谱就行了。张天彪也感到不能再给家里增加沉重的负担了，男子汉大丈夫不能总让爹妈养活着，应该担负起家庭的重任。于是，他想再读一个月，待考试结束后就辍学。

就在这个时候，发生了一件让人意想不到，又足以改变张天彪和钱芳菲生活的事情。

盛夏的一天，钱大柜还和往常一样，在学校门前接钱芳菲放学。当他们走到每天都要经过的青石坎的时候，突然发现身后有两只野狼在尾随着他们。

钱芳菲被惊吓得魂飞魄散。

钱大柜拉着瘫软如泥的钱芳菲就朝前面跑。野狼则在后面疯狂追赶。眼看野狼就要追上他们了。钱大柜为了保护女儿，猛地回身，挥舞着柞木棍驱赶着野狼。他麻秆一样摇摇晃晃的身躯显得坚定和威武。然而，野狼毕竟是凶猛善战的。一只野狼冲上去咬住钱大柜的柞木棍，另一只野狼腾空跃起，一口咬住了他细细的脖子。转眼间，咬住他手中柞木棍的野狼松开长嘴，飞速追向不远处的钱芳菲。此刻的钱芳菲因为过度惊吓，腿已经不是她的腿了。她回头一看，钱大柜被一只野狼残暴地扑倒，另一只野狼又穷凶极恶地扑向了她。她腿一软，跪在了地上。

野狼像扑钱大柜一样扑向钱芳菲。就在这时，就听"咕咚"一声沉闷的巨响，扑向钱芳菲的野狼一头栽倒在她身边的草地中。

张天彪在关键时刻救了钱芳菲。

咬死钱大柜的野狼一看同伴被张天彪打死了，丢下钱大柜，径直向张天彪冲来。张天彪来不及为洋炮装填弹药，随手抽出他的大号猎刀，用身体护住钱芳菲，准备和野狼生死相搏。

野狼咧开长而大的狼嘴，露出血红的舌头和锋利的牙齿，向张天彪冲来。接着，一个腾空飞跃，来咬张天彪的脖子。张天彪用力将猎刀刺向野狼的胸膛，然而野狼来了一个近似于空中悬停的动作，一扭身子，躲开了张天彪的猎刀。张天彪快速出手，想再次用猎刀刺杀野狼。就在这个时候，从树林中又冲出一只野狼，朝钱芳菲冲去。张天彪立马返身来保护钱芳菲。野狼的个体智慧和团体配合是张天彪意想不到的。前面的野狼又返回来朝张天彪冲来。张天彪腹背受敌，进退两难。在关键时刻，张天彪置自己的生死安危于不顾，直奔冲向钱芳菲的野狼，想用自己的生命去保护钱芳菲。

突然，随着一声山崩地裂的咆哮，一只东北虎从树林中冲了出来。两只野狼感受到了威风八面的东北虎的强烈震慑，飞快地朝一片林子逃去。东北虎一看野狼逃跑了，也腾挪跳跃着朝野狼追去……

张天彪想带着钱芳菲立马离开。钱芳菲已经被惊吓得昏厥。张天彪担心东北虎和野狼再回来，连忙把洋炮挂在脖子上，背起钱芳菲就往山下跑。

当张天彪把钱芳菲背回家，衣服已经被汗水浸透，人像掉进沼泽里刚出来一样。

到了张家，钱芳菲也苏醒了。

当家人听到张天彪讲述刚才发生的一切，都为他后怕，也为钱大柜的不幸遇难感到惋惜！

钱芳菲只是在哭泣，一句话也不说。

钱芳菲已经无家可归了，也不敢住在自己家里，只能住在张家了。

张天彪和钱芳菲都不再读私塾了。

时间过得飞快，张家院中的葡萄秧已经成架成荫，结出串串葡萄了。

张天彪也长成树干一样结实挺拔的男子汉了。他的外形和张山峰极像，长形脸庞，目光犀利，剑眉威严；身材高大，体格强健，动作敏捷；英勇坚韧，血性十足，无所畏惧。不同的是张天彪有文化，有智慧，浑身充满着英雄豪杰的浩然正气和凛凛威风。因为有文化，有智慧，张天彪很快就成为超过张山峰的出色猎手。

一九二〇年春天，钱芳菲成为张天彪的媳妇。

张天彪本来就喜欢东北虎，东北虎救了他和钱芳菲，又让他和钱芳菲百年好合，更让他对东北虎存有一种感恩之心。

一九二一年，大儿子张大豹出生；过了两年，二儿子张二豹出生。生张二豹的时候，钱芳菲因为身体过于虚弱而难产，险些母子双亡。虽然最后钱芳菲以母爱的惊人力量把张二豹生了出来，母子平安，但是她已经不能再生育了……

密山及周边的胡子像蝗虫一样泛滥成灾，对人们正常的生产生活造成严重威胁。

一九三四年冬天的一天晚上，十多个胡子冲进太平沟村抢劫。

胡子们先是耀武扬威地朝天上开枪，震慑村民，想打垮村民反抗的意志，然后挨家挨户抢劫。

太平沟村的村民一听到胡子来了，慌忙吹灭煤油灯，把房门顶得严严实实的，然后战战兢兢地躲藏在炕沿儿下瑟瑟发抖。

村民家的院子都是用破木板、柞木杆夹的杖子，门都没有锁，只是用麻绳一搭，风刮不开，野狼不能进来吃鸡吃鹅就行了。房门也不结实，有的甚至是糟烂的。胡子一推村民家的房门，是闩着和顶着的，用力一脚，房门立马破碎或者倾倒。胡子冲进村民家翻箱倒柜，寻找钱物、粮食。太平沟村的村民家里都挺穷，除了人，没有什么值钱的东西。胡子只好把村民家中少量的粮食、鸡鸭抢走。

村民惧于胡子手中的洋炮，只能任其胡作非为，很少有人敢于反抗。

　　三个胡子来到张天彪家，一个胡子伸手想拿开闩着院儿门的麻绳，就听"咕嗵"一声闷响，胡子的手被洋炮打得血肉模糊。这一枪是张天彪打的。

　　胡子们立马趴在了地上，一动不动。他们知道遇到硬实的茬子了。

　　张山峰、张天彪的名气是响当当的，方圆百里，很多人都知道他们父子的厉害，是猎手中的好汉。一些胡子也领教过他们的枪法，多年没有胡子到太平沟村抢劫了。这十多个胡子估摸是方圆百里之外的胡子，不知深浅地来抢劫太平沟村，甚至抢劫张家。

　　当张山峰、张天彪听到胡子的洋炮声，就知道是胡子进村了。他们赶紧让钱芳菲和张大豹、张二豹躲藏在西屋两个大炕之间的地上，借助炕沿掩护好自己。

　　其实，张山峰和张天彪也清楚胡子冲进屋里的后果，他们也担心，但是，凭着不畏强暴的性格，他们是绝不会向胡子屈服的，宁可牺牲自己，也要保护家人的安全。所以，他们已经做好准备，要向对待残忍的野狼一样对待这些胡子，绝不能手软。

　　张山峰、张天彪打猎的时候使用两支洋炮，打胡子更得用两支洋炮。张山峰守在外屋地的房门边儿上。张天彪守在仓房的窗户边儿上，上阵父子兵，形成交叉火力，阻击抢劫的胡子。

　　三个胡子趴在地上没敢轻易动手，在等待增援。其他胡子听到枪声，迅速跑了过来。

　　一个胡子手持洋炮朝西屋打了一枪，铅砂打在对面墙壁上，烟尘顿时将屋子笼罩。烟尘也如同浓浓的恐惧，笼罩在钱芳菲的心里。她搂着十三岁的张大豹在瑟瑟发抖。十一岁的张二豹则胆大包天地不让钱芳菲护着，而是冲到张山峰身边，想要一支洋炮打胡子。张山峰怕他受到伤害，没有给他洋炮。他又要为张山峰的洋炮装填弹药。张山峰也不用他装填弹药，催促他趴在炕沿下面的地上。张二豹只能干着急，然而，他的手里紧紧地握着他上学放学随身带着的大号柴刀，眼睛瞪得圆圆的，充满随时准备冲上去杀死胡子，保卫爷爷、爹爹、妈妈和大豹的勇猛和无畏！

又有一个胡子从杖子间伸出洋炮，想朝西屋开枪。张山峰的洋炮响了。胡子一个后仰，倒在地上。

胡子的阵脚顿时大乱。有的胡子说遇到硬手了，麻溜撤退；有的胡子说咱们人多势众，冲进屋去；有的胡子说不知道屋里有几个炮手，摸清楚再冲进去。

一个穿着兽皮猎装的胡子跳进杖子来到后院，想从房后偷袭张山峰。张天彪看在眼里，立即从仓房的后窗跳进后院，悄悄地跟在猎装胡子身后。当猎装胡子举起洋炮，要从后面向张山峰射击的时候，张天彪猛虎扑食一般跳起来，想用大号猎刀割开他的脖子。没想到猎装胡子会些五把超儿，不但避开了张天彪的猎刀，还用洋炮枪托猛然把猎刀磕掉在地上，然后就想掉转枪口向张天彪射击。张天彪左手抓住猎装胡子的洋炮，右手掐住他的脖子。猎装胡子用力拽着洋炮，洋炮就像大树伸出的树杈一样，纹丝没动。同时，猎装胡子感觉脖子如同被捕猎夹子夹住一样，他喘不上气来。他只好松开洋炮，用两手去掰张天彪刚劲有力的大手。张天彪使用猎手拳的鹰爪钩的功力，突然发力。猎装胡子的脖子被张天彪抓碎，当即毙命。

张天彪捡起猎装胡子的洋炮，用手掂量掂量，迅速撤回仓房，开始为缴获的洋炮装填弹药。

出色的猎手射击后的第一个动作，就是为洋炮装填弹药，以准备进行再次射击。

胡子头安排猎装胡子到后院偷袭张山峰，半天也没动静，就派另一个胡子去看看他是死是活。不一会儿，另一个胡子惊慌失色地跑回前院说，猎装胡子被人掐碎了脖子，血淌了一地。猎装胡子是个打死过黑熊的猎手，也是他们中顶尖儿的硬手。他都被人轻而易举地干掉了，说明这家有更硬实的高手。他们也胆战心惊了起来，生怕自己一不留神也被人掐碎了脖子。

胡子头大声说道："屋子里最多一两个炮手，一两支洋炮。好虎架不住一群狼。咱们这么多人还怕他们？咱们一起冲进屋去，轰了他们。不要怕，他们为洋炮装填弹药都来不及！"说完，他带头向房门冲来，同时，朝西屋窗户里打了一枪。其他胡子只能随大流儿地跟在他后面冲来，也在朝西屋开枪。

突然，"嗵、嗵、嗵"三声枪响。张山峰和张天彪从正房和仓房同时开枪。胡子头和另外两个胡子脑袋中弹，倒在地上。其他胡子看见胡子头被打死了，树倒猢狲散……

这伙胡子第一次来太平沟村，也亲身体验到张家父子兵的厉害了。

然而，让张山峰、张天彪感到惊诧的是，他们两人一人开了一枪，一人打死一个胡子，却听到三声枪响，打死了三个胡子。

胡子跑了之后，张天彪看到张山峰的前胸在流血。张山峰才感觉到了疼痛。刚才的枪战紧张激烈，他只是感觉像是被人推了一把。

张山峰前胸中了近二十粒铅砂。他让儿子用猎刀把铅砂剜出来。张天彪不忍心下手。张山峰说："铅砂打进肉里，即使当时没事儿，如果不及早取出来，事后也得死。"张天彪只能动手了。然而，铅砂射进了肌肉深处，他剜了大半天才剜出两粒。张天彪让钱芳菲为他爹剜铅砂。钱芳菲开始不敢下手，为了挽救公公的性命，她只能壮着胆子下手了。她大半天剜出来四粒。张天彪和钱芳菲都感到欣慰，再剜下去，过两天就能把铅砂都剜出来，张山峰就能脱离危险了！

当天晚上，张山峰开始发高烧。他的身体里仿佛有一座将要喷发的活火山，无论用多少深井凉水为他降温，都无济于事。

这个时候，张天彪和钱芳菲都感觉他们的爹病情不容乐观了。村子里有一个土郎中，村民大病小灾都找他。张天彪找来土郎中。他看了看张山峰的伤情，又摸了摸他烫手的脑袋，无奈地摇了摇头。

钱芳菲哭着求他说："求求你了郎中，行行好，救救我爹吧！"

土郎中让张天彪到草甸子里找几个马粪包，并告诉了他们使用方法。

张天彪和钱芳菲按照土郎中的医嘱，把马粪包里面的药用成分敷在张山峰的伤处，然后用棉布包扎好。

张天彪、钱芳菲都以为他们的爹枪伤有希望治愈了。第二天早晨，他们还想再给他换药的时候，才发现张山峰已经离开了这个世界。

张山峰大风大浪、大山大河都走过来了，却没有躲过胡子洋炮射出的小小铅砂。人的生命太脆弱了。张山峰才五十四岁。张天彪为爹的早逝感到惋惜和痛心！

钱芳菲悲痛万分。张大豹、张二豹也为失去了爷爷而号啕大哭，更加痛恨胡子！

张山峰死后，张天彪好长时间都不敢出去打猎。凭他无所畏惧的性格，是不会惧怕胡子的，只是担心他不在家的时候，胡子再来报复。

有一天，张天彪发现，他草草埋葬在乱尸岗上的五具胡子尸体突然不见了。他估摸，一定是其他胡子或者死去的胡子的家人来把尸体挖走的。于是，他更担心有朝一日，胡子突然冲进太平沟，找他和家人报仇。他洋炮不离手，总是装着弹药。

过些日子，家里没有粮食了。钱芳菲成为难为无米之炊的巧妇。张天彪本应上山打猎或者到镇上买粮食，但是，为了家人的安全，他不敢离家半步。

张家一共有六支洋炮。张山峰的两支洋炮被张天彪放了起来，也许他怕触物思人，也许留作纪念。除了他自己的两支洋炮外，他把另外两支洋炮分给张大豹、张二豹每人一支，用于防备胡子，保护太平沟村。

同时，张天彪还耐心细致地教钱芳菲和张大豹使用洋炮。钱芳菲不想学打枪。张天彪对她说："会打枪是一种本领，早晚能用上，我不在家的时候好保护自己。"钱芳菲才同意学习使用洋炮。

钱芳菲都学会了，张大豹却没有学会。他只是不想学习打枪。张天彪只好把张大豹的洋炮给了钱芳菲，以防胡子再次来太平沟抢劫。

过了半年多，胡子也没再来太平沟村。

因为缺少粮食，再不打猎，家里人都没法活着了。张天彪才开始进山打猎。张山峰去世后，张天彪只能一个人历尽艰险和自然抗争，出生入死与野兽搏斗了。

张天彪还是使用两支洋炮，只是他爹去世后，他第一次进山打猎，就把他爹留下来的两支洋炮带在身上一支，把自己的一支洋炮和他爹的另一支洋炮放在一起，互相做伴，他们父子就都不孤单了。张天彪记得第一次和他爹打猎，爹就对他说："洋炮结构简单，但是装填弹药复杂。打野猪、野狼、黑熊必须一枪毙命，否则没有补枪的机会。你一个人打猎，一定要带两支洋炮。这样，在没有被一枪毙命的猛兽攻击的时候，有第二支洋炮补枪，才能万无一失。"

好的猎手都会一些猎手拳法，在和野兽、胡子搏斗的时候使用。张天彪的猎手拳法本来已经相当精湛了。张天彪和白石砬子村的另一个硬汉猎手王大志是好朋友。王大志是猎手拳的高手，动作迅猛，劲道十足，还自创了一些杀敌制胜的绝招，融入猎手拳中。张天彪和王大志经常在一起切磋拳脚功夫，也学会了王大志独创的一些绝招，使自己的猎手拳法不断精进。

几年过去了，那群胡子再也没敢来太平沟抢劫。张天彪也没有忘记打听他们的下落，想为张山峰报仇。后来，张天彪听人说，那群胡子不过是吃不上饭才拉杆子的乌合之众，他们白天在地里干活儿，晚上成帮结伙到别的村子里抢劫。有些人甚至听说过张山峰和张天彪的大名。上次来太平沟是因为他们倚仗人多势众，领教了张山峰和张天彪的枪法后，就再也不敢踏进太平沟村了……

第三章　要杀光野狼

张二豹小时候，张天彪就传授他猎手拳，为了让他防身健体。张天彪感觉动乱年代，文无以养家，更不能兴国，所以，他只想让张二豹上完初级小学，学会了写信、记账和算数就不再上了。这一点，张天彪和他爹一样，从心里希望他们兄弟俩喜欢打猎，延续他们猎人世家的狩猎生涯，成为打猎的好手。胡子来了，也不至于袖手旁观、束手待毙。然而，教张大豹猎手拳，他实在是不想学；后来教张大豹打枪，他还是不想学。最终，张大豹也没有和张天彪学会猎手拳和打枪。

张天彪每次进山打猎，钱芳菲都提心吊胆的，生怕他遭遇不幸。

一九三九年春天，张天彪一个人进山打野猪。

他走了一上午，突然看到前面有一头野猪向他这个方向拼命奔跑。他在荒山野岭顶风冒雨打猎二十年了，可谓见多识广、经验丰富。孤野猪在山野觅食一般是比较平静悠闲的。如果一路狂奔，不是有能猎杀它的猎人在追赶它，就是有能吃掉它的狼群、东北虎什么的在追赶它。张天彪麻溜儿躲藏在一棵树后，观察着野猪后面的动静。他观察了半天，野猪后面毫无动静，既没有猎人，也没有狼群和东北虎什么的。本来，他不想猎杀孤野猪，平时他遇到孤野猪也是互相规避，唯恐发生冲突。然而，他漫山遍野走了一上午，才看到这头野猪。这时，野猪就要从离他不远处跑过去了。他舍不得让孤野猪轻易从他眼皮底下跑掉，于是，他朝野猪的脑袋打了一枪。野猪一头栽在地上，滚了两个个儿才倒下。

张天彪拎着另一支洋炮小心翼翼地朝孤野猪走去，看看它死了没有。就在他刚刚走到孤野猪跟前的时候，只听到一声震天动地的咆哮，仿佛瞬间掀起一股劲风，简直令人肝胆欲裂。张天彪猛地回头，只见一只体形健硕的东北虎腾空跳起，向他扑来。张天彪出于猎手的本能，用洋炮瞄准了东北虎，然而他稍一犹豫，并没有向东北虎开枪，而是把洋炮横着挡了一下东北虎的袭击。瞬间，洋炮被东北虎打落。同时，他也被东北虎扑倒在地。东北虎第一次扑向张天彪，就是要咬住他的脖子，让他窒息，没想到被他用洋炮防住了。东北虎返身又向张天彪扑来，还是想咬住他的脖子。张天彪就地一滚，躲开了东北虎足以将他的脑袋咬碎的锋利牙齿。东北虎的动作太快了。第二次扑食没有奏效，接着再次向张天彪扑来。张天彪随手抽出腰间的大号猎刀，完全可以深深地刺入东北虎的心脏，然而，他再一次犹豫了，东北虎一口咬住了他的脖子。张天彪把猎刀扔在了地上，然后用手抚摸了一下东北虎那大大的脑袋。可怜驰骋猎场二十年的张天彪，竟然死在东北虎的锋齿巨口之中……

猎人，都有猎人的道。张天彪的道，就是不猎杀东北虎和梅花鹿等稀少的动物。他只打野猪、狍子、野兔、野鸡和野鸭，这些动物繁殖快、数量多。因此，如果东北虎第一次向他扑来，他毫不犹豫地用洋炮向它射击，也许死的是东北虎，而不是他；如果东北虎第三次向他扑来，他毫不犹豫地把大号猎刀刺进它的心脏，也许他和东北虎同归于尽，也许他能活着。

因为狩猎的道和感恩的心让张天彪犹豫，因为犹豫，他错失了打击东北虎、保护自己的时机，最终命丧东北虎之口……

出事儿那天，张天彪走得很早，然而他一天一夜没有回来。这是从来没有过的事情。他每次进山打猎都是当天去当天回来，他也怕钱芳菲惦记。

钱芳菲心急如焚，彻夜难眠。第二天一早，她急三火四地找了几个年轻力壮的村民，带着张大豹、张二豹到山上寻找张天彪的下落。下午了，才在一个山坡上发现了线索。一群野狼和一群乌鸦在争抢着吃着什么。年轻力壮的村民用手中的洋叉、镰刀和木棍赶走了野狼和乌鸦，走到跟前一看，是两堆尸骸。经过仔细辨认，一堆是人的，一堆是野猪的，但是无法确认人的尸骸是不是张天彪的。

张二豹心眼儿多，眼睛尖。当钱芳菲他们都围着尸骸猜测的时候，张二豹则在周围仔细观察着其他线索。他突然看到距离人的尸骸七八米远，有一支洋炮。他一眼就认出那是他爹的洋炮。他又在不远处找到另一支洋炮和弹药背包，都是他爹的。张二豹把张天彪的一支洋炮拿在手中，哭喊着说："妈，死的人是我爹！我爹是被野狼咬死的！我要杀光野狼！！"

当张大豹、张二豹兄弟俩确定狼群啃噬的是张天彪的尸骨时，兄弟俩的心都在颤抖，都在流血。钱芳菲更是悲痛欲绝，当即昏厥过去，被抬回太平沟村才苏醒过来。

过去，张大豹、张二豹对野狼和对其他动物一样，没有什么特殊印象。自从亲眼看到狼群在吃他们爹的尸骨之后，他们就认定张天彪是为狼群所害，开始仇视野狼，发誓见到野狼就杀，杀光天下的野狼，让它们不能再吃人，为爹报仇！

世间之事往往如此，有些事情眼见不一定为实。张天彪的死成为永远的不解之谜……

张天彪死于非命的时候，张大豹十六岁，张二豹只有十四岁。张二豹却显得更为成熟。

张天彪不幸遇难之后，张大豹、张二豹兄弟俩突然长大了，主动担负起家庭重担，为钱芳菲分忧。

兄弟俩整天也不说一句话。

本来，张家的田地不大。张大豹却天天起早贪黑地在田地里忙忙碌碌，耕地，施肥，种地，浇水，铲地，天快黑了才回家，大脸晒得像黑熊一样漆黑，身体也锻炼得像黑熊一样强壮。

张二豹不再去上学了。

张二豹天天到离家不远的山坡上捡柴，在院子里劈柴。院子里的柴火垛已经堆到两个人高了，他还在没完没了地捡柴，劈柴。他每次去捡柴，都快速奔跑着上山，捡完柴火，背着柴火快速奔跑着下山。他劈柴的时候，每一柴刀下去，都特别用力，追求准和狠，仿佛在柴刀刃上凝结着一种刻骨仇恨。然后就是练习猎手拳。他的猎手拳动作精准娴熟，出拳出脚疾若劲风，只是臂力比张大豹略差一些。最后就是举起张天彪留下的洋炮练习瞄准，一瞄就是一两个小时，力求射击百发百中、一枪毙命。对了，他还抽空练习为洋炮装填弹药，力争在最短的时间完成装填弹药的动作。

其实，张大豹在地里忙忙碌碌，不仅仅是喜欢种地，主要是为了接替张天彪，侍弄好家里的一亩三分地，好多收获点儿秋菜和粮食。他毕竟是家里的老大，如果妈妈和弟弟吃不上饭，他感觉对不起他爹。

其实，张二豹捡柴火时在山坡上奔跑，是为了让自己的身体更加强壮；他砍柴劈柴，是为了锻炼臂力，练习使用柴刀的准度和力度，提高使用柴刀的功夫；他练习猎手拳和用洋炮瞄准，是为了让实战技能更强和实弹射击更准。最终目的是杀光野狼，为他爹报仇。

张二豹终于练得身体更强壮，奔跑更快速，打枪更精准了，成为一个青涩的硬汉。

秋季的一天，张二豹忽然对张大豹说要进山打野狼："野狼是害死爹的凶手，野狼就是咱们俩的仇人、敌人。咱们要杀光太平沟周边的所有野狼，为爹报仇！"

张大豹说什么也不同意。

张二豹生气地说："你要是害怕，你可以不去；我不害怕，我一个人去。"

张家男人没有一个是软弱无能、胆小如鼠的软货，都是英勇强悍、胆大包天的硬汉。张大豹不喜欢当猎人，不愿意学打枪和学猎手拳，但并不是对他爹的死无动于衷，也并不是只会种地不会打狼。他也是个有胆有勇、有情有义的人，绝不是贪生怕死、畏首畏尾的人。如果能够为爹报仇，打野狼他绝不含糊，甚至可以将生死置之度外。然而，张大豹是个从心眼儿里不喜欢打猎，也不喜欢动武的人，不仅学习打猎知识的时候心不在焉，学习猎手拳的时候也是三心二意。他清楚，打猎，尤其是打野狼，和狼群搏杀，必须有充分准备，最起码在洋炮的使用上要……那个词叫什么来着？对了，叫得心应手。他没有一次打猎的经历，没有一点儿打猎的经验，甚至连如何为洋炮装填弹药，如何使用洋炮这些打猎最起码的常识都不清楚，就去对付凶残、狡猾的野狼，他没有信心，也没有把握。他多次听爷爷和爹爹说过，单个野狼好对付，狼群不好对付。狼群就像是一支有组织、有纪律、有战术的军队，骁勇善战，战无不胜，群狼战术让东北虎、东北豹都会望而生畏，落荒而逃。所以，张大豹担心自己遭到野狼，尤其是狼群攻击的时候会手忙脚乱，无法应对。张大豹还为张二豹担忧。张二豹虽然多次和爷爷、爹爹进山打猎，甚至还打死过黑瞎子，但是毕竟还不是成熟的猎手。如果遭遇狼群，他不能助二豹一臂之力，致使二豹身处险境，甚至受到狼群的伤害，那样，他对不起他爹的在天之灵，也无法面对妈妈。

其实张二豹也知道打野狼是危险重重的，稍不留神，就有可能丧命。打野狼不像打狍子，狍子是食草动物，性情温顺，对人没有任何威胁，除非你故意把手伸进它的嘴里；也不像砍柴，柴刀掌握在自己手上，没有什么危险，除非自己一不小心，柴刀没有砍在柴火上，而是砍在了自己的手上。张天彪是纵横山林二十年的出色猎手，都在狼群面前无能为力，死于非命，何况他们两人中还有一个没有打猎经验，更没有打过大型猎物经历的呢？但是，张二豹虽然没有打过野狼，但和爷爷、爹爹上山打过野鸡、野鸭，尤其是打过黑熊，具有一定的打猎经验。况且他胆大心细，自认凭着他的智慧和胆识，凭着他的知识和经验，再借助张大豹力大无穷的一臂之力，一定能够战胜野狼，为爹报仇。

张大豹知道张二豹极有主见，他执意要做的事情，即使爹妈反对都无济于事，何况他这个当哥哥的了。如果张大豹不答应他去打野狼，他就会一意孤行地自己进山。而且二豹绝不会满足于猎杀一只野狼，而是要和狼群较量，为爹报仇。张大豹担心他独自进山，出了事儿自己担当不起，就同意和他一起去打野狼。

张二豹知道张大豹几乎对洋炮、对打猎一无所知，就对他进行临阵磨枪的训练。

张二豹把家里所有的洋炮都拿了出来，有六支。首先教张大豹射击。

张大豹虽然对打猎、对洋炮不感兴趣，但是他生活在猎人世家，耳濡目染、潜移默化的影响是不可避免的，所以他很快就学会了使用洋炮。当然了，他和一枪毙命的水准，还差千山万水的距离。

张二豹开始教张大豹为洋炮装填弹药。为洋炮装填弹药是个技术活儿。张二豹为洋炮装填弹药的技术娴熟，活儿过硬。他一边装填着弹药，一边不厌其烦地教着张大豹装填弹药的细节："洋炮装填火药不能太多，也不能太少。太多了会把洋炮的精铁枪管炸裂；太少了威力弱，打不死野狼那样的大型猎物。这是我多次听爹说的。"

张二豹口口声声讲的这些"听爹说的"内容，让张大豹感觉既熟悉，又陌生；既会，又不会。要在以前，别说"听爹说的"了，就是爹亲自讲的，他都听不进去。现在就要上和狼群搏斗的战场了，二豹在对他临阵磨枪，听不进去也得听。谁让当初自己只喜欢种地，不喜欢打猎；人家只喜欢打猎，不喜欢种地呢？

张二豹又往枪管里装填高粱米粒大小的铅砂，同时告诉张大豹说："为洋炮装填弹药的时候要注意，装完火药，还要装填纸垫儿，把火药和铅弹隔开。要不火药和铅弹混在一起，打不出去多远。我听爹说的。"

张二豹清楚张大豹的自尊心很强，经常在他面前以老大自居，有时实在没有什么可以打人的了，他甚至会把当大哥的地位拿出来打人。如果直接对他指手画脚地讲这讲那，怕他心里受不了，也不服气，影响对他临阵磨枪的效果，只能把爹搬出来——用"爹说的"来镇住他。

张大豹不是四六不懂、是非不分的人。张二豹读了四年初级小学，平时不显山不露水的，张大豹真没看出来二豹比他多多少文化，多多少智慧。听了二豹的讲解，他感到在打枪和打猎上，二豹的确比他强一点儿，知道得多一点儿，如果二豹再虚心、再刻苦一些，估摸再有个十年八年的，会成为一个基本成熟的猎手。他后悔当初没有好好听爷爷和爹爹讲这些。张大豹的自尊心的确很强，他不想让二豹以一句"听爹说的"为掩护，让他在二豹面前显得一无所知、一无是处，就给二豹也回敬了一句："我记得爹对我说过，要一枪打死野狼，要不野狼猛扑过来，洋炮就成烧火棍了。"

张二豹就像初级小学的老师对学生讲解一道非常简单幼稚的问

答题一样说："爹说的是必须一枪打死猎物，叫作'一枪毙命'，否则猎物没死，就会冲过来和猎手拼命。猎手没有时间再次为洋炮装填弹药，只能是把洋炮当成烧火棍和猎物拼命了。就是说，咱们没有一枪打死野狼，野狼就有可能把咱们一口咬死。"

张大豹感觉自己的一知半解，还不如一无所知呢，就索性虚心接受二豹对他从零开始的指导了，毕竟人家是读过初级小学的，没办法！

张二豹想把洋炮递给张大豹，让他练习一下为洋炮装填弹药，又怕他走了火。张大豹也看出了张二豹的意图，就诚恳地说："爹说的那些话我都没记住，你都记住了。你懂得比我多，这次还是你来装填弹药吧。等你教会我了，下次我再装填，千万别走了火！"

张二豹继续为洋炮装填弹药，同时，接着教大豹："打野狼、野猪和黑熊等大型猎物，起码得用黄豆粒大的铅弹，最好是大号独弹。"说完这句话，二豹略有所思，接着又在他爹的弹药背包中寻找了一遍后说道，"想起来了，爹说的是和洋炮管同口径的大号铅弹，最好是钢珠弹。钢珠弹咱们没有，必须用同口径大号铅弹。"

张二豹找到了大号铅弹。他把前面为大豹演示的时候装填的高粱米粒大的铅砂都倒了出来，把四支洋炮都装填上了大号铅弹。这次，张二豹不是为教大豹做演示了，而是检验自己装填弹药的速度。在张大豹看得眼花缭乱的情况下，他游刃有余地很快就将六支洋炮的弹药装填完成。

打猎，必须得有猎装。深山密林之中，枯藤老树，龙蟠虬结，怪石嶙峋，剑利刀耸。如果穿着普通棉布衣服去穿山越岭追赶猎物，一天就得被石头、树枝磨烂。猎装一般是由兽皮制成，结实耐磨，保护皮肤。兄弟俩在西屋东屋、在仓房翻箱倒柜，找到了爷爷和爹爹穿过的兽皮猎装和牛皮靰鞡。

第二天一大早，张大豹、张二豹兄弟俩悄悄地离家，威武雄壮地进山打野狼。他们带着四支洋炮，给妈妈留下两支洋炮看家防身。他们没敢告诉妈妈他们去山里打野狼，就说去荒原打野鸡，怕她阻止和惦记。

张大豹背起两支洋炮，并主动背起了弹药包，俨然老猎手大哥哥在保护小猎手弟弟一样，雄赳赳气昂昂地走在最前面。

张二豹背着两支洋炮，他的眼睛在警惕地环伺四周。刚一进山，他立马把肩上的一支洋炮握在手中，更加警惕地观察着周围的风吹草动。

突然，从前面的草丛中飞起一只野鸡。

张二豹稍一愣神，立刻用洋炮瞄准了野鸡。他把野鸡看成是把他当作小鸟来扑食的雄鹰。

张大豹以攻为守地逗二豹说："有我在，你别紧张，一只小野鸡就把你吓成这样。如果遇到野狼，还不把你吓尿裤子呀！"

张二豹微笑了一下，没出声。

前面突然又蹿出一只野兔。

张二豹快速举枪瞄准。他把野兔看作是突然向他扑来的野狼。

张大豹提醒他说："当哥哥的我必须提醒你，咱俩是来打野狼的，不是来打兔子的，别浪费了子弹！关键时刻你得头脑清醒，不能稀里马哈的！一会儿遇到野狼，你一定要听我指挥。我比你大两岁，走的路，比你走的……怎么也比你走的路要多。"

张二豹还是没有出声。

这时，远处出现一只野狼。张大豹刚要让张二豹看，张二豹的枪口早已经瞄准了野狼。他把一只野狼看作是一群野狼。

张大豹也跟着瞄准了野狼。正当大豹要向野狼开枪的瞬间，二豹阻止他说："别开枪！那不是野狼，我看像是一只狐狸。真是一只狐狸！"

张大豹急不可待地说："那怎么不是一只野狼？那不就是一只野狼吗？也许是一只野狼崽子。找了一上午，累得五迷三道的，好不容易找到一只野狼崽子，千万别让它跑掉了。爹让狼群祸害死了，最痛苦的是咱们俩。麻溜儿打死野狼的崽子，为爹报仇！"说到这儿，大豹举起洋炮，又要向那只狐狸开枪。

张二豹人不大，心眼儿不少。他把张大豹的洋炮压下说道："我听爹说过多次，洋炮的射程不够远，只能打六七十米远。我估摸了一下，六七十米，也就是我撇石头块儿的距离的两倍远。你看一看那只狐狸，我用石头块儿打它，我得站在哪儿才能打到它？"

张大豹看不明白六七十米的距离有多远，但是他非常清楚二豹撇石头块儿有多远。他远近近反复看了半天，才意识到那只狐狸距离他俩太远了，有二豹撇石头块儿的距离四倍那么远，洋炮根本打不到。于是，大豹仿佛一头黑熊一样张牙舞爪地向那只狐狸追去。狐狸是狡猾的，当它站在洋炮的射程之外的时候，它可以狐疑不决；当它看到张大豹破马张飞地向它追来的时候，它就一下子落荒而逃了。

张大豹气喘吁吁地快跑到狐狸刚才所在的位置，已经看不到狐狸的一点儿影子了……

兄弟俩连续三天到山林寻找野狼，都没有看到一只野狼的踪影。

张二豹说："我在琢磨，我听爹说过多次，野狼白天在洞里睡觉，黑天才出来寻找吃的。野狼白天压根儿就不出来，咱俩即使把密山地界整个浪儿翻个底儿朝天，也不可能找到一只野狼啊。"

张大豹说："我经常听到村里人说大白天在路上看到野狼了。白天野狼都在洞里待着，村里人不可能看到啊。这说明野狼白天也出来找吃的，它们哪能就晚上吃一顿饭呢。你大白天在上学的路上不也遇到过野狼吗？咱俩找了三天，连个野狼的毛也没看见。也许野狼白天真的很少出来。既然野狼白天不出来，我看，咱俩晚上进入深山找野狼洞，那样，找到野狼就像在棉裤里头找到虱子那么容易了。"

张二豹若有所思地说："黑天进入深山寻找狼洞，猎杀野狼是非常危险的。咱俩肯定不用费劲儿就能找到野狼，对了，不是咱俩不用费劲儿就能找到野狼，而是狼群不用费劲儿就能找到咱俩。送到野狼洞口，送到野狼嘴边上的肉，狼群不可能不吃。爹说过，如果一只野狼发现了咱们，它会朝天空嗥叫，招来更多野狼。"

张大豹插话说："我没听明白你的意思。你说明白点儿，咱俩到底黑天去还是不去？"

张二豹反问大豹说："假如四面八方都是野狼，它们一起向咱俩扑来，会是什么样的结果？"

张大豹英勇无畏地说："咱俩像爹那样，沉着地用四支洋炮向狼群猛烈射击，最后野狼的尸体躺了一地。咱俩为爹报仇了！"

张二豹说："我听爹说过，一群野狼或者住在一个洞里的狼群绝不是乌合之众，而应该是一个有血缘关系的家族。狼群的等级观念、合作精神很强，加上奔跑迅速，攻击迅猛，所以，就凭咱们两个人，四支洋炮，根本无法和狼群正面交锋。如果非要和野狼硬碰硬，结果应该是这样的，也许冲在前面的三四只野狼倒下了，然后就是咱俩也倒下了，和爹一样。"

张大豹不服气地说道："咱俩手里有洋炮，咱们怎么能倒下呢？"

张二豹好像一个成熟的猎手在对初学者说话："脑袋不够用了不是。你想想啊，野狼是凶猛和残忍的，狼群更是这样。它们向咱俩围攻的时候，咱俩打死了三四只野狼，狼群不可能被咱俩的洋炮吓得落荒而逃，只能是更加疯狂地向咱俩进攻。尤其是狼群不可能等待咱俩把洋炮装填完弹药再向咱俩进攻，只能是抓住咱俩为洋炮装填弹药的机会，一鼓作气把咱俩撕成碎片。咱爹手里也是拿着两支洋炮，咱爹比咱俩厉害得多，都没能阻挡得了狼群的围攻，咱俩就更不可能了。"

张大豹泄气地说："那你说咱们怎么办？白天找不到野狼，晚上又打不过野狼。难道让野狼吃了咱爹后啥事儿没有似的继续作恶多端？咱爹的仇不报了？"

张二豹胸有成竹地说："咱爹的仇一定要报，野狼也一定要杀，但是不能和野狼牙对牙、爪对爪地硬拼。我有一个主意，既能猎杀野狼，为咱爹报仇，咱俩又能全身而退，没有被野狼围攻的危险。"

张大豹急切地问二豹："什么主意？麻溜儿告诉我！我这急性子，一会儿也等不了！"

张二豹不紧不慢地说："咱俩给野狼设下一个陷阱，让它们自寻死路。"

张大豹失落地说："我以为是要去堵狼窝呢，闹了半天是设陷阱。谁会设陷阱啊？反正我不会。"

张二豹说："前年，有一匹野狼把咱家的两只母鸡偷吃了。你还记得吧？爹在鸡窝门口儿设置了一个陷阱。我看在眼里，也学会了。而且，这几天咱俩寻找野狼，我在山坡上发现了一片捕猎陷阱，有好几个。明天，咱俩带着铁锹、柴刀，到山坡上再挖几个，和那几个陷阱连起来，形成一个陷阱圈套。"

张大豹自己不会设置陷阱，也不明白什么陷阱圈套，只能听二豹的了……

第四章　四支洋炮对一群野狼

　　第二天中午，张二豹把鸡窝里唯一的一只母鸡抓了出来，装进一个箩筐里。他和张大豹除了带着洋炮、柴刀、猎刀之外，还带着铁锹、绳子和装着母鸡的箩筐，来到了二豹发现陷阱的山坡。

　　当张大豹看到张二豹把母鸡装进箩筐的时候，就开始琢磨：老二也太过分了，即使想吃鸡肉了，馋得狼哇的，也得在家和妈一起吃呀，怎么也不应该把家里唯一的一只母鸡背到山坡来，两个人烤熟了狼吞虎咽哪！后来一想，二豹聪明绝顶，又明白事理，他大老远费劲巴拉地把母鸡背到山坡上，想必有他的道理。烤熟了，给妈带回去两个鸡大腿也就行了。

　　到了山坡陷阱附近，张二豹才看清楚眼前的捕猎陷阱大致是按圆形排列，根本不用再挖了。这陷阱也许是张天彪设置的，也许是别的猎人设置的，已经好长时间了，有的地方已经被野兽破坏，有的地方已经塌陷。张二豹让张大豹把塌陷的泥土、树枝挖出来。他自己则把已经被野兽破坏的地方重新修复。陷阱中有过去插在底部的木剑，不知被什么人拔了出来，也许怕伤到进山打猎或者采摘山货的人吧。张二豹把木剑重新插在陷阱的底部。

　　陷阱的中间有一棵松树，有野狼脖子那么粗。

　　陷阱布设好之后，张二豹把母鸡从箩筐中取出来，捆绑在松树上。

张大豹开始还以为张二豹准备烤母鸡了，后来又感觉不像是要烤母鸡。烤母鸡之前应该先把母鸡杀了，二豹没有杀死母鸡，而是把母鸡活蹦乱跳地绑在了松树上，就像要枪毙罪犯似的。他有些摸不着头脑。他想问二豹，看到二豹小大人儿似的一脸严肃，就没有问。

张二豹忙完了之后，主动向大豹解释说："傍晚，野狼会出来找食。母鸡的挣扎和叫声很快就会把野狼引过来。野狼扑食母鸡，就会掉进陷阱里，被下面的木剑刺穿，不死也得是重伤。"

张大豹一拍张二豹的脑袋："太好了！装过书的脑袋和没装过书的脑袋重量就是不一样。我怎么就没有想出这么好的主意呢？以后你也别总爹说的这、爹说的那了，你说的比爹说的都好使。我听你的！"

张二豹有些忧虑地说："我只是担心一件事儿，就是担心还没到天黑，母鸡被老鹰吃了。没有母鸡，野狼就不会到陷阱里来了。"

张大豹话不走心就溜达出来了："这事儿好办，我在陷阱边上看着，老鹰一来，我就一洋炮轰了它，不让它吃母鸡！"

张二豹浓眉一皱："千万不能对老鹰开枪，尤其是海东青！爹最喜欢的动物是东北虎和老鹰，我也喜欢老鹰。爷爷对我讲过，海东青是'万鹰之神'，是世界上飞得最高和最快的猛禽，是肃慎人的最高图腾。再说了，洋炮一响，野狼就不敢来了。这样吧，我先把母鸡解下来，咱俩把东西都收拾好。等到天擦黑再把母鸡绑在松树上，然后咱俩回家，明天起早来为野狼收尸。"

张大豹爽快地说："好，听你的！"

张二豹把母鸡解了下来，耐心等待天黑。他们又想起了爹爹的尸骨被狼群啃噬的情景，同时也联想到他和狼群搏斗的紧张激烈的场面。他们为爹爹的遇难感到悲壮惨烈、痛心疾首！他们对野狼的仇恨如同填了干柴的火焰，熊熊燃烧。

天空如同黑幕刚要罩下的时候，张二豹就把母鸡绑在了松树上。再看看天空，黑幕就要落下。再不走，他俩就被罩进有野狼窥视的恐怖黑暗中了。

兄弟俩立马下山回家……

第二天，张大豹、张二豹还想和昨天一样，早早就带着武器进山为野狼收尸。

他们刚一走出房门，就看见妈妈站在院子里，明显是在等着他们出来。

钱芳菲冷冷地问他们："这几天，你们总是偷偷摸摸地背着我，说是去荒原打野鸡。你们打到的野鸡呢？我看你们是去打野狼吧。你们想干什么？"

张大豹刚要承认去打野狼。张二豹抢着说道："我们除了去荒原打野鸡，还去林子里练枪。如果大豹不会打枪，万一哪天山上的胡子来了，咱家就遭殃了。"

钱芳菲明明知道二豹在说谎，也不想再说什么了。孩子说得有道理，如果他们不会打枪，万一胡子来了，家里就真的遭殃了。孩子已经大了，他们想做什么事情就让他们做吧。她总不能把两个马上就能独立飞翔的孩子永远揽在她单薄的羽翼下吧。不过，钱芳菲的心里在画魂儿，在打鼓。她意识到他俩绝不是去打野鸡、去练枪那么简单，一定是去猎杀野狼，为张天彪报仇去了。万一他们遭到狼群的围攻，像张天彪那样，她怎么向张天彪交代呀？

距离捕杀野狼的陷阱很远，张二豹就开始放慢脚步，仔细瞭望，生怕有一点儿闪失。

张大豹有些按捺不住了，催促张二豹说："你不是说野狼喜欢夜晚捕食、昼伏夜出吗？要来也是黑天来呀，现在天儿大亮的了，野狼不可能还在山上。"说罢，他就要向山坡上的陷阱跑去。

张二豹和张大豹一样，都迫不及待地想看看陷阱里有没有掉进野狼。然而，直觉告诉张二豹，陷阱周围的山坡上危机重重，就像野狼也在陷阱附近设下了陷阱似的。他拉住了张大豹，让他冷静，并让他把一支洋炮握在手上，做好随时开枪的准备。张大豹认为张二豹有点儿麻秆儿打野狼的意思，人家野狼还没害怕，他自己先害怕上了。他心里这样想，还是把一支洋炮握在手上。

　　他们在距离陷阱一百米的地方，躲藏在两棵树后，进一步观察陷阱和周围的动静。

　　张二豹首先用眼睛搜寻那只母鸡。母鸡不在了！二豹分析，母鸡也许是被野狼吃掉了，也许是被黄鼠狼吃掉了，也许是被老鹰叼跑了。陷阱和陷阱之间只有野狼身体那么宽的窄道，准确位置只有张二豹清楚。如果母鸡被野狼吃掉了，那么一定有野狼掉进陷阱里。野狼不可能机智到从陷阱中间的窄道跑到松树下把母鸡吃掉，然后再跑出去吧！

　　他们观察了三十多分钟，除了母鸡神秘的消失让张二豹心里忐忑、疑虑之外，陷阱周围死一般寂静，甚至连一声鸟叫都没有，这更让张二豹不安、紧张。

　　早晨的树林中充满"叽叽喳喳"的鸟叫才正常，宛如微风下的湖面，平静得没有一丝涟漪反而不正常了。也许林子里有连鸟都害怕的动物，把鸟都惊吓得飞走了？

　　想到这儿，张二豹更不敢贸然接近陷阱了。他还想继续耐心地观察下去，然而张大豹没有耐心了。他一下子站了起来，甩给二豹一句："你害怕，你在这儿接着观察吧。我不害怕，我去看陷阱里有没有野狼。"

　　张二豹阻止他说："我感觉情况不对。你没发现林子里太寂静了吗？"

张大豹反驳道："也不是每一片树林子里都有飞鸟和野兽的。就赶上这片林子没有飞鸟，没有野兽，所以寂静。这不很正常吗？有什么不对的？我是不能再等了，再等，我的心就该寂静了。"说着，背起一支洋炮和弹药包，拎起一支洋炮就朝陷阱走去。

张二豹看了看张大豹那野猪一样强壮的身躯，加上暴躁的性格，他阻拦也阻拦不住，只好把一支洋炮背在肩上，拎起一只洋炮追赶着他。

当他们走到陷阱旁边的时候，张二豹看到了捆绑母鸡的松树下面有血迹和羽毛，毋庸置疑，那是母鸡的血迹和羽毛，母鸡已经被吃掉了。接着，张二豹看到一个陷阱已经被破坏，里面有一只被木剑刺穿的小野狼，已经死去。陷阱之间的一条窄道有被野狼踩踏的痕迹。

张二豹似乎意识到了什么，他环顾四周，细心观察环境有无异常。

这时，张大豹要跳进陷阱，把小野狼弄出来。

张二豹立马阻止他说："别下去！这儿不安全，咱们马上离开！"

话音刚落，只听见一声刺耳的狼嗥，接着陷阱周围有二十多只野狼向他们包围而来。那阵势，俨然是纪律严明、队形齐整的一支军队。

张二豹拽起张大豹就从陷阱之间的窄道跑进陷阱包围的圆形平地里。他提醒张大豹沉着冷静，先别开枪，然后迅速从衣服兜里拿出洋火，聚拢柴草，准备点燃一堆篝火。他听爹爹说过多次，野狼怕火。夜晚的篝火烈焰冲天，耀眼夺目，会给野狼强烈的心理震慑。他担心白天的篝火浓烟滚滚，炽热无光，难以给野狼强烈的心理震慑。

张大豹一看狼群把他们包围了，他从来没有经历过这样的阵势，也没有听清二豹不让他开枪的提醒，在惊慌失措之下，朝狼群打了一枪。独弹打在了野狼后面的树上，没有打到野狼。

张二豹喊着："别乱开枪，守住陷阱中间的窄道！"他还没来得及点燃柴草就手握洋炮，紧跑两步站在张大豹前面，掩护大豹迅速为洋炮装填弹药。

大豹越想迅速为洋炮装填弹药越迅速不了，手忙脚乱地装填了半天，也没有成功。

张二豹心急如焚，如果这个时候狼群一起向他们疯狂扑来，那么野狼最多牺牲三个同伙，然后就可以肆意挑肥拣瘦，想吃肉就吃肉，想啃骨头就啃骨头了。他把手里的一支洋炮递给大豹，随手接过大豹手里的洋炮，一边装填弹药，一边告诉他去把篝火点着。

张二豹用最短的时间为大豹的洋炮装填完弹药，继续观察着狼群的动向。他发现狼群没有向他们疯狂进攻，是因为忌惮捕狼陷阱。它们围在陷阱的外围，伺机向他们发起猛烈进攻。

野狼是机智的。它们用鼻子在陷阱边上闻着，很快又找到了陷阱之间的两条窄道。于是，它们排成三排，从三条窄道向兄弟俩发起进攻。

大豹把二豹的洋炮又递给了他。二豹也把大豹的猎枪递给了他。猎手都有这样的习惯，同样型号、牌子的猎枪，自己只使用自己的猎枪，感觉顺手。

张大豹也想用最短的时间把篝火点着。然而，他越想快，越快不了。干划洋火也划不着，鼻子上都急出了汗水。可能是因为他上山的时候出汗，把兜里的洋火浸湿了。张二豹随手把自己身上的洋火扔给了大豹。

这时，狼群已经冲过窄道。

张二豹果断开枪，把跑在最前面的野狼打倒。接着，又开了第二枪，另一条窄道上跑在最前面的野狼中弹倒地，滚落进陷阱。

狼群大吃一惊，立即停止进攻；稍一迟疑，继续顽强地向他们冲来。

张二豹迅速从地上拿起张大豹的洋炮，朝最近的一匹野狼打了一枪。野狼脑袋中弹，翻滚了一圈，就倒在草地上抽搐着。

狼群稍一停顿，就更加凶猛地向他们冲来。

张二豹没有一点儿时间为洋炮装填弹药，只能抽出腰间的柴刀，要和狼群短兵相接。

只见狼群突然停住了攻击的脚步，然后，快速有序地退回到陷阱的外围，仍在包围着他们。

原来，张大豹点燃了一大堆柴草。看来，白天的火焰同样对野狼有着极大的威慑作用。

张二豹趁机为三支洋炮装填了弹药，然后把大豹的洋炮递给他。二豹真有些后怕，野狼机智勇猛，但是过于谨慎。如果它们气势磅礴勇往直前地冲锋，那么，他们立马不堪一击、土崩瓦解了。

这个时候，张二豹就更清楚他爹生命最后时刻的处境了。这说明，再好的猎手，用洋炮也斗不过狼群。

张大豹在为篝火添加着柴草。

张二豹猛然又意识到一个非常严峻的问题。被狼群包围的范围并不是很大，柴草也很稀少。张大豹把篝火侍弄得养分充足、熊熊燃烧，柴草马上就要烧光了。如果篝火熄灭了，那么狼群就不会像刚才那样试探性进攻了，而是像冲锋陷阵的勇士，势如破竹地把他们撕成碎片。

篝火逐渐要成为灰烬。

狼群也在龇牙咧嘴，曲身弓背，准备向他们发起排山倒海的进攻了。

在这生死一发之际，张二豹灵机一动，随手把弹药包递给张大豹，然后蹲下身来，让张大豹踩着他的肩膀爬到松树上去。大豹力大无穷，但是缺少灵活敏捷，他小时候上树的本领就不如二豹。即使是赶鸭子上架，这个时候多难也得上。然而，他把力拔松树的力气都使出来了，就是爬不上去。

狼群似乎看出了他们的意图，立马分兵三路，从三条窄道向他们迅猛冲来。

在这种情况下，张大豹才借助二豹的肩膀，终于费劲巴拉地爬上了松树。

狼群就要朝张二豹扑上来了！

只见张二豹把手中的洋炮往肩上一背，东北豹一般灵活地纵身一跳，抓住了一根树杈，"嗖嗖"几下就爬到了松树上。即使这样，也是好危险哪！他的双脚刚刚离地，冲在最前面的一只野狼猛地跳起，向他扑来，差一点儿咬到了他的脚踝。

狼群围在松树四周，蹲在地上，仿佛把他们当成将要熟透的果子，等待他们掉下来一样。

张二豹自言自语地说道："你们不走，就让你们谁也走不了！一个一个地轰了你们！"然后，他准备为他爹报仇了。然而，当二豹要对野狼大开杀戒的时候才发现，除了他身上的两支洋炮外，就剩下他身上的柴刀和大豹身上的猎刀了。

原来，二豹让大豹踩着他肩膀爬树的时候，大豹为了减轻身体的重量和腾出手来抓住树杈，情急之下随手把两支洋炮和弹药包都扔在了地上。他们带的一点儿干粮也在弹药包里。

这个时候，张大豹也意识到问题的严重了。他最怕的是挨饿，饥饿让他无法忍受。吃饱饭，他浑身有使不完的力气，能把一大片地，脱一院子坯；吃不饱饭，他浑身一点儿力气都没有，连一只狍子都打不死，何况一群狼了。平时，张二豹一顿能吃一大碗干饭，他得吃两大碗，特别能吃。现在，他快一天没吃东西，已经饥肠辘辘了，拽着松树的手都有些颤抖。

当然，张二豹早就意识到问题比想象的严重了。他们被狼群包围在松树上，打，打不了；跑，跑不了。如果天黑，即使狼群不要他们的命，山林里的蚊子也会吸干他们身上的血，要他们的命。

张大豹绝望地说："在树上像猴子一样待着，我得被饿死。下去和野狼拼了吧，反正也是死！"

张二豹虽然人小，但是他内心强大，性格强悍，而且充满智慧，这让他变得不可战胜。他从小就模仿着他爹，性格受他爹的影响最大最深，他的血管里流淌着他爹的血，充满硬汉的血性。他是不会服输的，更不会束手待毙。他深知，在狼群面前，如果用洋炮当烧火棍和狼群硬打，用柴刀猎刀和狼群硬拼，都是自寻死路，必须运用人类优于野狼的大脑，以智慧取胜。

突然，张二豹用力折断一根松树枝，然后管张大豹要洋火。

张大豹在衣服兜里摸了半天，他明明记得点燃柴草后把洋火揣进了衣服兜里。洋火竟然没有了，也许刚才上树的时候掉出去了。

如果有洋火，他们可以挨到天黑，然后把树上的松树枝折断，当作火把点燃。跳下松树，用火把耀眼的火焰把狼群赶跑或冲出狼群的包围。然而洋火没有了，张二豹也无计可施、无能为力了。

傍晚，狼群的包围圈变得稀疏，仍然排列整齐。一批野狼撤退了，一个时辰又回来了；另一批也撤退了，一个时辰也回来了。张二豹估摸野狼是在轮流捕食，轮流休息，补充和保存体能，以便长时间地包围他们。张二豹逐渐意识到，狼群绝不仅仅是为了吃掉他们才耗心费力，对他们围而不攻，而是为了给小野狼报仇。因为山林中的狍子、野鹿、野猪、山兔都是它们的美味佳肴，捕到它们轻而易举，何必对他们费尽心机、围而不弃呢？

狼群为小野狼报仇尚且如此，张二豹为爹报仇应该比野狼更顽强、更勇猛、更机智！

蚊子也要开饭了。它们浩浩荡荡地飞来，轮番叮咬着张二豹、张大豹，比狼群还要来势凶猛，大有不把他们的血液吸食干净誓不收兵的气势。

开始，兄弟俩频繁地左右开弓，快速拍打着蚊子，保护着自己。后来，他们拍打蚊子的频率越来越低，最后两条手臂已经筋疲力尽了。

张大豹已经绝望了。他的两手瑟瑟发抖，不是吓的，而是饿的，是被蚊子咬的。蚊子就像和野狼是一伙的，下口凶狠。他宁可下去和野狼一决生死，也不想躲在树上，让区区蚊子叮咬得生不如死。

张二豹也因为无计可施而没有了信心。主要是他已经饿得浑身无力了，加上松树的树干挺直，要待在树上需要足够的体力。他和大豹已经不可能还有足够的体力了。张二豹琢磨，死，也要死得像个硬汉，像个英雄；死得慷慨悲壮、大义凛然。被小小的蚊子吸光了血液而死，只能是野狼那样的野兽，而不是男人。他也忍受不了蚊子的叮咬了，最后决定用洋炮打死两只野狼，然后再用柴刀劈柴一样劈死两只野狼，最后悲壮凛然地死去。于是，他让大豹准备好猎刀，他拿起了洋炮，准备先射杀两只野狼，然后和大豹一起跳下树去，和狼群进行最后的搏杀。

兄弟俩杀狼行动开始时，张大豹还以老大自居，让二豹听他的呢。现在，他深深地感觉自己的知识不如二豹，智慧不如二豹，敏捷不如二豹，啥都不如二豹。他从心里佩服二豹了，以后什么都听二豹的了。

按照张二豹的吩咐，张大豹准备好了和狼群拼杀的猎刀，也做好了和野狼拼个你死我活的心理准备。当然，他们都清楚和狼群硬拼，没有我活。

张二豹用洋炮瞄向松树下一只大块头野狼的脑袋开了一枪。大块头野狼当即毙命。狼群非但没有被张二豹的枪声震慑，反而被激怒了。蹲在四周的野狼纷纷聚集在松树下面，表现出要把松树咬断的狂怒。

张二豹又用洋炮瞄准了另一只大块头野狼的脑袋，要开枪的刹那，他猛然感觉洋炮管中的同口径大号独弹在枪管中向下滚动。他迅速将洋炮向上一挑，还是慢了。大号铅弹从枪管中掉了下去！

张二豹感到惋惜！张大豹也埋怨他太粗心、不小心，就一个大号铅弹还掉下去了。没有了这颗独弹，他们冲出狼群的包围就更没有希望了！

张二豹郁闷地说："有没有这颗独弹，都没有冲出去的希望了！"然而，他突然又笑了。

张大豹理解张二豹的笑，同时感到了一种浓重的阴森和恐怖，因为小时候就听老人讲过，有些人死的时候，表情不是哭而是笑。

张二豹也不解释。只见他折断几根树杈，抽出柴刀，把一根树杈削成木屑，然后把木屑放进一个树窝中，再用树杈固定住木屑。

大豹这回反而不理解二豹了，不知道人家上过初级小学的人，琢磨出了什么有文化的死法。

只见张二豹用洋炮口对准木屑，近距离开了一枪。木屑竟然被洋炮打着了火。

野狼一看到木屑的光亮，就惊慌失措了起来。

张二豹又把几根松树明子点着，形成四支熊熊燃烧的火把。他自己拿着两支，递给张大豹两支，然后从松树上跳了下来。

张大豹这才明白，张二豹是想用火把开路，冲出狼群的包围圈。但是，他还不明白张二豹为什么能用洋炮把木屑打着。

当兄弟俩从松树上下来的时候，狼群已经从容有序地撤退了……

原来，大号铅弹从枪管中掉了下去，是因为防止铅弹掉落的纸垫儿松了。隔着铅弹和火药的纸垫儿没松，火药还在枪膛中。所以，张二豹清楚，只要洋炮正常击发，枪管中火药燃烧喷出去的火焰足以将带有松油的木屑点燃。

没有张二豹的智慧，就没有挽救他们生命的火把。

兄弟俩收拾起来洋炮和弹药，迅速下山，生怕狼群从后面尾随而来。

在回去的路上，张大豹主动背起三支洋炮。

当他们跑到半山腰的时候，前面猛然出现了一群人，他们手里拿着火把和各种家伙事儿，在树林中、在草丛里仔细寻找着什么。原来，张大豹、张二豹一天没有回家，钱芳菲确定他们进山打野狼，为张天彪报仇去了。这让她又想起了张天彪的死。她更加为兄弟俩担心，生怕他们打不过野狼，再被野狼吃掉了。她在门外望着通往山里的路，一站就是一下午。

眼看天就黑了，钱芳菲心急如焚，甚至绝望了。也许大豹、二豹也和张天彪一样，遭到狼群的围攻……于是，她找了村子里十个青壮年，拿着火把、洋钗、镰刀、木棒，到山上寻找张大豹、张二豹兄弟俩……

第五章　要杀光胡子

误会，往往是因为看到的是那么回事儿，其实不是那么回事儿。钱芳菲以及大豹、二豹对张天彪的死因是误会了，遗憾的是这种误会是永远的。

张天彪的遇难，对钱芳菲的打击最大。

钱芳菲是个小家碧玉型的女子。她性格懦弱，精神脆弱，身体虚弱，恰似温室里生长的柔弱花朵，经受不住哪怕微弱的风吹雨打。从嫁给张天彪那一天开始，她总想改变自己的人生角色，当一个屋里屋外家务活儿做起来得心应手、轻松自如的贤妻良母，然而做起来总是感觉力不从心。做饭、刷碗、洗衣服和收拾屋子，她还行；拎水、喂猪、劈柴和拾掇园子，她就不行了。不是不想做好，而是没有足够的体力做好。钱芳菲的妈死得早，她爹过分宠爱她，除了学习，什么活儿都不让她做，因此她什么活儿都不会做，身体也像有病魔缠着一样，浑身总是莫名其妙地疲乏无力。

和张天彪生活这些年来，张天彪无微不至地关心她，照顾她，脏活儿累活儿他抢着干，只让她干一些她力所能及的小活儿。

张天彪是钱芳菲的精神支柱，是她的生活依靠。张天彪没了，她富丽堂皇的精神世界轰然土崩瓦解，阳光明媚的现实生活蓦然暗无天日。张大豹、张二豹年纪尚轻，还无力承担家庭重担。因此把她和张天彪的骨肉养大成人，以告慰张天彪的在天之灵，就成了钱芳菲新的精神支柱，没有这新的精神支柱，她一定会义无反顾地驾鹤西去，追随张天彪那不辞而别的灵魂……

一段时间里，钱芳菲整天沉浸在和张天彪在一起生活的回忆里。

一九三七年秋天，也就是张天彪遇难那一年的秋天，大豹、二豹进山打猎，一伙胡子又闯入太平沟村。他们和三年前到太平沟村抢劫的胡子是一伙儿的。

其实，被张天彪打死的胡子头是他们二当家的，叫胡小石。他的哥哥胡大石才是他们大当家的。

胡大石长得肥头大耳，大嘴叉，小眼睛，身体宛如大石头一样结实。他曾经是被骗到俄国修筑铁路的劳工，后来参加了俄国十月革命的"中国军团"。十月革命胜利后，苏联将他们送回东北。他们因为不被地方政府重视，生活没有保障，一气之下拉杆子，当上了胡子。

胡大石是个老江湖、老胡子了。他出枪极快，枪法奇准，狐狸一样狡猾多疑，简直横草不过。

胡大石一伙儿胡子和别的胡子不一样。胡大石带着六个胡子居有定所，甚至狡兔三窟。他自己深居简出，很少露面，更不会带着一群乌合之众到村屯抢劫。其他胡子平时住在自己家里，该种地的种地，该打猎的打猎，只是在有生意活儿的时候再聚到一起。一般行动，由胡小石带着这些人执行。大的行动，由胡大石亲自指挥。

抢劫太平沟村失利之后，听说张山峰被打死了，胡大石担心张天彪报复他们，对他们斩尽杀绝，想把五根手指收拢成拳头，防备张天彪突然袭击，就把所有胡子都聚集在南山的山寨里。南山山寨距离太平沟村六十多里，过去是胡大石的秘密巢穴。

胡大石发誓为胡小石报仇，只是他是个老谋深算又追求万无一失的人。张天彪在的时候，他们忌惮于他的神枪，不敢轻易来太平沟村报仇。胡大石最大的喜好就是枪和粮食。他天天摆弄他的驳壳枪，也天天练习出枪和射击，准备有朝一日和张天彪相遇，将他一枪毙命。最终，胡大石出枪的速度更快，枪打得更准了，已经到了随心所欲的程度。

前些日子，胡大石听说张天彪死于非命，才敢亲自带领二十六个胡子，气势汹汹地再次来到太平沟村。他们想对张家斩草除根，以解杀弟之恨！

他们刚刚走进村子，一个胡子朝天打了一枪。这是胡小石的老做法。胡大石却差一点要了打枪的胡子的性命："你他妈和张家是一伙儿的呀？为了给他们通风报信是不是？枪声一响，打草惊蛇，张家人不就跑光了吗？你他妈傻得不可救药了！"

胡大石带着胡子赶到张家的时候。出人意料的是张家的院门、房门都是敞开着的，就像人去屋空了一样。胡大石把驳壳枪子弹上膛，先让胡子们一起冲进去，然后自己才小心翼翼地进入了西屋。

钱芳菲穿着一身新衣服，盘腿坐在炕里头，身上盖着一床棉被，好像正在做着棉被。

胡大石嘴里叼着旱烟袋，手里握着一把驳壳枪，耀武扬威地站在屋地中间，色眯眯地看着钱芳菲。

钱芳菲毫无惧色地用眼睛瞪着胡大石。

胡大石早就听说张天彪的媳妇是个百里挑一的精致美人儿，今日一见果然名不虚传。她白白净净的脸上带着愤怒的潮红，高高圆圆的胸部因为愤怒而上下起伏，更显示出知书达理的小家碧玉的迷人风韵。她的眼睛即使是在瞪着他，都让他领略到一种从未有过的销魂。于是，胡大石更加坚定了来之前的想法，就是把钱芳菲抢到南山上去，当他的压寨夫人。但是，把她带回山寨之前，他必须得先尝尝鲜儿。于是，胡大石迫不及待地让胡子们到门外把风，没有他的命令，谁都不许进来。胡子们都明白胡大石的意思，奸笑着离开钱芳菲的房间。

胡大石右手紧握着驳壳枪，左手来掀钱芳菲盖在身上的棉被。就听"咕嘟"一声闷响，胡大石向后一仰，死猪一般倒在了地上。他的胸前被轰出一个酒盅大小的血洞。血液好似葡萄酒从倾倒的酒盅里涌出一般……

门外的胡子听到枪声，立马冲了进来。

钱芳菲随手拿起炕上的另外一支洋炮，朝冲进来的胡子射击，却没有打到胡子，独弹打在了门框上。胡子们的枪响了。钱芳菲倒在了血泊中……

当胡子在村外打枪的时候，钱芳菲预感一定是三年前的胡子来报仇了。逃避是不可能了，只能面对。她抱着必死的决心，准备去另一个世界陪张天彪。于是，她穿上新衣服，然后把两支洋炮放在腿上，上面盖上一床她和张天彪一同盖过的棉被。她庆幸大豹、二豹不在家！

就在胡大石用力掀起盖在钱芳菲身上的棉被的瞬间，她朝胡大石的前胸开了一枪……

胡子们点着了张家的房子和柴火垛，用门板抬着胡大石的尸体，离开了张家。

胡大石一伙只知道张天彪厉害，他们却不知道虎父无犬子呀。大豹、二豹是两头凶猛异常的东北豹，杀害了他们的妈妈，激怒了他们兄弟，就是作死，甚至比激怒了张天彪更为可怕！

当兄弟俩打猎回来，远远就看到家里大火熊熊，浓烟滚滚，一定出事儿了！他们扔掉猎物，一路狂奔。然而一切都晚了，房子被烧成了灰烬。

张二豹在观察着院子里的情况。张大豹则是一边急得团团转，一边哭喊着："完了，完了。妈也没了！这是谁干的？"

张二豹愤怒地说："这是胡子干的。一定是三年前那伙儿胡子听说爹不在了，来咱家报仇来了。妈一定是不畏强暴和他们拼命，被他们杀害了。你看看地上的血迹，不是妈的就是胡子的。"

村民们也围了过来，纷纷说："是胡子干的，我们听到了枪声。""这帮胡子，比野狼还残忍！""如果张天彪在，他们不敢来！"……

张二豹看到张大豹还在不知所措地哭号，就对他说："别哭了，哭也没用。如果地上的血是胡子的，说明有胡子受了伤，一定是妈用洋炮打的。他们中有受伤的，就一定走不了太远。咱俩去追赶胡子，杀光他们，为妈报仇！"

张大豹一听张二豹说要去追赶胡子，杀光胡子，为妈报仇，立刻不再哭泣。他擦了一把鼻涕，抹了一把眼泪，拎起洋炮和弹药背包，狠狠地说："麻溜儿走，不能让那帮瘪犊子跑了。杀光胡子！"

胡大石活着的时候像石头一样强壮，死了的时候就像死猪一样死沉死沉的了。四个胡子轮流抬着门板，个个累得大汗淋漓，只能走一会儿，歇一会儿。一个时辰，也没走出十里地。

在追赶胡子的过程中，张二豹一直在琢磨：野狼虽然害死了爹，但是野狼毕竟是狼心狗肺的野兽，没有人性。他们杀死了一些野狼，爹的仇也算报了。以后就不要再以野狼为敌，猎杀野狼了。胡子们成帮结伙祸害村民，烧杀抢掠无恶不作。以后要以胡子为敌，杀光祸害村民的胡子，为爷和妈报仇，为村民除害。

转眼，兄弟俩就追上了胡子。

张大豹迫不及待地举起洋炮就要向他们射击。张二豹立马制止了他："这帮胡子虽然是乌合之众，但是也绝非等闲之辈。他们人多，相当于咱们俩对付一群野狼，千万不能硬拼，只能智取。"

张大豹急切地问："怎么个智取法？野狼怕火，你可以智取，胡子怕什么？"

张二豹说："打狼不能打群狼，只能一个一个猎杀。打胡子也应该这样。咱们先尾随着他们，抽冷子动手。"

他们悄悄地跟在胡子后面，如同两个小猎手在跟踪着作恶多端的狼群。张二豹观察，胡子抬着的人相当沉重，不可能是钱芳菲，一定是胡子的头儿。

过了半个时辰，一个胡子提出饿得实在走不动了，要到附近找点儿吃的。前面的胡子继续缓慢地向前走，两个胡子朝大豹、二豹这边走来。

张二豹拽着张大豹躲藏在一个山坡上。当两个胡子走到他们下边的时候，张二豹飞身跳下，借助下落的力量，一脚踢倒了一个胡子，同时用柴刀猛劈另一个胡子的脖子。倒地的胡子挣扎着要站起来，张二豹已经冲到他跟前，一柴刀刺进他的胸膛。

张二豹的柴刀是张山峰当年在镇上的铁匠炉特制的，锋利无比，既可劈，也可刺。

当张大豹跑下小山坡，看到张二豹瞬间就干净利落地解决了两个胡子，他埋怨二豹说："下手挺麻溜啊！也不说给我留一个，让我解解恨！"

张二豹说："解恨的机会有的是。"

他们继续尾随着胡子。

张二豹琢磨，去找食物的胡子迟迟不回来，就会引起胡子们的警觉。那样，就更不好对付他们了。必须得想一个办法，尽快干掉他们。

又过了半个时辰，去找食物的两个胡子还没有回来，活不见人，死不见尸地消失了，自然引起了前面胡子们的警觉。他们预感到危险来临，必须加快脚步，迅速返回南山山寨。

张二豹绞尽脑汁，也想不出一个消灭胡子的办法。胡子们加快了脚步，说明他们已经意识到去找食物的两个胡子凶多吉少，甚至已经被干掉了。这样，对付这些胡子就更困难了。实在不行，只能是从山上快速冲到胡子前面，在山坡上伏击胡子了。于是，他们在山坡上加快脚步，超过胡子，准备伏击他们。

正当他们占据有利地形，准备伏击胡子的时候，张二豹突然看到前面出现了三十几个穿着黄色衣服的人。他们每个人都带着钢枪，像是军人。

张二豹多次听他爹讲过，日本鬼子是东洋人，是到密山及整个东北抢劫的强盗。他们比胡子、野狼还要凶残，杀人放火，无恶不作。有一支专门打鬼子的队伍，叫作东北抗日联军。张二豹不知道前面的军人是日本鬼子，还是打日本鬼子的东北抗日联军。他灵机一动，不管是什么军队，可以借助他们的力量，消灭下面的胡子。

突然，张二豹看到走在最前面的黄衣军人扛着一面旗帜，上面画着一个红色的太阳。对了，张二豹听他爹讲过，日本鬼子强占密山的时候，开着几十辆军车，上面就插着这样的太阳旗。他们见到中国人就开枪，打死了好多中国人。这些黄衣军人一定是鬼子兵。想到这儿，张二豹用洋炮瞄准了拿着太阳旗的鬼子。

张大豹也瞄准了拿着太阳旗的鬼子，同时问张二豹："这是什么人啊？"

张二豹提醒他说："他们不是中国人，是日本鬼子，是到密山，到东北抢劫的强盗。我打扛着太阳旗的鬼子，你打他后面的鬼子，然后立马趴下。"

张大豹不解地问："强盗不就是胡子吗？他们是一伙儿的吗？"

张二豹有些不耐烦地说："别再问了，我有时间再告诉你。瞄准鬼子！"

张二豹清晰地看到鬼子和胡子顷刻间就要相遇了。他瞅准时机，一枪打中鬼子旗手的脑袋。张大豹也打倒了他后面的鬼子。他们随即隐蔽，给洋炮装填弹药。

鬼子一边哇啦哇啦喊叫着，一边就地卧倒。胡子也听到了枪声，然而还没来得及躲藏，就被鬼子看到了。鬼子以为是胡子袭击了他们，就朝胡子射击，向胡子冲去。转眼之间，就有七八个胡子被鬼子的钢枪击毙。抬着胡大石尸体的胡子扔下尸体掉头就跑，也被追上来的鬼子打死了。

有一个胡子躲藏在一块大石头后面，趁鬼子追赶向后逃跑的胡子时，撒丫子朝南山山寨跑去。

张二豹一看，不能让一个胡子漏网，要抓住他，问清楚南山山寨里的情况，而后再斩草除根。他拎着洋炮就向漏网的胡子追去。张大豹也跟着追去。没想到这个胡子奔跑的速度飞快，不是猎人，就是军人。加上他非常熟悉这一带的地形，不一会儿工夫，就跑得无影无踪了。

张大豹转身要回去打那些鬼子。

张二豹说："既然鬼子是强盗，占领密山，又杀害中国人，咱们就不会放过他们。但是，鬼子的钢枪远比咱们的洋炮好使，威力大，射程远，打仗也比那些胡子厉害。咱们先把南山山寨的胡子杀光了，然后再考虑杀光那些比胡子还残忍和可恶的鬼子。"

张大豹说："好，我听你的。"

他们继续追赶朝南山山寨逃跑的胡子。

天要黑下来了，他们也没有追上逃跑的胡子。他们杀光胡子的决心是坚定的，就像当初要杀光野狼一样坚定。快到山寨门口了，没有追上逃跑的胡子，也要想办法把山寨里的胡子杀光。

张二豹到了山寨门口一看才知道，这哪里是什么山寨呀，明明就是一个小山洞，外面用木头和柴草搭了两个简陋的木板房。木板房低矮，甚至像窝棚。还有两个地窖子，就是建在地下的穴式房屋，房屋上面铺的木板。

山洞外面有一个站岗的胡子，无精打采的，天还没有大黑，就要大睡了。

张二豹观察了片刻，感觉逃跑的胡子还没有跑回来通风报信，否则山寨有所准备，要消灭他们就难了。于是，他对张大豹说："你去把站岗的胡子干掉，然后埋伏在洞口外。如果逃跑的胡子回来了，就干掉他。我去摸摸窝棚和山洞里的情况。"

张大豹犹豫了一下说："我明白你说的'干掉他'就是让我杀了他。我只干掉过野狼，没干掉过人，也不知道能不能干好。"

张二豹严厉地说："你干掉的是狼心狗肺的坏人，和杀害咱妈的胡子是一伙的。对待他们和对待野狼一样不能手软。你不干掉他，他就会干掉你。"

张大豹朝二豹点了点头，深深地吸了一口气，抽出了腰间的猎刀，然后轻轻地走到站岗的胡子身后，猛然一刀宰了他。张二豹一直看着大豹，生怕他一手软，着了胡子的道。刚才他看得很明白，站岗的胡子已经进入深深的梦境，即使大豹大摇大摆地走过去杀他，他都不会察觉。

张二豹黄鼠狼一样轻盈地接近胡子的第一个木房子。从布帘门朝里一看，里面漆黑一片，什么也看不到。又看了半天，才看清楚，木房子、地窖子里面都是空的。他又来到了山洞口。

张大豹也跟着他来到了山洞口。他们看了半天，听了半天，才看到里面的光亮，听到里面有几个人的说话声儿，像是在喝酒。

张二豹说："我估摸里面只有不超过六个胡子。咱俩趁逃跑的胡子没回来之前冲进去。你别急于开枪，如果谁要是向咱们开枪，你再抢先开枪。他们人多，必须用洋炮逼住他们，然后突然出手，用刀杀死他们。"

他们悄悄地朝山洞里面走，还没有看到胡子，张大豹突然朝山洞里面冲去。张二豹怕他有闪失，只好也跟着他朝里面冲去。

里面靠近洞口的地方，摆着一排麻袋，有两尺高，估摸是守卫山洞的掩体。里面煤油灯灯光昏暗，张大豹刚要大喊一声"别动"，一下被麻袋绊了个跟头。张二豹一步跳过麻袋，端着洋炮，大喊一声："别动！"

山洞里面有六个胡子。他们一看冲进来人了，大吃一惊，但是，一看进来的只有两个炮手，一个还被麻袋绊倒了，就突然伸手到墙边拿自己的洋炮，想一齐开火，干掉兄弟两个。

张二豹抢先开枪，打死就要摸到洋炮的胡子，然后把背在身后的另一支洋炮握在手上，再次大喊："别动，谁动就打死谁！"然而，其他五个胡子对他的话置若罔闻，继续去拿墙边的洋炮。胡子们也意识到来者不善，一定是来山洞报仇的，如果他们积极反击，也许只能死两三人；如果他们坐以待毙，也许六个人都得死。

张二豹又一枪，打死了就要拿到洋炮的另一个胡子，随即一个鱼跃，去捡张大豹掉在地上的洋炮。

其他四个胡子稍一停顿，又去拿自己的洋炮。只见张大豹用力撇过去一个圆咕隆咚的铁疙瘩。胡子立马惊恐地趴在地上，生怕铁疙瘩打在脑袋上。张二豹瞬间冲到胡子放置洋炮的地方，把洋炮控制住。

胡子刚要爬起来，只见张大豹蛮牛一样冲了过去，一猎刀刺穿了一个胡子的肚子。一个胡子拔出猎刀就要从后面袭击张大豹。张二豹的洋炮响了，大号铅弹把他胡子拉碴的脸掀开了一半。

此刻，张二豹和张大豹已经杀红眼了。想起妈妈被胡子杀害了，不杀光这伙儿罪无可赦的胡子无法解除心头之恨，他们又向最后两个胡子冲去。两个胡子一摸，猎刀都没有别在腰间，赤手空拳向他们迎来。张二豹双手紧握柴刀，以劈山斩石的力量朝一个胡子的脑袋劈下。胡子仓促之间用双臂一挡，双臂顿时像木柴一样被柴刀劈断。接着，柴刀刀背外翻，刀刃朝胡子的脖子削去。胡子的脖子和狍子的脖子一样不禁削，顿时鲜血喷射出来。张大豹的猎刀大力刺向最后一个胡子的肚子。胡子的肚子向后一收，避开了张大豹的猎刀。然而，胡子肚子后收的同时，上身自然要前倾。张大豹一提膝盖，重重地撞击在胡子的下巴上，随后把猎刀往地上一扔，用他力大无穷的单臂夹住胡子的脖子，用力一提，折断了胡子的脖子。

兄弟俩把南山山寨的六个胡子都杀光了，为妈妈报仇了，才松了一口气。

张二豹立马为四支洋炮装填了弹药，然后看看山寨都有什么好东西。他看到一个木头箱子，里面装着七八个刚才张大豹情急之下撇出去的铁疙瘩。他不知道这是什么，张大豹更不知道这是什么。只是在他被麻袋绊倒的时候摸到了这些铁疙瘩，情急之下当作石头随手撇了出去。没想到胡子还真怕这铁疙瘩。

张大豹不懂装懂地说："这些铁疙瘩一定是一种特别厉害的兵器，专门儿用来砸人脑袋的。估摸一下子就会把人的脑袋砸碎，所以刚才胡子们都怕它。但是，得撇得准。砸不到脑袋就白搭了！我得好好练习一下撇铁疙瘩，到时得准准地把铁疙瘩砸在鬼子的脑袋上。"

张二豹感觉这铁疙瘩绝不会像大豹说得那么简单，不应该是用来砸人的，一定有着什么巨大的威力，否则胡子不会被吓得趴在地上。他把这些想法对大豹说了，大豹虽然觉得二豹说得有道理，然而还是认为自己分析得没错，铁疙瘩就是用来砸人脑袋的。他把铁疙瘩当成了宝贝，竟然揣在衣服兜里一颗。

　　他们在山洞里找到大量的粮食。张二豹说太平沟的村民太困难了，应该把粮食分给他们。张大豹同意。

　　张二豹考虑太平沟村的家已经被胡子烧成了废墟，妈也不在了，他们已经无家可归了，何不就在这南山山寨安家呢。现在，密山地界的胡子成帮结伙地大肆抢劫杀人，无恶不作，他们兄弟俩毕竟人单势孤，应该发展壮大势力，好和胡子真刀真枪地拼杀。再说了，说不定哪天，鬼子会进犯山寨，只有人多势众，才能杀鬼子。

　　兄弟俩点燃洞里的两盏煤油灯，开始清理山洞。他们把胡子的尸体一个个抬出山洞，先放在院子里，等明天再把他们埋了。

　　当他们抬出最后一具尸体，正要返身进洞吃点什么的时候，只听到一个低沉而有力的声音冲他们喊着："不许动，把洋炮放在地上！"

　　张二豹猛然想起，这个人有可能就是鬼子进攻时逃跑出来的那个胡子。他斜眼看了一下张大豹，立马看到了大豹衣服兜里揣着的铁疙瘩。他给大豹使个眼色，想让大豹用铁疙瘩砸胡子的脑袋。大豹不明白他是什么意思，竟然张嘴要问他。这时，逃跑的胡子再一次大声喊道："再不放下洋炮，我就开枪了！"

　　张二豹一边把洋炮从肩上摘下来，慢慢弯腰往地上放，一边还在看着张大豹和他兜里的铁疙瘩。大豹终于明白了二豹的意思，趁二豹要把洋炮放到地上吸引胡子目光的瞬间，猛地把铁疙瘩朝身后的胡子撇去。

　　胡子看到铁疙瘩向他砸来，一边手忙脚乱地躲避铁疙瘩，一边惊慌失措地朝张二豹开了一枪。因为这一枪是在躲避铁疙瘩的过程中开的，没有打着张二豹。然而，张二豹手里的洋炮还没有落地，他快速抬枪，朝胡子打了一枪。大号铅弹打中了胡子的胸膛。

　　张大豹还遗憾地说："铁疙瘩没有砸中胡子的脑袋，太便宜他了！"

第六章　铁疙瘩救抗联英雄

在拾掇山洞、木房子、地窨子的时候，兄弟俩收集了一些武器，有十九支洋炮，两支猎枪，两把短枪，十二把猎刀和匕首，四十五个铁疙瘩，还有大量洋炮弹药和两条猎枪子弹带。猎枪子弹带是用牛皮制作的。皮带很宽很硬，上面缝制了一个挨一个的子弹套，猎枪子弹插进子弹套里，打猎的时候把子弹带扎在腰上，携带子弹方便，使用子弹快捷。

山洞中还屯集着大量的粮食、十件野狼皮大衣和二十多张兽皮。

两支猎枪是崭新锃亮的，左右两个枪管。张二豹听爷爷和爹爹讲过这种猎枪，他基本掌握它的原理，握在手上看了一会儿就会使用了。他自己留一支猎枪，递给大豹一支，满心欢喜地对大豹说："以后咱们就用猎枪了。猎枪比洋炮好使。你看到那两箱洋炮管一样粗细、大葱段一样黄澄澄的东西了吗？那就是猎枪子弹。猎枪装填子弹简单迅速，威力也比洋炮要大一些。"

其实，张二豹所说的"洋炮"和"猎枪"统称猎枪。洋炮出现得早，都是进口的，所以猎人称之为"洋炮"。为了把在枪管直接装填弹药的猎枪和使用黄铜子弹的猎枪区分开，猎人还习惯称前者为"洋炮"，后者为"猎枪"。

张大豹看着猎枪，简直是爱不释手。他迫不及待地让二豹教他使用猎枪。

张大豹总想练习实弹射击，张二豹不让："我听爹说过，南山的胡子很多，尤其是半截河一带更多。打枪会招来胡子。"

张二豹不厌其烦地教着大豹如何使用猎枪："猎枪射击前，把枪管和枪身掰开，放进去两颗子弹，再掰回来，就可以和洋炮一样进行射击了。"

从此，张大豹、张二豹天天到那片寂静的林子里练习猎枪瞄准，不久他们的射击水平就达到了得心应手的程度，感觉百发百中。兄弟俩喜欢用猎枪，不喜欢用步枪。

山寨是寂静的，然而张二豹似乎感觉出一种令他不安的震动，他的心脏都为之震颤。那种震动发生在晚上。他也不知道震动来自何处。

张大豹在同野狼和胡子的搏斗中，逐渐意识到猎手拳的重要性了。猎枪练习得差不多了，他主动让二豹教他猎手拳。开始，二豹以为大豹只是一时心血来潮，学习起来还会心不在焉，就心不在焉地教他。出乎二豹意料的是，大豹学习猎手拳比他学习种地还要专心致志，练起猎手拳来简直废寝忘食。二豹为大豹高兴，也开始比大豹学拳还要专心致志地教拳了。大豹的每招每式都极为认真，有板有眼，学得比二豹预想的要快要好。

张二豹一直在琢磨一件事儿，就是要把山洞中的粮食分给太平沟的村民们。村民们生活都很困难，粮食还减产，急需这些粮食。况且，这些粮食都是胡子从山下的村民手里抢来的，应该归还给村民。如何把粮食送到村民手里，又是个棘手的问题。山寨里连一个破旧的推车都没有，没法为村民送粮食；太平沟村距离山寨四十多里，村民又无法到山寨取粮食。

胡大石是个胸无大志又心胸狭窄、嫉贤妒能的家伙，就像《水浒》中的王伦。其实，盘踞南山山寨多年以来，经常有为生活所迫的村民，也有一些英雄好汉要投奔南山山寨落脚，都被他打发走了。他固执地认为树大招风，不想让山寨的势力发展得太大，也不想让比他有能力的英雄豪杰来山寨为他效力。林子大了什么鸟都有，人多了必然心杂，说不定哪天他在醉梦中让人砍了脑袋，被人取而代之。对他这个穷苦出身的胡子头儿来说，粮食比什么都重要，人多了也费粮食。胡大石最大的爱好就是囤积粮食，体现出了守财奴的本性。同时，他也不想招惹别的山头儿的胡子，侍弄好自己的一亩三分地就行了。按理说，胡大石是个参加过俄国十月革命的老战士，可谓见多识广，城府颇深，应该干一些男人应该干的轰轰烈烈的事情，不应该满足于默默无闻。当然了，更不应该当胡子，干一些打家劫舍、伤害无辜的罪恶勾当，最后被弃尸荒野，成为无家可归的孤魂野鬼。他应该带着他的手下去打鬼子，即使曝尸街头，也会流芳后世。

兄弟俩在南山山寨生活了半个月，自然相安无事。他们还是每天在寂静的林子中练习猎枪瞄准和猎手拳，有时也到离山寨很远的地方打个野猪、狍子什么的。只有打猎的时候才能实弹射击。

有一天，张二豹对张大豹说："咱们不能像冬眠的黑熊似的，天天在山洞里待着，得想方设法把粮食给太平沟村的村民送去，还得考虑壮大队伍，杀光胡子。再说了，我一直在惦记那天的鬼子兵，咱们不能让他们在咱们密山胡作非为地杀害中国人哪，咱们得找到他们，教训教训他们，让他们知道中国人的厉害。"

张大豹说："我也在心里琢磨你讲的鬼子在进攻密山的路上见到中国人就杀的事儿呢。鬼子太他妈狠了，和野狼一样！应该把鬼子杀光。我听你的！"

张二豹说："明天咱们去打点儿猎物，用大铁锅烘干成肉干儿，带着路上吃。然后，咱们下山看看鬼子把密山糟蹋成什么样了。抽冷子，咱们再杀他几个鬼子！"

第二天早晨，兄弟俩早早就起来了，他们准备好了新装备，每人一支猎枪，带足了猎枪子弹。张大豹感觉铁疙瘩挺有用，还揣了两个铁疙瘩。

他们在山林中走了十来里路，突然听到远处传来激烈的枪声。

张大豹说："也许是两个山头儿的胡子打仗吧。咱们别靠前了，再溅身上血。"

张二豹分析说："胡子的家伙事儿一般都是洋炮，顶多有几支猎枪。我听爹说过，有一种武器叫机关枪，开枪像爆豆似的，打出去的子弹像蝗虫一样密集。从枪声的密集程度判断，应该不是两个山头儿的胡子在拼杀。我好像听到了爆豆的声音，应该是机关枪射击的声音。所以，打仗的应该是两支部队。咱们去看看，如果是东北抗联和日本鬼子打起来了，咱们好帮助抗联打鬼子！"

张大豹说了一句："中国人必须帮助中国人，打死小鬼子！"张大豹说完，从兜儿里掏出铁疙瘩，就和张二豹一起朝枪响的地方飞跑。

就要跑到枪声附近的时候，他们放慢了脚步，悄悄地接近目标，然后在山坡上向下观望。只见二十来个鬼子和十多个穿着普通村民服装的人在激战。穿村民服装的人躲藏在道边的石头后，可以明显看出他们的地形不利，武器也不如鬼子，但是他们打得相当顽强。眼看着又有几个人倒下了，他们还在坚持战斗。

张二豹判断穿村民服装、使用钢枪的人不是胡子，应该是东北抗联的。他毫不犹豫地要助东北抗联一臂之力。他小声对大豹说："跟着我，咱们在鬼子背后捅他们一刀！"然后朝鬼子背后移动。

张大豹抽出猎刀，紧跟在张二豹的后面。

到了猎枪的射程，张二豹猛然趴下，迅速瞄准一个鬼子小军官开了枪。小军官一头栽倒，又掉到了公路上。

张大豹埋怨二豹说:"你不是让我从背后捅小鬼子一刀吗?你怎么开枪了?"

张二豹焦急地说:"别问废话,麻溜儿打鬼子!"

兄弟俩一起向鬼子开火。他们打猎主要是打跑动的猎物,打静止的目标几乎百发百中,又是背后突然袭击,顷刻间,就有四五个鬼子被他们打死。

石头后面的抗联战士在鬼子对面猛烈射击,又有五六个鬼子被消灭。

还有几个鬼子在负隅顽抗。他们在用机枪向抗联战士扫射,打得抗联战士抬不起头来。同时,有三个鬼子朝山坡上冲来,明显是奔兄弟俩来的。兄弟俩用猎枪把三个鬼子打死。然后,他们想把朝抗联战士疯狂扫射的几个鬼子干掉。几个鬼子被一块伸出来的石头遮挡着,张二豹从上面根本看不到他们,只能听到密集的机枪声。

张二豹想从侧面接近鬼子,到一个能看到鬼子机枪手的地方轰掉他。但是,又有两个抗联战士中弹牺牲,他心急如焚。这时,他突然想到大豹揣着两个铁疙瘩。在山洞中,胡子那么害怕铁疙瘩,也许鬼子也害怕铁疙瘩。于是,他从张大豹的兜里掏出一个铁疙瘩,就要朝鬼子机枪手藏身的地方撇过去。

张大豹叮嘱他说:"一定撇准点儿,把小鬼子的脑袋打开瓢!"

张二豹小声回答说:"压根儿就看不见鬼子,怎么把鬼子脑袋打开瓢?"随手将铁疙瘩朝鬼子机枪手的位置撇了下去。

只见铁疙瘩掉在鬼子机枪手上面,又骨碌到他的身边。鬼子机枪手和其他两个鬼子一看见铁疙瘩,像看到鬼了似的,一起跳下山坡。

石头后面的抗联战士正在对鬼子机枪一筹莫展的时候,只见鬼子机枪手从山坡上跳下来了。他们一起开火,三个鬼子瞬间毙命。

鬼子被消灭了。张二豹拽了一下张大豹,想离开这个战场。虽然抗联战士都是他心里的英雄，但是他还没有确定和鬼子打仗的是不是抗联的。

这时，抗联的一个人大声喊着："兄弟，谢谢你们出手相助！如果没有你们，我们也许不会站到这里了！"

张二豹拱了拱手，没有说话。张大豹也学着张二豹的动作，朝他们拱了拱手。

对方又喊道："兄弟，你们是猎手吧？你们是哪个村子的？"

张二豹感觉不如实回答，就是对人家的不敬，就实话实说道："我们是猎手，太平沟村的。"

对方一听说是太平沟村的，立马更为亲切地说："太平沟村的呀？你们村有个叫张天彪的英雄吧？"

张大豹刚要说"张天彪是我爹"，被张二豹阻止了。他抢先问道："各位好汉是东北抗联的吗？"

对方说："你们救了我们，咱们是一家人，我们也不隐瞒，我们是东北抗联的。"

张二豹确信他们是东北抗联的，就和大豹走下山坡，走向他们。

抗联的英雄和兄弟俩亲切握手，然后开始打扫战场。

一个抗联领导模样的人自我介绍说："我叫钟志强，是抗联的一个连长。非常感谢你们出手相救！"

钟志强一再感谢，张二豹也不知道说什么好了，就回答他们前边的问话说："张天彪是我爹。我叫张二豹。这是我哥张大豹。"

钟志强喜出望外，进一步打量着张二豹说："你和你爹长得太像了。真是虎父无犬子呀！你爹是英雄，你们两个也是少年英雄，可敬可佩呀！"

张二豹问钟志强："你们认识我爹？"

钟志强说："前年冬天，我们团在山里被一千多鬼子和伪军包围了。我们连负责掩护全团突围，经过一个多小时的激烈战斗，有六十多名战士牺牲，只有十九个人冲了出来。鬼子在后面穷追不舍，我们边打边撤，最后弹尽粮绝。前面又出现了鬼子。就在我们腹背受敌、走投无路的时候，突然从雪窝中跳出一个强悍的猎人，把鬼子和伪军吓了一跳，也把我们吓了一跳。我们不知道他是敌人还是朋友。没容我们弄明白是怎么回事儿呢，就见他动作极快地一枪打死了鬼子军官，又一猎刀，杀死了一个鬼子，然后掉头就跑。鬼子和伪军立马向他射击，朝他追去。他把鬼子和伪军引入他布设的圆形捕狼陷阱，几个鬼子掉进陷阱，被下面的木剑刺死。我们趁鬼子和伪军追赶猎人，才逃了出来。这个强悍猎人就是你们的爹张天彪。他用的是洋炮，如果他用的是步枪或者手里有两颗手榴弹，会杀死更多的鬼子。后来，你们爹把我们带到他打猎时经常避雨歇脚的一个小山洞，还经常为我们送粮食，为我们打猎物。我们才度过严冬，最后和我们团会合。"

兄弟俩都被爹爹的英雄壮举感动了，但是，他从来没有对他们提起过帮助抗联的事儿。

抗联战士已经打扫完战场。

钟志强说："这疙瘩不能久留，咱们在这儿告别吧。对了，你爹现在好吧？"

张二豹本想对他们说实话，只是一言难尽，尤其想到帮助过抗联的大英雄竟然是那样的结局，感觉在这样的场合说起，有些不合时宜，就没有回答钟志强，只是问道："你们要去什么地方？"

钟志强开诚布公地说："最近，鬼子加强了对抗联的讨伐围剿，我们在这附近的秘密营地也被鬼子破坏了。冬天就要来了，我们在青梅山还有一处秘密营地，我们打算去青梅山，补充给养，袭扰鬼子，度过漫长的冬季后再和大部队会合。"

听到这话，张二豹热情地说："我们在南山上有一处山寨，还算隐秘。你们就住我们山寨吧！"

张大豹也说："住在我们山寨吧。山寨有的是粮食，保准饿不着你们。管够吃。"

钟志强满心欢喜，但是马上又忧虑地说："你们两个人住的地方，怎么能住下我们七个人呢？我们还是回到青梅山的秘密营地吧！"

张二豹盛情地说："山寨里有山洞，还有木房子、地窖子，完全可以住下你们七个人。青梅山离这儿还挺远，你们穿得又这么单薄，就不要去了！"

钟志强他们只好乐而为之了。

张二豹从心里渴望和抗联战士们在一起，因为他有好多东西想向他们请教和学习，也是真心想帮助他们。

到了南山山寨，抗联战士们为山寨打扫卫生，修筑防御工事。兄弟俩则为抗联战士烧水、做饭。

晚上，兄弟俩和抗联战士们在一起吃了一顿丰盛的晚餐：高粱米干饭、炰狍子肉、炒野猪肉。钟志强他们好多天没有吃到一顿像样的饭菜了，尤其还吃到了炰狍子肉、炒野猪肉，感觉很香。

钟志强再次感谢兄弟俩，同时，再一次问到张天彪："你们的爹还好吧？"

张二豹感觉无法再沉默了，就对他们讲述了他爹遇难的经过。

钟志强他们都对张天彪的遇难感到痛心和惋惜！他们也深深地领悟到，一个人即使再坚韧强悍，再英勇无畏，单打独斗也斗不过凶残的狼群。打鬼子和打狼群一样，光依靠抗联队伍是不行的，必须团结更多的抗日力量，才能打败日本鬼子，把日本鬼子赶出中国去！

钟志强询问了兄弟俩有关南山山寨的情况。他们如实向他介绍了打胡子，并住进山寨的经过。钟志强为张天彪有两个和他一样英勇强悍的儿子而深感欣慰。

天气越来越冷。

兄弟俩把山洞里所有的兽皮都拿出来，和抗联战士们一起动手，把兽皮都钉在木房子里面，好为战士们防风保暖，还把山寨里的野狼皮大衣拿出来，让战士们每人穿上一件。战士们再也不会冻得嗞嗞哈哈的了。

张二豹要给太平沟村民送粮食的想法更加迫切，村民们都要揭不开锅了。他和钟志强商量，让他们守卫山寨，他要和大豹去送粮。钟志强立马反对说："我们东北抗联是共产党领导的人民军队，抗联的主要将领赵尚志、杨靖宇、周保中、冯仲云、夏云杰等都是共产党员。我们三个也是。抗联是专门打鬼子，保护老百姓的，和老百姓是鱼和水的关系。没有老百姓的支持，就没有我们抗联。这样吧，我带着战士们去给太平沟村百姓背粮食去，你和大豹守卫山寨！"

张二豹清楚送粮是个非常艰巨的任务，除了消耗大量体力外，还有遭遇胡子、鬼子伏击的危险。所以，钟志强才抢着去送粮。越是累，越是险，就越不能完全让抗联承担，他要和抗联共同分担。于是，他坚持让大豹和一个抗联战士守卫山寨，他和钟志强等人去送粮。

钟志强也清楚张二豹是为他们着想，只好按他说的做。钟志强嘱咐留下来的战士和张大豹说："如果胡子来进攻山寨，你们就用机枪守住山寨大门，胡子跑了也不要追赶；如果鬼子来进攻山寨，你们扔几颗手榴弹后立马撤退，千万不要硬打！"

兄弟俩两次听钟志强提到手榴弹这个武器，都感觉很好奇。张二豹刚要问钟志强，手榴弹是什么武器，张大豹抢先问了："钟连长，手榴弹是个什么厉害武器呀？我怎么没看见过？"

钟志强伸手把张大豹兜里露出的铁疙瘩掏了出来，开玩笑地说：

"大豹兄弟这不是骑驴找驴吗？自己身上带着手榴弹，这颗手榴弹一直揣在你的兜里，救我们的时候还用过手榴弹，硬说没看见过手榴弹。"

张二豹恍然大悟："这个铁疙瘩就是手榴弹哪？你看我这脑袋，没上过学似的。我爹和我提到过手榴弹，但是我硬是没想到这个铁疙瘩就是手榴弹。"

张大豹也是茅塞顿开，笑着说："怪不得胡子怕这个铁疙瘩，小鬼子也怕这个铁疙瘩。我以为是专门为砸敌人脑袋而制作的武器呢。闹了半天，它是炸弹哪！哎呀，我也不知道啊，我还用它砸过榛子，练习过投准儿呢！"

前些日子，张大豹想吃榛子。他想起小时候，他爹在家里的木头炕沿上凿出两个榛子大小的半圆形小坑儿，让他们兄弟吃榛子的时候把榛子放进小坑儿，然后用锤子砸，既不会砸到手，榛子瓤还不会被砸碎，也不会掉到地上，非常方便。张大豹在山寨的木凳上也凿了个榛子大小的半圆形小坑儿。当他把榛子放进小坑儿里的时候，才知道山寨没有锤子。他找了半天，也没找到什么可以砸榛子的，索性掏出铁疙瘩，砸起了榛子。他以为铁疙瘩就是专门用来砸小鬼子脑袋的兵器，怕再遇到小鬼子，砸小鬼子脑袋砸得不准，不能让小鬼子脑袋一下开瓢，竟然还用这铁疙瘩练习过投准儿。

铁疙瘩没有爆炸，真是万幸啊！

钟志强这才意识到他们兄弟俩不知道铁疙瘩就是手榴弹。他简单教了他们手榴弹的使用方法，告诫他们注意，千万别让手榴弹炸到自己。

张大豹即使知道了铁疙瘩是手榴弹，他还是习惯于管手榴弹叫铁疙瘩。看来习惯不容易改变哪！

第二天太阳还没有升起，张二豹、钟志强等七个人，每人扛一百多斤粮食，开始朝太平沟进发。

南山山寨到太平沟村的山路崎岖，乱石嶙峋，平时轻手利脚也得走四五个小时。张二豹、钟志强他们背着一百多斤的粮食，还有武器、弹药、食物，走在这样艰险的山路，就像背着一座山一样沉重。

开始，他们走一里路一休息，后来就是走一百米一休息了。他们的衣服已经不知道被汗水洗过几次了，衣服外面是冻的冰，里面是出的汗。隔一会儿，就要在地上抓一把雪，塞到嘴里。经过千辛万苦、千难万险，下午，他们终于平安到达太平沟村。

太平沟村里有人老远就看到了带着武器、扛着东西的他们，还以为是胡子下山了呢。家家把房门闩紧，战战兢兢地从门缝向他们窥视。当村民们知道是抗联和张二豹给他们送粮食来了，才纷纷打开家门，从屋里跑出来，欢天喜地地领粮食。

村民的家里都没有多少粮食了，正发愁不知道如何度过冬天呢，抗联和张二豹给他们送来了粮食，远远胜过雪中送炭！村民们对抗联和张二豹真是感激不尽、千恩万谢呀！

张二豹本来打算在废墟中找到钱芳菲的尸骸，把她安葬了。一看才知道，村民们早已经帮助他们找出钱芳菲的尸骸，把她安葬在一个山清水秀的地方了。村民们还把张家的废墟清理干净，等待有朝一日他们兄弟俩回来，在老宅所在的地方重新建起新房子。

张二豹通过村民们介绍才知道，安葬钱芳菲，清理张家废墟，都是梦向东和女儿梦静带着大家干的。

张二豹从心里感激他们父女！

张二豹、钟志强和抗联战士，梦向东、梦静和一些村民为钱芳菲扫墓。他们想为这位英勇母亲献上一束鲜花，然而这个季节只有雪花，没有鲜花……

和钟志强他们在一起的日子，兄弟俩学了很多知识，尤其是张二豹。他清楚了日本鬼子是侵略者，他们侵略中国不光是和胡子一样抢劫杀人，他们是想长期占领中国，把中国当成他们的殖民地，进而吞并中国。那样，中国人会成为任日本鬼子宰割的亡国奴。因此，每一个中国人都应该挺身而出，保家卫国，把鬼子赶出中国去！

张二豹的肩上有一种使命感，沉甸甸的！

钟志强还介绍说，东北抗日联军是在中国共产党领导下的一支英雄部队，是彻底打击鬼子的队伍。抗联的前身是东北抗日义勇军余部、东北反日游击队（包括山林队）和东北人民革命军等。目前东北抗联不断发展壮大，已经建成十一个军，人数达四万多。东北抗联经过艰苦卓绝的斗争，牵制了数十万鬼子和伪军。

这回，张二豹的心里阳光明媚了。过去经常听他爹说起过东北抗联，他是懵懂的，不清楚东北抗联到底是什么样的队伍。现在，他对抗联有了进一步的了解，抗联是人民军队。有了抗联，鬼子就不敢欺负穷人了，穷人就有希望过上不再担惊受怕，能够吃饱穿暖的好日子了。

张二豹还琢磨，胡子再咋不济，毕竟也是中国人。以后不能总想着打胡子，杀光胡子了。兄弟俩杀死了那么多个胡子，钱芳菲的仇已经报了。日本鬼子是在中国的土地上杀人放火的侵略者，是中国人的敌人，要把全部精力用在打鬼子上，杀光鬼子兵！

兄弟俩还和抗联战士学会了使用钢枪，抗联战士管它叫步枪。但是，他们还不想使用步枪。猎枪已经得心应手，如果突然把猎枪换成步枪，他们还有些不适应。

喜欢的枪，才是打鬼子的好枪……

第七章　危险的雪地脚印

冬天恰似一个恶汉，劈头盖脸就来了。它冷酷得令人胆战，无情得让人心寒。第一场大雪就如同厚厚的棉被，粗野地把大地搂抱得密不透风。

在下大雪之前，钟志强让大豹和二豹带领四名战士进山多打了一些猎物，留着冬天吃。

张二豹把一些武器弹药送给了钟志强他们，把用不了的一些粮食以及武器弹药藏匿到山寨西北角的一个隐秘的地窖里。万一鬼子偷袭山寨，好不让这些粮食和武器弹药落入鬼子手中。他把藏匿粮食和武器弹药的地点告诉了钟志强他们，并告诉他们把这儿作为抗联的一处秘密营地，需要的时候随时来拿。

两兄弟对抗联的真诚，让钟志强仿佛看到了当年的张天彪。他感到十分欣慰！

到了冬天，尤其是下了大雪以后，钟志强要求大家尽量不要进山打猎了。

张大豹有些不解地问："冬天，才是打猎的季节。为什么不让冬天打猎？"

钟志强说："鬼子除了不断增兵，加强对抗联队伍的讨伐、围剿以及断绝群众和抗联的联系外，还千方百计收买抗联中意志薄弱者，为他们提供情报。过去，鬼子只有白天敢进入深林搜索抗联队伍，寻找抗联秘密营地，晚上他们很少进入深山，更不敢在深山中过夜，怕抗联袭击他们。近来，个别人投降了鬼子，成为抗联的叛徒，他们为鬼子带路，鬼子也敢在深山里过夜了。这样，好多抗联秘密营地被鬼子破坏了，导致抗联队伍失去越冬营地和物资保障。因此，保护南山山寨最好的办法，就是不给鬼子和汉奸留下寻找咱们的蛛丝马迹，尤其是脚印，这样才能让他们找不到咱们。否则，频繁进山追打猎物，必然要在白雪上留下清晰的脚印，早晚有一天会被鬼子发现，进而让他们跟踪到山寨来。以后不经过批准，谁也不许进山打猎，也不许擅自离开山寨。”

张二豹补充说：“烧火做饭也不能明目张胆的了，尽量晚上做饭。柴草燃烧的气味、烀狍子肉和野猪肉的味道会飘散得很远，也容易把鬼子招来。”

大家都赞成钟志强和张二豹的话，表示不经过钟连长批准，不会进山打猎和擅自离开山寨。

深冬的一天，张大豹负责站早班岗。

大雪把野外的食物都封盖住了，一只野兔跑进院子里觅食。大家好长时间没有吃到野兔肉了，野兔就像亲自送上门来慰问大家似的。张大豹想猎杀这只野兔，为大家改善生活。他抬手就想朝野兔开枪。一想钟志强和张二豹都嘱咐过：“鬼子来了立马鸣枪报警。平时不能随意开枪，枪声会把鬼子招来。”他把猎枪放了下来。

这时，野兔朝外跑去。

张大豹不甘心到了嘴边的野兔肉轻而易举地跑掉，于是在后面大步流星地追赶着野兔。他身体壮，分量重，奔跑的速度远不如野兔快。他狂奔了一里多地，也没有追上野兔。他猛然意识到不能再追了，再追，野兔有可能把他带到小鬼子的嘴里了。

他扭头返回山寨。

过了三天，又轮到张大豹站早班岗了。一出山洞，他就在院里院外打量着有没有野兔，总想抓住一只野兔，为大家改善生活。

突然，张大豹发现，山寨外面的雪地上本来只有他的一排脚印，已经被新下的白雪覆盖得不太清楚了，然而今早一看，脚印又变得和刚刚踩出来一样清楚了，而且是两个人的脚印。张大豹感觉蹊跷，立马告诉了张二豹。他不敢告诉钟志强，怕钟志强批评他。

张二豹严厉地批评了张大豹，甚至比钟志强批评得还要严厉："你可以不听我的话，但是你不能不听钟连长的话，擅自追赶野兔，为鬼子留下了线索，你是猪脑袋呀？让你和我一起上初级小学，你硬是不去。没文化、没智慧不仅可怕，有时还可恨！这下沾包儿了吧？提前发现了危险的脚印还好，如果没有发现脚印，也许鬼子冲进山洞了，咱们还在做梦呢。那样的后果更是不堪设想。你能负得起这么重大的责任吗？"

张大豹是个爱拔犟眼子的人。他倔强的最高境界就是沉默。他的沉默总是包含着过多的不服、反抗、对立等消极的内容，很少具有自责、内疚、痛悔等积极的意思。这次，张大豹一句话也不说，还是以沉默对待张二豹的批评。张二豹没有时间为张大豹提高认识，全当他这次沉默里是满满的自责、内疚和痛悔吧。

张二豹立马将山寨院外出现可疑脚印的情况向钟志强进行了汇报。钟志强分析脚印一定是鬼子或者伪军的。于是，在山寨院里增加了双岗，防止鬼子来偷袭。

钟志强对张二豹说："如果脚印是鬼子或者鬼子的奸细留下的，那么今天晚上，鬼子就会偷袭山寨了。"

张二豹说："咱们做好准备，和鬼子打一仗。"

钟志强说："咱们人太少，武器还落后。山寨已经不安全了。我看咱们还是退出南山山寨吧。你们兄弟俩也不能继续住在山寨了，和我们一起走吧。"

张二豹用手指着左边不远处的一个小山头儿说："我观察多次了，那个小山头儿到咱们山寨有六十米，基本没有树的遮挡。右边也有个小山头儿，和左边的情况一样。如果这种地形不是高人设计的，就是老天为咱们安排的，非常适合打埋伏。你不是和我讲过抗联队伍最擅长打伏击吗？这两个小山头儿是伏击鬼子最理想的地点，咱们可以打鬼子一个伏击，然后再撤离。"

钟志强笑着说："我给你讲的打伏击的知识，现在就用上了？这的确是个打伏击的好地方。就听你的，咱们一会儿就埋伏好，打鬼子一个伏击！"

张二豹说："让战士们把野狼皮大衣带毛的一面朝外穿，野狼的毛和白雪的颜色接近，不容易被鬼子发现，还抗风保暖。"

钟志强说："太好了。大家穿着野狼皮大衣，趴一宿都不怕。"

张二豹惋惜地说："可惜山洞里还有一些粮食，没来得及送给村民，都得给鬼子了！"

张大豹说："这好办，一把火烧了就完了！不能便宜了小鬼子。"

钟志强说："把粮食烧了简单，但是浓烟滚滚，鬼子就有准备了。咱们的目的是打鬼子。以后有机会，再从鬼子手里把粮食抢回来。"

钟志强安排战士用手榴弹在山寨圆木门、山洞口等处设置了绊雷，只要鬼子推开山寨圆木门或者绊上拉火线，手榴弹就会爆炸。

按照钟志强的部署，他自己带着三个战士为一组，到右边的小山头儿埋伏，张二豹带着张大豹和三个战士为一组，到左边的小山头儿埋伏。

钟志强为了让大豹、二豹更安全，故意多给他们安排了一个战士。张二豹心领神会。要分兵两路的时候，他硬是把他们这组缴获的一挺机关枪给了钟志强一组。钟志强看在眼里，也心照不宣。

钟志强反复强调："如果鬼子人少，咱们突然袭击，消灭他们；如果鬼子人多，咱们不要恋战，打一会儿就麻溜儿向青梅山撤退。"

大家除了带着枪支、子弹外，每人还带了六颗手榴弹。

要打鬼子的伏击，张大豹格外兴奋，竟然带了十颗手榴弹。

张二豹拿着两把笤帚，给了张大豹一把，给了钟志强一组的一个战士一把，然后对他们说："鬼子一定很多。大家要沿着一条线走，走在最后的要用笤帚把脚印扫平，不能让鬼子发现咱们的踪迹！"

月光和白雪交相辉映，山林恰如黄昏。如果没有战争的硝烟和血腥，眼前的景色就是诗情，就是画意，会让人流连忘返。

张二豹、钟志强他们都埋伏好了。从两个小山头儿上都能看到山寨和上山的小道。他们细心观察着上山小道上的风吹草动，甚至不放过一只穿过小道的兔子。

野狼皮大衣很温暖，只是脸和脚冷得厉害，他们在顽强地坚持着。

突然，山林中传出鸟儿被惊飞的声音。接着，有两只野兔沿着上山寨的小道狂奔，猛然钻进两边的树林。

鬼子来了！

不一会儿，小道上出现了五六个穿着黄军装的兵。他们手握步枪，小偷一样蹑手蹑脚，猫着腰朝山寨靠近。因为距离远，看不清是鬼子，还是伪军。

他们越来越近了，才看清楚前面猫腰探路的，是五六个伪军，紧跟在伪军后面的，是二十多个鬼子。

伪军已经靠近山寨的圆木门。他们贼头贼脑地看了一会儿，伸手去推圆木门。圆木门拉开了手榴弹的拉火绳。随着手榴弹巨大的爆炸声，有两三个伪军被炸死。

绊雷的爆炸声就是命令。钟志强、张二豹两个小组立即向鬼子和伪军射击和投掷手榴弹。张大豹一边说着："让鬼子品尝一下铁疙瘩的滋味儿！"一边把五六颗手榴弹投向了鬼子和伪军。随着激烈的枪声和手榴弹的爆炸声，六七个鬼子和七八个伪军或死或伤。鬼子和伪军立马隐蔽，对张二豹、钟志强他们进行猛烈还击。鬼子的一挺机枪开始向小山头儿扫射，同时，还架起了两门迫击炮，要对小山头儿进行炮击。

钟志强清楚鬼子迫击炮的厉害。有很多次战斗，本来抗联胜券在握，就是因为鬼子用迫击炮轰击，抗联只能被动挨打，最后功败垂成。

钟志强说了一声："撤退！"

大家迅速朝青梅山方向撤退。

鬼子的迫击炮弹顷刻间降落在小山头儿上。

一个战士因为猛然站起，腿脚麻木，动作稍慢，没有躲开鬼子的迫击炮弹，当场牺牲。

大家在前面用力跑，鬼子在后面使劲追。由于大雪太深，谁也跑不快。

大豹和二豹经常在这一带打猎，对地形熟悉。在他们兄弟俩的带领下，抗联队伍甩开了鬼子。鬼子踩着他们的脚印，还在如影随形地追踪着。

钟志强让战士在他们穿过的两棵树之间设置了手榴弹绊雷。

过了近半小时，手榴弹爆炸了。

山林很快就恢复了刚才的平静。

也许鬼子深受绊雷之害，不想再冒被绊雷炸死炸伤的危险，停止了对他们的追击。

他们继续朝青梅山方向撤退。渴了，就吃几口雪；饿了，就啃几口冻得硬硬的干粮和狍子肉干儿。

晚上，他们在一座四处透风的破窑洞度过了一夜，冻得直淌鼻涕。

钟志强感慨地说："冬天，是抗联最艰苦的时候。不光是气候严寒、缺少食物，很重要的一点就是藏身困难。大雪会把抗联的行踪暴露无遗，鬼子随时会跟踪而来。鬼子最擅长偷袭。我最担心的是鬼子偷袭。"

因为担心鬼子偷袭，站岗的不敢睡觉，不站岗的也不敢睡觉。挨到天亮，大家简单吃了点儿东西，继续赶路。林子里行走太消耗体力，速度也太慢，他们就到一条山路上行走。刚走不远，就听见远处传来日本狼狗疯狂的叫声。鬼子又阴魂不散地追了上来。

他们加快速度朝青梅山的方向奔跑。突然，前面又出现了鬼子，有二十多个。

钟志强说："咱们不能在一起走，那样目标太大，进入树林，然后分散转移，在青梅山会合。"

狼狗的叫声越来越近了。

大豹、二豹和两个抗联战士在一起。他们总想摆脱鬼子的狼狗，就是摆脱不了。他们跑到哪儿，鬼子的狼狗就叫到哪儿。

张二豹对两个抗联战士说："咱们也得分头跑。我和大豹去引开鬼子狼狗，你们朝左边跑！"

两个抗联战士争着想去引开鬼子狼狗，一看张二豹特别坚决，就不再争了。他们向左边跑去。

张二豹眼看抗联战士已经跑远，就对大豹说："咱俩必须得把鬼子和狼狗甩得远远儿的，否则，鬼子在咱们后面紧紧追赶，咱们非常被动，也非常危险。他们的步枪射程远，随时能打到咱们；咱们的猎枪射程近，想打他们还打不着。我几次想把鬼子的狼狗干掉，都无能为力。"

张大豹说:"好,咱们麻溜儿跑!"

兄弟俩拿出翻山越岭追赶猎物的本领,在树林中一路狂奔,不到半小时,就把鬼子和狼狗远远地甩在身后,无影无踪了。

兄弟两个稍事休息。张二豹说:"咱们在山里无论跑多远,鬼子都会沿着脚印追来。况且这一带你我都没来过,两眼一抹黑,哪儿是哪儿都不清楚。咱们先到一个村子躲避一下,然后再考虑去哪儿。"

张大豹说:"这哪儿是哪儿,我就更不清楚了。反正你去哪儿我去哪儿。"

他们下山,在一条小路上行走。傍晚,到了一个既无鸡鸣,又无狗叫的村子。

张大豹要到一户人家叫门。

张二豹阻止了他:"别叫门了。天都黑了,谁敢让两个陌生人进屋呀?咱们还都带着武器,村民们一定会把咱们当成胡子,别再吓着他们。咱们还是在柴草垛上偎一宿得了。"

兄弟俩找到一户人家的柴草垛。

张大豹刚要脱掉上衣,张二豹阻止他说:"这都什么时候了,你还想大脱大盖地睡觉啊?鬼子随时都会追来,咱们说跑抬腿就得跑。睡觉的时候都得睁一只眼睛闭一只眼睛。"

张大豹嘟囔着说:"我睡觉的时候必须脱光上衣,否则一宿都睡不着。"

张二豹坚决地说:"睡不着就站岗放哨,也不能为了睡觉而脱光了上衣!"

张大豹很不情愿:"和抗联分手的时候,你把咱俩的吃的都给抗联了,咱们一点儿吃的都没有了。我都饿得五迷三道的了,想睡觉都睡不着!"

张二豹安慰大豹说:"睡不着,铆足了劲儿睡。睡着了,就不会饿了。明天一早，咱们进山打一只狍子或者两只山兔烤着吃，让你可劲儿造。烤狍子和烤山兔，都很香很香！怎么样，不饿了，也能睡着了吧？"

张二豹开始抱着猎枪躺在柴草垛上睡觉了。

张大豹坐在柴草垛上望着天上的星星。本想坐一宿，望一夜，没想到很快就感觉浑身疲惫，精神萎靡，即使没有脱光上衣，即使饿得五迷三道的，也很快就闭上了眼睛，进入了深深的梦境。张大豹的梦境是幸福的。他在幸福地吃着烤狍子、烤山兔，他不想在梦境中醒来。

其实，张二豹绝不是一个没心没肺、躺下就睡的人。他一直难以入眠，在考虑着下一步的目标。他确定抗联是真打鬼子的队伍，下决心带着张大豹一起参加抗联，和抗联一起杀光鬼子！明天一早，他们就去青梅山，和钟志强他们会合。

已经到了深夜，张二豹终于睡着了。他和大豹在尽情饕餮烤狍子、烤山兔的美味。突然，日本狼狗来抢夺他们的美食，并在"汪汪"地朝他们狂吠。他举起猎枪要射杀日本狼狗。日本狼狗还在无所畏惧地朝他们狂吠。他和大豹都被狗叫声惊醒。

张二豹睁开眼睛一看，一条黄色的农家笨狗在朝他们"汪汪"狂叫着。他说："咱们必须马上离开，否则一会儿村民们出来，还以为咱俩是小偷呢。"

兄弟俩迅速离开村庄，朝青梅山的方向走去。大豹一走下柴草垛就叨咕饿，看来他还没等在梦中吃到饱烤狍子、烤山兔，就被恶狗叫醒了。

张二豹也感觉饿了。鬼子离他们已经很远了，一时半会儿也找不到这里。于是，他和大豹朝山上走，想打个狍子或者山兔什么的，烤着吃了再赶路。

走了三里多路，也没有看到一个猎物。大豹饿得实在走不动了，就想放弃寻找，就地等死。

张二豹还是鼓励大豹说："轻易放弃只能半途而废，人生的很多事情都是如此。也许再坚持一下，继续朝前走，就能出人意料地得到自己梦寐以求的东西。我说这些你也听不明白，意思就是你再坚持一下，就能找到你想吃的狍子和山兔了。"

张大豹说："我没文化，也不知道人生的很多事情。我就知道人不吃东西活不了。"说归说，他还是拼命坚持着，和二豹继续朝前走。

突然，前面有一只山兔。张二豹刚要举起猎枪向山兔射击，又缓慢地把猎枪放了下来。

张大豹埋怨二豹说："找了一溜十三招，终于找到了山兔，要到嘴的烤山兔肉，你还轻易把它放跑了！你是不是渴望我饿死，想谋害亲哥呀？"

张二豹向他耐心解释："你再咋不济也是我亲哥呀，我怎么能渴望你饿死呢？图财害命啊？对了，我对你比较了解，你既无才，也无财，怎么能图财害命？现在到处都是鬼子，我一开枪，鬼子听到枪声，就会向咱们追来，甚至把咱们包围，那才是害了咱俩的性命呢。咱俩已经饿得饥肠辘辘的了，如果遭到鬼子的穷追猛打，咱们即使跑得像活蹦乱跳的山兔那么快，也很难逃出去。何况咱俩饿得像半死不活的山兔了。所以，我没有开枪。"

张大豹感觉二豹说得有道理，但是，他就要饿死了，让二豹开枪救命，也不是没有道理："饿死是死，让小鬼子打死了也是死。你开枪打死山兔，小鬼子不一定听见，咱们也饿不死了；你不开枪打死山兔，小鬼子一定听不见了，但是咱们一定要饿死了。反正都是死，不向山兔开枪，无论如何，一定是你的不对了。"

张二豹笑着说道："土豆儿大的字不认识一簸箕的张老大，嘴里竟然溜达出一串道理来了，这上哪儿说理去呀？放心吧，情况还不至于像你想的那么悲观！我了解自己，也了解你，即使再有两天不吃不喝，你也一定活得有鼻子有眼儿的，压根儿就死不了。你对饥饿的感觉总是过于夸张，就凭这一点，小时候你没少骗我吃的。能不能变换个花样，别总用这一老掉牙的绝招了！我保证你再饿一天也一定不能死。但是，如果我开枪招来了鬼子，我不敢保证你一定能活。如果你非要吃完烤山兔、烤狍子就视死如归的话，我可以成全你。一会儿再遇到山兔和狍子，我一定开枪，让你吃上。"

听张二豹这么一说，张大豹竟然搞不清楚再遇到山兔和狍子，他是开枪还是不开枪了。说实在的，即使饿得再死去活来，他还是希望活着。谁都渴望活着，而畏惧死亡。什么放弃寻找，什么就地等死，都是他对饥饿的一种夸张表现，为了博得张二豹的同情，以胁迫他尽快解决吃的问题。这一点，冰雪聪明的张二豹一定心知肚明。现在看来，开不开枪打山兔和狍子，只能随张二豹的便了！

蓦地，一只狍子从他们眼前跑过。张二豹猛然举起猎枪又缓慢地放了下来。狍子跑出去不远，又回过头来，朝他们这边张望。

张二豹把猎枪放在地上，若无其事地朝狍子走去。他的眼睛在看着远山。

狍子开始极度警觉，做出随时要逃跑的架势。张二豹走了几步，又假装对着山坡撒尿，侧身对着狍子。狍子又取消了逃跑的念头，眼睛直勾勾地盯着他。猎人都管狍子叫"傻狍子"。其实狍子并不傻，只是它天生好奇，遇到什么事情都想看个究竟。这也是它的致命弱点。张二豹继续缓慢地接近狍子，只是眼睛一直看着远山，不和狍子对视。这样，他已经距离狍子十五米了。张二豹猛然停步，用力将柴刀朝狍子甩出。狍子大吃一惊，刚要逃跑，已经来不及了。柴刀正好砍在傻狍子的脖子上。

这一切，张大豹都看在眼里。其实，他对张二豹的智慧和敏捷非常熟悉，对二豹的甩柴刀绝技也不陌生，但是在这个时候，他对二豹的智慧和绝技感到格外惊讶和钦佩。张二豹在家砍柴的时候，只要一休息，就专心练习投掷柴刀。开始每次甩出，柴刀都离木桩很远。后来，有时能砍在木桩上，有时还是离木桩挺远。最后，二豹把柴刀朝距离二十米远的一棵碗口粗的桦树大力甩出，柴刀准确地砍进桦树中间。他费了好大劲儿，才把柴刀拔出来。二豹以为他的柴刀绝技已经练至出神入化、随心所欲的境地。有一天他把大豹叫出来，想向大豹显示他的柴刀绝技，然而演砸了。柴刀甩出去十次，只有七次砍在树上，三次掉在了地上。他还想继续为大豹展示绝技，捡起掉在地上的面子，大豹竟然头也不回去种地了。

　　张二豹以前打猎用洋炮，后来用猎枪，一直没有用上柴刀绝技。张大豹早已经把张二豹会甩柴刀这件事儿忘了，张二豹自己或许也把甩柴刀这件事儿忘却得一干二净了呢。没想到他今天竟然把绝技用在了狍子身上。正像当时人家二豹自己说的那样，什么来着？对了，叫作"智者千虑，必有一失"。

　　张二豹心里清楚，他想要做成的事情，总是持之以恒地在默默地做，永远都不放弃。他的柴刀绝技也是如此，他相信熟能生巧。当然了，他也多次对大豹说过"勤能补拙""笨鸟先飞早入林"之类的励志名言，让他练习把猎刀当作飞刀使用，既能节省子弹，又能在不便开枪或者子弹打光了的关键时刻出奇制胜。然而大豹根本不相信飞刀可以杀人，可以捕猎，它更不可能例无虚发。武侠小说都是文人编出来的神话。

　　自己不勤奋，别人无法为他勤奋。

　　当初张二豹劝大豹和他一起上初级小学，除了自己能有个伴之外，主要是想让大豹和他一样有文化。大豹说什么也不去上学，就看准种地一条道了。大豹总是认为上学没有种地管用，种不出粮食反而浪费粮食，甚至反问二豹："读书能当饭吃呀？"二豹知道大豹是认准一条道会头不抬眼不睁，一直走到黑的人，就不再勉强他了。

兄弟俩找到一个避风的石窝，用猎刀把狍子的两个后腿卸下，架起木柴烧烤。狍子后腿烤得糊了吧叽的时候，他们就开始用猎刀、柴刀片切着烤熟的肉吃，有些肉上还带着血丝。狍子后腿烤得还没有熟到骨头的时候，他们就把肉吃得精光了。

张大豹一劲儿说："吃得太快了，还没有品尝出烤狍子肉的滋味，也没有吃饱。把狍子整个浪儿都烤了吧，吃饱了再走得了。"

张二豹说："你还以为在自己家呀，可以鲜香四溢地文烤，可以细嚼慢咽地品味。这是在荒山野岭，是狼群和鬼子随时会出现的地方。咱们必须马上离开这里。烤狍子的气味会飘散到很远，如果鬼子闻到了气味，会立马赶来把咱们包围；如果野狼闻到了气味，也会从四面八方扑来，把咱们当狍子吃了。"

他们立马离开，连剩下的狍子肉都不要了。

刚刚朝东边走出去不远，就见三只野狼蹲在远处望着他们。他们赶紧向南边跑，又见一群鬼子朝他们冲来。他们又向北边跑，北边也出现了鬼子。他们只好朝着势力较弱的有三只野狼的东边跑去，然而，东边刚才只有三只野狼，现在却变成了二十多只野狼。他们只好朝着没有鬼子，也没有野狼的西边跑去。

张二豹对西边心存疑虑，否则刚才就直接奔西边来了。他心里一直纳闷儿，为什么西边没有野狼，也没有鬼子？难道这是"围三缺一"的战术？

他们跑了半里地，猛然发现前面是个山崖，虽然不是特别深，但是特别险，跳下去足以使人丧命。他们想返身杀出去，只见两伙鬼子已经把他们包围得水泄不通。他们又返回山崖上。

张大豹急于和鬼子拼命，已经把两颗手榴弹打开保险盖取出拉火绳。

张二豹观察了一下山崖下面的情势，对大豹说道："要想活命只有一条路，那就是和我一起，加快助跑，然后使劲儿朝前面跳下去！"

张大豹说："要死死一块，我跟着你跳！"

张二豹偷偷地从张大豹手里拿过来一颗手榴弹，让他也拿好另一颗手榴弹，然后嘱咐他说："你紧跟着我，把手榴弹投向鬼子，然后麻溜儿往山崖跑，跳进山崖！"

说完，张二豹用衣服袖子遮挡着手榴弹，紧跑两步，用力向鬼子投去，然后返身猛跑，跳进山崖。

张大豹紧跟着张二豹，也把手榴弹投向鬼子，返身跳进山崖。

鬼子的子弹一直在身后追逐着他们，庆幸的是没有打到他们……

第八章　两人爱上一个人

山村有一种运动游戏，叫跳雪窝，山里的孩子都喜欢玩。这是一项勇敢者的运动。

冬天，大风会把雪集中到一些洼地或者兜风的地方，使这些地方的积雪很厚，形成雪窝。孩子们都喜欢从一个几米甚至十几米的高处，对准雪窝跳下去，惊险刺激。女孩子大多不敢跳，她们非常羡慕那些敢于跳雪窝的男孩子。敢于跳雪窝的男孩子勇敢！

大豹和二豹小时候都喜欢玩跳雪窝，而且兄弟俩敢于从最高处往下跳。跳雪窝，锻炼了他们从高处跳下的勇气。

当兄弟俩被鬼子追上山崖的时候，张二豹向下一看，虽然山崖有四十多米高，下面却是一个面积挺大的雪窝，不难看出积雪很深。他想起小时候经常玩的跳雪窝，进而分析从山崖上跳下去应该没有问题，只是山崖石壁上尖石嶙峋，如同犬牙交错，直接跳下去容易被尖石划伤，甚至丧命。所以，二豹告诉大豹加速奔跑，然后跳下，就是为了避开尖石的伤害。

兄弟俩从山崖跳到雪窝之后，迅速离开雪窝，沿着山根儿朝太平沟的方向转移。

张二豹分析，青梅山地域广阔，他和大豹又不熟悉那一带的山林、道路，想找到钟志强他们如同在深山密林中寻找棒槌一样艰难。

对了，应该先回到太平沟村，度过冬天，开春的时候把自己家的房子建起来，再把田地种上，为以后打鬼子奠定一点儿基础。

人必须要有一个安身的地方，然后才能进可以攻，退可以守。

鬼子从山崖向下一看，感觉山崖高耸，令人眩晕，他们两个从这么高的山崖跳下去，不死也得残废，于是收兵，不再追赶。

兄弟俩回到了太平沟村。

村民们看到两位小英雄回来了，都热情邀请他们兄弟俩到自己家里做客。梦向东则盛情邀请他们住在自己家里。

他们住在了梦向东家里。

梦向东祖籍山东郓城农村。他读过两年私塾。第一次世界大战时期，十八岁的梦向东正在田里铲地，被沙皇俄国士兵抓去俄国当劳工，为其在对德作战中挖战壕、修工事。后来，他和许多中国劳工一道参加了俄国十月革命，参加了莫斯科的十月武装起义，还在随后的苏俄内战中，组成"中国军团"，屡立战功。十月革命胜利后，苏联红军发给梦向东他们马匹和武器，打发他们回到中国东北。有些人加入了东北地区的保安部队；有些人占山为王，当上了胡子；有些人开荒种地，当上了农民；有些人用打仗的步枪打猎，当上了猎人。

梦向东身无分文，只有一支步枪，所以，只能以打猎为生。步枪成为他唯一的谋生工具。他那些当胡子的工友和战友多次拉他上山入伙儿，当胡子，大块吃肉，大碗喝酒。胡大石就是梦向东参加俄国十月革命的战友之一，他也曾经邀请他入伙儿，但都被他拒绝了。他如同一个野人，破衣烂衫地生活在深山的一个黑熊冬眠的小小石洞里。梦向东发现石洞的时候，冬季即将来临，他要被冻死了，到处寻找着避雪挡风的去处。他突然发现了石洞，刚要进入石洞，正好有一只黑熊也要进入石洞冬眠。都是为了生存，他只能开枪把黑熊打死，占据了石洞。

从山东出来的时候，梦向东又高又胖。现在，他又高又壮，翻山越岭的打猎生涯，把他身上的肥肉练没了，让他练出了浑身的肌肉。敦厚俊朗的四方大脸也变成了刚毅孔武的长方形脸了。

冬天过后，梦向东步枪的子弹打光了，狩猎生涯无以为继。无奈之下，他用步枪和一个商人换了一支洋炮和一袋粮食。再后来，他辗转来到了太平沟村，开荒种地，当上了农民，偶尔也打猎。

一九二二年秋天，梦向东在太平沟村娶妻，第二年生有一女，取名梦静。

因为狩猎的共同爱好，梦向东和张天彪成为朋友，有时也一起去打猎。

梦静六岁的时候，她妈妈上山采木耳，遇到了一只带着两个熊崽儿的大黑熊。梦向东多次叮嘱过她，在山上遇到黑熊什么的一定要离它们远远儿的。她挎起篮子就要走开，没想到大黑熊听到了她的动静，疯了似的向她冲来。可怜她一个柔弱女子跑也跑不过大黑熊，打也打不过大黑熊，活活让黑熊给祸害死了。那场面惨不忍睹啊！

梦向东一气之下，就要带着洋炮到山里寻找那只大黑熊，打死大黑熊，为媳妇报仇。张天彪要和他一起去，助他一臂之力。梦向东说什么也不让他帮忙，非要自己去不可。张天彪看到梦向东固执得如同一块顽石，就把自己的洋炮递给他一支，万一打大黑熊不能一枪毙命，好及时补枪。他还是不接受。

梦向东在山上寻找了两天，终于看到了领着两只熊崽儿的大黑熊。他故意大步流星地朝大黑熊走去，为了激怒大黑熊向他扑来。大黑熊听到了声音，为了保护熊崽儿，咆哮着朝梦向东冲来。梦向东果断地朝大黑熊的胸前开了一枪。梦向东和张天彪一样，在打大型猎物的时候追求一枪毙命。他自信地把洋炮背在身后，又警惕地抽出猎刀，慢慢走近大黑熊，担心它万一没死。当他清楚地看到大黑熊胸前的白毛已经被鲜血染成红色，就放松了警惕，想割下大黑熊的四只熊掌，取出大黑熊的熊胆。就在这时，大黑熊突然站了起来，凶猛异常地向他扑来。他顺势将猎刀插进大黑熊的肚子，大黑熊一趔趄，又顽强地向他扑来。就在梦向东内心叫着"吾命休矣"的关键时刻，只听到一声沉闷的枪响，大黑熊那沉重的身躯一下压在梦向东的腿上……

张天彪救了梦向东。

张天彪总是感觉梦向东一个人进山打大黑熊太危险，他还只带着一支洋炮，就暗中跟随在他的身后，想在关键时刻助他一臂之力。然而第一天就被梦向东发现了。猎人的自尊心很强，总想一个人面对危险，尤其是为媳妇报仇的时候，不愿意让别人插手。所以，梦向东说什么也不让张天彪帮忙，硬是把他撵了回去。第二天，张天彪还是不放心梦向东一个人打大黑熊，毕竟是朋友，在朋友面临危险之际，如果不出手相助，那就不是朋友。于是，张天彪又上山寻找梦向东，想在他打大黑熊的关键时刻为他补枪。当张天彪看到梦向东的时候，也看到了带着两个熊崽儿的大黑熊。他紧跑几步，在梦向东处于生死存亡的关键时刻，朝大黑熊补了一枪。

大黑熊压断了梦向东的小腿骨，断骨刺破了腿肉，鲜血染红了绿草。张天彪使出了大黑熊的力气，才把小山一样的大黑熊挪开。

张天彪迅速就地采了止血的草药，用猎刀切碎敷在梦向东的伤口上，并为他包扎了伤口，然后把他背回了家。张天彪在遥远而坎坷的山路上背着人高马大的梦向东，绝不亚于背着小山一样的大黑熊……

张天彪精心照料着梦向东，为他采草药，为他到镇上买消炎药，还为他打猎物，补养身体。过了四个月，梦向东的腿伤终于痊愈。然而，他走路已经不能像以前那样风风火火的了，而是一瘸一拐的了。

一九三四年冬天，胡小石一伙胡子抢劫太平沟村的时候，梦向东已经做好用猎枪保护女儿的准备。他让梦静暂时进入他特意设计的菜窖里躲避。尚在少年时期的梦静说什么也不躲进菜窖里，竟然紧握梦向东的猎刀，说要杀胡子，保卫她爹，让他没有办法。然而，胡子进院之后，还没等闯进房门，就突然离开了。后来他才知道，胡子们都去围攻张家了。当他听到张家传来枪声的时候，清楚张山峰和张天彪父子绝不会任胡子欺负、任胡子宰割的，一定会和胡子真刀真枪地较量。于是，他立马拎着洋炮去支援张家。梦静也要去。他急得甚至要打她一巴掌，好说歹说，她才毫不情愿地留在家里。

当梦向东一瘸一拐地跑到张家的时候，正赶上胡子围攻张家。他及时准确地朝一个凶神恶煞、正准备朝张家屋里开枪的胡子开了一枪。同时，张山峰、张天彪也分别朝胡子开了枪。三个胡子一起倒地。

梦向东赶紧为洋炮装填弹药，想再次打击胡子，一看胡子竟然连同伙的尸体都不顾，撒丫子逃走了。

梦向东也悄无声息地返回自己家。

一九三七年秋天，胡大石一伙胡子再次来太平沟村找张家报仇的时候，梦向东正领着梦静在山里打猎。当他们回到太平沟村的时候，张家已经被大火烧为灰烬。他和梦静在废墟中极力寻找着钱芳菲。村民们在他们父女的带动下，也来帮忙在废墟中寻找钱芳菲。然而，他们找到的只是钱芳菲被烧焦了的不屈的残骸。

他们把钱芳菲的残骸埋葬了，并用几天的时间把张家的废墟清理干净……

村民们向梦向东父女讲述了当时的情景。胡子冲进张家时，张家只有钱芳菲一个人在家。她明明知道胡子来了，而且十有八九是冲着她家来报仇的，她不但没有惊慌失措地闩上房门，魂飞魄散地在躲藏在炕沿下，而是无所畏惧地把房门大敞四开。这说明钱芳菲已经做好必死的准备。胡子冲进房屋后，就听见房屋里传出沉闷的洋炮声，然后就是几个胡子抬着胡子头儿胡大石的尸体出来了。因为愤怒，胡子们点着了张家的房子。这不难推演出里面不为人知的故事：在大敌当前、群狼环伺的关键时刻，作为张家女人的钱芳菲没有给张家丢脸，而是机智果敢地用洋炮打死了胡大石，表现出了异乎寻常的大智大勇、大义凛然，死得可歌可泣、慷慨悲壮！

梦向东帮助处理钱芳菲的后事，清理张家的废墟，除了因为他和张天彪是朋友，应该义不容辞地帮助朋友的家人外，还因为他钦佩张山峰、张天彪英勇无畏的英雄豪气，敬佩钱芳菲不畏强暴、守身如玉的烈女气节……

大豹、二豹也被妈妈面对如狼似虎的胡子临危不惧，并机智果敢地除掉胡子头胡大石的行为而深深感动，无比自豪。兄弟俩杀光了害死钱芳菲的所有胡子，为她报了仇，也可告慰她的在天之灵了！

从回到太平沟村第一天起，兄弟俩就产生了重建家园的想法。人有了房子，才算有了自己的家，心里才踏实。在别人家居住，总不是长远之计，虽然他们非常喜欢住在梦家。当然了，他们主要是喜欢梦静。

梦静是个与众不同的女孩，为人正直，人亦端庄，可谓人如水，思无邪。她的身材如同白桦树一样修长、挺直，带有女孩子少有的强悍；她的脸儿恰似秋天的萝卜，粉嫩、光滑，带着女孩子少有的霸气；她的性格像男孩子一样，胆大、勇敢、豪放，敢爱敢恨，敢作敢为；她走起路来风风火火，做起事来干净利落。她和男孩子打仗的时候，杏眼圆睁，细眉高挑，表现出女豪杰一样咄咄逼人的英气，令男孩子望而生畏。

梦静没有读过初级小学，但是，梦向东把自己学到的知识、积累的学问都传授给了她。同时，他也教会了梦静使用洋炮和打猎的知识，还经常带着她到深山，到荒原打猎。所以，梦静没进出校门，即谙诗书礼仪；没涉足江湖，便知天下风云；没经历硝烟，已晓战争残酷。

年幼便失去母爱，让梦静从小就学会坚强和勇敢。小时候，村里的女孩子都不和男孩子在一起玩，只有梦静一个女孩子经常和男孩子在一起玩，尤其愿意和大豹、二豹在一起疯玩疯跑。跳雪窝，女孩子都不敢跳，顶多在旁边看着男孩子跳，只有梦静敢于和他们一起跳。梦静的与众不同，让情窦未开的大豹和二豹都对她产生出一种朦朦胧胧的喜欢。

后来，兄弟俩渐渐长大，成为强悍血性的小伙子了。梦静也渐渐长大了，成为蕙质兰心的大姑娘了。他们却渐渐不在一起玩了。

一九三八年春天，兄弟俩正式开始勤奋复家计划。

梦向东家有一辆破旧的板车。这辆板车是他当年建房子成家的时候买的，算起来比梦静的年龄还大。由于长年在院子里日晒雨淋，板车如同伏枥的老骥，给人以消沉颓废、有气无力的感觉。在梦向东的指导之下，张二豹费了驷马拉车之力，才让老气横秋的破板车焕发青春，充满一日千里的力量。

兄弟俩用这辆板车到山上砍木料，然后装车，推回家，卸车。

兄弟俩夜以继日、不畏艰辛地砍运木料，很快就完成了建房的木料准备。然后就是脱坯。农村最劳累的活计就是拉木料、脱大坯了。脱坯就是用木头模具把泥制成大块儿的土砖，然后晾干，砌房子用。脱坯最好用黄土，黏性大。太平沟村的村民建房脱坯都在村外的一个黄土坑取土，时间长了，黄土坑形成了一个水泡子。脱坯就在泡子边上，既方便取土，又方便取水。黄土里面还要掺一些细长柔软的羊角草，增加土坯的强度，然后掺水，和成干稀适度的草泥，"闷透"后，放到土坯的模具里。模具是现成的旧模具，是梦向东从邻居那儿借来的。旧模具的木板已经不那么光滑，所以脱坯更累。

张二豹忙于房屋设计这类技术含量高的活儿，脱坯的繁重劳动自然落在了张大豹肩上，大豹也充分发挥了他力大无穷、举重若轻的身体优势。他每天都能脱上百块土坯。很快，土坯也脱制完成。土坯最怕雨淋，所以，泡子边上还搭建了简易的草棚。土坯都放在草棚下面。土坯晾干之后，兄弟俩再一车一车拉回来。

张二豹的房屋设计也已经完成。唯一没有着落的是做木匠活儿的人。

张大豹脱坯脱出经验了，脱出了功绩，立马忘乎所以了起来，想一鼓作气把木匠的活儿也拿下来，就好像木匠活儿和脱坯一样简单似的。

张二豹和大豹开玩笑说："脱坯活儿和木匠活儿没有必然联系，不是因为你脱坯活儿干得挺好，有了经验，木匠活儿你也能干得挺好。也就是说，不是因为你种地比我强，你设计房子就一定比我强。脱坯活儿比较简单，即使是你，一整天也肯定能学会；木匠活儿比较复杂，即使是我，一个月也未必能学会。"

张大豹还有些不服气。

还好，梦向东会做一点儿木匠活，在他的指导之下，张二豹勉强担负起干木匠活儿的重任。

梦静则主动提出为大家做饭。

在梦向东父女的帮助下，经过几个月的努力，兄弟俩勤奋复家计划提前完成。

新房子的外观和老房子一样，土坯泥墙，草盖木窗。结构也和过去老房子一样，西面和东面是两个大屋，中间是外屋地。大屋住人，外屋地做饭。

张二豹设计了一个堡垒一样坚固的仓房。仓房不是用土坯砌的，而是用山石垒的。仓房不大，却是三面有三个窗户。窗户狭窄，钻进去一个人都挺费劲儿，其实是张二豹设计的准备阻击胡子和鬼子的枪眼儿。最特别的是仓房里有一个通向后山的暗道。这是兄弟俩利用一个月的大半夜时间挖掘出来的。

张二豹是机智、敏感的。他总是预感早晚有一天，鬼子会和胡子一样偷袭太平沟村。他设计的暗道，就是为了防备鬼子偷袭时转移用的。

有了这个想法之后，张二豹告诉村民们家家都要挖掘一个通向后山的通道，以防鬼子或者胡子像瘟疫一般突然降临。梦家父女挖掘了暗道。其他村民有的当时就拒绝了张二豹，说太平沟村位置偏远，密山的鬼子不可能来到这偏僻的穷山沟的；有些村民认为挖掘暗道有必要，只是费时费力，想等到农闲的时候再挖掘，可到农闲的时候，他们又懒得挖掘了，得过且过；只有寥寥几家，完成了通向后山的暗道的挖掘。

搬进新房之前，兄弟俩准备上山打一头野猪或者两只狍子，庆祝一下喜迁新房。

他们在山上寻找了一上午，没有看到一头野猪、一只狍子。下午，到荒原中寻找。

突然，两只野狼追赶着一头野猪，向他们这边跑了过来。

张二豹嘱咐张大豹说："好不容易看到一头野猪，不能让它轻易跑掉了。但是，咱们是和野狼争食，打野猪的同时也要防备野狼。你打第一枪，我补枪。"

转眼之间，野猪已经跑到他们跟前了。

张大豹也不吱声，抬手一枪。只见野猪翻滚了两圈，又站起来想继续狂奔。张二豹及时补枪。野猪才猛然收住了脚步，倒在草丛中。

两只野狼一看有人向它们追赶的野猪开枪，生怕连它们一起打了，立马落荒而逃。

张大豹走到野猪跟前，用猎枪管拨拉一下野猪，确定野猪已经死了，就抽出猎刀，想为野猪放血。不放血，血液会凝固在野猪的血管里，使野猪肉发腥，不好吃。放血之后，还要及时处理内脏，否则天热，容易捂膛，内脏坏了，野猪肉也容易坏了。

兄弟俩过去用洋炮打猎的时候，开枪之后立马为洋炮装填弹药，防备猎物突然垂死挣扎或者猎物同伙的攻击。然而他们使用猎枪之后，认为猎枪是双管，打了一枪，即使不补充子弹，也和过去用洋炮装填弹药的时候一样，防范意识有所松懈。这不，兄弟俩每人朝野猪打了一枪之后，并没有立马为猎枪补充子弹。

张大豹正在处理野猪的内脏。突然，一只野狼从树林中蹿出，扑向张大豹。张大豹在干活的时候神情专注、精力集中，丝毫没有发现野狼。

张二豹也没有充分准备，一看到野狼扑向大豹，立马大喊一声："大豹！"然后抬起猎枪就要朝野狼开枪。野狼离大豹已经很近了，开枪又怕伤到大豹，情急之下，他抡起猎枪砸向野狼的鼻子。野狼"嗷"的一声，跳了起来，放弃了大豹，又朝二豹扑来。二豹刚要对准野狼开枪，又有一只野狼猛然从树林中冲出，又朝大豹扑去。二豹不顾自己危险，掉转枪口，朝扑向大豹的野狼开了一枪。野狼重重地摔在草地上。然而，扑向二豹的野狼并没有因为同伙中枪而胆怯，继续凶猛地扑向二豹。这个时候，大豹已经反应过来，并举起了猎枪，关键时刻，朝扑向二豹的野狼开了枪。二豹的肩膀被野狼抓出两条深深的伤口，血流如注。

通过这次和野狼惊心动魄的搏斗，兄弟俩再一次意识到打枪之后补充子弹的重要性，同时，更加深刻地意识到：打猎还得是亲兄弟呀！

虽然兄弟俩受到野狼的袭击，经历了险情，但是他们的心情是愉快的，乐颠颠地一人背一半儿野猪肉返回了太平沟村。

兄弟俩把村民们都请到家里，给每家分一份野猪肉，对村民的支持、帮助表示感谢。村民也对他们新房的建成表示祝贺！

个别村民家里的酸菜缸里还有没舍得吃的酸菜，也分给了其他村民。家家包上了野猪肉酸菜馅饺子。他们好长时间没有吃上最喜欢吃的野猪肉酸菜馅饺子了，虽然是苞米面做的饺子皮，吃起来也感觉特别香，人人心里都有一种过年的喜悦！

兄弟俩这次返回太平沟村，梦静和他们交往不少，交流不多，但是，她通过静观默察，逐渐为张二豹足智多谋、勇猛顽强的男人魅力所感染和征服，遂对他感慕缠怀、芳心初放。她的言谈举止也不像以前和男孩子一样不矜细行、不拘形迹，而是变得不苟言笑、不失大雅了起来。正如古词云："如描似削身材，怯雨羞云情意，举措多娇媚。"

两兄弟住在梦家近半年时间里，梦家父女对他们无微不至地关怀照顾，尤其是梦静，在自家粮食短缺的情况下，想方设法做好无米之炊，宁可自己少吃，也千方百计地让他们兄弟吃饱。梦静凭着心灵手巧、勤劳精干，把一个突然增加了两张大嘴的蓬户瓮牖的小户人家运筹得井井有条、游刃有余。在饔飧不继的情况下，梦静把菜窖里的土豆当主食，同时把黄豆深加工，做成大豆腐，然后豆腐渣拌干菜，做成小豆腐。她还能把一斤黄豆生成十多斤黄豆芽儿，解决了吃菜问题。

兄弟俩的衣服脏了，梦静抢着给洗；他们的衣服破了，梦静抢着给缝。对了，这活儿兄弟俩不用抢，他们不会缝衣服，抢去了也干不了。他们只是不好意思让梦静为他们干这些粗活儿。如果梦静不给他们缝衣服，他们就破着穿了。

这样，在小时候懵懵懂懂情感的基础上，情窦初开的兄弟两人同时爱上了美女梦静。

　　梦向东看出了梦静的心事，也看出来兄弟俩都喜欢梦静。他感觉无论张大豹、张二豹，还是梦静，都到了谈婚论嫁的年龄，十分想成全他们的好事。

　　有一天，梦向东试探梦静说："你认为张二豹这个人怎么样？"

　　梦静话不走心地说："二豹聪明绝顶，机智过人，勇敢坚韧，血性实足，是个出类拔萃的少年英雄。"

　　梦向东又问梦静："你说张大豹怎么样？"

　　梦静还是心不在焉地说："大豹宅心仁厚，为人真诚，力大无穷，勇猛无敌，是个屈指可数的少年豪杰。"

　　梦向东感觉梦静对兄弟俩的评价都很高，说明他们俩在她心里都有位置。走南闯北、见多识广的梦向东也不知道在梦静的心里谁的分量更重。于是，他直截了当地问梦静："如果让你在他们兄弟中间选择一个，你愿意嫁给谁？"

　　梦静大吃一惊："什么？让我嫁给他们两个？"话刚一出口，又羞涩地说："他们两个我谁也不嫁！"

　　女孩子在感情方面的表达总是羞涩的，即使是像梦静这样具有男孩子性格的女孩子。这种羞涩之中蕴含女孩子最迷人的魅力。同时，她们也容易把正面的想法反面表达，以掩饰内心深处的秘密。

　　梦向东毕竟是经历过巫山之云、沧海之水的人，从梦静那不动声色的羞涩中，就看透了她心灵深处的秘密，那就是：不是不嫁，而是非他不嫁。

　　当兄弟俩离开梦家，搬回自己家之后，梦向东进一步证实了自己的判断。梦静隔三岔五给张家兄弟送这送那，有点儿好吃的，宁可自己不吃，也藏着掖着地给他们送去。当然，张家兄弟只要进山打猎，打到两只野鸡，就会送给梦家一只；打到两只山兔，也送给梦家一只。说来也巧，自从张家兄弟从梦家搬走后，每次打猎都是打到双栖双飞的猎物，从来不打形单影只的猎物。对了，有一次打到一头孤野猪，他们兄弟一人背着一半野猪肉，乐颠颠地返回了太平沟村。他们没有进自己家门，而是直奔梦家，送给梦家一半儿野猪肉。

再后来，兄弟俩都意识到自己爱上梦静了，马上又意识到是两个人都爱上她了。兄弟俩谁都不好把这件事儿挑明。兄弟两人除了无法割舍的血缘关系外，还情深似海。因此，在处理和梦静的感情上，张二豹想急流勇退，成全张大豹；张大豹也想急流勇退，成全张二豹。于是，兄弟俩再打到猎物的时候，张二豹让张大豹送给梦家，张大豹让张二豹送给梦家。张大豹不去送，张二豹也不去送。逐渐，他们再打到猎物，谁也不给梦家送了，去梦家的次数反而越来越少了。

梦静是敏感的，也是聪明的，但是，她绞尽脑汁，也琢磨不出来，兄弟俩为什么不再来她家了。这给她带来了莫名的苦恼。

梦向东也发现兄弟俩不到他们家来了，也是苦思冥想，不知为何。

过去，梦静的心里永远阳光明媚，现在竟然阴云密布了起来。梦向东担心时间长了，梦静再抑郁出病来，就琢磨把她和张家兄弟的事情彻底解决了，也了了他的最大心愿。女儿的婚事，当爹的出面毕竟不大体面，梦向东就背着梦静求村子里唯一的一个业余媒婆余媒婆出面，找张家兄弟为梦静保媒拉纤。

太平沟村人丁不旺。余媒婆只靠保媒吃饭，她得饿个死去活来的。平时，她依靠喂养公猪生活，给母猪配种也是她的吃饭本领。但是现在村民的生活太困难了，人都没有粮食吃，哪儿还有多余的粮食喂猪啊！村里养猪的越来越少了。因此依靠给母猪配种也让她的生活无以为继。好不容易有了一个保媒拉纤的机会，她会像溺水的人抓住一根浮木一样死不撒手。张家兄弟进山打猎去了。从余媒婆家走到张家也就是她在家拎两趟猪食的工夫，她却从早晨开始，搬了个板凳，坐在张家院外耐心等待。余媒婆自己饿得昏昏沉沉的不说，连她喂养的公猪都饿得五迷三道的了，她也置之不理。她等了整整一天，兄弟俩才扛着一头母野猪回来了。

余媒婆肚子里饥肠辘辘，脸上却是眉飞色舞，就好像是来张家报告特大喜讯似的。

梦静是太平沟村的一枝超凡脱俗的鲜花，无论插在谁家，谁家都会满园春色，蓬荜生辉。况且余媒婆天生长着听偏信的耳朵，传瞎话的嘴，早就听说张家兄弟俩都喜欢上了梦静。所以，她自认为这次说媒就像捅破一张掉进热水里的煎饼一样轻而易举，然后会轻而易举地得到张家兄弟一个野猪后鞧的谢意和梦家一块大洋的酬劳。

于是，余媒婆先是神神秘秘地把张二豹叫到门外，然后神神道道地说："要不说你命好呢，喜事进门，挡都挡不住。怎么感谢我呀？"

张二豹莫名其妙地问："别逗我乐了，余大姨。这年头儿，一个打猎的，能有什么喜事呀？托你的福，说不定哪天我一不留神，遇到一支野山参呢！"

余媒婆看了一眼地上的野猪，仿佛看到了肉香四溢的烀野猪哈拉巴肉似的，不禁把一口涎水咽到"咕噜咕噜"直响的肚子里。本来，她还想欲擒故纵地高高吊起张二豹的胃口，好最大限度地抬高这笔来之不易的活计的价码。但是，因为过于饥饿，她几乎连唾沫横飞甚至把涎水咽到肚子里的力气都没有了，只能迫不及待地提前把包袱抖落开来："你现在就遇到野山参了，而且是特大的。你小子真是有心采花花自来呀。我知道你喜欢梦静，梦静也看上你了，梦家让我来为你们捅破这层纸！"

天不怕地不怕的张二豹一听余媒婆的话，略一迟疑，竟然有些脸红地说："我不喜欢梦静。我哥大豹喜欢梦静。每次给梦家送猎物都是大豹提出来的。我给梦家送，也是为了大豹。这些话你应该对大豹说。"

　　余媒婆没有吊起张二豹的胃口，却把自己高高吊起的胃口"啪叽"一下摔到了地上。这样的结果太出她意料了，让她受不了。失落之余，她很快想起了张大豹。梦向东和余媒婆都看出来梦静喜欢张二豹，然而当梦向东问她对他们两人的印象时，她没有表明自己是喜欢张二豹还是张大豹。说明梦静最起码对兄弟俩都有好感。希望越大，往往胃口吊得越高。一不留神，余媒婆又把自己的胃口过高地吊了起来。于是，她又故作神秘地把张大豹叫到门外，对张大豹说："忠厚老实的人谁都喜欢，漂亮姑娘更是希望把一生幸福托付给一个可靠的男人。"

　　张大豹听余媒婆说得云山雾罩的，有点晕头转向。他憨厚地问："余大姨，听了你的话我有点儿迷迷糊糊的，不明白你说的是什么意思！"

　　余媒婆心烦意乱、急火攻心了："说你憨厚，你真是憨得有点儿傻，厚得有点儿木啊！你们兄弟俩隔三岔五给人家老梦家送野兔、送野猪什么的，全村男女老少都看在眼里，谁不知道你张大豹喜欢梦静啊！我不说明来意，你也应该知道我是来干什么了。张老二鬼灵精怪，人家装傻那不是真傻；你张老大笨头呆脑，你装傻那是真傻呀！我这次来就是专门儿为你提亲来了。人家梦静就对你小子情有独钟，别人她还不稀罕呢！要不说啥人有啥命儿。你这命儿啊，好得那啥那啥的！"

　　张大豹本来应该喜出望外，然而却和二豹一样，完全出乎余媒婆意料地说："谁说我喜欢梦静啊？我喜欢和我一样内向、没文化的女孩子，不喜欢和二豹一样外向、有文化的女孩子。我弟弟二豹喜欢梦静，每次给梦家送猎物都是二豹提出来的。你还是向二豹提亲吧！"

余媒婆刚刚失落了一次的希望再一次重重地掉在了地上，摔得伤痕累累。她还想说什么，刚要张嘴，又艰难地闭上了。接着，她闭了一会儿眼睛，又突然恶狠狠地睁开："都说你们张家是英勇世家，个个是阳刚气盛，勇不可当。没承想你们兄弟俩却是和叶公好龙一样，平时喜欢人家，屁颠屁颠地给人家送这送那，人家费劲巴拉地接受了你们的心意，你们却被吓得屁滚尿流了，纯属没见过世面的软蛋，硬实不起来的囊货！"

说完，余媒婆一摔房门，愤然离开张家，还把一张字写得歪歪扭扭的保媒提纲落在了张家。

听了余媒婆的汇报，梦静一边埋怨梦向东不应该背着她向他们兄弟提亲，一边气愤地说："我梦大小姐平生心高气傲，他们看不上我，我还看不上他们呢！如果不是看在他们兄弟斗野狼、打胡子、杀鬼子勇敢顽强，是英雄，是男人，我才懒得理他们呢！我即使当一辈子老姑娘，也不会嫁给他们兄弟！"

从此，梦静天天在家练习打枪，然后就和梦向东去山里打猎。

梦静前些日子听梦向东回来说，白石砬子村有个女猎手，叫王二蕊，战黑熊，斗野狼，机智敏捷，英勇无畏，是猎手中的女英雄。梦静从心里敬佩和羡慕王二蕊，希望自己也能和她一样，成为充满智慧和勇气的女猎手、女英雄……

第九章 凶悍的野猪群

一九三八年夏天，太平沟村的几户村民的苞米地被一群野猪给糟蹋了。村民们请求大豹、二豹兄弟帮助撵跑或者除掉那些祸害庄稼的野猪。他们出钱给张家兄弟买了一些猎枪子弹。

张二豹知道，苞米是村民们最主要的口粮，如果赖以生存的苞米被野猪糟蹋了，那就是村民们的生命被糟蹋啊。兄弟俩应该义不容辞地为村民们保护苞米。他们准备了一个下午，想打跑那些野猪。

野猪都是夜深人静的时候出来祸害庄稼。天还没黑，兄弟俩就潜伏在村头儿一块没有被野猪光顾的苞米地旁边的树上，窥视着静静的夜。

夜晚，野外的蚊子非常多，如同春秋季节湿地中迁徙的候鸟一样铺天盖地，数不胜数；恰似古代战场上冲锋陷阵的士兵一样漫山遍野，防不胜防。兄弟俩本来做了一些准备，把裤脚儿、袖口儿都系紧，还把脖子用破手巾包严，就差没有把脸和手也蒙上了。把脸和手都蒙上，就不能观察野猪，也没有办法向野猪开枪了。于是，没有蒙住的脸和手，就成了蚊子进攻的重点目标。蚊子成群结队地攻击着兄弟俩。他们也不知道消灭了多少蚊子，可蚊子还是前赴后继、英勇顽强地向他们发起一次次进攻，大有不把兄弟俩的鲜血喝干誓不收兵的阵势。

兄弟俩深受其害，苦不堪言。听到蚊子那微弱的"嗡嗡"声音，他们都感觉蚊子如同摇旗呐喊、擂鼓行进的军队，在向他们发起进攻，让他们心惊肉跳。但是，一想是为了消灭和驱赶祸害庄稼的野猪，保卫村民的粮食，他们还是坚守在树上，忍受着大自然中那些小小蚊子的残酷骚扰和疯狂肆虐。

到了半夜，蚊子仿佛听到了收兵的号角，顷刻间就班师回营、销声匿迹。也不知道是兄弟俩已经被蚊子叮得鼻青脸肿，它们叮不进去了，才不想再作无谓的进攻了，还是蚊子仍然在叮咬着他们，只是他们已经听不见蚊子发出的声音，感觉不到蚊子叮咬的疼痛了。他们的脸已经麻木得不是自己的脸了。

突然，张二豹听到了一阵由远及近的撞击和践踏苞米杆子的声音。他对这种声音是非常敏感和熟悉的，一定是野猪来了。他聚精会神地倾听着野猪发出的声音，认真细致地观察着传出声音的方向的动静。

终于，一群野猪和胡子一样出现了。借着月光，他们可以清楚地看到那些砢碜的吃货开始大嘴抹哈地啃食着尚未成熟的青苞米。

雄性野猪经常在松树干上、岩石上摩擦它的身体，把皮肤磨成坚硬的保护层，可以避免在发情期的搏斗中受到重伤，也可以在和其他野兽的搏斗中减少伤害。所以，打野猪要打它的脑袋，不打它皮糙肉厚的身体。野猪的视力较差，主要靠听觉和嗅觉来发现情况。距离兄弟俩藏身的大树最近的两头野猪突然停下了，也许野猪没有看到他们，却听到闻到了他们。

张二豹的猎枪响了，打破了夜的宁静。一颗钢珠射进一头野猪的脑袋，它一下倒在了苞米杆子上，压得苞米杆子噼啪作响。紧接着，张大豹的猎枪也响了，一头野猪被打倒在苞米地里，痛苦地哼哼着。听到枪声，其他野猪立刻夺路逃窜。兄弟俩又朝其他野猪开枪，张二豹又打死了一头野猪，张大豹打伤了一头野猪。他们赶紧给猎枪退弹壳，重新填装子弹，想再打死几头野猪，然而野猪群已经逃得无影无踪了。

兄弟俩是在树上，给猎枪装填子弹极为不便，装填子弹的速度远远没有野猪逃跑的速度快。眼看着一群野猪不顾一切地逃命，又践踏了大片尚未成熟的苞米，他们心如刀绞又心急如焚。如果他们埋伏在山岗或平地上，会射杀更多的野猪。

他们打死了三头野猪，其中，有两头都在三百斤以上，另一头二百多斤。他们把村子里年轻力壮的召集起来，用推车把三头野猪拉回村子。兄弟俩还自告奋勇地处理野猪，然后把包括头蹄下水在内的整三头野猪都给村民们分了。半年也吃不上一次肉的穷苦村民们顿时家家飘溢着野猪肉的浓香，做的不是野猪肉炖酸菜粉条，就是野猪肉酸菜馅饺子。

第二天晚上，兄弟俩提前到苞米地边上另外两棵树上潜伏。野猪再一次来祸害苞米。他们又打死了一头野猪，有二百多斤重，再次分给了村民们。村民们兴高采烈，欢欣鼓舞。因为张家兄弟不仅为他们驱赶了野猪，保护了粮食，还让他们吃上了野猪肉。他们从内心感激兄弟俩！这次野猪变得异常警觉，离树较远，所以只猎杀了一头。

之后，连续两天夜里，兄弟俩都在其他苞米地旁边的树上埋伏，坚忍地等待着野猪的到来。这两次，他们把脸蒙得只露出两只眼睛，形象显得相当恐怖，连野猪看到他们都得被吓跑。然而，蚊子不怕他们，天天晚上一如既往地来疯狂地摧残着他们，野猪却没有再来摧残青苞米。都说野猪只记吃不记打，其实，野猪的智力是相当发达的。它记吃，也记打。

按理说，野猪不来了是件好事儿，村民们的青苞米可以保住了。

但是张二豹担心，虽然野猪现在不来了，但说不定哪一天晚上它还会再来。村民们最怕野猪祸害庄稼。庄稼还没长成，就被野猪祸害了，如果重新播种，时间已经不允许了；如果不重新播种，秋天即使不是颗粒无收，也不可能喜获丰收了。没有秋天的收获，村民们一年的生活就没有粮食保障了。保护青苞米不被野猪祸害，对村民们来说至关重要，对兄弟俩来说同样至关重要。

于是，他们又在树上等待了一个晚上。前半夜，野猪群没有来。后半夜，张大豹在朦朦胧胧之中，幻想着自己和二豹用猎枪，或者是用有弹仓的步枪，把祸害村民们苞米的野猪几乎全部杀光了，有几头漏网之猪，也不敢再来了。村民们再也不用为没有粮食而发愁了……

当兄弟俩醒来，天已经放亮儿了。张大豹的梦都醒了，野猪群还是没有来。

守株待兔般的等待，让兄弟俩心烦意乱，尤其是蚊子的叮咬，让他们苦不堪言，他们只好放弃在树上等待。

然而，兄弟俩不再等待野猪群的当天晚上，野猪群又把一户村民的苞米地糟蹋了。

兄弟俩只好又到树上埋伏，准备袭击野猪群，然而野猪群就像在村子里安插了内线，只要张家兄弟伏击它们的时候，它们就不出现，真像有人为它们通风报信似的。这让兄弟俩苦于一无所获的折腾。

兄弟俩不想在树上等待了。他们想到深山里或者荒原中主动寻找野猪的踪迹，消灭它们……

他们开始进入山里，寻找野猪的踪影。一天转眼就过去了，野猪群就像从地球上消失了一样。难道他们到山里追踪野猪群也有人通风报信？

生活就是这样，村民们越是担惊受怕，唯恐野猪群的到来，野猪群越是纷至沓来；兄弟俩越是迫不及待地追踪野猪群，野猪群越是无影无踪。

于是，他们又到荒原中寻找野猪群。

从太平沟到荒原，得经过一片湿地——太平沟湿地。除了偶尔洗澡外，野猪一般不在湿地中活动，而喜欢在荒原里觅食。兄弟俩在太平沟湿地旁边穿过。

太平沟湿地位于太平沟外的小平原上。夏天的湿地是十分迷人的，有过于苍凉的凄美，过于古朴的幽美，既让人赏心悦目，又令人刻骨铭心。

兄弟俩狩猎的时候纵横山林，驰骋旷野，活动的范围很大，到过的地方很多，当然也去过很多湿地或沼泽。黑龙江的湿地和沼泽很多，然而，太平沟湿地应该是最美的。

太平沟湿地称不上一望无际，却可谓一览无余。正因为它不太辽阔，却给人以异常深邃的感觉，所以显得神秘而古远。山沟里的劲风长驱直入，浩浩荡荡的芦苇在狂风的吹拂下，恰如大海的惊涛骇浪，大有瞬间冲掉历史，又随时淹没世界的气势。远处青山含黛，横亘左右，又阻挡了绿海的汹涌狂暴，让自然遵循自然的规律。湿地中的水面异常清澈，又异常复杂，有些地方浅可见底，有的地方深不可测。在太阳的照耀下，水波折射出灿烂耀眼的星光，如同春天璀璨阳光下的雪晶，犹若盛夏漫山遍野的花朵，令人在眩目中感受到自然的神奇美感和精神力量。塔头顽强地把头伸出水面，一簇簇、一片片，足以让人感受到自然的丰富和神奇：有些犹如财主那一丝不苟的亮发，有些宛若猎手那桀骜不驯的乱发，有些恰似少女那云鬓飘逸的长发。塔头的变幻莫测，昭示着湿地的变幻莫测。

张大豹司空见惯的塔头，却让张二豹感受到了植物苍翠欲滴的脆弱，也感受到了它郁郁葱葱的顽强。太平沟湿地的历史也许比太平沟村甚至人类的历史还要悠久。湿地深处显得格外神秘，也许从古至今，都没有人进去过，是鸟类主宰的世界。湿地中的植物也许是因为浸润了过多的水分，绿得过于浓烈，仿佛可以染绿人清澈的眼睛，染绿人单纯的思想……

突然，绿意葱茏的芦苇中，飞起一只白鹭。白鹭在浓绿的衬托下，白得晶莹，白得耀眼。

张大豹举起猎枪，要打白鹭。张二豹立马把他的枪口按下，并严厉斥责他说："爹说过多次了，你还没记住吗？在湿地打猎，只能打野鸭子、水鸡。冬天可以打野鸡。因为这些动物繁殖快，数量多。千万不要打白天鹅、丹顶鹤、白鹭、白鹳。在山里打猎，只能打狍子、野猪和野兔，一定不能打东北虎、东北豹和梅花鹿。爹和爷打猎都有打猎的道，就是知道什么可以打，什么不可以打。咱们打猎也有打猎的道，如果没有打猎的道，见啥打啥，胡打乱打，就永远不会是出色的猎人！"

张大豹似懂非懂地回答："嗯哪，知道了！"

他们继续沿着湿地往前走，猛然，一只丹顶鹤在前面腾空而起。

张大豹一举猎枪，又慢慢地放了下来。张二豹刚要说他，又不再说了。

张大豹却指责二豹了："打猎的讲究太多了，这个不能打，那个不能打。在荒山野岭打猎，遇到的不可能都是能打的，如果遇到了东北虎、黑瞎子、海东青，我还得伸出脖子等着让它们把我吃了呀？"

张二豹心平气和地说："我没说让你伸出脖子等着让它们吃你，只是说不能主动打那些比较少的动物。遇到它们躲着点儿，别主动开枪。但是，万一东北虎、黑瞎子朝你冲来，你又无法回避，那就必须开枪。这个时候就不能仁慈了，你不果断地打死它，它就会果断地咬死你！嘿，张老大挺能整风景啊，东北虎、黑瞎子能吃了你，海东青再凶猛，毕竟是鸟，还能吃了你呀？除非把你剁碎了！"

张大豹如释重负："你这么说我就明白了。我还以为不能打东北虎、黑瞎子、海东青，只能伸脖儿等着它们咬死我呢。那叫什么道啊！"

作为猎人世家的道，谁也说不清楚是从哪一代定的。张山峰说是爷爷定的规矩，张天彪说是爷爷定的规矩，张二豹和张大豹兄弟还说是爷爷定的规矩。不管是谁定的规矩，张二豹从小受这个道潜移默化的影响，这在心里已经根深蒂固。过去，张大豹对什么事儿都是心不在焉，再能潜移默化的道，对他来说也是毫无用处的。现在，他对好多事情都不能心不在焉和刀枪不入了。好多事情，他都得听二豹的，这不是因为二豹霸道蛮横，让他臣服；而是因为二豹足智多谋，让他佩服。大豹愿意和二豹在一起打猎，也愿意和他一起打鬼子，和他在一起做什么，他心里都踏实。

兄弟俩来到了太平沟荒原。

太平沟荒原人迹罕至，孤树兀立，杂草丛生，和太平沟湿地一样，显得苍凉、空旷和幽远。荒原上的高草杂乱无章，如同狂放不羁的蛮汉，狂风袭来的时候，会发出暴跳如雷的咆哮；荒原上的矮草井然有序，恰似温文尔雅的淑女，狂风袭来的时候，会发出胆战心惊的呻吟。

太平沟的荒原和湿地都是神秘的、古老的。

兄弟俩小时候，爷爷和爹妈总是不让他们进入湿地，也不让他们进入荒原，说里面危险，也许进去就出不来。懂事儿了，他们才知道，湿地的地质结构复杂，危险重重，有的地方能把人吞没；荒原中野生动物种类繁多，有毒蛇、狐狸、豺狗子，甚至有野狼、野猪、黑熊和东北虎出没，时刻对人造成威胁。所以，它们真有可能进去就出不来。

无论张天彪读私塾，还是张二豹读初小，他们都曾经一个人走过这也许进去就出不来的荒原和湿地，可见他们的胆量过人！

兄弟俩对这片荒原都不陌生。他们平时不是进入深山打野猪、狍子，就是深入荒原打野兔、野鸡，也在荒原打过野猪、狍子。荒原和湿地一样，是野生动物的天堂。无论是冬天狂风暴雪的荒原，还是夏天波涛汹涌的荒原，里面都有动物风平浪静的家。

其实，兄弟俩从未进入荒原腹地打猎，在荒原的边上，就有足够的猎物了。如果让张二豹发展和完善他们猎人世家打猎的道，他就要加上一条：不许进入荒原深处打猎！

张二豹上初级小学之前就一个人闯过这片荒原。

他从小胆儿就大，天不怕地不怕。七八岁的时候，爹妈还是不让他和大豹进入荒原玩，怕他们出危险。张二豹非要进入荒原，看看荒原里到底有什么可怕的。他让大豹陪他一起去，大豹不去。大豹不是害怕荒原，而是害怕爹妈。梦静偷偷地把梦向东的猎刀带在身上，要和二豹一起去。他说什么也没让她去。冒险是男人的事儿，不能让女孩子和他冒险。第二天，张二豹一个人带着大号柴刀进入了荒原。没走多远，就有两只豺狗子尾随在他的身后。豺狗子虽然是食肉动物，但是它体形没有野狼那么大，一般是不吃人的，也吃不了人，只能吃青蛙、田鼠什么的。但是，它们感觉张二豹不太大，吃掉他也许不是什么难事儿，就紧跟在他的身后，想瞅准机会下嘴。

张二豹猛然感觉身后有声音，回头一看，是两只比狗略小的动物在尾随着他，他吓了一跳，以为是两只野狼。他经常听爷爷和爹爹说起野狼，也知道野狼吃人，但是他没看到过野狼，也不知道野狼多大。张二豹大步快跑，想摆脱"野狼"。"野狼"也快跑，在后面紧紧跟着他。他小步慢走，"野狼"也慢走。这个时候，张二豹才感觉不能被"野狼"追着跑了，应该变被动逃跑为主动进攻，否则他跑得筋疲力尽，它们会立马扑上来把他吃掉。于是，他勇敢无畏地挥舞着大号柴刀，朝"野狼"冲去。

豺狗子看张二豹人不太大，却很凶猛，尤其是他手上还拿着让它们恐惧的大号柴刀，它们吓得狼狈逃窜，再也不敢尾随他了。

因为在荒原中走得太远，张二豹迷路了。他渐渐走进荒原深处，大大小小好多鸟被他惊飞。他看到了草丛中有好多鸟窝，鸟窝里有好多鸟蛋。一个一个鸟窝，如同一个一个人家。一些大鸟为了保护自己的家和蛋，竟然在他的头上盘旋，要把威胁到它们的家和蛋的他叼上天空一样。这时，张二豹突然意识到，人的爹妈保护自己孩子的时候，不也和这些大鸟一样英勇无畏吗？他不应该干扰了鸟们的清静，打乱了鸟们的生活。以后也不能这样。于是，他就要走出荒原深处，返回自己的家。他不回家，爹妈多着急呀，就像那些大鸟一样。然而，芳草高深，他已经看不到返回的路径。

这个时候，就看出张二豹的聪明和机智了。看不到回家的路，却能看到天上的太阳。他记得他爹出去打猎，每次都是早晨朝着太阳走，晚上朝着太阳回。现在是傍晚，太阳的方向应该就是家的方向。他开始朝着太阳的方向走。当太阳刚要落山的时候，他也刚好看到了家的炊烟……

兄弟俩早已经把猎枪子弹上膛，在荒草中搜寻着野猪。

只见大鸟，不见大野猪，张大豹又饿了，他有些心急火燎，想进入荒原深处寻找野猪。张二豹立马阻止他说："不许进入荒原深处打猎，也是咱们张家打猎的道。你必须遵守！"

也用不着再让张二豹发展和完善他们猎人世家打猎的道了，他转眼就自作主张地把它发展和完善了。

张大豹感觉二豹一说是打猎的道，他就没道了，只能顺着二豹领着的道走了。

突然，他们听到一片踩踏杂草的声音。接着，一群野猪从他们眼前飞奔而过。

张二豹抬手一枪，打倒了一头大野猪。因为是打在了脑袋上，它来不及哼哼就稀里糊涂地死去了。张大豹也开了一枪，一头野猪在地上翻了个个儿，站起身来，继续顽强地奔跑。其他野猪看到同伙儿被猎人打倒、打伤了，不但不去营救、报仇，反而被枪声吓得肝胆俱裂，朝荒原深处狂奔。

张二豹听爷爷和爹爹讲过这样的话："群猪似家猪，孤猪赛猛虎。"就是说，如果是一群野猪，猎人向它们开枪，一群野猪会争先恐后仓皇逃窜。如果是一头孤野猪，受到猎人的攻击，它会比东北虎还要凶猛地向猎人发起顽强攻击。因此，他对孤野猪有些胆怯，对群野猪反而无惧。野猪群不像狼群那么可怕。

兄弟俩一边在后面追赶着野猪群，一边向野猪群开着枪。又有一头野猪被他们打倒。

他们在给猎枪换子弹的时候，猛然看到野猪群返身向他们冲来。

张大豹惊慌失措。张二豹大吃一惊。不是说野猪群不会向猎人群起而攻之吗？

世界上任何事物都有普遍规律，也有其特殊性。野猪群平时温顺得如同家猪，被逼得走投无路了，也是会和东北虎一样凶猛地攻击人的。

兄弟俩看到野猪群朝他们冲来，立马朝野猪群开枪。又有两头野猪被打倒。然而，野猪群如同冲锋陷阵的猛士，丝毫没有退却的意思。二豹拽着大豹回头就跑。

他们边跑边为猎枪换子弹。刚刚给猎枪换完子弹，野猪群就要冲到他们跟前了。张二豹早就意识到问题的严重性了。如果被野猪群追上，他们俩会被野猪群撕成碎片，比村民的苞米地还要凄惨。想到这儿，他大喊一声："打最前面的头猪！"

话音刚落，张二豹就后悔了，这一枪不能让大豹打，容易把野猪引到大豹这边。于是，他回头一枪，打倒了最前面的头猪。平时谨小慎微的野猪群竟然对张二豹的一枪充耳不闻、视而不见，大有前赴后继、勇往直前的精神。头猪刚一倒下，它后面的野猪立马充当头猪。张大豹的猎枪响了，头猪又被打倒。

　　野猪仍然没有撤退的意思，那气势，俨然金戈铁马、气吞万里如虎的战阵，每一头野猪都像孤猪一样如狼似虎地向他们扑来。

　　张二豹的猎枪又响了，张大豹的猎枪也跟着响了。野猪仿佛疯了一样，更加疯狂地向他们冲来。

　　张二豹奔跑的速度远比张大豹要快。他猛然加速，想给自己留点时间为猎枪换子弹。就在这时，一个大块头野猪也猛然加速，一下把跑在后面的张大豹撞得飞了起来，他的猎枪也随之飞了出去。他刚一落地，大块头又凶神恶煞地向他冲来，想把他那锋利的獠牙刺进大豹的肚子。张大豹力大无穷，一把搂住大块头的脖子，猛地用力，将它摔倒在地。然后，张大豹和大块头进行着生死搏斗。另一头野猪看到同伙儿被张大豹摔倒了，感觉野猪群的颜面尽失、威风扫地，气急败坏地冲向张大豹，想用它的獠牙出其不意地袭击他的后腰。大豹光顾着和大块头决斗了，没有腾出空儿来观察他的身后。就在大豹生死一线的瞬间，张二豹的猎枪响了，大号独弹打进偷袭大豹的野猪的脑袋。接着二豹又开一枪，把刚要从前面再次攻击大豹的大块头打倒。

　　然而，大块头没有死。它挣扎着站起身来，又疯狂地向惊魂未定的张大豹扑来。张大豹眼睛都红了。他拔出大号猎刀，用力刺进大块头的前胸。终于，大块头像一面土坯墙似的倒下了。

　　其他野猪看到大块头死了，又一起向兄弟俩冲来，想给大块头报仇雪恨。

张二豹还要给猎枪换子弹，一摸子弹带，子弹已经打光了。他一下摸到了腰间的两颗手榴弹。这两颗手榴弹是在南山雪地伏击鬼子的时候剩下的，他一直带在身上。

　　于是，张二豹朝大豹大喊一声："麻溜儿趴下！"随即将一颗手榴弹朝野猪群扔去。

　　随着一声巨大的爆炸，四头野猪被炸伤。它们带着剧烈的伤痛落荒而逃。其他野猪看到前面的四头野猪逃跑了，也跟着落荒而逃……

　　兄弟俩和野猪群的这场生死捕杀，让荒原颤抖，山峦震撼，让人既惊心动魄，又感觉慷慨悲壮。张二豹第一次从内心深处感受到了人与野兽搏杀的残酷和血腥，也告诫自己，无论什么时候，都不要对猎物斩尽杀绝！

　　从此以后，兄弟俩只是在苞米地驱赶野猪，再也不到深山，到荒原追踪、猎杀野猪了……

第十章　要杀光鬼子

一九三九年，日伪在密山设立东安省，加强了对密山以至黑龙江的统治。

同年九月的一天，阴风怒号，秋叶萧萧。日本鬼子突然闯进了太平沟村。

傍晚，一百多个鬼子如同一群野狼，偷偷接近了太平沟村，包围了村子，然后他们拉网一般挨家挨户搜查，说是搜捕抗联战士。

村西头儿李老奎家外甥从鸡宁来李家探亲。他和李老奎的两个儿子年纪相仿，但是长相差异太大。他们家儿子矮胖，外甥高大。李老奎听到有人在砸门，知道不是胡子就是鬼子来了。他和媳妇怕外甥遭遇不幸，就把外甥藏在了东屋炕琴里面。炕琴不是琴，是一种放在炕上装衣服、被褥的柜子。四个鬼子一进屋，就用刺刀将李家人逼住，然后翻箱倒柜地搜查着什么。当鬼子就要搜查到炕琴的时候，李老奎因为过度担心外甥被鬼子搜查出来，就主动把一袋粮食送到鬼子手中，并说："我们家除了这一袋儿粮食，什么都没有了。我媳妇心脏有病，受不了惊吓。你们就别再搜查了！"鬼子接过粮食，看了一眼，又看了一眼炕琴，然后把粮食往地下一扔，猛地用刺刀朝炕琴扎去，连续扎了三下，就见炕琴的下面流淌出了鲜血，从炕席上一直流淌到炕沿。李老奎一看外甥被鬼子刺刀扎中了，冲上去就要和鬼子拼命。他的两个儿子一看李老奎和鬼子拼命了，也冲上去和鬼子拼命。普通的村民，怎么能是训练有素的鬼子兵的对手。瞬间，李家四口就倒在了血泊中。大儿子媳妇带着孩子去了邻村娘家，否则李家就被鬼子残忍地灭门了。

村东头儿赵大蔫一家睡得都挺死。赵大蔫在睡梦中被鬼子惊醒。他一睁眼睛，四个鬼子鬼魂一样站在了他们家的屋地上，用带刺刀的步枪逼住了他和媳妇。他们家儿子新婚不久，窗户上还贴着大大的喜字。两个鬼子冲进儿子、儿媳住的东屋。他们把赵家儿子赶到西屋，让另外两个鬼子看着赵家人。东屋的鬼子强行将赵家媳妇轮奸了。之后，东屋的鬼子进入西屋，西屋的鬼子进入东屋，继续轮奸赵家媳妇。赵家媳妇已经怀有身孕，在鬼子的强暴之下大出血。她开始是在凄厉地呼救，后来是在痛苦地呻吟。赵家儿子却被鬼子的刺刀吓破了胆，软弱得如同一只被吓傻的狍子，瘫坐在地上。鬼子发泄完兽欲，竟然用刺刀将赵家媳妇杀害了。然后，鬼子让赵家儿子把家里的粮食都拿出来。他也按照鬼子的吩咐做了。他还对鬼子抱有幻想，认为鬼子想做的事情做了，想拿的东西拿了，就可以放过他和他的爹妈了。然而，赵家儿子想错了。鬼子拿到了粮食之后，就用杀死他媳妇的刺刀杀死了他和他的爹妈。他连悔恨的机会都没有，就被鬼子送进了地狱。

村中间的魏有光家早就想按照张二豹说的，挖掘一条通往后山的暗道，但因为三个儿子太忙了，今天拖明天，明天拖后天。他们终于决定明天正式动工挖暗道的时候，鬼子进村了。魏有光和媳妇长年体弱多病，需要钱治病。三个儿子都是村里有名的大孝子。他们起早贪黑地干活、种地，千方百计地想多挣点儿钱，为爹妈治病，然而爹妈的病没治好，还拉了不少饥荒。因为家里贫穷，三个儿子都没有娶上媳妇。鬼子还没有搜查到他们家，三个儿子就听到了动静，知道胡子或者鬼子进村了。他们操起镰刀，背起爹妈就要往后山跑，然而已经晚了。他们刚一迈出房门，两个鬼子的刺刀就把他们逼住了。魏有光和媳妇寻思，他俩患病多年，打心里也不想拖累儿子了，所以一致想用自己的生命保护儿子的生命。这时，外面传过来手榴弹的巨大爆炸声。魏有光和媳妇突然抓住两个鬼子的步枪，对儿子大喊一声："快跑！"三个儿子一愣，他们怎么能看着爹妈和鬼子拼命，自己逃命呢？就在这时，两个鬼子的刺刀已经深深地扎进魏有光和媳妇的肚子。如果鬼子的刺刀扎进三个儿子的肚子，他们都未必敢反抗，但是，鬼子扎死了三个大孝子的爹妈，他们是绝不会无动于衷的。于是，三个儿子拿起镰刀，就朝两个鬼子的脑袋一顿乱砍。正好鬼子的步枪被两个老人死死地拽着。顷刻间，三个儿子就把两个鬼子砍得头破血流，躺在了地上。他们一看，爹妈已经不行了，就冲出院子，朝后山跑去。鬼子的一挺机关枪向他们扫射。兄弟三人同时倒在了山下。

村北头儿有一个简易的房子，住着一个叫张长林的残疾人。张长林过去当过东北军的排长。一九三一年九月十八日晚上，日本鬼子炮轰并进攻沈阳北大营的时候，当官儿的下令不许抵抗，他和士兵一气之下连夜逃出了沈阳，在白山黑水之间和鬼子打游击，后来参加了抗日义勇军。一九三八年，张长林成为东北抗联的连长。在和鬼子的遭遇战中，张长林的右臂被鬼子迫击炮炸断，一条大腿也受了伤。他昏死过去。鬼子在打扫战场的时候，确信张长林已经死亡，就将他和其他战死的抗联战士一起扔进了一个山坳，想把他们喂野狼。傍晚，狼群冲进山坳，抢食阵亡抗联战士的尸体。马上就要吃到张长林了，抗联的战友赶到，开枪赶跑了狼群，把他从狼群的口中抢救了出来。张长林在抗联深山里的一个营地住了四个多月，右臂和大腿的伤口才基本痊愈。他一条胳膊没了，腿脚也不利索了，成为残疾人。他不想成为部队的累赘，就只带着一颗手榴弹不辞而别，一瘸一拐地走了三天，最后来到偏僻的太平沟村。村里人把张长林当作无家可归、孤苦无助的残疾人收留了，并为他建造了简易的房子。梦向东、梦静和张大豹、张二豹都经常关照他，给他送粮食和猎物。张长林隐瞒了自己的历史，谁也不知道他参加抗日义勇军和抗联，打过鬼子的经历。鬼子进村的时候，张长林正在上茅房。本来，他可以从茅房溜到后山逃出去的。但是，他没有逃，而是返回屋里。他从枕头底下拿出手榴弹，用牙咬掉保险盖儿，然后把手榴弹放在炕上，取出拉火绳。张长林看到鬼子是悄无声息进村的，担心村民们都不知道鬼子进村，来不及躲藏，没有丝毫准备而吃大亏，就想用手榴弹的爆炸声向村民报警。三个鬼子一进里屋，手榴弹爆炸了。他和三个鬼子同归于尽。

张二豹住东屋，张大豹住西屋。当鬼子在老魏家，老魏对儿子大喊"快跑"的时候，张二豹就听到了，然后，他又听到了脚步声。他就断定进村的不是胡子，而是鬼子。他立马叫醒在西屋酣睡的张大豹，告诉他鬼子进村了。张大豹动作迅速，拿起猎枪就要钻进通向后山的暗道。

张二豹叮嘱他说："咱们不能先进入暗道。鬼子过早发现了暗道，就会沿着暗道向后山追捕。那样，那些挖掘了暗道的乡亲们就不容易脱身了。你把武器弹药准备好，我出去看看。"

张大豹说了声"嗯哪"就把猎枪装上子弹，带上猎刀和子弹带。

张二豹从外屋地窗户朝外一看，只见三个鬼子已经进院了。他赶紧跑进西屋，对大豹说："鬼子进来了。为了拖延时间，咱们必须把这三个鬼子干掉！记住，不到万不得已不要开枪！"说完，他迅速把房门的门闩打开，然后和张大豹躲藏在西屋门后。

三个鬼子一推房门，房门就开了。他们端着上了刺刀的步枪，快速冲进东屋，见东屋没人，又朝西屋冲来。一个鬼子一脚踹开西屋门，直接冲了进来。后面的两个鬼子也跟了进来。就在后面的鬼子刚刚迈进门槛的瞬间，张大豹用力朝屋门踹去，房门巨大的撞击，把后面的鬼子撞倒了。前面的两个鬼子还没明白是怎么回事，张二豹的柴刀和张大豹的猎刀几乎同时捅进了他们的后腰。被屋门撞倒的鬼子刚要站起来，张二豹侧身一脚，将他踹得飞了起来，重重地撞在炕沿上。张二豹猛地挥刀，抹了他的脖子。

张二豹把鬼子身上的"甜瓜"手榴弹摘下两颗，放进自己的兜里："差不多了。咱们从暗道进入后山。"

张大豹本来想拿走鬼子的一支步枪，一看张二豹只从鬼子身上拿了两颗手榴弹，没拿步枪，他当然知道这铁疙瘩是好玩意儿，于是也从鬼子身上拿了四颗，装进自己的兜里。他也没拿步枪。

兄弟俩刚走出暗道，就听见手榴弹爆炸声和机枪射击声。张二豹担心梦静和梦向东爷俩没有来得及出来，就对张大豹说："你在前面树林里等我。我去梦家后院接应一下他们爷俩！"

张大豹还没来得及回答，张二豹就急不可耐地拎着猎枪朝梦家暗道出口跑去。

梦向东父女白天进山打猎，打到一头小野猪。他们正在外屋地收拾小野猪，猛然听到有砸院子门的声音。梦向东往外一看，只见三个手拿步枪的鬼子已经砸开院子门，朝房门冲来。

梦向东让梦静带着洋炮，马上从暗道向后山转移，自己则想留下来掩护她。

梦静立马拿起洋炮，打开暗道口，叫她爹和她一块儿走。梦静先进入暗道。梦向东知道女儿的性格，如果他留下来掩护她，她也不会自己走，就决定和梦静一起从暗道转移到后山。然而，梦向东刚要进入暗道，三个鬼子就踢开房门冲了进来。

梦向东对梦静高声喊着："快跑，别管我！"接着就一瘸一拐地握着猎刀向鬼子冲去。

鬼子看到梦向东握着猎刀向他们冲来，也不开枪，挺起刺刀就向他刺来。他一个侧身，伸手抓住了前面鬼子的步枪护木，随手一猎刀，刺中了鬼子的腰部。后面鬼子的刺刀同时朝梦向东刺来。就在这时，梦静的洋炮响了。一个鬼子被轰倒在了外屋地。然而，另一个鬼子的刺刀深深地扎进梦向东的肚子。

梦静的一枪本来是从暗道里打出来的，完全可以立马从暗道逃出去。然而，当她看到她爹被鬼子刺中，毅然拔出猎刀从暗道里跳了出来，向鬼子冲来。

鬼子想向她开枪，梦向东却死死地拽住了他的步枪。梦静已经冲到了鬼子跟前，猎刀直刺鬼子前胸。这个鬼子是个久经战场的老鬼子，出手极快。他把步枪及刺刀向下猛地一压，梦向东就松开了紧握鬼子步枪的手。

鬼子一看梦静是一个漂亮女孩，也松开了握着步枪的手，一把抓住了梦静握着猎刀的手，顺势朝前一带，梦静就趴在了地上，猎刀一下脱手。

梦静刚想站起来和鬼子拼命，保护梦向东。鬼子飞起一脚，把她踹到了南炕上，然后饿狼扑食一样，把梦静摁在了身下。

这是个兽性十足的鬼子，看到梦静是个眉清目秀的美女，顿时兽性大发，想强奸她。

梦静挣扎着，呼喊着，鞋子也踢掉了。然而鬼子力气很大。他看梦静顽强不屈，就用一只大手掐住梦静的脖子。梦静顿时感到呼吸困难，四肢无力，只能出于女孩子的本能，用两手拼命掰着鬼子掐着她脖子的手。她的外衣被鬼子撕破了，裸露出少女细皮嫩肉的肩膀。

梦向东还没有死。他急痛攻心，想从后面打碎鬼子的脑袋，解救梦静，然而，他已经没有一丝力气了。他的心在流血。

就在鬼子正欲对梦静施暴的瞬间，只见一个黑影一闪，鬼子一头栽到屋地上。

张二豹从梦家的暗道进来，用柴刀抹了鬼子的脖子，在关键时刻救了梦静。

张二豹迅速把梦静的外衣穿在她身上。梦静趴在他的肩上失声痛哭。

张二豹说：“必须马上离开。鬼子听到了枪声，瞬间就会把这儿包围。”

梦静还想搀扶着她爹一起走，一看，他已经停止了呼吸。

张二豹一看，梦静光着脚丫，又帮她把鞋穿上，然后拽着她，让她快速离开。

梦静一边哭喊着，一边和张二豹进入暗道，迅速逃向后山。

村西边的谭二棚家有四个女儿，大女儿十八岁，小女儿十二岁。媳妇前些年死于伤寒，只有谭二棚一人，跟头把式地拉扯大了四个女儿。因为家里贫穷，四个女儿都没有上过学，平时在家拾掇屋子，农忙的时候下地帮助谭二棚干农活儿。张二豹建议各家挖掘通向后山暗道的时候，谭二棚非常赞同。他每天都提心吊胆的，生怕鬼子来了，四个女儿受到摧残。于是，他积极带领四个女儿挖暗道。然而，当他们挖了十几米长，还有一半儿才能到村外的时候，遇到了巨大山石，挖不下去了，只好暂时停了下来。鬼子进村太突然，谭二棚想带着四个女儿从后院进入后山已经来不及了。无奈之下，他把女儿带到了暗道入口，一起进入暗道。当谭二棚跟在最后进入暗道的时候，他发现一个问题。如果他和女儿都进入暗道，就无法把暗道入口恢复到不露痕迹了。如果暗道挖通了还好，走到村外，直奔后山，即使鬼子发现了，也来不及追赶了。他们家的暗道只挖了一半儿，如果鬼子发现了暗道口，他和四个女儿都得遭殃。于是，他对女儿们说："我出去。你们四个待在暗道里，无论外面发生了什么事情，都不要出声，更不能出去！"女儿都不明白爹的意思。谭二棚焦急地接着说："上面没有人，鬼子一眼就能看出暗道的入口来。那样，全家人一个都活不了。我上去把暗道口封好，才能万无一失！"女儿们看谭二棚非常坚决，也没时间争执了，就让他上来了。他刚刚在暗道口上盖了一块石板，上面还压了一个沉重的猪槽子，五个鬼子一下就冲了进来。他们翻箱倒柜找了半天，才找到一小袋粮食。然后他们把谭二棚带到了村子的长院。鬼子离开屋子，谭二棚提起来的心才放了下来。

鬼子把五十多个村民带到长院，说要征用太平沟村，让所有村民离开村子。村民几代人甚至是祖祖辈辈生活在太平沟村，谁能舍得离开呀？有两个耄耋老人走出人群说："我们这把老骨头，死也要埋在太平沟。我们是不会离开太平沟村的，除非太阳从东边落下！"这句话让鬼子军官一愣，随即拔出手枪，打死了两个老人。这时，鬼子分别从大豹、二豹家、张长林家、魏有光家、梦向东家，抬出了十一具鬼子的尸体，又和鬼子军官说了几句村民听不懂的日本话。鬼子军官眉头一皱，让鬼子兵把人群中的三十来名女子拽到一边后，一挥手，四挺机枪同时向手无寸铁的男性村民疯狂扫射。一些身受重伤的村民在痛苦地挣扎，立马被残忍的鬼子用刺刀刺死。然后，鬼子畜生一样朝三十来个瑟瑟发抖的女人扑去。她们都被鬼子强奸后杀害了，他们连七八十岁的老人和七八岁的孩子都没有放过。

最后，鬼子把全村的房子浇上汽油点着了。谭家四姐妹被活活熏死在半截子暗道里……

除了张大豹、张二豹、梦静外，大平沟村只有少数几户人家从暗道逃到后山，幸免于难。鬼子冲出村子，在后面追赶着他们。他们拼命朝山里跑。

天要亮的时候，他们已经筋疲力尽了。尤其是梦静，还没有从她爹被鬼子杀害的悲痛中走出来，情绪低落，心情沉重，少言寡语，身体也显得有气无力。

跑山路极为消耗体力，加上跑出来仓促，谁也没有带吃的，他们已经饥肠辘辘了。

张二豹采摘了一些野果，让张大豹和梦静充饥。张大豹饿得前腔贴后背了，吃野果，就像黑瞎子吃蓝靛果似的，不用嚼就咽了。

梦静开始没吃。张二豹对她说："不吃点儿野果，浑身没劲儿，万一鬼子追来了，只能束手就擒！"

梦静才吃了一点儿。

张二豹琢磨，马上就要进入冬季了，他们穿的衣服都挺单薄，无法度过寒冷又漫长的冬季。尤其是梦静，毕竟是个女孩子，不能和他、大豹两个大男人一起，像野人一样在深山老林里茹毛饮血吧！当务之急是找到一个落脚的地方，作为他们的安身立命之地。

张二豹想起钟志强说过，抗联在青梅山有一个秘密营地，应该去青梅山，也许找到了秘密营地，就找到了抗联队伍呢。

他们朝青梅山进发。

第二天，他们在青梅山的深山密林里转悠了一上午，也没有找到抗联的秘密营地，没有看到抗联队伍的踪影。最后，他们想寻找一个胡子废弃的老巢、野兽的洞穴什么的，作为暂时遮风避雨的住处，否则，在森林中四处漂泊，在荒原中到处流浪，也不是个长久之计。然而，他们还是一无所获。

黑龙江山地面积广大，却都是低缓的丘陵，没有高耸入云的崇山峻岭。因此，山洞也很少。

张大豹想打死一只狍子，烤熟了大吃一顿。张二豹不同意。因为他们不清楚附近有没有鬼子，如果有鬼子，烤猎物的气味转瞬就会把鬼子招来。即使不把鬼子招来，也会把狼群招来。

在山林中寻找住处的时候，张二豹看到一处猎人设置的钢丝套，上面套住了一只大山兔。他们都饿得四肢无力了，不吃点东西，就没有办法继续行走了。于是，张二豹把几副钢丝套带在了身上，把山兔也带上。他们找到一个避风的山坳，搜集了一堆柴草，把山兔扒了皮，挂在木棍支架上，下面点燃柴草，开始烤山兔。

他们都饿得眼睛直冒绿光了，尤其是张大豹，山兔刚刚烤上，他馋得哈喇子都要流淌出来了。山兔烤得外面焦糊，里面没熟，他们就迫不及待地开始用猎刀和柴刀削着吃了。梦静经常和她爹打猎，但是还没有吃过这样糊巴的烤山兔。有的肉片被削下来，里面还渗着血丝。她感到恶心。张二豹为她削下几片烤熟的没有血丝的兔肉，她才吃了起来。她也饿得饥不择食了。

山兔吃光了。兄弟俩迅速把火熄灭，然后迅速离开。

他们走了十多里山路，到了一个小山村。天又要黑下来了。张二豹说："晚上就在这个小山村过夜。"

梦静还以为要敲开村民的家，在村民家过夜呢。她主动提出："我去敲门。你们去，没人敢开门。"

张二豹向梦静解释说："我和大豹打胡子、打鬼子的时候，多次遇到这样的情况，都是在村民家的柴草垛睡的。黑灯瞎火的，咱们三人去敲村民家的房门，谁家敢给咱们开门啊？尤其是咱们还带着武器，别把人家吓着。还是在草垛上睡一宿吧。"

梦静理解。

张大豹刚要把上衣脱掉，睡得舒服一些，看了一眼张二豹，又看了一眼梦静，赶紧又把上衣穿上了。

在柴草垛上睡觉，上半宿过得非常缓慢，不敢入睡，生怕鬼子来了，胡子来了；下半宿过得非常快，困得不睡不行了才睡着了，一睁眼睛，天已经大亮。因为他们都穿得太少，都把柴草盖在身上，睡觉没感觉太冷，但是都感觉很累。他们怕被村民看见，把他们当成小偷或者胡子，就赶紧离开了小山村。

走到山脚儿的时候，他们看到一片苞米地。苞米秸秆和叶子已经枯黄，苞米也已经是老苞米。张二豹分析说："这片苞米一定是地主家的，他们粮食多，不在乎这些苞米。要是穷人家的苞米早就收获了，甚至早就吃光了，家家都缺少粮食，谁还能等到这个时候不收获？大豹去多掰些苞米，在路上烤苞米吃。"

他们走到一片山石堆，在石头里面烤老苞米。人在饿的时候吃什么都香。

在吃老苞米的时候，张二豹看到梦静身体一哆嗦，知道她冷了。他想把自己的衣服脱给她，一考虑他除了外衣，里面什么都没穿，就没有出声。但是，他心里焦急，必须尽快找到一个住的地方了，否则他们三人没有挨到冬天，就得冻死在深山里。

张二豹想起太平沟村那么多村民被鬼子杀害了，想起自己和大豹、梦静都无家可归了。继而，他又联想起有多少中国人被鬼子残酷杀害，又有多少中国人被鬼子赶出家园，无家可归呀！他更加憎恨日本鬼子。他下决心杀光鬼子，保家卫国，把鬼子赶出中国去……

第十一章　神秘的半截河要塞

　　找一个住的地方，是张家兄弟和梦静三人的当务之急。

　　张二豹挖空心思、绞尽脑汁，也没有想出一个让他满意的地方。他想到了南山、青梅山，以及他爹提到过的锅盔山，又都否定了：南山山寨已经被鬼子占领，他们即使不驻扎在山寨，把粮食什么的拿走之后，也得把山寨炸毁；青梅山只是听钟志强他们说过，他对青梅山十分陌生，打猎从来没去过，贸然乱闯，危险不说，梦静的身体也受不了；锅盔山他也没去过，他爹当年打猎的时候追赶猎物，上过锅盔山。虽然锅盔山三面险要，一面坡缓，易守难攻，但是孤山凸立，坐落在密山的眼皮底下，在上面安营扎寨，很容易被鬼子发现，也不是理想的去处。

　　张二豹记得有这样一句话："两利相权取其重，两害相权取其轻。"万般无奈之下，他决定去南山山寨。他分析，也许鬼子打下山寨，把里面的东西拿走就撤兵了，山寨完好无损，根本没有人住。即使鬼子怕他们卷土重来，把山寨炸毁了，山洞还在。有山洞就可以过冬。于是，张二豹提出去南山山寨。

　　张大豹立马表示同意。梦静也同意，只是提出想先回太平沟村看看，如果能找到她爹的遗体，把她爹埋葬了，然后再去南山山寨。

　　兄弟俩也想回太平沟村看看。他们起身打道回府。也许活下来的村民已经返回太平沟村，重建家园，开始了新的生活。如果是那样，他们也可以暂时待在太平沟村，明年春天也开始重建家园。

他们在逃出来的后山，向太平沟村张望，眼前的景象完全出乎他们的预料。太平沟村整个已经荡然无存，被夷为平地。几十个鬼子在周围警戒，一些人蚂蚁一样在紧锣密鼓地挖地基，砌石头，不难看出是在建设新的房子。

他们还不知道。鬼子来太平沟村杀人放火，就是要把村民赶出家园，然后在这村里建设日本移民村落。

这个时候，兄弟俩和梦静三人才断定太平沟的村民遭遇了重大不幸，当天在山林里听到激烈的枪声时，他们还不敢相信。同时，他们深深地意识到，日本鬼子就是杀人不眨眼的魔鬼，不能对他们抱有任何幻想，对待侵略者绝不能心慈手软。他们发誓，要为梦向东报仇雪恨，为太平沟的村民报仇雪恨！

他们三人开始朝南山山寨进发。路上饿了，就吃烤老苞米和野果。

第二天中午，他们到了南山半截河的山脚下。

离开南山不到一年的时间，张二豹感觉南山和以前不一样了，还没到深秋，树叶已经开始飘落。无论远山还是近景，都是黑幽幽的，显得阴森恐怖。

张大豹大步流星地朝山脚走去，就好像要回自己家一样理直气壮。

张二豹拽住了张大豹说："我感觉情况不对。不能贸然进山，先观察观察，别着了鬼子的道。"

他们在南山脚下对面的一片树林里观察着山坡的动静。

过了半个时辰，张大豹等得不耐烦了，催促二豹说："读过书的脑袋有时候也不够用。你想想，南山历来都是胡子和猎人待的地方，鬼子怎么能待在连汽车都开不上去的山上呢？"

张二豹突然发现了什么，自言自语道："以前车是开不上去，现在车能开上去了。"

张大豹惊讶地问："什么，车能开上去了？"

张二豹说："现在的南山，可不是以前那么荒凉了。山里大有文章啊！"

张大豹反驳张二豹说："有文化的人想这想那，怕前怕后，胆量肯定比没有文化的人小；没有文化的人不想这不想那，不怕前不怕后，胆量肯定比有文化的人大。南山里还能大有什么文章啊？你看到小鬼子在山里大做文章了？你是不是想得太多了，把不该想的也想了？你别真把咱们当成抗联的英雄了，小鬼子在山上埋伏快一年了，还在等着咱们进入埋伏圈呀？"

张二豹说："什么埋伏圈呀？你看那条上山的小道，我记得咱们打猎的时候走过这条小道，当时像狍子的细腿儿那么窄，现在像车道那么宽，而且还有汽车轮子频繁压过的痕迹，所以我说山里大有文章。"

张大豹又仔细看了一会儿说："真的哎，真的是汽车轱辘印儿呀！小鬼子在山上搞什么鬼呀？"

张二豹说："也许鬼子在山里设立了一个大兵营。咱们现在休息，晚上到山里看看鬼子大兵营。"

他们靠着树休息。到了晚上，张二豹本想让梦静在树林中继续休息，山上一定是险象环生，担心她上山有危险。又一想，女孩子夜晚孤身一人待在树林中，危险绝不会比上山小，于是就决定三个人一起上山。

他们准备好了武器弹药，就开始悄悄地上山。

兄弟俩对他们住过的山寨一带了如指掌，半截河这一带虽然打猎时来过，但他们并不是一清二楚。他们转眼就到了山脚下。他们担心汽车道有鬼子的明岗暗哨，没敢走，而是在距离汽车道十余米的树林中穿行。突然听到前面有走步的声音。他们赶紧躲藏在树后，只见十来个鬼子组成的巡逻队从汽车道上下来。

鬼子巡逻队过去后，他们继续朝山上走。

月光皎洁，南山也不那么黑幽幽的了，但还是阴森森的。鬼子像幽灵一样在南山神出鬼没、作怪兴妖，使得南山的阴气太重。

南山绝不是锅盔山那样的孤山，而是完达山山脉的丘陵地带，范围很大。他们需要翻过两座小山，然后朝东走，才能到达他们的山寨。当他们正要翻过第一座小山的时候，又有一伙鬼子巡逻队从他们旁边走过。

张二豹心里琢磨，这到底是鬼子的什么兵营啊，戒备得如此森严。

又走了半个时辰，张二豹猛然停住了脚步，躲藏在树后细心静听。张大豹和梦静以为又有鬼子巡逻队过来了呢，也躲在了树后。

这时，从漆黑的树林里传来汽车缓慢行驶时发出的发动机低沉的声音。过了一会儿，就见两辆鬼子军车，沿着汽车道从山上缓缓开了下来。汽车灯全是关着的，就好像害怕汽车被人看到一样；每台汽车上都装满了货物，上面严严实实地蒙着帆布，就好像汽车里的货物也害怕被人看到一样。也不知道鬼子在黑暗中干着什么见不得人的罪恶勾当。

张二豹突发奇想：应该把鬼子的军车炸掉。军车一般都是兵营往前线运送士兵，或者给前线部队运送武器弹药的。鬼子一次运送这么多士兵或者武器弹药，会对抗联队伍造成多大威胁呀！他仔细观察了一下，感觉这些军车不像是运送士兵的，运送士兵的军车比这些军车要高许多。这些军车应该是运送武器弹药或其他军用物资的。怎么样才能炸掉这些军车呢？炸掉军车得有足够的炸药，上哪儿去整足够的炸药？他和张大豹的身上一共有七颗手榴弹，用七颗手榴弹可以炸掉两辆军车，但是得把手榴弹扔到军车的油箱上，或者军车本身装满炸药。然而手榴弹一爆炸，山上的鬼子会从四面八方把他们包围。如果只有他和大豹，借助对山里地形的熟悉和树林的掩护，有可能冲出鬼子的包围圈。如果他们俩加上梦静，就没有可能冲出去了。于是，张二豹放弃炸掉鬼子军车的想法，决定先到他们兄弟住过的山寨看看，下一步再考虑是否炸掉鬼子军车。

他们朝着山寨的方向走了二十几步。张二豹马上又不想去山寨了。他设想，即使山寨没有被鬼子占据，南山整个都被鬼子控制了，他们还能和以前那样，想打猎就打猎，想下山就下山吗？寝榻之侧，有狼群环伺，还能睡得安安稳稳的吗？还是先把鬼子大兵营的情况摸清楚，好让抗联大部队来收拾这些鬼子。

张大豹一听二豹又改变了主意，不回山寨了，他大失所望，甚至怨气冲天。他走得又累又饿，特别渴望回到山寨大吃大睡几天，吃得沟满壕平，睡得五迷三道。但是，他又不能不听张二豹的，谁让自己没上过学，有勇无谋；人家上过学，足智多谋！

他们继续在距离汽车道十多米的树林中，和汽车道平行着走。他们的前面荆棘丛生，举步维艰，但是一想到继续走下去，就能找到鬼子的大兵营，只能坚韧不拔地用柴刀、猎刀披荆斩棘，勇往直前。

前面汽车道上出现了鬼子的碉堡。估计是用来检查上山下山的车辆和防止抗联上山袭击他们的。

他们躲开碉堡，到一个山岗上休息。张大豹去采摘了一些野果，大家聊以充饥。

梦静要去方便。张二豹嘱咐她说："你小心点儿，南山蛇多。"

梦静虽然胆大，但是也怕毒蛇。她想让张二豹和她一起去，又感觉不方便，只好一个人壮着胆子去方便。

不一会儿，梦静回来了。她心存疑虑地对张二豹说："你快看！

鬼子的军车好像就是从这下面的山谷开出去的。也许山谷就是鬼子的大兵营吧！"

张二豹朝下面的山谷仔细观望，大吃一惊。山谷堆着一些新鲜的山石和泥土。一些中国劳工在荷枪实弹的鬼子兵的看管之下，正在把那些山石和泥土装上军车。有两辆装满山石、泥土的军车正要开走。

张二豹琢磨，夜晚都在施工的工程到底是怎样的工程啊？答案有两个：一个是工程秘密，谨小慎微地保密；一个是工程浩大，夜以继日地抢工程。日本鬼子到底在作什么妖啊？他们为什么要掏空南山？难道鬼子在南山发现了金矿？发现了其他稀有的矿产资源？还是发现了生活在密山地区的古人肃慎人、挹娄人埋藏的巨大宝藏？都不对。鬼子一定是在修筑秘密军事工事，来对付东北抗联的袭击。

张二豹马上联想到他们刚才看到的鬼子军车，上面装的也不是武器弹药什么的，一定也是这些山石和泥土。再一细看，半山腰依稀可见用石头、水泥建造的战壕、碉堡，还架设着大炮什么的。山下有两个已经挖凿完工的山洞工事，洞口是用水泥加固的。还有两个正在挖掘的山洞。山石和泥土是从两个正在挖掘的山洞口中运出来的。从鬼子军车和山谷中堆积的山石、泥土判断，鬼子的开山挖石工程浩大，简直要把半截河这一带的山体掏空了。

这个时候，张二豹猛然联想起在山寨住的时候，晚上经常听到的令人心颤的震动了，那一定是鬼子挖掘山洞时用炸药炸石头产生的震动！这说明鬼子修筑半截河工事不是一天两天了，或许已经几年了。

张二豹琢磨得头昏脑涨，才琢磨明白。

张二豹是个勇于担当、敢于付出、敢作敢为的人。既然发现了鬼子在南山半截河的军事秘密，就不能袖手旁观，坐视不管。但是怎么管？最好的结果是把南山的秘密工事炸毁，让鬼子利用秘密工事突然袭击抗联或者躲避抗联袭击的阴谋破灭。再就是把修筑秘密工事的中国劳工解救出来，让鬼子的秘密工事无法完工，同样达到让鬼子的阴谋破灭的目的。然而，鬼子对秘密工事戒备森严，就凭他们三个人，他们的武器装备，接近秘密工事都困难重重，炸毁秘密工事就更是千难万难了。

于是，张二豹和张大豹、梦静商量。

张大豹说："这好办，咱们有七颗手榴弹，把小鬼子秘密工事炸掉！"

梦静说："光凭咱们三人的力量，想炸掉鬼子的秘密工事几乎是不可能的。咱们可以把鬼子的秘密报告给抗联，抗联人多力量大，让他们和咱们一起，对鬼子的秘密工事进行突然袭击，彻底摧毁它！"

张二豹想起去年冬天在撤离山寨之前，把一些洋炮、火药藏匿到山寨西北角的一个隐秘的地窖里了，也不知道是否被鬼子发现。但是那些火药对于炸毁鬼子的秘密工事来说，也是杯水车薪，待以后能用到它们的时候取出来，也许更能发挥它们的作用。

张二豹感觉梦静的想法和他不谋而合。人多，必然力量大。应该通知钟志强他们，和抗联队伍一起袭击鬼子的秘密工事，炸毁它。

他们小心翼翼地准备下山。

张二豹心里比张大豹、梦静还要紧张，因为他更清楚他们面临的危险。半截河一带已经成为鬼子的鬼窟狼穴，到处都有充满杀气的眼睛。在表面风平浪静的山里行走，甚至比在鬼子的追杀下奔跑还要危险。

突然，前面传来脚步声。

他们赶紧隐藏在树后，观察着前面的动静。是鬼子的巡逻队。

张大豹饿得浑身哆嗦，就像冻得一样。张二豹为他们摘了些野果。他们一边吃野果一边走。

张大豹猛地咳嗽了一下。张二豹立马摆手，示意他不要出声。

张大豹抱怨说："一只秋后的蚂蚱，本来蹦跶不了几天了，竟然让我吃进了肚子。"

梦静边吃着野果，边和张大豹开玩笑说："蚂蚱就是蝗虫，油炸了可以吃。解饿。"

张二豹告诫他们说："不要说话。快到鬼子碉堡了。这儿很危险！"

他们立刻鸦雀无声了。

走在前面的张二豹一摆手，让张大豹和梦静快速隐藏在树后。他们俩一下躲在树后。只见三个鬼子从碉堡里出来，要在树林中撒尿。

一个鬼子格外警觉。他刚要撒尿，又停住了，突然举起步枪就朝梦静藏身的地方刺来。张二豹猛然出手，用柴刀割开了他的脖子。另一个鬼子刚要朝张二豹开枪，张大豹奋力跳起，猎刀刺中他的后胸。第三个鬼子动作奇快，举起步枪就要朝大豹开枪，然而他迟疑了一下，猛地将刺刀朝张大豹刺来。张大豹刚要用猎枪打他，张二豹的柴刀已经砍向他的脖子。

张二豹小声说："咱们杀死了三个鬼子，一会儿就得被鬼子发现。大队鬼子会漫山遍野地追赶咱们。必须麻溜儿朝山下跑，越快越好！"说完，他迅速扒下鬼子的一件外衣，递给梦静，捡起一支鬼子的步枪，背在肩上，拽着梦静就朝山下跑。

张大豹也随手捡起一支鬼子的步枪，又从鬼子身上摘了两颗手榴弹，跟在后面快跑。

张二豹戛然停下了脚步。张大豹没明白怎么回事，还想继续跑。二豹拽住他的胳膊说："不能傻跑，否则跑进鬼子嘴里了，还为鬼子剔牙呢。得眼观六路耳听八方。你们老师没教你呀？"说完最后一句，张二豹自己都笑了，然后摆摆手，继续朝山下走。

张大豹有些莫名其妙，想说什么，又不知道说什么，只好跟着二豹走。

张二豹一边看着汽车道的下方，一边急切说道："听到声音了吗？鬼子军车上来了。这些军车绝不可能把山石泥土卸到一个山沟，然后直接把空车开回来，更不可能把山石泥土再拉回来。里面一定装着军需物资、生活必需品以及建设军事工程的物资，甚至拉着炸药。咱们把这些军车炸了，趁乱再跑！"

一听说要炸鬼子军车，张大豹来劲了："我早就想炸小鬼子军车了。看我的！"

这时，山上传来急促的脚步声，一定是鬼子发现三个同伙被杀，朝他们蜂拥追来。

张二豹准备好手榴弹，然后向山下疾跑。当他们跑到一个小山包上，鬼子军车已经近在咫尺了。

张二豹向鬼子军车投掷了一颗手榴弹，然后拉着梦静到石头后面隐避。接着，兄弟俩一股脑把五颗手榴弹都投向了鬼子军车，然后，朝山下一路狂奔。

手榴弹的爆炸声此起彼伏。他们真想听到一声响彻云霄、震耳欲聋的爆炸，但是没有听到，也许这些军车没有运炸药的，也许他们没有炸到运炸药的军车。

开始，鬼子一直在后面悄无声息地追赶，没有一个鬼子朝他们开枪。听到军车被手榴弹袭击之后，一些鬼子才朝他们开枪。一个鬼子已经离他们很近了。张二豹用步枪向他射击，然而步枪没响。他拉开枪栓一看，里面根本没有子弹。他扔掉步枪，转身朝山下猛跑。

张二豹恍然大悟，怪不得刚才的鬼子本来可以向大豹开枪，犹豫了一下没有开枪，因为步枪里面压根儿就没有子弹。军车被炸了，鬼子觉得不开枪也没有意义了，才把步枪装上子弹。如果刚才鬼子的步枪里有子弹，大豹就危险了。现在想起来都有些后怕。

张二豹心里纳闷儿，不就是一个秘密工事吗，至于保密到如此程度吗，连枪都不敢打？

大豹、二豹、梦静终于摆脱了鬼子的追杀。他们决定到青梅山去，继续寻找钟志强他们的抗联队伍，好一起炸毁鬼子在南山修筑的秘密工事。

然而，他们又在青梅山找了三天，没有一点儿钟志强他们的踪影，也没有找到其他抗联队伍……

第十二章　小狼洞里爱的激情

　　天气越来越寒冷，冬季就要降临了。

　　即使食无求饱，居无求安，也得有食，有居。

　　在青梅山，梦静发现了一个十分隐秘的山洞。张二豹在洞口附近观察了一会儿说："这是一个野狼洞，里面还住着野狼。"

　　张大豹说："把野狼赶出来，咱们住进去。"

　　张二豹说："只能这样了。"

　　张大豹拿出一颗手榴弹，想扔进野狼洞中。

　　张二豹阻止他说："咱们和野狼的仇已经报了，不要再对野狼斩尽杀绝了。野狼也是生命，人家在山洞里生活得好好的，咱们硬是要霸占人家的洞穴。就别用手榴弹了，朝天打一枪，把野狼吓跑得了。"

　　张大豹朝天空打了一枪。两匹野狼猛然从洞里冲了出来。它们本来想向张大豹扑来，一看三个人，立马堆满落叶的山下逃去。

　　张二豹点燃一支火把，走进狼洞。一股浓烈的腥臭味扑面而来，让他们喘不上气来。地上有狼粪、动物毛、骨头、枯草等，一片狼藉。眼前的情景让他们心灰意冷，然而马上他们又感到喜出望外了，只见最里面的石壁上挂着一支猎枪和三支步枪！

　　狼洞狭窄、幽暗，挂着的猎枪和步枪却给狼洞增添了人的气息。接着，他们又看到狼洞的最里面有一个一人高的平台，上面摆放着四袋粮食、两个铁锅、一袋猎枪子弹、两箱步枪子弹，以及洋火、煤油、盐、毛巾等，还有八张狍子皮。

他们三人同时琢磨，难道这就是钟志强说的抗联秘密营地？不应该吧，这个狼洞也住不了几个人哪。

不大一会儿，梦静在打扫狼洞的时候，又在一堆枯草的下面发现了一个坑，里面有一个不大的木头案台，上面还有一些金属的机器。张二豹过去一看，认为案台上的机器是修理枪械用的，有钳子、钢锯、锉刀等工具，还有猎枪子弹底火、铅弹、纸垫等。如果有火药，用这个案台还可以加工猎枪子弹。

这些东西让张二豹他们和狼洞一样阴暗的心里立刻明亮了起来。狼洞充满了生活气息。

兄弟俩也和梦静一起收拾，把被野狼祸害得毫无人气的地上收拾得干净有序，恢复了人气；又收集了一些枯草，铺在地上，然后把狍子皮打开，准备当褥和被。

过去，他们每次收拾狍子时，都把狍子皮扔掉。因为狍子皮在所有猎物的毛皮中质地最差，尤其是夏季的狍子皮，毛粗而缺少韧性，容易掉毛。但是狍子皮隔潮保暖。这八张狍子皮都是冬季的皮，绒毛很多，质地很好，适宜当褥和被。他们铺着狍子皮，盖着狍子皮。

狼洞里有了家的模样。

生活往往就是这样，平时一些没用的东西，往往在关键的时候能发挥出不可替代的作用。幽暗的狼洞，给人以阴凉的感觉，但是干草上面铺上了狍子皮，就有一种睡在冬天炕头儿的感觉了。他们的心里更是温暖。

张大豹也说："以前打狍子，咱们不稀罕要狍子皮，现在狍子皮成了咱们的宝贝。这上哪儿说理去呀！"

张二豹把狼洞里的猎枪送给了梦静，以替换她使用的洋炮，并教会了她如何使用猎枪。梦静喜不自胜，感觉距离女猎手王二蕊更近了一步。她可以用猎枪多杀鬼子。她对猎枪爱不释手。

因为狼洞狭小，梦静为它起名"小狼洞"。

张二豹一直在琢磨，小狼洞的主人不应该是抗联，因为太小；也不应该是一个猎人，因为武器太多；而应该是一小伙胡子。不知道是胡子占据了野狼的窝，还是野狼占据了胡子的巢。作为小狼洞曾经主人的胡子为什么不住在小狼洞了？是投靠了鬼子，还是被抗联消灭了？这不能不是张二豹心中的不解之谜。

住的这个当务之急暂时解决了，下一个当务之急就是解决越冬的衣服了。

张二豹决定打几只狍子，或者打两头野猪，到附近的集市上卖了，买越冬的衣服和粮食。他们都没有去过青梅山附近的集市，梦静听说有个叫兴凯的地方，张大豹听说有个叫裴德的地方，但是都说不准有没有集市。张二豹说："我听爹说过，有个黑台火车站，人来人往的挺热闹，爹和爷都去卖过猎物。不过太远了，有一百多里地。打到了猎物背到了黑台火车站，身体吃不消不说，走大半天的路程，猎物就捂膛了。猎物开膛之后再背到黑台火车站，还不好卖了。无论是饭店，还是送礼的，都不愿意买不完整的猎物。

梦静半开玩笑半认真地对张二豹说："读书人的脑袋太死板，脑筋怎么像枪管似的，不会转弯呀？难道咱们非得在青梅山打猎呀？咱们到黑台火车站附近打猎，猎物不就坏不了了？"

兄弟俩都认为梦静的主意好。只是张二豹担心在黑台火车站附近打猎容易被鬼子发现："我听钟志强说过，鬼子严禁中国人打猎，在密山城里和各个镇里都有告示，私藏枪支和私通抗联同罪。黑台火车站是交通要道，离密山又很近，鬼子肯定像成群结队的黏虫一样，到处都是。打猎的枪声很容易引来鬼子。"

张大豹立马反驳二豹说："最近我发现你人长大了，胆量变小了。地方那么大，你非得到密山眼皮底下打猎呀？非得到锅盔山打猎呀？咱们离密山稍微远那么一点点儿不就行了吗？再说了，即使枪声被鬼子听到了，咱还怕小鬼子呀？遇见小鬼子更好，正愁找不到他们呢。打他们个瘪犊子！"

张二豹说："智者千虑，必有一失。你要是千虑，也有一得。对你来说，虑是好事。就按你们说的办，咱们到一个叫青龙山的地方打猎。我听爹说过，青龙山位置偏僻，猎物多，距离黑台火车站还不近不远。"

张大豹以前总受到张二豹的批评，说他不动脑，很少表扬他。这次受到张二豹的表扬了，不容易呀。张大豹心里高兴！

梦静感觉好笑，又不好笑出来。

张大豹无论做什么都是说做就做，不拖泥带水："那咱们现在就去青龙山。"

青龙山的山势低矮，没有南山、青梅山高大。但是，青龙山和一片荒原相连，环境苍凉，是野生动物栖息的乐园。

黑龙江的湿地、荒原随处可见。密山地界的湿地、荒原也是比比皆是。青龙山下的荒原只是名不见经传的小荒原。他们在荒原里寻找着狍子和野猪。

自从梦静走进他们兄弟二人的世界，张二豹真的不像过去那样熊心豹胆了。他总是担心鬼子在搜捕抗联秘密营地的时候，搜索到小狼洞。住在小狼洞里，他们生活得谨小慎微。打猎，怕鬼子听到枪声，得到距离小狼洞很远的地方；做饭，怕炊烟引来鬼子，经常是半夜烧火烀狍子肉、野猪肉；晚上，还怕狼群卷土重来，还得轮流站岗，看守小狼洞口。然而在青龙山的荒原中，他们就可以明目张胆地打猎了。即使鬼子听到枪声，他们也不怕。他们可以打鬼子，也可以避开鬼子。

他们进入荒原腹地才发现，青龙山下的荒原不是纯粹的荒原，有的地方有水，属于湿地型荒原。荒原里的水是河流泛滥的时候灌进荒原里的深坑的，河水退去的时候，水便留在了深坑。干旱的时候深坑里的水少，雨大的时候深坑里的水多。

一只大鸟从前面的水面上飞起。

张大豹刚要举枪，张二豹把他的猎枪按下。张大豹主动解释说："我知道。不能打，那是一只白鹳。"

他们走了不远，又有一只苍鹭从前面飞起。张二豹看着张大豹。张大豹说："你别看我，我知道不能打。但是，能打的总看不到，不能打的总能看到，这不折磨人吗？再看不到能打的，要急出人命了！"

梦静握着猎枪问张二豹："都什么猎物不能打呀？这是谁规定的呀？政府定的呀？"

张二豹对梦静解释说："咱们这儿哪有什么政府呀？大型动物中，东北虎、东北豹、梅花鹿不能打，只能打狍子、野猪和山兔；水鸟中，天鹅、白鹤、苍鹭、鹤等大型飞禽不能打，只能打野鸡、野鸭。不能打的动物都是繁殖慢，数量少的，能打的动物都是繁殖快，数量多的。这是打猎必须遵守的道，是两个德高望重的猎人告诉我的。当然了，这两个前辈的话我必须听，比政府都管用。因为一个是我爷，一个是我爹。"

梦静笑着说："闹了半天，哪些不能打，哪些能打，是你爷和你爹定的呀。我还以为是政府定的呢。这是你们的家规呀。"

张二豹进一步解释说："我们张家打猎的道，从我爷爷的爷爷，甚至一直往前追溯到遥远的祖先，就有了。你们家也是猎人世家吧？"

梦静说:"我们家从我爹才开始打猎,而且是到了密山之后才开始的。所以称不上猎人世家,更没有什么打猎的道了。但是,我爹教我打猎的时候,对我的要求和你们张家的道大致一样。"

秋天的荒原一片枯黄。秋天的狍子也是草黄色,藏身于草黄色的草荡中,很难被发现。他们寻找了一上午,也没看到一只狍子、一头野猪。

张二豹对张大豹、梦静说:"我感觉这个荒原里水禽很多,狍子、野猪很少,也许没有。既然来了,咱们就不能空手回去。多打些野鸭子吧。野鸭子价廉物美,不像野猪、狍子,只能卖给饭店和有钱的大户人家。野鸭子,饭店、大户人家可以买,普通百姓也可以买,好卖。"

这时,三只野鸭子从前面飞起。张大豹和梦静一人打下一只。

这是兄弟俩第一次看到梦静打猎,他们一致认为她打猎水平很高,出枪快,射击准。尤其是她出枪的时候,不慌不忙,非常沉稳、优雅,难得!

旁边的水面上有六只野鸭在加速疯跑,马上就要起飞。他们三人同时举枪,正好在野鸭起飞的瞬间开枪。三只野鸭掉在水里。

直到要离开荒原了,他们也没有看到一只狍子、一头野猪,只好带着打到的二十只野鸭去黑台火车站了。

将到黑台火车站的时候,张二豹说:"我听爹说过,黑台火车站本身就是鬼子的碉堡,肯定有很多鬼子和伪军。咱们不能明目张胆地带着猎枪进入火车站。把猎枪藏起来,只带着猎刀。"

梦静提出异议说:"鬼子再傻,也能看出来野鸭子是猎枪打的,总不能认为是猎刀扎的吧? 卖野鸭子本身就很危险,尤其还带着猎刀。"

张二豹说:"梦静说得对,咱们不能带着猎刀进入火车站,只带我的一把柴刀就行了。"

梦静又说了：“我认为黑台火车站是一个地名。不可能只是一个上车下车的火车站，而没有饭店、商铺、旅店、集市什么的吧？咱们是去黑台火车站，而不是去黑台火车站，不对，不对。我是说咱们不要去上车下车的黑台火车站，而是去有饭店、商铺、旅店、集市什么的黑台火车站。也许咱们遇不到鬼子和伪军呢。”

张二豹早就听明白梦静的话了。他感觉梦静说得非常有道理。

张大豹铆劲儿听，也没听明白梦静的话。

他们把猎枪和猎刀藏在树林中，然后带着野鸭子到有饭店和集市的黑台火车站，主要是寻找饭店和集市。

他们刚刚进入黑台，就看到了一家饭店——“郝家饭店”，两个幌子在明晃晃地晃动。张大豹大步流星地走进饭店，开门见山地问饭店郝老板买不买野鸭子。

郝老板刚要看看野鸭子，只见在里面饭桌吃饭的四个人站了起来，直奔张二豹他们而来。张二豹一看这四个人来者不善，就不动声色地观察他们的一言一行。

这四个人是黑台有名的无赖，带头儿的叫黑三儿。郝老板本来想看看野鸭子，一看黑三儿他们过来了，就立马不声不响地站在了一边。

黑三儿长得五大三粗、人高马大的，仿佛是一只大块头黑瞎子。他看了一眼张大豹，然后拎起帆布袋子，就把野鸭子倒在了地上。

张大豹还以为黑三儿他们要买野鸭子，想挑选一下公鸭子呢，就上前和黑三儿说价道：“新打的野鸭子，二十只三块大洋。”

黑三儿瞪着带有血丝的熊眼说：“你这野鸭子是用手抓的，还是用枪打的？”

张大豹听他说话挺别扭，就理直气壮地说：“当然是用枪打的。你给我抓一个让我看看。”

黑三儿阴阳怪气地笑了两声说："这就对了。皇军的告示就贴在车站的墙上，私藏枪支和私通抗联同罪。你们胆子大得想把天包起来呀？竟然明目张胆地跑到皇军的眼皮底下来卖用猎枪打的野鸭子，还穷横穷横的。你们犯了什么罪，这回应该清楚了吧？我看你们不是来黑台卖野鸭子的，而是来送死的吧？"

张大豹听到黑三儿这么一说，才知道遇到无赖了。他一把抢过黑三儿手里的帆布袋子，想把野鸭子装进帆布袋子走人，离无赖远一点儿，别沾身上癞。

黑三儿身后一个瘦得贼拉砢碜的无赖突然飞起一脚，踹向张大豹。张大豹猝不及防，被踹得坐在了地上。张大豹怒目圆睁，牛犊一样猛然跃起，又快又狠地朝踹他的砢碜无赖踹去。只见砢碜无赖腾空飞起，重重地撞在南墙上，在南墙上贴了片刻，又重重地掉在地上。他想挣扎着站起来，竟然没站起来。

黑三儿有着和黑瞎子一样的蛮力。他看到同伙儿被张大豹踹得起不来了，自己的脸面也掉到饭桌子底下去了。他一边说着："哎呀，行啊小子，真够尿性的了，竟然敢削老子的人。给我削他们！"一边挥起熊掌一样厚重的大拳朝张大豹打去。同时，一个瘦高无赖、一个矮胖无赖也一起向大豹、二豹冲来。

张二豹抢起一把凳子，砸向黑三儿的后背。凳子顿时就像炸裂了一样粉碎。黑三儿竟然毫不在意，晃了晃脖子，继续冲向张大豹。

瘦高无赖一看张二豹用凳子砸向黑三儿，就掏出一把匕首，破马张飞地从侧面向张二豹冲来。张二豹刚要迎向瘦高无赖，梦静看在眼里，生怕二豹吃亏，焦急地大喊一声："二豹小心！"同时用白酒瓶子砸向瘦高无赖的脑袋。他倒在了地上。

张二豹一看黑三儿果然像黑瞎子一样皮糙肉厚、力大无穷，凳子竟然都没奈何了他，不给他点儿厉害，他就不知道张家兄弟的厉害。黑三儿朝张大豹打了两拳，都被大豹躲开了。大豹正要使出二豹教他的绝招"兔子踢鹰"，张二豹飞身扑到黑三儿面前，锋利的柴刀瞬间横在黑三儿的脖子上，那动作之快，让黑三儿眼花缭乱。

黑三儿本以为他们在黑台横行霸道、耀武扬威，没人敢对他们支棱毛儿，三个外来人更不可能敢惹他们了。没想到他们遇到硬实的茬子了。当张二豹那锋利的柴刀横在他的脖子上，他就彻底熊了。矮胖无赖还想挥舞着匕首冲上来解救他时，他立马喊道："你他妈想让他抹了我的脖子呀？麻溜儿滚犊子，让他们走！"

梦静是个有心人。她一边观察饭店里面的情况，一边留意着饭店外面的动静。她担心鬼子突然出现，把他们都抓起来。突然，有一队鬼子朝这边走来。她赶紧对着张二豹的耳朵告诉他鬼子来了。

张二豹严厉地对黑三儿说："我们是太平沟的猎手，打过狼群，打过黑熊，打过胡子，打过鬼子。你们要是再敢耍无赖，欺负人，下一个打的就是你们！"然后对张大豹说："咱们走！"

张大豹舍不得那些野鸭子，急三火四地往帆布袋子里装着野鸭子。梦静也帮助他装。

张二豹把两只野鸭子扔给了郝老板。

张大豹背起野鸭子就要从前门走。张二豹一把拽住了他，然后一起从后门走出饭店，跑出黑台……

他们的野鸭子没卖成，当然也就没有钱买冬装了。梦静出了个主意："打猎的都会熟皮子，我想你们也不应该是外行吧。咱们去打几只野狼，自己动手做冬装。"

张大豹本来对熟皮子是外行，他不愿意向梦静承认他们兄弟俩是外行，当然，他相信梦静做冬装也一定是外行，就抢着对梦静说："我可以简单地熟皮子。熟皮子没问题。问题是谁会做野狼皮冬装。你会做呀？"

梦静自豪地说："那当然。"

梦静说会做，张大豹简直是叫苦不迭呀！

张二豹在一旁偷着乐。他不相信张大豹会熟皮子，开始连打猎都不会，怎么能会熟皮子？但是他相信梦静会做冬装。他只好打趣地说："一个会'简单地熟皮子'，一个在做野狼皮冬装上面'那当然'。全了。这两样儿我都不会，只能打下手。你们就各展身手，各尽所能吧。只要有冬装，咱们就不愁过冬了！"

兄弟俩打猎的时候，一般是一起搜寻，遇到野鸡、山兔等小型猎物，谁方便谁开枪；遇到野猪、狍子等大型猎物，大豹先开枪，二豹补枪。也采取前赶后堵的办法，就是发现猎物后，二豹去前面埋伏，大豹在后面驱赶，当猎物进入埋伏地点的时候，二豹突然开枪。梦静加入他们的打猎行列之后，他们打狍子采取三面围堵的方法，就是发现狍子后，大豹、二豹分别去前面两个地点埋伏，梦静在后面开枪驱赶狍子。狍子跑进埋伏地点，他们俩分别开枪。这样，他们每次打猎都能满载而归，从不落空。但是，围猎的最大弊端就是枪弹容易误伤到自己人。他们在打猎的时候密切配合，团结协作，尤其注意不能误伤自己人。当然，遇到黑熊之类的猛兽，就不能前赶后堵和围猎了，能躲就躲，实在躲不了，就集中火力射击。

他们用三天时间，在山下的荒原打了九只野狼。荒原里的野狼和山里的野狼习性不太一样，它们喜欢独来独往，不像山里的野狼喜欢成帮结伙，攻击猎物采取群狼战术。也许它们晚上是成帮结伙的。他们打到的九只野狼有六只是独往独来时打到的，有三只野狼是成帮结伙被打到的。他们三人远远就看到了三只野狼，然后形成一个围猎的态势，从三个方向朝它们集中，最后一人打了一只。

张二豹本来已经不想再打野狼了，但是为了能活着度过寒冷的冬季，只能又打了九只野狼。

平时，他们是不吃野狼肉的。打了九只野狼，狼肉不吃是浪费，只能放开肚皮可劲造了。没想到野狼肉比野猪肉、狍子肉都香。

他们三人的性格特点不同，在吃野狼肉的时候表现得淋漓尽致。张二豹拿着野狼骨头的时候，极力保持着读过初小的知识分子风度，不拿油腻的骨头，只拿一边有肉一边光的，为了手上和嘴上保持干净，吃得秩序井然，绝不肆无忌惮。张大豹在吃野狼肉的时候则保持着一向不修边幅、不拘小节的特点，大把抓肉，大口吃肉，简直是饿虎吞羊，嘴里还不时地发出野狼扑食前发出的那种饥饿加饕餮的声音，还一个劲说道："野狼肉真香，香迷糊了！"吃饱喝足后，他用油滋抹哈的手一擦油滋抹哈的嘴，然后往埋了咕汰的衣服大襟上一抹，完事儿。他的四方大脸上还洋溢着油光锃亮的满足感。梦静吃狼肉则始终保持着淑女的优雅，不拿大骨棒，只夹小块肉，然后细嚼慢咽，不动声色地吃，即使吃饱了，小嘴儿也是清爽鲜嫩的，看不出一点儿吃野狼肉的油腻，恰似一个大家闺秀，完全无法和一个英姿飒爽的女猎手对上号。

吃完野狼肉，张大豹开始"简单地熟皮子"了。

猎人除了会打猎，必须会熟皮子，否则再珍贵的皮子也会一文不值。其实，张二豹从小就经常看到他爷和他爹熟皮子。他虽然没有熟过皮子，但是对熟皮子的过程不说了如指掌，也绝不会是一无所知。张大豹自告奋勇地要熟皮子的时候，他没有出声，主要是因为小狼洞内不具备熟皮子的条件。

张二豹开始就知道张大豹不会熟皮子。当他看到张大豹简单地熟皮子时，才知道大豹那种简单地熟皮子也太简单了，简直不叫熟皮子，只能叫晾皮子，把皮子晾干而已，还没开始就结束了。大豹先是在石壁上并排钉了九个钉子，然后把九张野狼皮挂在钉子上，让它风干。连用水浸泡，用手揉皮子的过程都没有，更不用说使用芒硝等药剂处理内皮的蛋白质了。

张二豹一看张大豹这种简单地熟皮子简直就是祸害皮子，是坑人。把皮子直接挂在阴暗潮湿的大狼洞里，一个月也干不了，还得腐臭了，根本没法做冬装。即使梦静手巧，勉强做出了冬装，也穿不了。内皮都是油，不清理油脂，哈喇了不说，油都蹭身上了。

男孩子在漂亮女孩子面前总要表现出自己比别的男孩子强悍，比别的男孩子能干，甚至不会装会，不懂装懂。这就跟一些雄性动物在雌性动物面前展示自己漂亮的羽毛，显示自己强健的肌肉一样。其实，张大豹平时并不总是这样，偶尔一次，满足一下自己总是得不到满足的虚荣心，也无可厚非。张二豹也理解，所以，他没有说大豹没上过初级小学和没文化太可怕之类的话，而是主动把让张大豹处境尴尬的简单熟皮子的活儿接过来，给大豹一个舒服的台阶，让他体面地下来。

张二豹说："熟皮子的活儿不是一个人能干的。大豹再有能力，一个人也干不了。"然后，和大豹一起，把皮子一张一张抻平，内皮朝外平铺钉在石壁或者地上，再用猎刀把皮子上的白油清除干净。然后，再把烧过的不凉不烫的草木灰均匀地扬在内皮上，让皮子快速阴干。

这是一个实在没有办法的办法，比大豹那种把皮子像刚洗的棉袄一样随便挂在石壁上要好一些，肯定也不会像专业皮匠熟出来的皮子那么柔软。能不能做出来野狼皮冬装，那就要看梦静的智慧和手艺了。

梦静是个精明干练的女孩子，在做野狼皮冬装的过程中充分展示了她的心灵手巧。

即使张二豹尽力补救，兄弟俩简单熟出来的皮子也很板很硬，简直如同一块块桦树皮。梦静先是在野狼皮上画线，然后剪裁。小狼洞里没有剪子，只能用猎刀。梦静用猎刀割野狼皮，割不动。她就让张二豹烧点儿热水，把热水喷在野狼皮上，然后一点儿一点儿割，比割桦树皮都费劲儿。

梦静的背包里有两根缝麻袋的钢针。她用野狼皮做成了缝衣线，开始了她缝制野狼皮冬装的工程。

在条件极其简陋的情况下，梦静克服重重困难，仅用三天时间，就做出了三套野狼皮冬装。秋天的野狼毛皮是最好的，密而长。因为没有棉花，梦静把野狼的皮毛朝里，内皮朝外，既可以保暖，又可以利用野狼皮灰白的颜色，作为在冰天雪地里打猎的保护色。她还利用剩余的野狼皮边角废料，纳了鞋底儿，做了三双野狼皮鞋。

连个顶针都没有，梦静的手都被针顶破了。

用兄弟俩简单熟制的皮子制作的野狼皮冬装穿着肯定很不舒服，板得勒腹，硬得硌腰。然而，当兄弟俩穿上梦静亲手缝制的野狼皮冬装的时候，脸上都洋溢着喜悦和幸福！梦静琢磨，也许穿上十天半个月，野狼皮冬装就能变得柔软了。

冬天到来了。这个冬天如同一个喜怒无常的女人，令人琢磨不透。前天是柔情似水、温暖如春的美女；昨天是诗情画意、冷暖适度的才女；今天则是冷若冰霜、薄情寡义的悍妇。三天判若三人，令人无法接受。

兄弟俩和梦静开始了漫长的冬季生活。

在小狼洞，经常能听到野狼的嗥叫。

张二豹担心野狼在他们睡觉的时候，突然冲进小狼洞里，把他们当作狍子肉、野猪肉一样吃掉；也担心他们出去打猎的时候，野狼冲进小狼洞，把他们洞中的一切生活必需品砸个稀烂，把他们的食物吃个精光。因此，张二豹用粗实的柞木为小狼洞制作了坚固的栅栏门，还把几张狍子皮蒙在栅栏门上，晚上防备野狼偷袭，还保暖。张二豹也为小狼洞安上了柞木栅栏门感到焦虑，因为栅栏门人为的色彩太浓，如果鬼子来了，离老远就能看出来洞里住着人。如果没有栅栏门，鬼子看到小狼洞，首先认为是一个狼洞，然后才怀疑狼洞里是否有人。

人们都渴望自己的事情十全十美，但是现实生活中很难做到十全十美。

小狼洞里虽然狭窄，但是还分出了两个隔断。梦静住在最里面的一个小平台上。兄弟俩住在外面的平地上。

住在狭窄的小狼洞里，无论是大豹、二豹，还是梦静，要方便，都得到洞外去。梦静每天晚上都不喝水，怕半夜方便。有时必须去的时候，她偷偷地对张二豹说，让他陪她去。张二豹则让大豹陪她去。她就说："那我坚持到天亮吧。"

俗话说，慢鸟先飞早入林。张大豹的脑袋来得慢，但是几次这样的事情过后，他也慢慢地意识到梦静是喜欢二豹的，不喜欢他。于是，大豹表现出了男子汉大丈夫的高风亮节，每天坚持让二豹陪梦静到洞外方便。二豹如果再坚持让大豹陪她，还怕她伤心，只好陪她到洞外方便。由二豹陪梦静到洞外方便，她就不再说坚持到天亮了。

爱情存在于一切之始，一切之终；有男有女的地方，就有爱情的存在。男女青年在一起的时间长了，总会在心灵萌发爱情的花蕾，何况张二豹和梦静小时候互相就有朦朦胧胧的喜欢呢。有爱情，就会发生爱情的故事。

因为有二豹的陪伴，梦静晚上也敢喝水了，甚至是故意多喝水了。逐渐，张大豹在三人世界中淡出，张二豹和梦静的恋爱关系浮出水面。

在小狼洞这种特殊的环境下，梦静和二豹的恋爱关系给梦静带来许多方便，也让她小船一样漂泊的心有了一个安谧的港湾。

小狼洞里的一袋粮食很快就吃光了。他们饿了就吃烀野猪肉、狍子肉，有时也烤山兔，炖野鸡；渴了喝烧开的雪水，有时也直接吃雪。

有一天，梦静突然发烧，感冒了，又赶上山洞里没什么吃的了。大豹让二豹照顾梦静，自己出去打猎。兄弟俩打猎从来都在一起，没分开过。大豹一个人出去打猎，二豹不放心，他不让大豹一个人去打猎。大豹执意要去，二豹只好在千叮咛万嘱咐之后，让他去了。

为了取暖，张二豹在小狼洞里面点燃一堆篝火。柴火不能放太多，太多了怕熏着人；也不能放太少，太少了达不到取暖的目的。张二豹还在篝火上支起了铁锅，为梦静烧了开水。

梦静烧得厉害，二豹一摸她的额头，仿佛煮熟的萝卜一样烫手。她自己却感觉身处冰窟窿里一样极度寒冷，浑身哆嗦。

张二豹把他的狍子皮被也给梦静盖上，然后用毛巾蘸着白雪，为她物理降温。她身上的高烧还是不退。最后，二豹把梦静搂在怀里，既是心疼她，想用自己的爱，让她感到温暖；又想用自己身体的热量，让她不再感觉寒冷。但是梦静还是感到极度寒冷。她神情恍惚，甚至有一种生命最后时刻的绝望。

梦静用微弱而诚恳的声音说："二豹哥，我求你一件事儿。你帮助我洗洗澡吧！我平时很爱洗澡，现在已经几个月没洗澡了。我自己都嫌自己脏了。"

梦静的话让二豹不知所措。他从来没看到过女孩子的身体，又怎么能给女孩子洗澡呢？但是，梦静的话诚恳中带有绝望，让他无法拒绝。他只好说："你在发热，洞里又不太温暖。给你洗澡怕你感冒更加严重了。还是等你感冒好了再洗吧！"

梦静央求二豹说："二豹哥，和你相爱，虽然短暂，我感到格外幸福。但是，你连我的身体还没看到过呢，我怕我走了，在你的心里留下的只是空白，只是遗憾。再说，我最大的愿望是，要走，也得干干净净地走，不能带着一身尘土走。你就满足我最后的愿望吧！"

二豹掉眼泪了。从上初级小学开始，二豹就把自己当作流血不流泪的男子汉，就从来没掉过眼泪。梦静的绝望，更让他绝望。他真的以为梦静要不行了，在这个时候，梦静让他去死，他都会毫不犹豫地为她去死。

于是，二豹往篝火上加了点儿柴火，把毛巾用温水洗一洗，然后轻轻地为梦静脱去了衣服。

二豹闭着眼睛不敢看梦静，因为对他来说，女孩子的身体是最神秘、最圣洁、最美丽的。男孩子看女孩子的身体是对她美丽的亵渎，对她纯洁的犯罪。梦静的身体恰似浅秋刚刚成熟的萝卜，只是落上些许灰尘，只需轻轻地擦拭，立刻就闪现出晶莹剔透、纯净无瑕的迷人光泽。

张二豹看到过梦静萝卜一样粉嫩的脸儿，当他看到梦静仿佛打了皮的萝卜一样的雪白身体、浑圆乳房的时候，他心跳的声音如同重鼓，咚咚擂响，那声音仿佛能招来狼群和日本鬼子。激情的潮水在猛烈冲击着他理智的堤坝。他第一次感觉到女孩子的身体竟然如此美好，如此迷人。他激动和幸福得不想再活下去了！

二豹不敢再看梦静那能要他生命的迷人玉体了。那细腻精美的玉体既让他刻骨铭心，又让他失魂落魄，如果再看一眼，他就会不由自主地成为胡子，成为鬼子那样作恶多端的坏人了。他为梦静盖严了狍子皮被，生怕她的美丽、她的性感再露出一点点。

梦静上牙磕着下牙，声音战抖地说："你进我被窝搂着我吧，我要冻死了。"

此刻的张二豹真的可以为梦静去挡野狼的利齿、黑熊的巨掌、

156

胡子的子弹和鬼子的刺刀。梦静说出这样的话，却让他无所适从。然而，梦静那种近似于凋谢的绽放，近似于绝望的渴望，显而易见是为了让自己漂漂亮亮地永远留在他的心里，然后干干净净地永远离开这个世界。这既让他感觉凄然心痛，又让他感觉恻然心碎。如果梦静走了，二豹会义无反顾地和她一起走，无论是天堂，还是地狱。张二豹脱去外衣，钻进梦静的被窝。梦静紧紧地搂着二豹，恰似搂着一根坚硬挺拔的大树。二豹却不敢紧紧地搂着梦静，他担心树枝那长长的坚硬会刺破了她圣洁的纯真。然而，梦静突然把二豹的手放在了她丰满而光滑的乳房上。这是从来没有男人碰过，也是二豹第一次碰过的女孩的乳房啊，纯洁鲜嫩得可以摸出清澈的水来！

　　张二豹理智的堤坝瞬间决口。他一下把梦静压在了身下，洪水一样的激情，一泻千里……

第十三章　再一次恶斗狼群

　　第二天，梦静的感冒竟然出人意料地痊愈了，宛如雨过天晴的旷野和天空，给人以焕然一新的感觉。

　　昨天傍晚，张大豹竟然背回来三只狍子。

　　张二豹很早就起来了，开始收拾狍子，让大豹休息。收拾狍子和农村杀猪、收拾猪大同小异。在太平沟住的时候，冬天打到的猎物收拾好之后，要把一部分肉冻起来，主要是把肉放进院子里挖好的土坑中，先放雪，然后用雪封上，吃时再挖出来。在小狼洞就不敢埋在外面的雪坑中了。如果把猎物肉埋在外面的雪坑中，那就是为野狼准备的。

　　张二豹收拾完狍子之后，开始用铁锅烀狍子骨头。收拾狍子的时候不要把骨头上的肉剔得太干净，而是留一些，啃起骨头来能吃到大块儿的肉，感觉细嫩鲜美。狍子肉血色较重，吃起来略微带点儿土腥味，但是狍子全身无肥膘，都是瘦肉。

　　烀狍子肉的香味又引来了野狼，三四只野狼蹲在小狼洞外面的树林中，眼睛放射着令人望而生畏的亮光。自从他们搬进小狼洞后，只要一烀野猪、狍子骨头，都会有一批野狼蹲在洞外树林中窥伺。

　　有一天下午，张大豹兴致勃勃地回来了。他打回来三只公野鸡，还采回来一小粮袋榛蘑。

张二豹感觉大豹的心里有一种掩饰不住的喜悦，就问他说："你有啥高兴事儿呀？是找到抗联队伍了，还是找到特大野山参了？"

张大豹笑着说："有喜事儿。今天晚上我想办一件大喜事儿！"

张二豹和梦静感觉一头雾水，不知道大豹说的是什么意思。

晚上，张大豹才开门见山地说："我想为你们两人把事情办了。"

张大豹的话让张二豹、梦静感觉突如其来，有些不知所措。

张二豹说："在小狼洞里办什么事情呀？"

张大豹情真意切地说："我知道你们相爱，也从心眼儿里祝福你们。梦静是一个女孩子，和咱们两个男人在这么挤巴的山洞里生活，非常不方便。传出去，对梦静的名声也不好。如果你们结婚了，好多事情都方便了。我当大哥的为你们办事情。听我的吧！"

平时，张二豹显得比张大豹成熟，尤其在思想和思维方面，在分析问题和解决问题方面。所以，二豹没有把大豹当成哥哥，还经常和他开玩笑。今天听了大豹的一番话，二豹感觉他成熟了，说话很有哥哥样了。他和梦静虽然感到突然，但是还是感觉大豹说得有道理。在这种特殊时期、特殊环境，解决他们三人的特殊关系，最好的办法就是举行一个特殊的婚礼了。于是。张二豹和梦静都表示同意："听大哥安排。"

在张大豹的张罗下，张二豹和梦静的婚礼正式举行。形式简洁，内容不能简单。张二豹和梦静夫妻对拜，然后拜大哥，最后拜天地。

为了张二豹和梦静的喜事，张大豹在深山密林里找了一上午，才采摘到一些秋天的干榛蘑，因为梦静爱吃野鸡炖榛蘑。他们三人大吃特吃了一顿。本来梦静要做饭，张大豹说什么也不让，他亲自做的。

平时心粗手拙的张大豹竟然为张二豹、梦静主办了简洁但不简单的婚礼，这让他们两人感动不已。

然而，当他们吃完野鸡炖榛蘑的时候，梦静突然发现大豹不见了。

　　二豹以为大豹到洞外方便了，一直等了半个时辰，他也没回来。野狼习惯于晚上出来寻找食物，万一大豹遇到狼群，就凭他一支猎枪，是对付不了狼群的。也不知道大豹拿没拿火把。想到这儿，二豹点燃一支火把，带着猎枪，要到洞外寻找大豹。梦静要和二豹一起去。

　　张二豹说："你看着家吧，如果大豹回来了，你就朝天空打一枪，告诉我一声！"

　　张二豹刚走出小狼洞不远，就有三四只野狼跟在了他的身后，在小狼洞附近找了个遍，也没有大豹的踪影。他只好返回了小狼洞。

　　张大豹心是善良的，也是出于好心。他一心想着成全二豹和梦静之美，考虑自己躲出去，让二豹和梦静把小狼洞作为新婚之夜的洞房。只是他的头脑太简单了，把问题看得也过于简单。他没有把事情考虑得周全，也不了解二豹和梦静的心理和感受。他躲出去了，二豹和梦静两个人就能够心安理得地置他的安危于不顾，然后聚精会神地把小狼洞作为新婚之夜的洞房吗？

　　二豹、梦静都为大豹而提心吊胆，主要是担心大豹遭到狼群的围攻。他们一夜没睡。

　　第二天早晨，张大豹安然无恙地回来了，而且还有些兴高采烈！他倒是安然无恙、兴高采烈了，他也不想想，他一夜没归，生死难料，二豹和梦静还能和他一样兴高采烈地充分利用这洞房吗？他们一夜没睡，无精打采！

　　大豹回来了，二豹和梦静提着的心和吊着的胆才放了下来。

　　张大豹一定也意识到了自己好心没办成好事，想用一件喜从天降的好事来冲淡二豹和梦静的郁闷，改变眼前尴尬的局面。他笑着说："咱们可以搬到新家了，不用憋拉巴屈地住在这个小狼洞里了。

你们猜，你们铆劲儿猜，我发现了什么？"

二豹也不想让大豹尴尬，毕竟他是好心。没上过初级小学，没那智力，有什么办法呢？有这样的好心就已经难能可贵了。于是，他立马给大豹搬来了下台阶的梯子："你找到抗联了，还是发现抗联的秘密营地了？"

"不对。脑袋不够用！"大豹用二豹的话来否定二豹的猜测。

梦静帮助大豹埋汰二豹说："二豹那是啥脑袋呀？初级小学太低，容易误人子弟，还让那些自我感觉良好的人更加不知道天高地厚。咱们在小狼洞住这么长时间了，方圆几十里走遍了，都没找到抗联，也没发现抗联秘密营地。大豹心惊胆战地走了一夜，就能找到抗联和秘密营地呀？我估计他是发现胡子放弃的山寨了。"

"都不对。脑袋怎么还都不如我了呢？"

张二豹焦急地说："你就别故弄玄虚了，新家到底在哪儿？你说完咱们立马搬过去。"

张大豹这才神秘地说："我发现了一个大狼洞，里面的野狼老鼻子了，有二十多只。我亲眼看见它们跑出来。我不说，你们也能想到洞穴有多大。"

梦静心存疑虑地说："这附近的一草一木，咱们都熟悉了，没看见有别的狼洞啊。"

张二豹松了口气说："那个狼洞我早就看到了，在北边石砬子下面。看到野狼的家就当成是自己的家呀？你也太不把自己当外人了！"

张大豹理直气壮地说："咱们朝那个大狼洞撇一个铁疙瘩，或者打两枪，麻溜儿就解决问题。那个狼洞里面保准儿比咱们在太平沟的房子宽绰。"

张二豹说："这个小狼洞是咱们在走投无路的情况下抢野狼的。不能看到野狼有更大的洞穴就再去抢。再抢，咱们就成强盗了。"

张大豹不解地说："你怎么对恶狼发起善心了？你忘了野狼害死咱爹，和咱们有杀父之仇了。以前咱们发誓为爹报仇，杀光野狼，现在怎么连抢野狼的洞穴都把自己当成强盗了？对野狼不应该心慈手软，这可是你说过的话！如果咱们不把狼群撵跑，备不住它们会来袭击咱们，要赶跑咱们。野狼攻击咱们的时候可不会心慈手软！"

张二豹有些生气地说："我都和你说过多少遍了。咱爹的仇已经报了，以后不再与野狼为敌了。现在大敌当前，咱们的仇人是日本鬼子。要杀光日本鬼子！咱们打猎是为了生存而万不得已。如果衣食无忧，我才不打猎呢。野狼也是生命，咱们不能无故地残害生命。否则，咱们不就和野狼、和胡子、和鬼子一样没有人性了吗？"

张大豹还想说什么，张了张嘴，没有说出来。

梦静说："我认为二豹说得对。咱们在这儿生活得挺好的，为什么还要把那些野狼赶出家园呢？也许野狼也有感情，与野狼和平相处，它们能够成为我们的朋友呢。"

张大豹不服气地说："我没有上过初级小学，我没有文化，也没有你们嘴大。那就听你们的吧，和野狼和平相处，和野狼成为朋友吧。等哪天，野狼抽冷子来攻击咱们，你们可别后悔！"

大豹、二豹和梦静的心都是善良的，只是大豹对野狼的仇太深，难以走出来。

梦静也厌恶野狼，因为从她和她爹学习打猎的第一天起，她爹就对她说野狼凶恶、残忍，经常到村子里偷吃村民家的猪、羊、鸡、鹅、狗等，饿急了也吃人。但是她从来没有看到过野狼吃人。所以，她对野狼的憎恶程度远不如他们兄弟俩。

张二豹过去和野狼不共戴天。杀父之仇报了之后，他对野狼的仇恨日益淡化。他总是认为野狼无论吃家禽家畜，还是吃人，都是为了生存，是动物的一种本能。为了生存这一点，野狼和猎人打猎一样，甚至野狼也有和猎人一样能打什么不能打什么的道。所以，二豹总是幻想野狼也是有感情的，人只要和它和睦相处，不互相仇视，不互相为敌，它也会成为人的朋友的。

面对野狼蹲在洞外的树林里偷窥，大豹、二豹和梦静的看法是不一样的。他们也不知道野狼是在伺机对他们发起进攻，想把人撕成碎片，收复被他们占据的狼洞，还是因为它们没有捕猎到食物，渴望洞里的人大发善心，给它们一些吃剩的猎物骨头。

过去，为了不留痕迹，他们总是把吃剩的野猪、狍子骨头倒进一个深不见底的石缝里。

梦静琢磨，也许野狼对他们没有什么恶意，只是对它们故居里传出的猎物的香味抱有幻想和渴望。她就把吃剩的骨头扔给了野狼。然后，梦静回到小狼洞里观察着那些野狼的一举一动。

由于饥饿，野狼是经不住炸熟的野猪、狍子骨头那肉香的诱惑的。野狼毕竟比别的动物机警、机智，开始，它们担心带肉的骨头是猎人捕获它们的诱饵，如果去吃那些骨头，它们有可能被猎人下的毒药毒死，被猎人设下的钢丝套套住，被猎人设置的陷阱困住，被猎人设下的伏击圈包围。所以它们先是绕着带肉的骨头走几圈，再朝小狼洞里观察一会儿，确定没有埋伏了，才蜂拥而上，每只野狼叼一块骨头，随即遁入树林大吃大嚼起来。梦静认为野狼也喜欢吃炸熟的野猪、狍子肉，香，好消化。只是野狼不会用火和铁锅，才吃生肉的。

张大豹反对梦静这样做："你想把野狼喂饱了，让它身体更强壮，好来吃咱们啊？"

张二豹说："我觉得梦静做得对。咱们吃剩的骨头，要不也是扔掉，给野狼吃了，它们还可以少吃些野猪、狍子什么的，也可以和咱们和平相处。"他也不再把吃剩的野猪和狍子骨头倒进石缝里了，而是倒给野狼。

开始，梦静给野狼送野猪、狍子骨头，野狼等她返身回小狼洞了，才扑过来抢那些骨头。后来，当她一走出小狼洞，野狼就跃跃欲试地要扑过来。张二豹感觉野狼不是要扑向那些骨头，而是要直接扑向梦静。

张二豹担心梦静受到野狼攻击，不让她出去喂野狼，他自告奋勇地担负起喂野狼的任务。以后，张二豹每次都把吃剩的骨头倒给野狼。甚至在收拾刚刚打回来的野猪和狍子时，他故意不把骨头上的肉剃光，留一些肉给野狼。

人在恋爱的时候，心是最善良的。这一段时间，他们和野狼相处得相对融洽。

又有一天，当张二豹给洞外的野狼倒骨头的时候，他猛然发现，野狼的数量比以前大增，由原来的三四只增加到二十多只。他同时意识到，过去野狼只是经常在洞外的树林里窥视，现在野狼每天在洞口守候，不吃到骨头迟迟不肯离去，常常是等到后半夜才退去。这个时候，张二豹也不知道，这是他们和野狼的感情加强了，还是一种潜在的危险加剧了。

洞外的野狼多了，简直是狼影重重，即使白天，也总有野狼的踪影。梦静到洞外方便，都有些提心吊胆的了。张二豹得带着猎枪和手榴弹，武装护卫。

因为张二豹喂野狼，小狼洞外面野狼的数量不断增多。它们可以毫不费力就吃到带肉的骨头，这使它们变得越来越懒惰了。一到晚上，它们不去捕猎，而是守候在张二豹他们的小狼洞外，等待着他们的施舍。

张二豹也发现了问题的严重性。随着野狼越来越多，越来越懒，个别野狼或许不想再去猎食了。他每天要喂野狼的骨头已经供不应求了，致使他们打猎的次数也有所增加，为野狼提供的野猪、狍子骨头的重量也在增加。最后，张二豹的心理负担更是在增加，甚至感觉力不从心、无所适从了。有天晚上，每只野狼都得到了一块骨头，然而张大豹只吃了个半饱。

张大豹对张二豹喂野狼之事十分不满。梦静也认为张二豹做得过分，要成为南郭先生了。

张二豹和梦静都发现，无论深山，还是荒原，野猪和狍子都没有因为野狼集中在小狼洞外，不去捕食它们而数量有所增加。野狼捕杀野猪、狍子少了，然而，他们为了喂野狼而猎杀的野猪、狍子多了。他们深感大自然是复杂的、神秘的，不能以牺牲食草动物为代价来满足野狼的需要了。

有一天，他们打猎回到狼洞，一件意想不到的事情发生了。小狼洞的柞木栅栏门被破坏了，里面的两只狍子大腿和两只山兔不见了！

张二豹仔细观察着栅栏门，发现上面有一些被刮掉的狼毛。他断定是野狼干的！

梦静埋怨野狼说："这些野狼，喂它们带肉的骨头，它们不感恩戴德；喂它们的骨头少了，它们立马恩将仇报，竟然到咱们的家入室抢劫。太没人性了！"

张大豹对梦静说："野狼不是人，它怎么能有人性？野狼就是凶残的冷血动物，不杀光它们，总会对人，对别的动物造成威胁！"

梦静说："过去，我和二豹的想法一样，认为野狼应该有感情，只要人对它好，也许它会和人成为朋友。现在我认为大豹说得对。野狼竟然趁咱们不在家之际，入室抢劫，或者说是入室盗窃，这说明野狼没有感情，太冷血了！不能再喂它们了。"

大豹埋怨二豹说："你再喂野狼吃肉，咱们自己连骨头都吃不上了。为了满足你喂野狼的需要，我的猎枪子弹已经打光了。你和梦静的猎枪子弹也没有几发了。你们手里的这几发子弹不能再打猎了，用来保护自己，保卫狼洞吧。我担心咱们子弹打光了，不再打猎了，也不可能再喂野狼了，野狼就会翻脸不认人，转过身就会来攻击咱们。我看咱们应该先下手为强，用手榴弹把这些野狼全消灭干净得了，以绝后患，还能占据它们的大狼洞。"

二豹听大豹说猎枪子弹要打光了，更加感到问题的严峻了。他说："这几发子弹必须留着关键时刻用。咱们不用猎枪打猎了，但是并不一定不打猎了。咱们考虑用别的方法捕猎。喂野狼这么长时间了，不能昨晚还吃干饭，今早就喝不上稀粥甚至断顿儿了，那样野狼不适应，咱们也不适应。用别的办法捕猎可以解决咱们自己的吃饭问题，也可以给野狼一个过渡。逐渐减量，最后让它们失去依靠，自食其力。"

张大豹坚决反对："对野狼还要什么过渡？猎枪没有子弹了，你用什么别的办法打猎，难道用手榴弹吗？你不听我的话，早晚会毁在野狼的口中！"

张二豹在小狼洞里面高台上找到了几个捕捉猎物的钢丝套，然后在距离狼洞三里多远的山林中，设下几个钢丝套，想捕捉山兔。

下午，张二豹和梦静去收获钢丝套上的猎物。距离还挺远，他们就知道钢丝套套到猎物了，因为系着钢丝的桦树在抖动，就像钓鱼时抛进水里的鱼漂儿。到跟前一看，一个钢丝套套到一只山兔，一个钢丝套则把一只野狼的后腿套住了。野狼的后腿在流血。估计是钢丝套先套住了山兔，野狼来吃山兔，被旁边的钢丝套套住后腿。他们想把野狼放掉，然而野狼龇着鼻子龇着牙，瞪着血红的眼睛，做出随时准备和他们拼命的架势，他们没办法为它除掉钢丝套。

张二豹说："如果不把野狼腿上的钢丝套除掉，它的后腿会被钢丝勒断。"

梦静说："这只野狼很凶，情绪极坏，容易伤人。只能找一根木棍把它打昏，再把钢丝套解下来了。"

张二豹感觉梦静说得有道理，只能如此了。当他要找根木棍的时候，野狼突然发出一声凄厉的嗥叫。

张二豹对梦静说："快跑，它是在呼叫狼群！"他拎着山兔，拽着梦静就往小狼洞跑。

被套住的野狼还在嗥叫。

他们快跑到小狼洞的时候，只见二十多只野狼从后面向他们追来。

张二豹和梦静刚刚跑进小狼洞，狼群随后就追到了小狼洞洞口。

梦静一伸舌头："好危险哪！"

张大豹一看狼群追到家门口来了，拎着梦静的洋炮就要朝狼群射击。张二豹阻止他说："先不要朝狼群开枪。别激怒狼群！守住栅栏门！"

张二豹把自己身上的猎枪子弹给了梦静。他把墙壁上挂着的三支步枪拿到了洞口，还搬过来一箱步枪子弹，然后把步枪子弹上膛，准备阻击冲进来的狼群。

张大豹拿起一支步枪，背在肩上，手上还握着梦静的洋炮。

二十多匹野狼把小狼洞外面围个水泄不通。它们个个龇牙咧嘴、凶猛异常，恨不得要把他们撕成碎片！

大豹情绪有些激动地对二豹说："我说什么来着？我早就看透野狼了。梦静说的，你就像那什么锅先生似的，把野狼惯出脾气来了，只要不再喂它们了，它们立马翻脸不认人，转过身就会来攻击咱们。你看看野狼的眼睛，个个都冒着仇恨的怒火，就好像咱们的爹不是被它们祸害死的，而它们的爹是被咱们祸害死的似的。这上哪儿说理去呀？还是打吧！"

梦静接着说："野狼也太没有感恩之心了，真是狼心狗肺的畜生！"

张二豹也意识到，野狼毕竟是野狼，在弱肉强食的自然环境中，它的本性就是凶残、强悍、自私。野狼和野狼之间才有着与生俱来的团结、配合，那是为了群狼战术，为了生存需要。野狼和人语言不通，感情也不可能相通，更不可能成为朋友。野狼是以吃野猪、狍子等食草动物为生的。野狼要是多了，野猪、狍子等食草动物就少了。从这个意义上讲，对野狼的仁慈，就是对食草动物的残忍。当然了，成不了朋友，未必就一定成为敌人……

　　天暗下来了，夜幕就要降临。黑天的山林，就是野狼的天下了。

　　这时，四五匹野狼冲到栅栏门跟前，开始用牙咬栅栏门。

　　梦静也拿起了步枪。

　　张二豹清楚，野狼的牙齿结实、锋利，它们用力咬栅栏门，刹那间就会把栅栏门咬得支离破碎。如果狼群冲进小狼洞，他们三人瞬间就会成为它们的美食。于是，张二豹迅速拿过来煤油，浇在几根松木上，用洋火点燃。幽暗的小狼洞立刻灯火通明了起来。

　　啃咬栅栏门的野狼和其他野狼立马狼狈逃窜，如同被荒火追赶的兔子一样。

　　狼群逃走了，他们的心里也敞亮了。然而，他们心里的敞亮不过是划着的一根洋火，只亮了一会儿，又变得幽暗起来。他们很快就发现，狼群并没有跑得无影无踪，而是跑到平时等待骨头的树林里。它们眼中的光亮已经没有了往日的期待和渴望，而是充满杀气，充满恐惧，等待时机准备向天天喂它们带肉的骨头的人发起凶残进攻。

　　张二豹小心翼翼地在小狼洞外面，点燃一堆篝火，想吓跑狼群，保护小狼洞。因为狼多势众，狼群面对平时让它望而生畏的篝火，也有恃无恐了。它们没有进攻，也没有退却，仍在树林中伺机反扑。

　　夜里，大豹和二豹继续轮流站岗，警惕地监视着狼群的动静。

　　第二天早晨，树林中的野狼虽然少了，但是还在怒目仇视着小狼洞。

昨天晚上，梦静就把张二豹套到的山兔烤熟，他们把它吃光了。小狼洞里除了一点儿粮食，已经没有一点儿猎物了，甚至用水都面临困难。张二豹已经把小狼洞出口附近的积雪取干净了，篝火四周的积雪也已经融化，再往外取雪就要靠近有野狼埋伏的树林了。

张大豹几次要用洋炮轰野狼，都被二豹制止了。他说再等等。张大豹不知道他要等什么。

第三天晚上，野狼还没有撤走的意思，恐怖继续笼罩着小狼洞。

梦静在高台上又找到半袋苞米粒儿。她用铁锅为兄弟俩炒苞米粒儿吃。苞米粒儿可以解决饥饿问题，却加重了口渴问题。他们的嗓子犹如刚刚射击之后的洋炮枪管儿，又干又热，难以忍受。

张二豹琢磨，鬼子欺负我们，野狼也来欺负我们。野狼和鬼子是一路货色，都是杀人不眨眼睛的强盗。对待强盗的最好办法就是拿起手中的武器。于是，他对大豹和梦静说："野狼和鬼子一样，都是没有人性的畜生。如果野狼再不撤走，咱们就得被它们困死在小狼洞里了。大豹说得对，对野狼，和对鬼子一样，绝不能心慈手软。梦静备好铁锅，准备到外面取雪。我和大豹出去打野狼。"

梦静说："都啥时候了，还让我取雪？把野狼都赶跑了，咱们还愁青梅山没雪吗？"

张二豹就像在打仗前夕的誓师大会上下命令一样强调说："好，那咱们就一起打野狼。我和大豹负责打远处的野狼。梦静负责守卫小狼洞，打靠近的野狼。小狼洞是咱们最后的堡垒，不能让野狼攻进来！每个人都要注意安全，倒下的是野狼，而不是我们！"

梦静回应道："倒下的是野狼，而不是我们。我们还得杀小鬼子呢！"

张大豹举起一颗手榴弹说："我让野狼尝尝这铁疙瘩的滋味！"

兄弟俩各拿了一支步枪，兜里装满子弹。他们还带着四颗手榴弹，显得威风凛凛。梦静带着猎枪，腰间别着猎刀，显得英姿飒爽。他们三人还每人拿着一支火把，照得小狼洞如同白昼。

张大豹把栅栏门打开，他们三人走出狼洞。

野狼看到他们三人出来了，一边嗥叫，一边向他们疯狂地冲来。

张二豹一看，有二十多只野狼向他们冲来，连他们手中的火把都不怕了，就大喊一声："赶紧退回小狼洞！"

他们关上栅栏门，狼群就冲到跟前了。大豹、二豹和梦静隔着栅栏门向野狼射击。有五只野狼中弹倒下。其他野狼一看同伙儿倒下了，一齐向树林退去。还没等退到树林，另一拨野狼再一次冲击栅栏门。栅栏门上面的狍子皮瞬间被野狼撕成碎片。

梦静的猎枪子弹打光了。她不会使用步枪，也不会为他们的步枪装填子弹，就抽出猎刀，准备和野狼进行最后的搏杀。

洞外的野狼越来越多，和日本鬼子一样疯狂和凶猛。栅栏门就要支离破碎了，狼群就要冲进来了！

张大豹情急之下，大喊一声："尝尝铁疙瘩！"就把一颗手榴弹从栅栏门上边的缝隙投了出去。

张二豹大喊一声："快趴下！"

就听一声巨响，有五六只野狼倒下了。同时，栅栏门也被手榴弹爆炸的气流冲击得倒下了。

张二豹猛然起身，一手抽出柴刀，一手拿出一颗手榴弹准备继续投向狼群，然而，狼群没有冲进来。它们看到五六个同伙被手榴弹炸死炸伤，就绝望地朝黑暗的树林里惊慌失措地逃去……

第十四章　猎手和渔亮子

　　大豹、二豹和梦静与狼群进行殊死搏杀，最后用手榴弹把狼群炸跑了以后，张二豹不可能再喂野狼白吃野猪、狍子骨头了。野狼自知一不留神，本性暴露，再也不会得到骨头了。没有希望的等待，是不会持久的。狼群不再光顾小狼洞了。

　　小狼洞终于迎来从未有过的平静。

　　在和狼群的生死搏杀中，他们的猎枪子弹打光了。眼下是数九隆冬的大烟炮天气，深山里异常寒冷，滴水成冰。好长一段时间，他们不再打猎了，如同冬眠的动物，整天猫在大狼洞里面。

　　梦静又用狍子皮给每人做了一套猎装。

　　狼洞里的粮食本来就不多，加上他们近一冬天除了打一些猎物，套一些猎物外，坐吃山空，粮食已经吃光了。为了生存，他们不得不用步枪打猎，也用钢丝套捕获猎物。

　　第一次使用步枪，张二豹在距猎物约七十米处猎杀了一只吃草的山兔。接着，一只野鸡从草丛中突然飞起。他举枪射击，竟然没有打中。他如果用猎枪，在五六十米之外打野鸡可以百发百中。记得钟志强向他介绍过，步枪的射程能达到猎枪射程的十倍。张二豹出于好奇，想试验一下步枪的射程。有一天大约有五百米的距离，他用步枪猎杀了一头野猪。到野猪跟前一看，子弹打中了野猪的脑袋。他感觉步枪在远距离射杀静止猎物比猎枪有优势，射程远，精度高，尤其是步枪的弹仓可装五发子弹，也优于猎枪。但是，步枪在近距离射杀跑动或飞翔的猎物，不如猎枪准确。猎枪在射击时，铅砂形成圆形扇面，弹着点多，杀伤的覆盖面积大，利于射杀运动的猎物。

张二豹琢磨，如何让猎枪的两个枪管一个打猎枪子弹，一个打步枪子弹，那样的猎枪就完美了。

张二豹是个精明干练的人，善于总结经验，注意发现问题。他感觉猎枪的声音相对沉闷，步枪的声音相对清脆。用步枪打猎，更容易引来胡子和鬼子。所以，他们尽量减少打猎的次数。

兄弟俩和梦静还是喜欢用猎枪打猎。

张二豹突发奇想，他想把小狼洞角落里的案台用上，把步枪子弹做成猎枪子弹。于是，他把案台抬出来，把上面的枯草清理得干干净净，开始琢磨改装子弹。张二豹反复观察着猎枪弹壳和步枪子弹，很快就掌握了改装子弹的要领。他用钳子把几个步枪弹头儿从弹壳上薅下来，再把打过的猎枪铜弹壳的底火抠下，压进新的底火，然后把步枪子弹里的火药倒进猎枪弹壳，加纸垫儿，装铅弹，最后再装纸垫儿。猎枪子弹就制作完成了。

他们兴致勃勃地到林中试枪。张大豹要打第一枪，张二豹不让，说第一枪危险，还是由他打。第一次试枪，就取得了圆满成功。一只斑鸠从他们头上高空飞过。张二豹抬手一枪，斑鸠应声落地。

张二豹还想进行一下射击距离的试验。再一想，子弹珍贵，等到打野猪、打狍子的时候直接试验吧。

过几天，他们用张二豹改装的猎枪子弹，猎杀了一只在七十米开外奔跑着的狍子。他们喜出望外！

张二豹一鼓作气，用两天时间改装了三十多发猎枪子弹。

张大豹让他把所有步枪子弹都改装成猎枪子弹。张二豹没有同意："不能都改成猎枪子弹，咱们总有一天会用上步枪的，没子弹了怎么行。再说，说不定狼洞的主人不是胡子，而是猎人，哪天突然回来了呢。咱们不能把人家的家底儿都糟蹋了。"

有一天，梦静在收拾案台的时候，看到案台的地上有一个油布包裹着的东西。张二豹打开油布一看，是一根崭新的步枪枪管。因为枪管是用油布包裹着的，所以没有一点儿锈迹。张二豹认为枪管不是狼洞主人修理步枪的时候换下来的，而是准备修理步枪的时候换上去的。以前，二豹并没有注意到枪管的存在，现在梦静发现它了，他还是没有在意枪管的存在。

粮食早就没有了。他们全仗着打些猎物维持生命。

大豹、二豹和梦静在青黄不接的艰难时刻，迎来了一九四〇年的春天。

他们在小狼洞里挨过了寒冷而危险的漫长冬季，不容易呀！

到了春天，就到了饿不死人的季节。

小河、小溪解冻了。他们到里面抓青蛙。

他们继续用猎枪、钢丝套捕猎。兄弟俩还在距离小狼洞三百米远的周边挖了十多个陷阱。梦静突发奇想，还让大豹、二豹挖了几个连环陷阱，就是把挨着的几个陷阱底部挖通，以后遇到鬼子或者胡子时可以逃生。这些陷阱都不深，但是陡峭，猎物掉下去就上不来。对于猎物来说，是陷阱；对于胡子和鬼子来说，既是打击他们的陷阱，又是伏击他们的战壕。

兄弟俩和梦静带着猎枪上山采摘野菜。婆婆丁、刺嫩芽、野山芹、刺五加、蕨菜、小根蒜、马齿苋、榆树钱儿、柳蒿芽、黄花菜什么的，漫山遍野；接着采摘木耳、榛蘑、猴头蘑、元蘑、草蘑什么的。

兄弟俩记得小时候，妈妈经常用野猪肉加酸菜馅或野山芹馅做苞米面团子，别提多香了。他们每次都得实在没地方装了，都吃到脖子了，才撂筷儿。再就是愿意吃榛蘑炖野鸡。梦静也喜欢吃。

这天早晨，刚刚吃完榛蘑炖野鸡，张二豹猛然起身，似乎想起了什么。他到案台下面把那个用油布包裹着的枪管拿了出来，翻过来掉过去地仔细观看着，然后又拿起猎枪比划着，对比着，就好像突然发现了什么宝贝似的。张大豹和梦静都不知道他要干什么。

张二豹在木头案台上鼓捣了一天，又锯又锉的。到了傍晚，他大笑了起来。大豹和梦静莫名其妙。二豹把猎枪和步枪枪管拿到他们跟前，变魔术一样，竟然把步枪枪管插进猎枪枪管里了。

梦静立马明白了二豹的意图，为他高兴。

大豹还是没明白二豹把步枪管放进猎枪管里是要干什么。他也琢磨，没必要把步枪管藏到猎枪管里吧，也不是什么宝贝；也没必要用步枪管打猎枪子弹吧，也不是猎枪管坏了。

二豹拿起一颗步枪子弹，和装猎枪子弹一样装进步枪管里。大豹这才恍然大悟。

大豹和梦静都为二豹高兴，也佩服他竟然想出这么个好办法。但是，能不能把步枪子弹打出去，射程和精度怎么样，还是个谜。张大豹甚至对"新武器"能否试验成功表示怀疑。

第二天一早，他们就迫不及待地带着"新武器"，到一个林间空地进行实弹射击试验。梦静和大豹都抢着打第一枪，二豹坚决不让。他让大豹在距离射击点五百米距离的一棵树上画了一个圈。然后，二豹站着瞄准，开枪。第一枪竟然脱靶，连树干都没有打中。

大豹刚要宣布"新武器"试验失败。二豹的第二枪就响了。大豹跑过去一看，子弹正中圆圈！

二豹第一枪是按照步枪的瞄准方式开的枪，第二枪是按照猎枪的瞄准方式开的枪。两种瞄准方式不同，射击的结果也不同。虽然打出去的是步枪子弹，但是发射的主体是猎枪，得按照猎枪的瞄准方式射击。

大豹对张二豹说："猎枪能打步枪子弹了，简直太好了！给我也整一个呗！"

二豹为难地说："整不了。只有一支步枪管。"

大豹有些得意忘形地说："以后复杂的事儿由你负责想，简单的事儿由我负责想。不就是一根步枪枪管吗？太简单了，我都不稀罕负责，你竟然没想到。也难怪，有文化的人都想复杂的事儿了。"

二豹故作惊讶地问："你又发现油布包着的步枪枪管了？在哪儿？如果有两根儿，我豁出去一宿不睡觉，给你和梦静一人加工一个。"

大豹显得异常兴奋，走到石壁上摘下两支步枪，递给二豹："太好了，给我们两个一人做一个，对了，不是做，是加工一个。有了这么邪乎、顺手的家伙事儿，以后咱们无论是打野狼、打黑瞎子，还是打胡子、打鬼子，都不怕猎枪射程近了！"

二豹随手把两支步枪又挂在石壁上，然后说："这就是你不稀罕负责的简单事儿呀？我看很不简单。这三支步枪都是好枪，以后打鬼子能用得上。如果把枪管卸下来，步枪就废了。不能卸枪管！"

大豹感到失望，但是也无奈。

他一个人到洞外溜达，解闷儿。当他走到山坳里他们每天取水的壕沟时，看到壕沟里有好多鱼在游动。他脱掉鞋子，下到壕沟里捞鱼。捞到一条，就用柳条穿上。不一会儿，就捞到一大串鱼，有鲫鱼、鲤鱼，还有一条鲇鱼。他兴致勃勃地把鱼拎回小狼洞。三个人吃了一顿铁锅炖鱼。

梦静提出："应该在壕沟里设置一个渔亮子。以前我爹制作过渔亮子。我也学会了。"

兄弟俩从小就看爷爷和爹爹打猎，从来没看到过他们整渔亮子。

一听梦静说设置渔亮子，他们感到新鲜好玩，一致同意。

第二天早晨，在梦静的指导下，兄弟俩开始制作渔亮子。

渔亮子是用木桩、木棍和柳条制作而成的，原理是用梳子一样的渔亮子拦截壕沟里的流水，放走水，留住鱼。因此，要修筑一个小水坝，将水位提高，水面和渔亮子形成一个小小的落差，既方便接鱼，又不影响壕沟里的水流淌。渔亮子在下面接着流水，同时，也接着流水里面的鱼。所以，设置渔亮子要找一个合适的壕段，水面太宽，筑坝成本太高，不利于筑坝；水面太窄，必然水深流急，不利于捕鱼。桩子要钉得结实，保证渔亮子不被冲走。用木棍固定好柳条。柳条和柳条之间的缝隙要疏密均匀，太疏，鱼会跑掉；太密，水不顺畅。渔亮子上面还要盖上蒲草，防止截获的鱼再蹦回水里。

在大豹、二豹眼里，制作渔亮子是个浩大工程，这任务如同制作一桌子好菜一样繁重；在梦静眼里，制作渔亮子是小打小闹，宛若制作几碟小菜一样轻松。

梦静看到他们兄弟俩制作渔亮子时显得笨拙，就挽起裤脚，脱去鞋子，裸露出雪白的小腿和脚丫，下到水里亲自操作。

渔亮子设置完成后，已经是下午了。

张大豹站在渔亮子边上，迫不及待地一会儿一看。梦静说："不能离渔亮子太近，一会儿一看也不行，那样会把鱼吓得不敢来了。一般来说，每天早晨起一次渔亮子，傍晚起一次渔亮子。平时不用总来。今天是咱们第一天下渔亮子，有点儿晚。咱们先回小狼洞，明天早晨再来起鱼。晚上的鱼最活跃。"

张大豹是个急性子，他可等不到明天早晨。二豹和梦静回小狼洞了。他一个人在渔亮子边上等待。他在苍茫的山野之中，完全暴露在光天化日之下，既没有窝棚，也没有洋伞，下午骄阳仍然炽热如火，快把他烤成鱼干儿了。大豹环顾了一下四周，世界仿佛只有他一个人。于是，他脱光衣服，跳进水里，像胖头鱼一样在凉爽的清水里撒欢儿，洗去一冬的灰尘和疲惫。

起鱼之前那充满希望的等待是最幸福的。除了流水的声音，周围没有别的声音，世界变得格外宁静。突然传来鱼儿活蹦乱跳的声音，世界也随之喧闹了起来，人的心脏也像渔亮子里的鱼一样活蹦乱跳了起来。

傍晚了，张大豹饿得实在坚持不下去了，就又看了一眼渔亮子。里面只有三条小鱼。他想，三条小鱼也不够他们三人吃一顿的，就没有拿。返回小狼洞，要经过他们设下的钢丝套。这是张大豹最后的希望。这次，他没有失望。钢丝套套住两只大山兔。

他们吃上了香香的烤山兔。

晚上，张大豹躺在狍子皮上，激动得睡不着，心里仿佛是接满了鱼的渔亮子，大大小小、各种各样的鱼和他的心脏一起活蹦乱跳，让他平静不下来。大豹总是想象着明早渔亮子的情景。人没事可做，清清静静，是一种折磨；人有事可做，忙忙碌碌，反而是一种消遣。

清晨，他们早早就起来了，迎着朝霞，拿着猎枪、手榴弹和一个装粮食的布袋子，全副武装地走在通往渔亮子的树林中，蹚着带露珠的荒草，带着沉甸甸的喜悦，去渔亮子起鱼。

离老远，他们就听到了渔亮子里的鱼"噼哩啪啦"挣扎的声音。他们揭开盖在渔亮子上面的蒲草一看，渔亮子的柳条上铺了满满一层鱼，有鲤鱼、鲫鱼、鲶鱼和白鱼。他们一起动手，把鱼装了满满一布袋子，有三十多斤。大豹和二豹轮流背着鱼，到了小狼洞，兄弟俩的身上已经被鱼身上带的水和汗水浸透。他们的喜悦更是淋漓尽致。

梦静做了一大铁锅炖鱼。剩下的鱼，她收拾干净了，晒成了鱼干儿。

张二豹在琢磨着事情，然后若有所悟地对张大豹和梦静说："小小的渔亮子，充满了返璞归真的自然情趣和审美感受，充满了让人梦想成真的欢欣鼓舞和心满意足。这种最原始的捕鱼方式，充分显示了人类的聪明才智。也不知道是谁发明的。我估摸，肯定不会是没上过初级小学的人发明的。"说完，瞅了瞅大豹。

大豹不服气地说："也未必，没上过学的人就没有发明创造了？世界上老鼻子东西都是由没上过学的人发明的。比如那谁家的小那谁，不就发明了那什么了吗，对了，弹弓子。别的，我倒是没统计过，反正我想应该很多。对了，渔亮子是梦静发明的。梦静就没上过学。这你还有啥可说的？"

梦静赶紧说："这个渔亮子是我指导你们制作的，可不是我发明的。制作和发明是两回事儿。特此声明！"

张二豹说："谁发明的渔亮子不重要，重要的是谁负责渔亮子。"

张大豹立马抢着说："当然由我负责了，我保证每天早晨、傍晚按时起鱼，不会耽误！"

二豹看到大豹对渔亮子比对种地还要热心，近于酷爱，就同意由他负责每天起鱼。

小小渔亮子为他们提供了食物保障，他们好长时间都没有打猎了。天热了，打到野猪、狍子一两顿吃不了，容易坏了，扔掉还可惜。

后来，梦静和大豹每天一起来渔亮子起鱼。因为她感觉在小狼洞收拾鱼特别不方便，主要是用水太困难。在渔亮子起鱼后，直接在壕沟边上就把鱼收拾了，现成的流水，鱼收拾得干干净净，特别方便。

小狼洞里面的气候和外面不一样，甚至截然相反。冬天，狼洞里面温暖；春夏，狼洞里面阴冷。

当梦静看到张大豹背着一袋子鱼，浑身湿漉漉的，她知道，不是因为鱼太重、路太远，而是因为他的野狼皮衣服把他捂出了汗水。

他们应该换上单衣服了。他们换下来的单衣服她早已经洗干净，只是太破了。如果能买些棉布和针线，她可以为每人做一套新衣服。她想到最近的村子转转，看有没有集市，好卖点儿猎物，买点儿棉布和针线。她看看自己身上的野狼皮冬装，感觉不换上单衣，连村子都去不了。人家会把她当成野人。

于是，梦静对张大豹说："你在小狼洞看家。我和二豹出去转转，看看能不能弄点棉布，好给咱们三个每人做一套新衣服。"

张大豹自然是满心欢喜。

张二豹带着他的猎枪，梦静只带着一把猎刀。当他们走到渔亮子的壕沟上游时，梦静突然面带羞涩地说："你给我看着点儿。我想洗澡。"

张二豹说："好哩。"他如同一个战士在保卫国家领土一样严肃认真，端着猎枪，观察着周围的动静。

梦静脱掉野狼皮衣服，进到壕沟的水里。刚开始她感觉寒冷，洗了一会儿就适应了，还感觉水很温暖。壕沟里的水清澈见底。梦静看着自己的身体，自己都为它如此白净光滑感觉惊讶。两个丰满的乳房映在水里，如同两个小雪山，性感迷人得让她自己都感觉害羞。她立马用手拍打着清水，让小雪山变得朦胧。

这时，她抬头看了一眼二豹。刚才二豹还威武庄重地为她站岗放哨，一丝不苟地观察着四周的动静，现在他却在不远处的树林里目不转睛地盯着她，恰似野狼在盯着一只白兔，随时准备扑上来。

开始，张二豹忠于职守地为梦静把风。他仔细留意了周围的动静，感觉周围除了他和梦静，连一只动物都没有，安静得只有梦静洗澡的水声和他心跳加快的"咚咚"声。于是，他开始欣赏梦静洗澡。当他看到梦静胸前的两个雪山在清水中荡漾，看到她的两条雪白的玉腿在清水中浮动，他心里为她的安危的担忧立马烟消云散，原本壕沟一样平静的内心瞬间灌满势不可当的洪水，这洪水轻而易举就冲走了坚固的渔亮子。他边跑边脱着厚厚的狼皮衣服，野狼扑向小白兔一般朝梦静扑去……

张二豹和梦静洗完澡，都换上了梦静带来的单衣服，虽然陈旧，但是干净凉爽。

他们找到了一个村子，叫北山村。

敲了几户人家的门，才有一家为他们开了门。一个大娘用诧异的眼神看着他们。

梦静向她说明来意："大娘，我们是山上的猎户。想卖点儿猎物，买点儿粮食、棉布什么的。"

大娘姓周，她愁容满面地对他们说："日本鬼子把粮食和家禽都抢走了。村民家家都揭不开锅了，哪儿还有多余的粮食要卖呀，更没有钱买猎物了！"

他们看周大娘说的都是实话，就告辞了。

他们刚走出院子，周大娘追出去说："这点儿东西你们拿着吧。你们在山里，能用得着。"

梦静一看，是一个布袋子，里面装着针线、洋火和食盐。东西不多，情意深重。周大娘家也很困难，连饭都吃不上了，还给了他们这些生活必需品。他们很受感动！

第二天，张二豹、梦静给周大娘家送来了一布袋鱼干儿和一些刚从渔亮子起的鲜鱼。周大娘很感动，又给了他们两个布袋子和一些棉线。

回到小狼洞，梦静把小狼洞里装粮食的所有布袋找了出来，到壕沟洗净。她才发现，布袋都不是白色的，而是灰色和黄色的。她用两天时间，为他们三人每人做了一套粗布衣服。衣服虽然不是新的，却可以解决他们的夏装问题。衣服是梦静亲手做的，他们都感觉穿在身上，相当得体，心里更是满满的舒适。

过了些日子，张二豹和梦静再一次去北山村，给周大娘送一些鱼和一只山兔。周大娘留他们吃了一顿苞米饼子，并向他们讲述了她家遭遇的不幸。

周大娘的儿子也是个猎手，叫武状。全家靠他打点儿猎物维持生活。三个月前，鬼子突然闯进北山村，胡子一样挨家挨户搜查，说是搜查东北抗联战士和猎人。因为鬼子来得突然，家里没有任何准备。冲进来的三个鬼子一眼就看到了武状的洋炮。武状在镇上看到过鬼子的告示，清楚鬼子不允许中国人打猎和拥有枪支，被查到了枪支和私通抗联同罪。反正也是个死，先杀两个小鬼子再死。于是他从炕席下面抽出猎刀，向一个鬼子刺去。然而鬼子早有准备，当武状的猎刀刺过来时，鬼子用步枪一挡，只受了点儿轻伤。后面的鬼子一刺刀扎进武状的后腰。武状当即命丧鬼子的刺刀下。鬼子灭绝人性地将武状的媳妇轮奸。周大娘拿着一根烧火棍，要和鬼子拼命，保护儿媳妇，被鬼子一枪托打得昏死过去。当周大娘醒来的时候，鬼子早已经走了。她才知道儿媳妇不甘受辱，一头撞在门框上，和武状一起走了。村民们帮助她把儿子和儿媳草草埋葬在了一起。现在，周大娘家只有她一个人了，无依无靠、孤苦伶仃的。

对了，周家还有一条像小老虎一样的大狗，叫灰虎，和周大娘相依为命。灰虎是武状打猎的时候在山上捡到的，当时，一只狐狸正在追赶着它，它笨拙地奔跑着，眼看狐狸就要追上它了，它一点儿都没察觉，还在前面认真地奔跑着。武状觉得它像一个离家出走的孩子，怪可怜的，就朝天空打了一枪，吓跑了狐狸，然后把吓呆了的它抱回了家。开始，武状还以为它是个狼崽儿，本想在家喂养它十天半个月，等它长大一些，就把它放回山林。然而，过了一个月，武状放了它三次，它都又回来了。这个时候，武状才发现它也许不是狼崽儿，而是狗崽儿，就不再放它归山了，想把它养大，培养它当一条出色的猎犬。它是灰色的，仿佛阴沉沉的天空。它的眼睛里还流露出一点儿东北虎的威风，于是，武状给它起了个威武的名字——灰虎……

梦静流下了眼泪。

张二豹对周大娘说："我们一定为你的儿子儿媳报仇雪恨，杀光小鬼子！"

周大娘也流泪了，是痛心的泪、感动的泪。

当张二豹、梦静要离开北山村的时候，周大娘真心实意地说："你们在山里打猎太辛苦了，尤其是冬天，可怎么过呀？我们家就我一个老婆子了。你们如果不嫌弃，就到我家来住吧！"

他们俩非常感谢周大娘。

夏天来临。山里可吃的东西更多了。

梦静突然发现自己总想吃酸的东西，山葡萄过去她不敢吃，太酸，现在却总想吃。她还经常恶心。她总是自己想着心事，有时还无比温柔、羞赧地笑着。

张二豹还以为梦静吃山葡萄什么的吃得太多了才恶心的，就劝她少吃山葡萄。梦静只是微笑地看着二豹，什么话也不说。

张二豹被梦静笑得心里发毛。

当大豹出去的时候，二豹追问梦静怎么了。

梦静微笑中带着羞涩地说："你做了什么坏事儿，心里没数啊？"

张二豹更加心里没数了："我做什么坏事儿了？"

梦静答非所问地说："也不知道咱们住在狼洞里什么时候是个头儿。春天是播种的季节，如果有种子种上，现在都能结了。多种点儿土豆、白菜，冬天都能吃。"

本来聪明透顶的张二豹，现在却愚不可及了起来。他听不明白梦静说的是什么意思，但是他也感觉总在狼洞住也不是个事，应该考虑搬家了。

梦静又恶心了。二豹赶紧为她拿了一点儿水。

梦静推开他的手说："不用喝水。我以后就会成为你们的累赘了。如果鬼子来了怎么办哪？"

张二豹说："鬼子来了，咱们就跑呗。"

梦静说："我跑不动了，尤其是过些日子。"

张二豹严肃了起来："为什么？你不会得什么重病，怕我惦记，瞒着我吧？"

梦静萝卜一样粉嫩的脸儿变成绽放的芍药："都说你聪明，我看你比谁都笨拙。也许大豹都看出来了，你却没看出来。我怀上你的孩子了！"

张二豹大惊失色，瞬间又大喜过望："真的呀？我昨晚梦见自己当爹了，我真的要当爹了？！"

梦静严肃地说："我听我妈说过，女人怀孕了可以干家务活儿，但是不能跑动，得保胎。以后，我不能和你们一起打猎了。不能打猎了好说，我担心万一鬼子来了怎么办？二豹，这几天我就琢磨一个问题，万一鬼子来了，你和大豹千万别让我落到鬼子手里呀。你们知道鬼子没有人性，是什么事儿都干得出来的恶魔。你明白我的意思了吗？"

张二豹激动地说："宁可我死了，宁可我拿着手榴弹和鬼子同归于尽，也要保护你和孩子不受伤害！"

梦静平静地说："但愿咱们不遇到鬼子，最起码把孩子生下来之前不遇到鬼子！"

梦静不再和兄弟俩去打猎了。

当然，夏天，他们打猎的次数很少。吃渔亮子的鱼，吃钢丝套套住的猎物，加上野菜、野果、蘑菇、木耳什么的就足以生存了。

第十五章　生死对决狙击手

九月的天空是蔚蓝蔚蓝的，尤其是山里的天空，仿佛还在蔚蓝中加进了一些植物的翠绿，成为有生命的色彩。

钢丝套好几天没有套到猎物了，陷阱里也没有猎物。就好像一夜之间，猎物都从山里跑到荒原去了。如果鬼子突然从中国滚回日本就好了。

张二豹想去打一只狍子，为梦静补充营养。

张大豹自告奋勇地说："我去打狍子。你留在小狼洞照顾梦静。"

二豹只好让大豹去了。他担心大豹行事鲁莽，万一遇到胡子和鬼子不知道如何处理，就嘱咐他说："离小狼洞远一点儿打猎。万一遇到鬼子，千万别和他们正面交火，借助树林的掩护，甩掉鬼子，然后绕道返回小狼洞。"

张大豹自信地说："我明白。"

第二天早晨，梦静给大豹带了些狍子肉干儿、干鱼，也嘱咐大豹说："如果没打着什么，就早点儿回来。千万别等天黑！"

大豹说："我知道。"

大豹走到距离小狼洞有十里远的地方，开始仔细寻找猎物。然而，他走到下午两点，也没看到一只狍子、一头野猪。他感觉纳闷儿：难道狍子、野猪都被野狼吃光了，还是被别的猎人打光了？

突然，前面出现了一只黑瞎子。

张大豹清楚，按照二豹说的什么"道"，黑瞎子是在不能打的动物里的。但是，梦静急需猎物补充营养，他又大半天没看到什么猎物了，就破例打一只黑瞎子吧。想到这儿，张大豹把猎枪举起来，立马又放了下来。算了，打到了黑瞎子，二豹也会责备他，尤其会说他不动脑子。再说，黑瞎子的肉丝太粗，不好吃，老人还说吃黑瞎子肉透油，一年四季衣服领子都油乎乎的。即使把四只熊掌背回去，梦静也不能愿意吃，也不好做。别费力不讨好了。

正当张大豹犹豫不决的时候，就听一声清脆的枪响。黑瞎子一头栽倒在草地上。

张二豹多次对张大豹说，猎枪和洋炮声音沉闷，步枪声音清脆。打死黑瞎子的这一枪一定是步枪。大豹琢磨着，是猎人打的？猎人打猎一般使用洋炮和猎枪，没有步枪，不能是猎人打的。是抗联战士打的？抗联战士被小鬼子追赶、围困，经常粮食紧缺，靠打猎维持生命。这一枪有可能是抗联战士打的，也有可能是胡子打的。一些胡子过去是猎手，为了改善生活，也为了解决粮食不足的问题，经常出来打猎。当然了，也不排除是小鬼子打的。小鬼子不愁吃不愁喝，但是他们也知道黑熊的熊胆、熊掌珍贵稀少。他听爹说过，打猎是国外有钱有势的人的娱乐活动。也许小鬼子当官儿的在打黑瞎子找乐。对了，听张二豹说，最近小鬼子经常进山猎杀黑瞎子和梅花鹿，取熊胆、熊掌和鹿茸等。张二豹分析，小鬼子大量猎杀中国的黑瞎子和梅花鹿，一定是把熊胆、熊掌和鹿茸等源源不断地偷运回日本去。

想到这里，张大豹埋伏在草丛中，想看看是谁打死了黑瞎子。如果是小鬼子军官，就开枪打死他，为太平沟被害的村民们报仇。

过了二十多分钟，他突然听到有跑步的声音。只见两个小鬼子从远处跑来。他们奔跑的速度极快，简直就像梅花鹿一样。

张大豹一看到鬼子，立马就想开枪。他对小鬼子的深仇大恨绝没有因为住一年小狼洞而淡化。他一看,小鬼子离他有二百多米,猎枪根本打不到他们。他想从后面悄悄接近小鬼子,突然开枪。然而他一下子看到了小鬼子手里的步枪。那步枪绝不同于小狼洞里面的那三支步枪。小鬼子的步枪枪管比小狼洞里的步枪枪管要长,上面还有一个长长的东西,他不知道那是什么东西。

张大豹知道步枪的射程远远超过猎枪。如果他还没到猎枪的射程之内就被小鬼子发现了,那么他打不着小鬼子,小鬼子却可以把他当作猎物来打。况且小鬼子是两个人,他是一个人,二对一,他肯定吃亏。这时,大豹想起二豹嘱咐他的话,"千万别和鬼子正面交火"。于是,大豹悄悄地离开小鬼子,返回小狼洞。

回到小狼洞,大豹向二豹、梦静详细描述了两个小鬼子的情况。

梦静说:"大豹看到的两个鬼子手里的步枪叫作狙击步枪,它枪管长,射程远,枪上面的长东西叫瞄准镜,能把很远的目标拉得很近。我听我爹讲过,狙击步枪在八百米外能够轻易打死一只黑熊。使用狙击步枪的人叫狙击手,都是经过特殊训练的高手。"

张二豹说:"我前些天看到的鬼子就是狙击手,也拿着狙击步枪。现在想起来我都有些后怕。无论大豹去主动袭击鬼子,还是鬼子狙击手发现了他,他都是凶多吉少。太危险了!这段时间咱们不要出去打猎了,避免和鬼子狙击手正面冲突。万一鬼子狙击手发现小狼洞,往里面扔一颗手榴弹,咱们就全完了。咱们得考虑离开小狼洞。"

张大豹除了早晨到渔亮子起鱼,就是到钢丝套和陷阱里起猎物。

有一天,张大豹到陷阱中起猎物,蓦然发现有一个陷阱出现一个大洞。他暗自兴奋,一定是一个大块头猎物掉进陷阱里了!这下不用漫山遍野地寻找和追踪猎物了!他到跟前一看,是一只巨大的黑瞎子。黑瞎子一动不动地趴在陷阱里,好像已经死去。张大豹不知如何是好,一路狂奔,跑回小狼洞。

当他上气不接下气地对二豹、梦静讲述陷阱里的黑瞎子时，二豹就预感到情况不妙。大豹还没有讲完，二豹就嘱咐梦静说："你准备些吃的，咱们一会儿就离开小狼洞！"说完，他朝大豹摆摆手，拎着猎枪和子弹就朝陷阱跑去。

大豹拿起猎枪和两颗手榴弹，紧跟在二豹后面，朝陷阱跑去。

张二豹用一根木棍捅了捅黑熊。黑熊一动不动。他断定黑熊已经死亡。他下到陷阱里，用手在黑熊的身上寻找着什么。紧接着，他就摸到黑熊的脖子上有一个深深的弹洞，血流淌了一大片。

大豹问二豹发现了什么。

二豹说："我最担心的事情发生了。"

大豹糊涂了："发生什么事了？不就是陷阱里掉进一只黑瞎子吗？"

二豹也不回答。他简单处理了一下陷阱，就好像没有人来过一样。之后，他才对大豹说了一句："这只黑熊是被人用步枪打死的。"他分析是鬼子狙击手打的。

张大豹惊讶地说："被步枪打死的？被打死的黑瞎子怎么掉进咱们陷阱里了？"

二豹担心鬼子提前找到小狼洞，梦静受到伤害，就和大豹赶紧离开陷阱，要返回小狼洞。

二豹边走边对大豹说："我下去看清楚了。这只黑熊不是和平时掉下去的猎物一样掉下去的，而是被人用步枪打伤了之后掉下去的。打这只黑熊的很可能就是你前几天看到的那两个鬼子狙击手。鬼子狙击手打黑熊是有目的的，不是纯粹的打猎，也不是专门的练枪，而是为了得到熊掌和熊胆。这只黑熊是脖子中枪，血流如注，不可能跑得太远，说明黑熊是在陷阱附近被鬼子狙击手打中的。黑熊在这附近被打中，鬼子狙击手在这附近却找不到它。他们是经过特殊训练的高手，极为敏感，善于分析，立马就会断定这附近有人，不是抗联的，就是猎人，他们甚至能分析到附近有陷阱。所以，只要鬼子狙击手找到了陷阱，接着就会寻找布设陷阱的人，这样，他们眨眼工夫就会找到小狼洞。咱们得马上离开小狼洞！"

大豹觉得二豹分析得条条是道儿，也预感到危险正在降临。

二豹向梦静介绍了刚才在陷阱看到的情况和他分析的问题，并提出晚上就离开小狼洞。

梦静说："晚上黑灯瞎火的，山林里行走困难，十有八九会遭遇狼群的围攻，危险性绝不亚于鬼子进山寻找小狼洞。我看还不如在小狼洞里休息一夜，明天早晨离开。再说了，鬼子也知道晚上行动不便，不会晚上来的。"

兄弟俩都感觉梦静说得有道理，就同意她的意见，决定明天早晨离开小狼洞。

大豹提出了一个聪明的问题："走的时间定了，那咱们去哪儿呢？"

二豹说："去哪儿我还没想好，先离开小狼洞再琢磨去哪儿。"他接着又说，"按我的性格，我真是不甘心就这样被两个鬼子狙击手吓得望风而逃啊！如果不是梦静身体不便，咱们三个应该合计一下，打鬼子狙击手一个埋伏，除掉他们。"

大豹说："让梦静隐藏起来，咱们俩打小鬼子狙击手一个埋伏。小鬼子狙击手再厉害，还能躲过咱们俩的暗枪啊？"

二豹说："只有咱们三人谋划好了，打鬼子狙击手一个伏击，才有可能除掉他们。咱们两个对付两个鬼子狙击手，两支猎枪对付两支狙击步枪，胜算不大。不能轻敌，以后有机会再收拾他们。还是琢磨住的地方吧！"

梦静胸有成竹地说："我琢磨好去哪儿了。"

兄弟俩异口同声地问："去哪儿？"

梦静微笑着说："我看二豹越来越笨，大豹却越来越精了。秋天马上过去，冬季又要来临，我们现在能去哪儿？北山村呗！"

二豹一拍自己的脑袋："嘿，我真是聪明一世，糊涂一时，怎么能忘了去北山村呢？难道男孩一当上男人，一有了媳妇，就笨了？"

大豹憨笑。

二豹领着大豹把三支步枪、一箱子弹及工具藏了起来，准备以后打鬼子用。他本想把木头案台还放进大坑里，上面再盖上枯草。一想那样，如果被鬼子发现，藏匿的迹象太明显，有点欲盖弥彰，鬼子会进一步仔细搜查，很容易找到藏匿的步枪和子弹。还不如把木头案台当作多年没人使用的破案台，扣在地上，然后把小狼洞收拾成为真正狼洞的模样。这样，即使鬼子进入小狼洞搜查，也不一定注意到木头案台。

二豹带着猎枪和二十发步枪子弹、十发猎枪子弹、一颗手榴弹；大豹带着猎枪和二十发猎枪子弹、两颗手榴弹；梦静带着猎枪和十发子弹。她的猎枪及子弹由二豹帮助背着。

天一亮，他们匆忙吃了点儿东西，就离开了小狼洞，去北山村。

他们刚刚走了一里多路，前面突然出现一只梅花鹿，朝他们这边飞奔而来。

二豹小声说："赶紧躲藏起来！梅花鹿的后面一定有人在追赶。"

他们立马躲藏在树林里，趴在草丛中。然而，梅花鹿已经看到了他们，猛地转身，朝山上跑去。

追赶梅花鹿的是两个鬼子狙击手，正是他们狙杀了那两只黑熊。他们是经过特殊训练的特等狙击手，是高手中的高手。的确像张二豹分析的那样，鬼子狙击手的任务，是奉鬼子驻密山北大营的最高长官之命令，打黑熊和梅花鹿，然后把熊胆、熊掌、鹿茸、鹿鞭等运到日本去。鬼子狙击手是特别机警的，当他们看到梅花鹿猛地转身，朝山上跑去，就断定前面有人。他们迅速隐藏，并用瞄准镜观察前面的动静。

他们观察了半天，并没有看到什么。他们以为梅花鹿看到了野狼、黑熊什么的，惊吓得掉转方向，朝山上跑去。于是，他们继续朝山上追去。

大豹一看鬼子去追梅花鹿了，就想站起身来。二豹喊了一声："快趴下！"随之一脚，把他踢得跪在了草丛中。同时，一颗狙击步枪子弹，从他的头上飞过，打断了侧面的一棵小树。太险了！大豹只要再慢一点点，他的脑袋就被打爆了。

大豹吓得一捂脑袋，一咧嘴。

鬼子狙击手太鬼了，配合得相当周密。一个鬼子追赶梅花鹿来麻痹大豹、二豹和梦静，想吸引他们露头，然后另一个鬼子用狙击步枪打爆他们的头。

当梅花鹿猛地转身，朝山上跑去，二豹就知道他们已经暴露给了鬼子狙击手。让大豹、梦静躲藏起来是为了躲避鬼子狙击手的子弹。这个时候，二豹判断，如果鬼子狙击手毫无动静，说明正在用瞄准镜瞄准着他们，他们一站起来，就会被狙杀；如果鬼子狙击手继续追赶梅花鹿，说明他们更狡猾，想积极主动地引他们出来，然后突然狙杀。

张二豹清楚，和两个鬼子狙击手对决，不能斗勇，只能斗智。张大豹已经暴露了，只能告诉他继续朝山下跑，就像是一个打猎的猎人，看到了鬼子，吓得惊慌失措、落荒而逃的样子，吸引鬼子追赶他。然后二豹和梦静突然开枪，射杀他们。

大豹借助树林的掩护，拼命往山下跑，就好像大白天遇到鬼了似的，比被野狼撵还惊恐。

然而，他跑了五百多米，回头一看，鬼子压根儿就没有追来。他只好在一棵树后埋伏起来。如果鬼子追来，他突然开枪，干掉鬼子；如果鬼子没有追来，他就准备掩护二豹和梦静。等了半天，鬼子狙击手还是没追上来，他就学着钟志强他们的做法，在两棵树之间设置了一颗绊雷，就是将手榴弹固定在一棵树下，拉火绳拴在另一棵树上，如果鬼子绊到拉火绳，手榴弹就会爆炸。他害怕二豹和梦静俩绊到手榴弹，就埋伏在跟前看着。

二豹一看鬼子没有追赶大豹。这大大出乎他的预料。他感觉遇到高手了。这两个鬼子不好对付。他和梦静静静地等了半天，鬼子也没有一点儿动静。他感觉不能再等了。鬼子狙击手有狙击步枪和瞄准镜，远距离射击对他们有利。所以，张二豹借助于地形、树木的掩护和他对地形的熟悉，搜着梦静，猫着腰朝山下快跑。

梦静这个时候本来不该快跑，为了摆脱鬼子狙击手，为了活命，也只能快跑。

鬼子估摸对手不止张大豹一人，他朝山下跑去是为了引诱他们。如果他们追赶，埋伏的同伙就会突然袭击他们。鬼子一直在用瞄准镜寻找着张大豹的同伙，始终没有看到。鬼子也认为遇到高手了，不是久经猎场的老猎人，就是久经战场的老抗联。凭着鬼子精湛的武功、精准的枪法和精制的步枪，他们是不会把对手放在眼里的。但是鬼子屡屡品尝到抗联和猎人的子弹和刺刀，也不敢不把他们放在眼里的。鬼子狙击手可以谨小慎微、如履薄冰，但是绝不可以怕风怯雨、畏缩不前。当张二豹、梦静向山下跑去的时候，鬼子狙击手几次想扣动扳机，狙杀他们，瞬间都被大树挡住了，无法实现狙杀。眼看张二豹他们已经跑远了，鬼子狙击手不得不冲出来追赶他们。

鬼子狙击手一前一后追赶着张二豹和梦静。梦静突然感到肚子剧烈疼痛，无法再跑了。张二豹搀扶着梦静继续奔跑，这个时候停下来，就会成为鬼子狙击手的活靶子。梦静跌跌撞撞又坚持跑了三四十米，就坐在了草地上，实在坚持不住了，如果再坚持跑下去，就有流产的危险。张二豹只好让梦静隐藏好，自己准备伏击追上来的鬼子。这时，他看到了前面就是黑熊掉下去的那个陷阱，于是对梦静说："黑熊掉进去的就是这个陷阱。里面有黑熊，是对你最好的保护。你千万不要害怕！"

梦静有些害怕，但是一想鬼子狙击手比死去的黑熊更可怕，于是就下到了陷阱里。张二豹把陷阱又伪装了一下，就好像只有黑熊掉下去了一样。然后，他朝大豹跑的方向跑去。

跑出去约一百米的时候，他迅速躲藏在了一棵树后，用猎枪瞄准鬼子狙击手。他担心梦静被鬼子发现。如果鬼子发现了梦静，他就朝鬼子开枪。

鬼子狙击手就要追赶到梦静躲藏的陷阱时，远远就看到了陷阱，而且看到了有猎物或人掉下去的痕迹。他们一人继续追赶张二豹，另一人朝陷阱跑去。

张二豹担心梦静的安危，本想躲藏在树后，掩护和保护梦静。然而，他刚一露头，一颗子弹差一点儿打中他的脑袋。他立马趴在了地上。就在这时，传来一声巨响。张二豹心头一震，心脏差一点儿脱落：哎呀！一定是鬼子多疑，往陷阱里扔了一颗手榴弹。我怎么没有想到，竟然让梦静一个人躲藏到了陷阱里！张二豹还要露头，干掉鬼子狙击手。然而又一颗子弹打来，把他藏身的大树树皮打掉一大块。

追到陷阱跟前的鬼子怀疑是张二豹他们一不小心掉进了陷阱，怕遭到袭击，随手往陷阱里扔了一颗手榴弹。手榴弹爆炸的巨大冲击波将陷阱盖儿掀起。鬼子狙击手往陷阱里一看，是一只黑熊。他立马断定是他们昨天打伤的那只黑熊掉进了陷阱里。于是，他转身朝张二豹跑去的方向追去。他刚刚跑离陷阱三十米，只听到"咕咚"一声闷响，他的脑袋被大号猎枪钢弹打个大窟窿，一头栽到草丛里。

这一枪是梦静打的。进入陷阱后，她看到黑熊的尸体感到非常害怕，尤其是那股浓烈的腥臭味，更让她难以忍受。梦静一看，这是个连体陷阱。她钻进第三个陷阱躲藏起来。当鬼子的手榴弹爆炸之后，她暗自庆幸，同时也感觉鬼子看到黑熊后，肯定放松了警惕。于是，梦静果断地从陷阱里伸出猎枪，朝鬼子狙击手的后脑开了枪。

张二豹听到了猎枪的声音，惊喜万分，他知道这一枪是梦静打的。梦静还活着。鬼子狙击手死了。于是，他迅速瞄向追赶他的鬼子狙击手。

追赶张二豹的狙击手看到同伙遇袭身亡，返身朝梦静这边跑去。

张二豹一看他朝梦静追去，为了掩护梦静，把鬼子引到他这边来，突然朝鬼子开枪。鬼子一看二豹朝他开枪，感觉自己腹背受敌，于是，就地一个翻滚，朝山下跑去。张二豹在后面紧紧追赶。

鬼子狙击手奔跑的速度极快，一会儿，就跑到张大豹埋伏的地方了。张大豹突然向鬼子狙击手开枪，没想到，鬼子狙击手还没有跑到他猎枪的射程，他有点儿操之过急了。鬼子狙击手一个翻滚，趴在了地上，同时，朝张大豹开了一枪，正好打在张大豹的右肩上。他的猎枪掉在了地上。大豹一看二豹没有追上来，就一手捂着流血的肩膀，朝树林中跑去。他想把鬼子引到他设置的绊雷跟前，炸死他。

鬼子还想朝张大豹射击，然而视线被树木遮挡，无法瞄准，只好飞快地朝他追来。

张大豹一看，鬼子狙击手就要经过他设置的绊雷了，暗自欢喜：小鬼子快跑，爷爷在这儿等你呢。让你尝尝铁疙瘩的威力，炸死你个瘪犊子！

然而，当鬼子狙击手绊到张大豹设置的手榴弹拉火绳的时候，他丝毫没有减速，反而加速奔跑。三至五秒时间，他跑出去二三十米。手榴弹在他的身后爆炸，没有对他造成一丝伤害。

大豹大吃一惊：这个瘪犊子蹽得太快了，铁疙瘩的爆炸碎片竟然没能追到他的屁股！大豹继续捂着肩膀朝山坡快速奔跑。鬼子狙击手在后面紧紧追赶。

鬼子狙击手距离大豹越来越近。

眼看就要追上了，鬼子狙击手几次朝大豹瞄准，都因为树木的遮挡而放弃。

二豹在鬼子狙击手的后面，不停地朝他开枪，就是打不到他。

鬼子狙击手对二豹的射击毫不理会。他清楚，张二豹距离他有二百多米，猎枪的射程只有七八十米。二豹根本打不到他，于是，他继续大步朝大豹追去。他想先解决了大豹，回头再收拾二豹。

鬼子狙击手距离大豹更近了。

突然，大豹把最后一颗手榴弹投向鬼子狙击手。然而他是用左手投的，投得不远，也不准，还是没有炸到鬼子狙击手。

大豹的右肩膀在流血，实在跑不动了，干脆就停下脚步，不再跑了。他掏出猎刀，躲在一棵树后喘息。这棵树太小了，他的大脑袋暴露无遗。

鬼子狙击手一看大豹不再跑了，知道他已经精疲力竭。于是，他紧跑几步，从容地举起狙击步枪，就要打碎大豹暴露无遗的脑袋。只听见一声清脆的枪响，鬼子狙击手的脑袋被打碎了。

大豹猛然听到了清脆的步枪声，以为自己被打死了呢，睁了睁眼睛，还能看到眼前的一切。当他看到鬼子狙击手死了，才意识到自己还活着。

这一枪是二豹打的。

原来，二豹早就想从后面开枪，打死鬼子狙击手。然而树深林密，遮挡视线，也阻挡子弹，他只好在后面用猎枪子弹麻痹鬼子狙击手，也干扰他朝大豹开枪。在大豹朝鬼子狙击手投掷手榴弹的时候，他突然加速，在关键时刻用猎枪里的步枪子弹猎杀了鬼子狙击手。

二豹想跑过去看梦静。梦静却赶过来了，她也不放心他们兄弟俩，想助他们一臂之力。她在路上正好看到了大豹被鬼子狙击手打落的猎枪，为他拿了过来。梦静看到二豹、大豹都活着，两个鬼子狙击手被干掉了，激动得掉下了泪水。

二豹为大豹检查了伤口，子弹没有打到骨头，只是从肌肉穿了过去。

梦静简单为大豹包扎了伤口。

二豹对大豹说："第一个鬼子狙击手是梦静从陷阱里开枪打死的。"

大豹说："打死第一个狙击手，比打死第二个狙击手更重要。这两个瘪犊子太厉害，太难对付了，如果不是梦静从背后打死一个，咱们俩对付两个狙击手，还不知道结果怎么样呢！这次和两个小鬼子狙击手打仗，梦静的功劳最大！"

二豹说："我也这么认为！"

梦静谦虚地说："我只是在你们俩的掩护下，及时抓住了机会。三人缺一不可，一样重要！"

连没上过初级小学的张大豹，都不会说战争让女人走开的蠢话！

大豹说："两个小鬼子狙击手被猎杀了，咱们就不用离开小狼洞了吧？"

二豹说："两个鬼子狙击手被咱们猎杀了，更要离开小狼洞了。你想想啊，鬼子狙击手在这一带被猎杀，鬼子断定是抗联或者猎手干的，一定会搜山，继而，小狼洞很快就会被鬼子找到。"

二豹本想把两个鬼子狙击手的尸体埋进陷阱里，和那只黑熊做伴，但是他担心附近还有鬼子，就把鬼子狙击手的尸体拖到幽暗的树林里藏了起来。

二豹开始想把鬼子狙击手的狙击步枪拿走，这么好的枪不用可惜了，如果他和大豹一人使用一支狙击步枪可以狙杀更多的鬼子呀。后来一琢磨，狙击步枪的目标太大，容易被鬼子发现，只好藏了起来，等以后打鬼子用。

兄弟俩和梦静迅速下山，去北山村。

第十六章　将要倾覆的鸟巢

大豹、二豹和梦静来到了北山村。

周大娘热情接纳了他们，就像接纳自己的孩子一样。她把最大的西屋收拾出来，让张二豹和梦静住；把东屋收拾出来，让张大豹住；她自己则要住在仓房里。

张二豹和梦静坚决不让周大娘住在仓房。梦静说："住的问题好解决，我和二豹住在西屋北炕，周大娘住在西屋南炕，大豹住在东屋。就这么定了！"

周大娘还是坚持住仓房："人家梦静和二豹是小两口儿，还是新婚，我怎么能住在他们对炕呢，不方便。我非常愿意住仓房，清静。"

梦静推心置腹地说："我们来给你添了这么多麻烦，我们都过意不去。你要是住仓房，我们就更过意不去了。你要是非住仓房不可，我们就没法在你这儿住下去了，只能住小狼洞了。咱们东北的房子都是这样的结构，好多人家几辈人都是这么过来的。我们就当你是我们的亲妈。"

周大娘只好听从梦静的安排，住在二豹、梦静他们西屋的南炕上。

二豹对大豹、梦静说："咱们打死了两个鬼子狙击手，鬼子一定会大范围搜山，寻找杀害狙击手的人。咱们没有把鬼子狙击手的尸体埋掉，鬼子很容易从尸体上看出他们中的一个是被猎枪的铅弹打死的。他们一定认为打死鬼子狙击手的不是抗联，就是猎人。如果他们搜山没有结果，就会到附近的村子搜查猎人。最近，鬼子很有可能来北山村搜查。咱们最近不要进山打猎，避免和鬼子正面接触。武器也得藏起来，如果鬼子搜查到武器，咱们遭殃了不说，还会连累周大娘甚至全村人。"

大豹不赞成二豹的话："咱们不能把武器藏起来，如果小鬼子来搜查，咱们应该真刀真枪地和小鬼子打，不能赤手空拳地等着小鬼子打！"

二豹说："鬼子什么时候进村咱们不知道。万一鬼子进村了，咱们要是和鬼子打起来，更得牵连周大娘和北山村的村民。"

梦静感到担心："那咱们还是离开北山村吧，别再让周大娘以及村民受到咱们的牵连。"

二豹为难地说："梦静还怀着身孕，行走不便，现在离开北山村，咱们去哪儿呢？冬天又要来临，咱们总不能再去住小狼洞吧？问题是现在小狼洞也不安全了，怎么也不能去大豹发现的大狼洞吧！"

大豹焦急地问："那你说怎么办？"

周大娘听到他们谈到鬼子，想起了儿子被鬼子杀害，儿媳被鬼子强奸的往事，心有余悸地说："你们住在我家，我非常愿意。但是，我总是担心一件事儿，就是鬼子来了怎么办？我儿子儿媳的悲惨遭遇让我现在想起来都心惊胆战的。不是我怕死，我死不足惜。我最担心的是梦静，人长得漂亮，还怀着孩子。鬼子都没有人性，是不会放过梦静的。万一他们突然来了，咱们又来不及躲藏，我怕梦静受到伤害呀！"

二豹说："这些事情我不可能不考虑。本来琢磨应该挖一条通向后园子外面的暗道，就像太平沟村那样的暗道，如果鬼子来了，咱们就从暗道转移出村。但是，挖暗道工程大，时间长，现在看已经来不及了。咱们只能先挖一个地窖。如果鬼子来了，就把梦静隐藏到地窖里。挨过这个冬天，明年春天，咱们再考虑别的去处。"

周大娘说："只有把梦静安顿好了，我才能放心。你们两个，我就说是我的侄子，兴凯湖村打鱼的。村子被皇军征用建移民村，所以投奔我来了。"

大豹担心地说："让梦静躲藏在地窖里太危险了。万一小鬼子发现了地窖怎么办？"

二豹说："自从鬼子来了以后，每个平民百姓不都如燕巢幕上，整天提心吊胆地生活吗？所以必须把鬼子消灭干净，或者赶出中国去，咱们才能过上没有危险、平平安安的好日子。"

梦静本来不同意挖地窖，她不想一个人钻地窖，但是一想起周大娘儿子儿媳的凄惨遭遇，为了肚子里的孩子，只好同意挖地窖。

在黑龙江农村，几乎家家都有地窖，用于储藏冬天吃的蔬菜。周大娘家也有地窖，只是挖在了院子旁边，鬼子一眼就能看出来。张二豹踅摸了半天，最后决定在猪圈里挖一个地窖……

灰虎身体强壮，高视阔步，有着东北虎一样的威武。它浑身灰色，略带一点白色，眼睛乌黑而且有血丝，令人望而生畏。灰虎的叫声洪亮，它从不吠形吠声地乱叫，每次叫都力压其他狗的叫声，犹如野狼的嗥叫，在旷野中回荡。

梦静对灰虎很友好，她经常把自己那份饭给灰虎一半儿，自己只吃半饱。二豹看在眼里，担心梦静营养不足，影响孩子发育，就把自己的饭拨给她。

周家过去养了一头野猪。是武状打猎的时候遇到的一头小野猪，他抱回家里养大的。野猪刚刚长大，正赶上鬼子第一次进村，把野猪抢走了。猪圈里有一层猪粪没有清除。周大娘也没有心思清理猪圈里的猪粪。

兄弟俩开始紧锣密鼓地挖掘地窖。

刚开始挖地窖的时候，张大豹想把猪圈里的猪粪清理干净，张二豹没让。

张二豹设计的地窖很巧妙。地窖挖在猪圈里。猪圈的地面是用山上的石板随意铺就的。他们把猪圈地面靠近栅栏的一块大石板掀起，作为地窖的入口。从入口挖掘，挖出个带有梯阶的缓坡，到达窖底。地窖里还使用了木头支护顶，防止地窖塌方。如果鬼子来了，梦静和孩子进入地窖后，盖上大石板，上面再铺上猪的粪便。猪圈是由四根木桩固定的，其中有一根木桩是空心的。张二豹利用这根空心木桩作为地窖的通风口。周家过去人多。西屋通着仓房，仓房的后窗户又和猪圈相连。从仓房后窗户可以进入猪圈。周家人以前冬天喂猪，就从仓房的后窗户直接给猪倒猪食。如果鬼子进村了，梦静可以从西屋进入仓房，从仓房进入地窖。唯一不便的是，梦静进入地窖后，必须得有人把地窖口的石板盖上，然后再把粪便铺在石板上。

第二天，鬼子没有来，却来了一个特别像鬼子的不速之客。他幽灵一般悄无声息地进入周家，让大豹、二豹和梦静大吃一惊。他手里握着一支步枪，一进周家门儿，就用步枪逼住了他们三个，让他们猝不及防。

大豹悄悄地把手放在腰间的猎刀上，想要突然出手制服他，被二豹制止了："先别动手，看看再说！"

进来的人阴阳怪气，又理直气壮地说："这都是谁呀谁呀？我不在家才几天哪，突然从哪儿钻出来三号不三不四的人哪？"

张二豹看进来的人不像是好人，又不像是坏人，就没有让大豹动猎刀。但是，他的手却没有离开他放在炕上的锋利柴刀。

周大娘指着进来人说："他是我的外甥，叫冯大侃。"然后又指着大豹、二豹和梦静三个说："他们是我的两个侄子和侄子媳妇，兴凯湖村打鱼的。"

张二豹打量着冯大侃。他个子高高的，身材瘦瘦的，穿着鬼子军裤、鬼子军鞋，不合体，不着调。鬼子的军服穿在他的身上，显得不伦不类。他的脸本来是红润的，却因为总也不洗脸，被涂上了岁月的沧桑，戴上了成熟的面具，给人以油油腻腻、邋邋遢遢的感觉。

冯大侃也打量着大豹、二豹，然后，把他的目光停留在梦静身上。过了一会儿，他才怪声怪气地说："我看你们不像是湖里的，像是山里的。你们是用枪打鱼的吧？"

梦静问周大娘："大娘，他是干什么的？我看他像是汉奸或者胡子。"

冯大侃一听梦静说他是汉奸或者胡子，没等周大娘说话，立马气愤地说："野狼崽子才是汉奸或者胡子呢。我还怀疑你们是汉奸或者胡子呢。你们到底是什么人，是打鬼子的还是帮鬼子的？"

冯大侃的枪口始终没有离开他们三个。周大娘怕他伤着他们三个，始终站在他们三个前面，用身体掩护着他们。如果冯大侃是鬼子派来的汉奸，或者是欺负百姓的胡子，兄弟俩随时有机会出手，把他干掉。但是，张二豹总认为他不是鬼子一伙的，尤其听他说的最后一句话。

就在他们互相猜疑，相持不下的时候，冯大侃又说话了，语气变得和蔼了许多："我不在这儿和他们废话了，没有时间了。我从山上看到鬼子闯进了东山村，估摸下午就得到北山村。他们麻溜儿躲起来吧！"

张二豹对冯大侃的话将信将疑，又问了他一句："你是干什么的？"

周大娘说："他说的可能是真的。听他的吧！"

冯大侃焦急地说："你们就别问我是干什么的了。我肯定是中国人。我是专门回来为北山村报信儿的，好让村民们都转移到山里去。鬼子比毒蛇恶狼还毒还恶，什么伤天害理的事情都做得出来！"

张二豹埋怨冯大侃说："那你不早说，还用枪逼着我们干啥？"然后让周大娘赶紧通知乡亲们向山上转移。他则准备带着梦静和大豹也向山里转移。

冯大侃说了一句："那我走了。后会有期！"

张大豹没有吱声。张二豹回了一句："后会有期！"

兄弟俩和梦静急三火四地准备转移。

张二豹让周大娘也和他们一起上山。她说什么也不上山："这是我自己的家。凭什么小鬼子来了，我就得离开自己的家？"

梦静劝周大娘说："小鬼子就是畜生，是杀人放火、无恶不作的强盗。你不和我们一起走，我们怎么能让你一个人面对一群强盗呢，和我们一起走吧！"

周大娘平静地说："我儿子儿媳被鬼子害死之后，我的心就已经死了。一个心已经死了的人，还能怕死，还能怕小鬼子吗？"

就在这时，冯大侃又火急火燎地跑了回来："小鬼子来了，已经把村子包围了。没想到他们来得这么快。咱们谁也走不了了。"

张大豹说："走不了，咱们就和鬼子干了，反正咱们手里也有家伙事儿！"

冯大侃说："我也想和鬼子干！但是，那样会牵连全村的人。即使咱们冲出去了，他们也会遭殃，甚至有被屠村的危险！"

张二豹拿过来张大豹手里的猎枪，一边想扶着梦静进入地窖，一边对大豹说："现在不是和鬼子干的时候。大侃兄弟说得对，咱们要是和鬼子干了，全村的人都会受到牵连，都会遭殃。你赶紧到院子里观察一下鬼子的动静，看看能不能转移到山里去！"

张二豹一看，冯大侃还穿着鬼子的军鞋和军裤呢，鬼子要是看见了，他必死无疑。于是，他把自己的一双旧鞋和大豹的破裤子扔给了冯大侃，让他换上。

张二豹立马扶着梦静进入了地窖。他要把猎枪、猎刀和弹药也藏进地窖的时候，冯大侃过来帮忙。张二豹不想让冯大侃知道地窖的秘密，然而他是来报信儿的，没有办法让他离开。

张二豹刚要把地窖的石板盖上，猛然又想起了什么，回头让冯大侃也把步枪藏进地窖里。他犹豫了一下，把步枪递给了张二豹。

张二豹把地窖口伪装好之后，进入院子。他的手里只有一把柴刀，这是他们的唯一武器。此刻的张二豹心里矛盾重重。他不知道把武器隐藏在地窖里是对还是不对。如果鬼子要屠杀他们，他们手无寸铁；如果他们和鬼子真刀真枪火拼，北山村的村民就会受他们的牵连，也许男女老幼都得被鬼子杀害。想到这，他坦然了，但是立马又忐忑了。即使他们不和鬼子真刀真枪地交火，就能确保北山村的村民安然无恙了吗？如果可以保证村民平安无事，他们牺牲自己也心甘情愿。

鬼子开始到各家各户搜查。

兄弟俩进入西屋。二豹猛然发现大豹的腰里还别着一颗手榴弹。这是二豹那颗手榴弹，也是他们手里最后一颗手榴弹。刚才二豹往地窖放武器的时候，竟然把这颗手榴弹忘记了。

三个鬼子已经进院了。

此刻的北山村，如同将要倾覆的鸟巢。

大豹焦急地说："和鬼子拼了！"说完，就要抢二豹手里的手榴弹。

二豹急中生智，随手把手榴弹扔进灶台早已经熄灭的灰烬里，然后又把柴刀放在柴火堆上。

鬼子进来了。一个鬼子用带刺刀的步枪逼住大豹和二豹，另外两个鬼子在搜查着每一个角落。

冯大侃刚才还在屋，突然不见了。

张二豹有一种急杵捣心的感觉。自从跟爹爹打猎，张二豹就成为一个英勇无畏的少年英雄了，他从来没有如此惶恐不安过。他主要是担心梦静的安危。鬼子正在搜查猪圈周围，他担心万一鬼子发现了地窖，梦静将百死一生。冯大侃突然消失，更让张二豹心急如焚。他担心冯大侃是鬼子的奸细，那么地窖就没有秘密可言了，梦静也是必死无疑了。想到这儿，张二豹反而平静了。如果鬼子发现了地窖的秘密，他要用柴刀杀死屋里的三个鬼子。如果更多的鬼子冲进屋里来，他就用灶台里的手榴弹和鬼子同归于尽，来保护梦静和孩子！

鬼子没有找到什么，也没有发现地窖。这时，周大娘回来了，后面还跟着两个鬼子。鬼子让所有人到场院集合，说太君要训话。

北山村的村民都站在了场院上，如同一群任野狼啖食的小鹿。本来，大豹、二豹是捕杀野狼的猎手，也无奈地站在了小鹿中间。

鬼子军官哇啦哇啦说话了。翻译官翻译说："大日本皇军的两名最优秀的狙击手，在青梅山被枪杀了。皇军怀疑是抗联或者猎人干的。你们中有抗联的吗？有猎人吗？窝藏抗联或者隐瞒猎人身份的，要杀死全家。如果把抗联和猎人交出来，可以免全家一死！"

村民们没有人出声。

一个鬼子把老韩家的二小子从人群中拉了出来，并朝他哇啦了几句。

翻译官说："皇军说你就是抗联的，或者是猎人。你的一个耳朵肯定是在深山里和我们打游击或者打猎的时候冻掉的。麻溜儿承认吧，否则只有一死！"

二小子哀求道："我不是抗联的，也不是猎人。我的耳朵是小时候到山野里追兔子迷路了，冻掉的。"

鬼子军官说："你追兔子冻掉的耳朵？只有猎人才追兔子！"

二小子为自己辩解说："我不会打猎，小时候在二人班亲属家，和表哥追兔子玩，迷了路，跑苏联去了。"

鬼子军官说："什么？你在二人班迷的路？竟然迷到苏联去了？你是去给苏联送情报吧？"话音刚落，他挥起战刀就将二小子的脑袋砍了。

鬼子又从人群中拉出来一个瘦高的汉子。二豹一看，瘦高汉子竟然是冯大侃。他穿着张二豹的旧鞋和张大豹的破裤子，就像脱胎换骨地变成另一个人似的。

张二豹心跳加速，担心冯大侃说出地窖的秘密。

翻译官对冯大侃说："皇军说你是抗联的军人，或者是猎人。你手上的老茧是常年握枪磨出来的吧？"

冯大侃也和前面的二小子一样，哀求鬼子说："我是杀猪的，手上的老茧是常年握着杀猪刀磨出来的。我绝对不是抗联的军人，也不是猎人哪！"

翻译官又对冯大侃说："皇军说了，你要是指出来谁是抗联的，或者谁是猎人，就能证明你不是抗联的，也不是猎人，否则就砍了你的脑袋！"

冯大侃委屈地说："北山村都是本本分分的农民，没有抗联的，也没有猎户，更不会窝藏抗联的。我真的是个杀猪的，皇军即使砍了我，我也是个杀猪的。"

北山村最年长的老人叫肖老旺。他没穿裤子，围着一个破炕单，颤巍巍地走了出来。他走到冯大侃身边，用力打了他一巴掌，然后责骂他说："你从小就不喜欢上学，就喜欢杀猪。我一直不让你杀猪，你非要杀猪。杀猪是最没出息的行当。这不，还让皇军怀疑你是拿枪的！皇军哪，我用我这把老骨头作证，他是我的孙子，真的是杀猪的，绝不是抗联的，也不是打猎的！我们家穷得连条裤子都买不起，这，我们俩只有一条裤子。他穿上裤子，我就没有裤子了。哪儿有钱买猎枪啊！放了他吧！"

鬼子军官和翻译官耳语了几句，然后翻译官说："北山村的村民都是大大的良民。以后谁也不许窝藏抗联的，也不许收留猎人，否则杀死全家！"

说完，鬼子撤走了。

大豹、二豹和梦静安然无恙。

周大娘本来要去村民家报信儿的，一出院门就遇到了鬼子。鬼子让她回家。周大娘一进院，看到冯大侃躲藏在柴草垛后面换衣服。她问冯大侃为什么躲在外面。他说三个壮汉在一家，最容易引起鬼子怀疑。周大娘就把冯大侃送到了隔壁肖老旺家。肖老旺是孤寡老人，没有亲人。他在关键时刻救了冯大侃，也救了大家。

冯大侃也是北山村人，真是周大娘的外甥。他的妈是周大娘的亲姐。冯家在北山村村外往青梅山去的路上建造的房子，离村子远一点儿，就是为了多开拓点儿荒地。然而，冯大侃小时候就空有一身蛮力，游手好闲，只会扯嘴皮子，侃大山，淘得没边没沿的。他拿着洋火上房掏家雀，差一点儿把家里的房子点着。长成膀大腰圆的大小伙子了，他也什么正经事儿都不干，什么坏事儿都敢干，一点儿都不着调，让他的爹妈操碎了心。他爹妈年纪不大，却得上了痨病，佝偻气喘的，什么活儿也干不了，干一点儿活儿就上不来气。他们家想开垦的荒地还在那儿荒着，已经开垦出的荒地也在那儿荒芜着，没有人去开垦，也没有人去播种。他们本来把一切希望都寄托在唯一的儿子冯大侃身上，最后，他们对冯大侃彻底失望了。前些年，冯大侃对爹妈说想当个猎手，让他们想法给他买一支洋炮。他们真想借钱给冯大侃买一支洋炮，让他以打猎为生。后来，他们感觉打猎非常辛苦，必须是勤奋的人才能打猎。就凭冯大侃那家里养的鸭子跑了都不追赶的惰性，即使给他买上了洋炮，他也绝不会漫山遍野地追赶猎物，只会守株待兔地等待猎物，就没给他买。

周大娘多次劝冯大侃有点儿正事儿，把地种上，要不他爹妈就得饿死。他才勉强把地种上，然而他懒得铲地，地里杂草丛生，到秋天收获寥寥无几。刚一入冬，他们家就揭不开锅了。这个时候，如果冯大侃迷途知返，自立自强起来，他还是有光明前途的，他们家也是有希望的。然而，他却上山当上了胡子，用打家劫舍得到的不义之财、不仁之物来孝敬他正直的爹妈。虽然冯大侃一再说他们劫富济贫，不欺负穷人，但他的爹妈都不相信，即使饿死病死，也坚决不用他送给他们的不义之财和不仁之物。

北山村的村民都是本分老实的人。他们听说冯大侃当上胡子后，就不再和他的爹妈来往了。只有周大娘一个人给他们送饭送水，还把家里所有的钱都拿出来，让武状到镇上给他们买中药。

对了，肖老旺也经常来看望他们。

冯大侃爹妈咳嗽得越来越重了，连续吃了两个多月中药也没见效。就在这个时候，鬼子突然闯进北山村，最先闯进的就是冯大侃的家。鬼子翻箱倒柜地乱折腾一气，最后要把他们家仅有的一小袋粮食抢走。冯大侃爹妈挣扎着要从鬼子手里抢回粮食，被鬼子打了几枪托，还踹了几脚。

第二天早晨，周大娘给他们送饭送药，发现他们已经死在家中。

周大娘让武状冒着危险，到山里去找冯大侃，想让他和爹妈再见上一面。武状在山里找了两天，也没有找到冯大侃的山寨。

周大娘张罗，把冯家两口子草草埋葬了。

过了十天，冯大侃回北山村给爹妈送粮食，才知道爹妈已经双亡了，是被日本鬼子打死的。

冯大侃泣不成声，悲痛不已。他在爹妈坟地守孝三天三夜，然后上山继续当胡子。

冯大侃自从爹妈被鬼子打死以后，就树起了"抗日山林队"的旗帜，开始打小鬼子。冯大侃当上了抗日山林队的队长，还多次联合抗联一起打鬼子。东北抗联想收编他们山林队。冯大侃认为抗联属于正规部队，说道太多，他受不了正规部队那些说道的约束，就没有参加抗联。他认为不参加抗联一样打鬼子。再后来，北山村的人逐渐把他忘记了。

这次，冯大侃带着两个山林队员到山上打猎，解决抗日山林队的吃饭问题。他们刚要向一只野猪开枪，突然看到了鬼子闯进东山村。他让两个山林队员迅速回山林队营地报信儿，自己特意跑回北山村报信儿。

北山村又经历了一次巨大的恐怖波澜。再巨大的波澜也有相对平静的时候。其实，生活在鬼子铁蹄底下的中国人，谁又能超然世外，平心静气地充当覆巢之下的完卵呢？只要鬼子在中国一天，中国人就没有一天平静的日子！谁都渴望把鬼子赶出中国去，无论是已经拿起武器的人们，还是没有拿起武器的人们。

冯大侃返回了山林队。临走的时候，他要把他的步枪留给张二豹，让他们打鬼子用。

张二豹没有接受："我们有猎枪，可以猎杀野狼，也可以猎杀鬼子！你们更需要步枪。"

冯大侃向所有人说："后会有期！"

所有人对冯大侃说："后会有期！"

听周大娘讲述冯大侃以及他爹妈的经历，张二豹对冯大侃爹妈的遭遇深表同情，对冯大侃毅然树起抗日山林队大旗，坚决打鬼子的义举肃然起敬。张二豹听钟志强讲过，东北抗联中有一部分力量就是抗日山林队。他不难看出，现在的冯大侃是一个铁铮铮的硬汉、打鬼子的英雄。如果他是个贪生怕死之徒，如果他还是过去的游手好闲之辈，他绝不会冒险下山，为北山村的村民报信儿的。张二豹看得很清楚，冯大侃在鬼子刺刀下面和前面的壮汉一样哀求鬼子，是装出来的，为了村民们能够平安脱险。如果按照冯大侃的性格，在鬼子面前临危不惧、大义凛然，那么鬼子一眼就能认出他的身份，北山村遇难的就不是他一个人了。所以冯大侃故意忍辱负重地哀求鬼子，说自己是杀猪的。

张大豹说："我也认为冯大侃是一个打小鬼子的硬汉，绝不是孬种！"

梦静也说："当我看到冯大侃穿着鬼子军鞋、军裤的时候，我就想，他不是鬼子的走狗，就是不怕鬼子的英雄。现在看，他真的是不怕鬼子的英雄！"

周大娘听到他们对冯大侃的评价，非常激动。以前，她总以为冯大侃当了胡子，做尽了打家劫舍和欺压穷人的坏事，让他的爹妈抬不起头来，让她也感到见不得人。现在，冯大侃成为打鬼子的英雄，并且冒着危险下山为村民们报信儿，说明他的心里装着北山村，装着乡亲们。她感到自豪，也为冯大侃的爹妈感到高兴！

他们都在盼望春天的到来。

梦静春天生产……

第十七章　抢劫粮食行动

北山村人挨到了饥寒交迫的冬天。

本来，村民秋天的收成就不好，为数不多的粮食又被鬼子抢走了。家家的粮食都寥寥无几，秋天依靠吃些野菜、野果、榛子、松子度日，稍好一点儿的家庭，还能吃上苞米面掺野菜做的粥。一入冬，山野都被冷雪无情地封盖，野菜野果没有了，木耳蘑菇没有了，松子榛子没有了，一切绿色都没有了。村民赖以生存的希望随着最后的枯叶，飘零得荡然无存了。

周大娘家里也没有粮食了，梦静急需补充营养。兄弟俩要到山里打猎，又担心鬼子再次闯入北山村，也担心打猎的枪声引来鬼子，让全村的人跟着遭殃。况且，他们的猎枪已经没有子弹了。要打猎，也只能用二豹的猎枪打步枪子弹了。

梦静说："我还有五发子弹。去打些猎物吧，也给村里的人分一下。"

张二豹看到村民们忍饥挨饿，不可能无动于衷。最后他决定让张大豹在家保护梦静和周大娘，他自己进山用钢丝套套猎物。

大豹本想自己上山套猎物，让二豹留下来照顾和保护梦静、周大娘，但一看二豹很坚决，再说他设置钢丝套的水平远不如二豹，担心自己空手而归，让大家饿着肚子，就没再出声。

张二豹出去一天，本来希望能套到一头野猪，但是野猪是很难套到的，只套到六只山兔。他留了一只山兔，让大豹把其他五只送给了村民。

几只山兔只能解决村民一顿之饥，不能解决长时间的吃饭问题。如果村民的吃饭问题不能及早解决，他们就会被饿死或者背井离乡去讨饭。张二豹绞尽脑汁，想为村民整点儿粮食。

他琢磨了一个为村民解决粮食问题的办法，但是只有他和大豹两个人，力量不足。于是，他找到了村里的两个年轻人——钱拴柱和楚孝义。张二豹对他俩说："咱们村家家都没有粮食了，这冰天雪地的，什么吃的也没有，再不整点儿粮食，就要饿死人了。"

钱拴柱咽了一口吐沫说："我已经两顿没吃饭了，做梦都想整点儿粮食，但是不知道怎么整。二豹哥，你说吧，怎么能整到粮食。我们听你的！"

楚孝义也说："我也听二豹哥的！"

张大豹突然钻了出来："好啊，你们密谋要抢粮食，也不带我一个！"

钱拴柱长得肥头大耳、五大三粗的，尤其是他的大眼睛、大嘴叉，出奇地大，给人的感觉是刚看到他的脸，扑面而来的是他的大眼睛和大嘴叉。他的岁数应该比张大豹都大。

楚孝义是车轴汉子、五短身材，那小眼睛、小嘴叉，则出奇地小，给人的感觉是刚看到他脸的时候，竟然没看到他的眼睛，得找一会儿才能找到似的。他的岁数也应该比张大豹都大。

他们两个竟然都管张二豹叫"二豹哥"。行啊，想叫啥就叫啥吧！张二豹对张大豹说："真要是抢粮食哪能少了你。我只是感觉咱们两个人力量不够，想叫他们两个帮手和咱们一起干。人多力量大。"

张大豹说："我已经半个月没吃一顿饱饭了，每天无精打采的，瘦得像长脖老等似的了。如果再没有粮食吃，我只有上山当胡子了。"

钱拴柱说："上山当胡子也比饿死强。大豹哥，我和你上山当胡子去！"

楚孝义说："我不想当胡子，胡子是强盗。我想参加抗联，既能吃上饭，又能打鬼子。"

张二豹说："这些都是后话。当务之急是为全村人解决吃饭问题，就是整点儿粮食。北山村年富力强的就咱们几个了，应该担负起拯救全村人生命的责任。咱们不能看着全村男女老少六十多口人饿死吧！"

楚孝义说："二豹哥说得对，我们听你的。你说怎么干，我们就怎么干。"

张大豹说："整到粮食简单。我都琢磨好几天了，杀富济贫。咱们找一个有钱的大户人家，抢了他们的粮食，然后分给村里人。"

张二豹反对说："杀富济贫是胡子的做法。咱们不能和胡子一样去杀去抢。"

钱拴柱说："我听说大户人家都有看家护院的炮手，咱们赤手空拳，没刀没枪的，怎么抢？"

张大豹心直口快："我们有啊！"

张二豹想阻止他，已经来不及了，只好对他们说："即使有枪有刀，也不能去抢大户人家。"

张大豹急躁地说："你前怕狼后怕虎的，不去杀不去抢，这年头儿，谁吃饱了撑的，一夜之间大发善心给咱们送来粮食，粮食也不可能长出腿儿来主动跑到咱们嘴里，冰天雪地里更不可能长出粮食来。只能抢！"

张二豹说："行啊，张大豹，小嗑儿挺硬实呀，快赶上初级小学一年级水平了。我不是不同意抢，只是不同意抢大户人家的粮食。"

张大豹说："那你说抢谁？"

张二豹胸有成竹地说："当然抢鬼子的粮食了。把鬼子抢村民的粮食抢回来！"

钱拴柱感到惊讶："什么，抢鬼子的粮食？鬼子人多心狠，武器装备又好，比大户人家的炮手难对付一百倍。抢鬼子的粮食不是找死吗？"

张大豹也满腹怨言："放着好抢的你不抢，非得抢不好抢的。我的猎枪已经没有子弹了，吓唬大户人家的炮手都不一定行，吓唬小鬼子一定不行！"

张二豹说："我进山下钢丝套的时候注意观察，发现经常有拉着粮食的马车去往密山的方向。上面只有四个伪军押运。我估计是附近镇上的伪军，为了完成鬼子征集军粮的任务，抢老百姓的粮食，然后直接送给密山北大营的鬼子，或者送到黑台火车站再用火车运到密山城里的。咱们可以抢伪军为鬼子征集的军粮。"

钱拴柱担心地问："咱们抢鬼子的军粮，鬼子知道了是要杀头的！"

张二豹说："咱们不能看着村子里老的老、小的小没有粮食，吃橡子面吃树皮吧！现在连橡子都没有了，橡子面也吃不上了。没有粮食，饿死了是死；抢到粮食，被鬼子知道了杀头也是死。反正是个死，不如先吃饱了再死。再说了，咱们神不知鬼不觉地把粮食拉回北山村，再把马车处理掉，也许鬼子不知道，大家都死不了呢！"

张大豹爽快地说："我同意，抢小鬼子的粮食！"

钱拴柱、楚孝义也表示说："我们跟着你们干，听你们的。实在不行，你们就带我们进山当胡子，或者去投奔抗联队伍。"

张二豹高兴地说："好！"然后他又嘱咐钱拴柱和楚孝义说，"抢粮食的事儿先别告诉家里人，免得他们惦记！你们就说和我们进山套猎物。"

钱拴柱问张二豹："我用不用把镰刀带上啊？关键时候也许能用上。"

楚孝义说："我有一把打鸟的弹弓，带着呀？我打鸟的时候基本百发百中，打伪军的眼睛估计八九不离十。"

张二豹犹豫了一下说："镰刀和弹弓，都带上吧。你们得多穿点儿，咱们得趴在雪地里等伪军的运粮马车。"

他们回答："嗯哪！"

第二天，天还没亮，他们就从北山村出发，到张二豹看到伪军运粮马车经过的公路旁埋伏起来。

张二豹带着猎枪和十发步枪子弹。张大豹带着没有子弹的猎枪和一颗手榴弹。钱拴柱带一把镰刀。楚孝义带一把弹弓。钱拴柱昨天晚上把镰刀磨得很锋利。

梦静让二豹把她手里的五发猎枪子弹带着。二豹说什么都没带，万一鬼子来了，梦静好用这五发子弹保护自己和周大娘。

在路上，张二豹吩咐大家说："这次行动一定要听我指挥。等运粮马车到跟前的时候，我和大豹冲过去。大豹的手榴弹要打开保险盖儿，把拉火绳套在手指上，但是千万不能扔出去，就是要吓唬他们，让他们失去反抗的信心。咱们要不费一枪一弹，把粮食抢到手。"

钱拴柱和楚孝义等到最后，也没听到张二豹给他们安排活儿，就焦急地问："我们俩什么时候冲啊？"

张二豹回答他们说："你们两个不用冲，趴在壕沟里高喊几声'冲啊，缴枪不杀'就行了。"

他们俩不太满意地说："就喊两声，大老远的，让我们来干什么呀？"

张二豹解释说："你们喊两声的作用很大，能给伪军造成我们人多势众的假象。伪军以为他们中了埋伏，就不敢反抗了，所以咱们才能不费一枪一弹就抢下一马车粮食。如果没有你们的协助，伪军一看只有我们两个人，很可能对我们开枪，顽强抵抗。再说了，发挥你们两个专长的时候在后面呢。你们两个会赶马车，把粮食拉回北山村可全指望你们俩当老板子了。对了，楚孝义准备好弹弓，万一伪军反抗，你就用弹弓打伪军的眼睛。到时，你可别一紧张，把我的眼睛打个百发百中！"

楚孝义说："放心吧！我打家雀的时候八九不离十，打伪军的眼睛也差不到哪儿去。"钱拴柱没出声。

张二豹他们埋伏在路边的壕沟里，等待了一上午，也没看到伪军的运粮马车经过。

张大豹饿得直吃地上的雪。他等得不耐烦了："我看运粮马车今天不能来了。咱们明天再来吧！"

张二豹耐心地说："再坚持一会儿！你们趴一会儿就到后面活动活动，别等马车来的时候，你们的腿脚再不听使唤了。"

又等了一个时辰，张二豹也认为运粮马车今天不会来了。他们刚要站起来，只听二豹轻声说："麻溜儿趴下，马车来了！"

他们一看，两辆马车朝他们这个方向由远及近而来，每辆马车上坐着两个伪军。

张二豹立马改变抢粮计划："设置了一个陷阱，却来了两头野猪。刚才的计划只针对一辆运粮马车，现在却来了两辆，一前一后，光是我和大豹冲过去就不能解决问题了。我带着钱拴柱负责前头的马车；大豹带着楚孝义负责后面的马车。咱们突然冲出去，让他们措手不及，就能制服他们。不到万不得已，不要杀人！"

钱拴柱的眼睛立马变小了，声音有些颤抖地说："嗯、嗯……哪。"

楚孝义的眼睛则变大了，目瞪口呆地看着张二豹，拿着弹弓的手哆哆嗦嗦的。

张二豹一看他们俩关键时刻有些惊慌失色，就鼓励他们说："你们和我们在一起不用害怕，我们打过野狼，打过黑熊，打过胡子，打过鬼子。几个小小的伪军看到我们就会闻风丧胆。我们猎枪里面装的都是打黑熊的大号独弹，如果他们敢反抗，我们就像打野狼、打黑熊、打胡子、打鬼子一样打死他们。"

听了张二豹如此一说，钱拴柱、楚孝义顿时变得有恃无恐了起来，不仅镇定自若，还平添了一股视伪军如草芥的狂傲和蔑视，拿着镰刀和弹弓，大摇大摆、目中无人地朝运粮马车走去。

兄弟俩大喊一声："都别动，谁动打死谁！"东北豹下山捕食一样朝两辆运粮马车扑去。

两辆马车上的伪军一看两个手持猎枪的人冲过来劫车，刚要拿起步枪保护粮食，猛然看见道路旁边又走出来一高一矮两个狂放不羁的壮汉，他们两个手里拿着镰刀和弹弓，仿佛要来取他们的脑袋和眼睛一样。接着，伪军又看到了张大豹手里已经拉出线的手榴弹。于是，他们乖乖地举起了双手，生怕手举得晚了，被两个杀人如麻的杀手用弹弓打瞎了眼睛，用镰刀抹了脖子。

张二豹让张大豹、钱拴柱和楚孝义用伪军的腰带和帆布绑腿把四个伪军捆在一起。他先是看看车上的东西，两辆马车一共装着满满十六麻袋苞米和高粱米。然后，他又把伪军步枪里的子弹都退出来，身上的四颗手榴弹都取下来，放在马车上。

张二豹心里有些犯难，本来是奔着一车粮食来的，却意外地收获了两车。一辆马车目标小，不显山不露水，不容易被鬼子发现；两辆马车目标大，有点大张旗鼓、浩浩荡荡的意思，容易被鬼子发现。但是，既然两头野猪都掉进陷阱里了，怎么也不能拿走一头，放走一头吧，只能照单全收了。

大豹要拿走伪军的两支步枪。二豹用手势制止了他。二豹让钱拴柱和楚孝义各赶一辆运粮马车朝青梅山的方向走。

钱拴柱和楚孝义刚要提醒张二豹方向错了。张二豹给他们俩一个眼色。他们俩并没有看出张二豹眼色的意思，只是没有出声，继续赶车。

张二豹朝伪军喊道："你们回去告诉鬼子，我们是东北抗联游击小队的。这次来拿他们的粮食，下次就来拿他们的脑袋！"

大豹有些疑虑地问二豹："你这样说，不是把抗联暴露了吗？"

张二豹自信地说："我就是要提醒他们抗联的存在，甚至无处不在，抗联游击小队随时要他们的脑袋，让鬼子和伪军寝不安席，食不甘味。"

离开伪军很远了，钱拴柱问张二豹："咱们从青梅山的方向回北山村绕远儿，直接回去多近哪！"

张二豹说："直接回北山村，鬼子和伪军很容易就能查到咱们的行踪。青梅山里有几伙胡子，从青梅山的方向绕回去，鬼子和伪军会认为不是抗联干的，就是胡子干的，很难查到是咱们干的了。"

钱拴柱和楚孝义从心里佩服张二豹。

两辆马车走到青梅山脚下，突然从道路两旁冲出来十多个胡子。

兄弟俩迅速利用马车背对背互相照应，准备用猎枪、手榴弹和胡子对峙。

胡子们一看到这四人，似乎有些出乎意料，呆呆地看着大豹、二豹，不知如何是好。

只见一个个子不高、派头不小，胡子头儿模样的人走上前来。他五十多岁，也许是因为大碗喝酒、大块吃肉，也许是因为心计太多、用脑过度，他的头发快掉光了。他发话了："想必各位好汉不是青梅山同道的，你们是东北抗联的英雄吧？"

张二豹气势汹汹地说："我们不是抗联的英雄，但是我们也是打鬼子的好汉。"

胡子看押粮车的人不多，武器也不多，却感觉他们人多势众一样盛气凌人、英勇无畏。胡子本来是想抢劫伪军押运的粮车，没想到遇到了几个又硬又横的茬子。

胡子头儿说："是打鬼子的，和我们就是一家人。我们本来是冲着给鬼子送粮食的伪军来的。既然给鬼子的粮食被你们先拿下了，咱们就同道见面，各分一半吧！我相信你们也懂得这江湖上的规矩。"

张二豹回答道："粮食是我们从伪军手里抢来的。我们村里人已经几天没吃东西了，饿得要出人命了。这是救命的粮食。各位一定是青梅山上杀富济贫的好汉，我相信你们是不会在意这些救百姓生命的粮食吧！"

胡子头儿说："我们在这儿等待这些粮食两天了，没想到被你们捷足先登了。我和兄弟们也几天没吃一顿像样的饭了，也需要这些粮食救命啊。"

张大豹说："这是我们自己抢来的粮食，让我们分给你们一半，凭啥？你们要是真正的男人，就自己真刀真枪地从小鬼子和伪军手里抢啊！"

胡子头说："你们不是这山上的，经过我们青梅山就得留下买路财。和你们好说好商量各分一半，是看你们也是打鬼子的英雄好汉。你们不识相，我们只好把两车粮食全收了。兄弟们，给我上！"

这阵势对钱拴柱和楚孝义来说，就像鬼子第一次进北山村时，把村民都集中到长院，四周架着机关枪一样让他们魂飞魄散。他们俩把镰刀和弹弓扔在了草丛里，抱着脑袋钻到了马车底下瑟瑟发抖，刚才的有恃无恐和镇定自若就像胆小的麻雀，一下被惊飞到了九霄云外。

张二豹早有准备，瞬间就将猎枪对准了胡子头的脑袋，如果谁敢轻举妄动，就用步枪子弹打碎他的脑袋。同时，他想给楚孝义使个眼色，告诉他谁要是动枪，就用弹弓打瞎谁的眼睛。他不动声色地打量了一圈，竟然没有看到楚孝义和钱拴柱。张大豹则一手握着两颗手榴弹，一手准备拉手榴弹的拉火绳。

这时，就听到一声枪响，从山上又冲下一支队伍，有三十多人。先来的胡子看到后来的队伍，就像家雀看到海东青似的，立马蹽竿子了。

冲下山来的队伍迅速将两辆马车围在中间。

张二豹立马将猎枪放在马车上，随手拿起一颗手榴弹准备拉线。张大豹继续重复着刚才的动作，也随时准备拉线。兄弟俩拿着手榴弹，却引而不发，是因为他们不清楚冲下来的队伍是什么人。他们看到前面的胡子被这支队伍吓跑了，估摸他们是抗联的队伍。兄弟俩是不可能朝抗联的队伍投手榴弹的。

一个胡子拉碴的人问张二豹："你们是抗联英雄吧？"

张二豹本以为他们是抗联的，一听他问这句话，和胡子问的内容基本一样，又怀疑他们是胡子。也许是更大一伙胡子。但是，张二豹感觉对方的声音好耳熟，仔细一看，竟然是冯大侃。以前冯大侃故意不洗脸，满脸脏兮兮的，现在又故意不剃胡子，满脸胡子拉碴的。他总想让自己更像一个成熟的老战士，却更像成熟的胡子了。

冯大侃也认出了他们兄弟。

张二豹把北山村的情况和抢劫伪军运粮马车的情况介绍给了冯大侃。

冯大侃说："北山村的村民太苦了。以后有机会，我也应该给他们送些粮食。"

钱拴柱、楚孝义一听是冯大侃，麻溜儿从马车底下钻了出来，又有了底气。钱拴柱、楚孝义和冯大侃从小就在一起用弹弓打鸟，上房掏雀，下水捞鱼，光屁股洗澡。他们熟悉得就像天天看着彼此长大的三棵树。当年冯大侃要上山当胡子的时候，就是和他们两个商量的，本来决定一起上山当胡子，可最后他们两个临阵脱逃，冯大侃毅然一个人上山。现在，钱拴柱、楚孝义看到冯大侃耀武扬威、吆五喝六的，自己则食不果腹、穷困潦倒，真后悔当初没有和他一起上山当胡子，威风八面，有吃有喝。钱拴柱、楚孝义生怕冯大侃、张二豹他们瞧不起他俩，就一个劲儿说："我们俩一看胡子来了，他们人多，就埋伏到马车底下了，好在关键时刻冲上去。"

张大豹立马把他俩扔在草丛里的镰刀、弹弓递过去，他们俩才闭上了尽说谎话废话的嘴。

张二豹要把一车粮食送给冯大侃他们。

冯大侃说什么也不要："你们为北山村民抢的粮食，我们怎么能要呢？山里虽然也缺少粮食，但是我们可以从鬼子手里抢。村民们都揭不开锅了，他们比我们更需要粮食。还是给他们拉回去吧！"

张二豹诚恳地说："一路上我都在为两车粮食犯难，目标太大，很容易被鬼子和伪军发现。如果他们发现了粮食的去向，北山村村民就遭殃了。你们拉走一车，我们就安全了，目标小，不容易被鬼子发现。北山村的村民也就能安全地吃上粮食了。"

这样，冯大侃才欣然接受一马车粮食。

要分手的时候，张二豹问冯大侃近况如何，以后有什么打算。

冯大侃忧郁地说："我们抗日山林队的日子越来越不好过了。鬼子加强了对抗联的讨伐围剿，同时也想尽快消灭我们山林队，消除他们的后顾之忧，也斩掉抗联的左膀右臂。最近我们几次遭到鬼子的袭击和埋伏，山林队已经死伤大半。看来，我们的力量还是太薄弱了，打小鬼子必须集中兵力，和抗联攥成一个拳头，力量才更大。你们把粮食送回北山村，也和我们一起打鬼子吧！"

张二豹说："好啊。我们做梦都想打鬼子，也希望和你们山林队一道打鬼子。对了，我想问你一件事儿。刚才那伙儿胡子好像十分害怕你们。你们和他们是不是有什么过节呀？"

冯大侃介绍说："青梅山过去有六伙胡子。鬼子来了之后，有四伙胡子先后改名为抗日山林队，打鬼子。后来，四支山林队中的两支加入了抗联；没有加入抗联的两支就是我带领的山林队和郑久成带领的山林队。没有改名为山林队的一伙胡子遭到鬼子偷袭后投降了，当上了伪军；另一伙胡子还在青梅山上当胡子，他们见到鬼子打鬼子，见到穷人抢穷人。刚才要抢你们粮食的那支队伍，就是郑久成带领的山林队。郑久成过去是马占山手下东北义勇军的连长。在义勇军与日本关东军主力多门师团的战斗中，郑久成的连被打散，他带着五六个手下跑到咱们密山一带的山上当了胡子。这是他亲口对我说的。我都怀疑他们不是被打散来到密山的，也许是贪生怕死逃出来的，是逃兵。郑久成他们这伙人成分复杂，纪律松弛。改为山林队之后，他们虽然口口声声说打鬼子，但打起鬼子来消极被动、畏首畏尾，甚至临阵脱逃。有一次我和郑久成商量好了一起打鬼子埋伏，郑久成他们一看鬼子增援上来了，竟然置我们队的死活于不顾，撒丫子就跑，使我们队差一点儿被鬼子包围。一年多来，我们和郑久成的山林队多次遭遇鬼子的偷袭，队伍越来越小。我不计前嫌，几次对郑久成提出联合起来，一起打鬼子，然后加入东北抗联。郑久成是个目光像耗子一样短浅的人。他担心我吞并了他们队。我说联合起来后，由他当队长。他还是担心我一点儿一点儿瓦解了他们队。所以，一直不同意和我们联合。前些日子，郑久成他们的大山寨遭到鬼子迫击炮的毁灭打击，只有郑久成和十几个战士冲了出来。郑久成搬到了离这儿不远的小山寨，但是，他们屯集的大批粮食和弹药什么的都被鬼子摧毁了。过去他们偶尔打鬼子，抽冷子也抢劫百姓。现在，百姓的粮食都被鬼子抢走了，没有可抢的粮食了，他们只好以胡子的旗号抢鬼子和伪军的粮食了。因为我坚决反对郑久成抢劫百姓的粮食，并讽刺他临阵脱逃，他已经没有脸面再见我了。"

　　张二豹这才明白了胡子和山林队的关系，冯大侃和郑久成的关系，冯大侃、郑久成和抗联的关系。他们的关系挺复杂呀！

　　冯大侃问张二豹："你知道抗联队伍现在驻扎在什么地方吗？什么地方能够找到抗联？"

　　张二豹说："我只是听钟志强说，他们主要是住在山林里，以游击战的形式和鬼子斗争。他们在青梅山有秘密营地，但是我们没有找到。"

　　冯大侃感慨地说："我们抗日山林队人数太少、武器太差，没有办法和鬼子针锋相对地正面交战。我非常后悔当初没有加入抗联。我总想找到他们，加入抗联，和他们一起打鬼子。"

　　张二豹说："我们也想加入抗联。"

　　冯大侃说："我准备派出去一些人，去深山里寻找抗联队伍，先和他们联系上，然后再把队伍拉过去。到时候，你们也加入我们吧！"

　　大豹、二豹都说："太好了！"

　　兄弟俩和冯大侃依依惜别。

　　回到北山村，他们把抢回来的粮食分发给了村民，才使北山村六十多口人顺利地度过了漫长的冬天，没有一个人被饿死……

第十八章　地窖中劫后余生

一九四一年春天，梦静生了个儿子。

为孩子起名，张二豹和梦静费尽周折，绞尽脑汁，也没有起出来一个理想的名字。

张二豹说："我本来想从唐诗宋词中找出两个有诗意的字，作为孩子的名字。后来一想，现在豺狼入侵，国难当头，应该给孩子起一个和国家命运相关的名字，以后好把他培养成为国家的栋梁之材。就叫张卫国，保家卫国；或者叫张志抗，立志抗日。"

张大豹抢着说："那名字太麻烦，也不好记。我看就叫'张小豹'得了。"

张二豹立马反驳他说："又没文化了不是？我和你说过多少遍了，不上学要后悔一辈子。你把手脚拿出来数一数，他大爷你叫张大豹，他爹我叫张二豹，如果他叫张小豹，那不和咱俩一辈儿了吗？"

张大豹想了一宿，脑袋憋得像大西瓜一样了，才想出这么个有文化的名字。没想到让二豹"吧唧"一下就给摔地上了。他开始有些郁闷，但是立马又感觉二豹说得有道理，就对二豹说："你是个有文化的爹，就给你有文化的儿子起一个有文化的名字吧。他这个没有文化的大爷，也不能给有文化的侄子起出来一个有文化的名字了。"

二豹、梦静都为大豹说的这句话惊讶不已，真是近墨者黑呀，真得对大豹刮目相看了。没想到，他没文化的大爷竟然说出了这么有文化的句子来。有文化！

梦静对二豹摇头说："你起的名字也不行，思想含义太明显，政治色彩太浓烈，有点儿明目张胆了，容易招来杀身之祸。就叫他张杰鹰吧！'杰'，是杰出、英雄豪杰之意；'鹰'蕴含着像雄鹰一样勇猛强悍之意。等他长大成人了，如果日本鬼子被赶出了中国，他就建设新国家，为国出力；如果日本鬼子还没有被赶出中国，就让他像雄鹰一样勇猛顽强地杀鬼子，保家卫国。"

大伙儿一致同意这个名字，就确定给孩子起名"张杰鹰"。

转眼，杰鹰满月了。按照北山村的习俗，孩子满月得喝满月酒。现在，家家生活困难，有粮食吃就算烧高香了，哪儿还能喝满月酒。

张二豹和梦静商量，满月酒就不喝了，但是应该简单庆祝一下。村民们生活困难，一年半载也吃不上一顿肉。张二豹想到山里套一头野猪或者两只狍子，每家分点儿，为大家改善一下生活。梦静同意。

于是，兄弟俩进山套野猪、狍子。

他们找了一个野猪和狍子经常出没的山坡，有石头有树，开始设下比较粗的钢丝套。然后，他们把带来的一点儿苞米粒撒在地上，以吸引野猪和狍子进入钢丝套。

钢丝套设置完成后，不能在附近等待。猎物的嗅觉、听觉都极其敏锐，闻到了人的气味，听到了人的声音，就跑得远远的了。所以，他们翻过一座山，到另一座山去采点儿榛蘑、元蘑什么的，好和猎物一起炖。

下午，他们想要到设下钢丝套的地方收获猎物。

距离捕猎钢丝套三百米的时候，张二豹猛然停住了脚步。猎人的视觉、听觉、嗅觉也像猎物一样敏感。

张大豹不解地问他怎么了。

张二豹摆摆手，不让大豹说话，然后朝设钢丝套的地方仔细观察着。一只狍子，一边吃草，一边朝钢丝套的位置移动。然而，当狍子将要移动到钢丝套附近的时候，突然掉头，逃跑了。

二豹向大豹低声说了一句："快跑！"

兄弟俩迅速朝山上跑去。

就见后面的草丛中、树林里，一下子冲出来二十多个鬼子，飞快地朝他们追来……

张大豹拼命狂奔，终于甩掉了如影随形的十多个鬼子的追杀。

他暗自庆幸他和二豹打猎时练就的奔跑能力。那些鬼子跑得贼拉快。如果他没有耐力，如果他跑得不快，就被鬼子抓住了，不可能甩掉他们。尤其是他和二豹学会了借助树林躲避鬼子子弹的本领，否则也很难摆脱鬼子的追杀。鬼子有好几枪都差一点儿打到他的脑袋。好险哪！

大豹记得和二豹分开跑的时候，二豹仓促地说了一句："甩掉鬼子后，在小狼洞咱们挖陷阱或者设置钢丝套的地方附近会合。"

然而，大豹到了地方，却没有看到二豹。他等了一天，二豹也没来。他又往回走，寻找着二豹。

鬼子已经撤走了。

大豹沿着刚才他和二豹跑过的路线寻找了一遍，也没有二豹的踪影。

没有张二豹的张大豹，成了断雁孤鸿，自己都感觉自己不是一个完整的人了。他不知道自己应该干什么，甚至不知道到哪儿去找二豹。

张大豹在冥思苦想，也许二豹也在找他，没有找到他，就一个人先回北山村了。于是，大豹也回到了北山村。

张二豹竟然没有回北山村。

周大娘、梦静都埋怨大豹不应该一个人回来，应该找到二豹，和二豹一起回来。大豹也不会丢下二豹不管，他又回到青梅山，继续寻找二豹。

大豹几乎把二豹可能去的地方找了个遍，甚至把他们打猎去过的地方、经过的路线都找遍了，二豹还是无影无踪。

第三天，大豹已经走得筋疲力尽，靠在大树上休息一会儿，然后想找点儿吃的，继续向更远处寻找。找不到二豹，大豹一个人坚决不回北山村。他正在寻找着野果、木耳什么的，突然掉进了一个陷阱。他刚从陷阱爬出来，三支步枪顶在他的脑袋上。

张大豹心想一定是遇到胡子了。

胡子用黑布蒙住大豹的眼睛，把他押到一个感觉很遥远的山寨。

爷爷、妈妈都死在胡子手里。张大豹他们兄弟对胡子有着刻骨深仇，曾经发誓杀光胡子。如果不是因为鬼子来了，他们一定杀光附近的胡子。他也知道胡子心狠手辣，杀人不眨眼，有理说不清，就什么都不说。他一心想抽冷子杀几个胡子，然后逃出去。

胡子的警惕性很高，三个胡子一直和他保持距离，不让他靠近，三支步枪一直在身后对着他，大豹实在没有机会动手和脱身。胡子认准张大豹是鬼子的奸细，要枪毙他。就在张大豹要被执行枪决的刹那，山寨大当家的打猎回来了。他问："你们要枪毙什么人哪？"

胡子回答："一个鬼子的奸细。"

"你们怎么知道他是鬼子的奸细？"

胡子回答："现在猎人都不敢进山打猎了，他还敢明目张胆地带着猎枪进山，两只眼睛到处看，压根儿就不是在搜寻猎物，倒像是在侦察咱们的营地。问他是干什么的，为什么到处看，他还又臭又硬，什么话也不说。不是鬼子的奸细是什么？"

山寨大当家的责备胡子们说："没弄清楚他的身份，不能随便杀人。万一他不是鬼子奸细呢？不能错杀好人！把他带进去，我问问他。"

张大豹被带进胡子山寨。他一直感觉山寨大当家的说话声音有点儿耳熟，就是想不出是谁了。进了山寨，他才看清楚。大当家的竟然是冯大侃。这时，张大豹才看清楚这儿不是胡子的山寨，而是冯大侃他们的营地，上面还树着一面旗帜"抗日山林队"。

冯大侃也认出了张大豹，立马亲自为大豹松绑。他惊讶地问："大豹兄弟，你怎么一个人跑这儿来了？二豹、梦静他们呢？"

大豹把他和二豹被鬼子追杀，二豹失踪，他千方百计地寻找二豹的经过讲给了冯大侃。

冯大侃十分焦急，立马安排三十人守护营地，其余六十多人分成十组，他亲自带领一组和大豹一起下山寻找二豹……

就在大豹历尽千辛万苦寻找二豹，二豹生死不明的时候，鬼子突然闯入北山村。

一个村民在山上捡柴火，看到鬼子正朝北山村来。他把柴火一扔，火速跑回村里，气喘吁吁地告诉村民转移。然而鬼子来得过于迅速，村民还没来得及转移，鬼子就把村子包围了。

梦静迅速掀开地窖的石板，想和周大娘一起躲藏在地窖里。但是，她们要是都进入地窖，就没有人来盖的石板了，周大娘坚持留在上面，好为梦静和孩子盖上石板。

梦静只好带着猎枪和孩子进入地窖。

周大娘为梦静娘俩盖上地窖石板，然后又学着张二豹的做法，把猪圈的粪便盖在石板上。

周大娘把这一切刚刚做好，三个鬼子就端着步枪，冲进了院子里。

周大娘假装拾掇柴火，在观察着鬼子的一举一动。

鬼子和往常一样，在搜查着什么，只是这次比前两次更为仔细。

鬼子在屋里没有搜到什么，就到院子里搜查。

不一会儿，鬼子进入了猪圈。周大娘心急火燎。

一个鬼子搜查到地窖口跟前，似乎发现了什么。原来，猪圈里的野猪粪便因为时间过长，大半已经风化成粉末。周大娘盖地窖口石板的时候，还没有张二豹盖得好，有一面留下较大缝隙。猪粪的粉末从石板缝隙流淌到地窖里，致使地窖缝隙显而易见。

鬼子用刺刀在石板缝隙中划了一下，感觉下面是空的，就招呼另外两个同伴。一个鬼子放下步枪，去掀地窖的石板。石板立刻露出拳头宽的大缝儿。只听一声沉闷的枪响，掀石板的鬼子倒在了地上。

这一枪是梦静打的。

另外两个鬼子一看地窖里有人向外打枪，确定地窖里面隐藏着的不是抗联战士，就是猎人。他们敢在地窖里朝上面射击，说明他们不怕死，想让他们出来投降是不可能了。于是，一个鬼子掏出一颗手榴弹，拉出保险环，在钢盔上一磕就要投进地窖里。

关键时刻，只听周大娘大喊一声："赶紧住手！"她就冲了上来。鬼子一愣，她一把抓住鬼子拿手榴弹的手，然后死死地咬住。手榴弹瞬间爆炸。周大娘和两个鬼子被手榴弹炸死。

猪圈栅栏被炸倒了，正好掩饰了地窖口的缝隙。

一群鬼子冲进周家。他们抬走了三个同伴的尸体。之后，在观察了周大娘的尸骸后，把尸骸扔进了房子里，然后将房子点着……

当鬼子搜查到猪圈的时候，梦静有一种胆裂魂飞的感觉，就像心脏被人拎了起来，如果猛然松手，心脏就会脱落。梦静本来是个胆大心细的女人，她不是为自己担惊受怕，而是担心杰鹰的安全。孩子太小，人生之树刚刚长出绿叶，就要面临枯萎的危险。

梦静把猎枪和二豹留给她关键时刻自卫的手榴弹准备好，如果鬼子发现了地窖，就和他们同归于尽。

当鬼子发现地窖石板的时候，梦静反而坦然自若了，没有一丝恐惧。她只是为杰鹰感到遗憾，本来希望他长大成人后，如果日本鬼子还没有被杀光，还没有被赶出中国，要让他要拿起武器，继续杀鬼子。没想到杰鹰还没有长大成人，还没有杀到鬼子，就要被鬼子杀害了。梦静清楚，如果她不向鬼子开枪，她投降，也许她受尽凌辱之后有可能苟活，杰鹰也可能活着。但是，梦静是个忠贞不屈、宁死不屈的人，她宁可选择和杰鹰一起英勇地死，悲壮地死，也绝不向鬼子投降和低头，绝不苟活于世。如果她能打死一个鬼子，就算是替杰鹰打死的；如果她能打死两个鬼子，就算他们娘俩一人打死一个。于是，当鬼子要掀起地窖口石板的瞬间，梦静果断地开了一枪，打死了一个鬼子。然后，她在静静地等待时机，准备消灭第二个鬼子。当鬼子要往地窖里扔手榴弹的时候，梦静已经瞄准了他，刚要开枪，没想到周大娘突然冲向了鬼子，阻挡了她的枪口。

当周大娘阻止了鬼子朝地窖里扔手榴弹，和鬼子同归于尽的时候，梦静的心仿佛也被手榴弹炸碎了。她先是心急如焚，后是悲痛欲绝。如果她不是在地窖里，而是在屋子里，她一定会冲出去，和鬼子同归于尽，而不会让周大娘和鬼子同归于尽！

周大娘不惜献出自己的生命，救了梦静和孩子。

杰鹰刚才一直在睡觉，没有恐惧，没有忧愁。然而梦静巨大的枪声，接着是鬼子的手榴弹更为巨大的爆炸声，把杰鹰震醒了。梦静最担心杰鹰哭号，哭号声会告诉鬼子他们藏身于地窖里。杰鹰好像懂事了似的，他没有哭。杰鹰每次睡觉醒来的时候，都想要喝奶，这个时候，梦静在全神贯注地监视着鬼子的动静，无法满足杰鹰想喝奶的要求。他就要反抗，就要引起妈妈的注意，唯一的办法，就是哭号。鬼子手榴弹的爆炸声音，没有把杰鹰吓得哭号，没有喝到奶却不能不让他哭号了。杰鹰刚要张开大嘴放声哭起来，就被敏感的梦静察觉了。她赶紧过来捂住他的嘴，不让他哭出声。杰鹰真的懂事了。他顽强地忍住自己吃奶的强烈愿望，含着眼泪又睡着了。

大火熄灭了。鬼子也走了。

大火只是烧毁了周家的房子，没有烧到猪圈，没有烧到梦静和孩子。

北山村恢复了暂时的平静。但是，谁的心里又能平静得了啊。人们都在提心吊胆中度日如年。男女老少的精神高度紧张，出现一丝风吹草动，精神都有崩溃的危险。

不杀光日本鬼子，中国人永无宁日！

北山村户数不多，人口稀少。房子和房子之间的距离很大。村民们都被鬼子吓怕了，担心鬼子再来，都在家里闭门不出。

鬼子走了以后，梦静喊叫着，想让村民们帮忙掀开地窖的石板，救他们娘俩上去。然而，最后嗓子都喊不出声音了，也没有人听见。梦静的喊叫，让杰鹰受到惊吓，他也号啕大哭起来，那声音比梦静喊叫的声音都震耳欲聋，还是没有一个人听见。

谁也不知道周家有个秘密地窖，更不知道秘密地窖里还有梦静母子。

梦静进入地窖太突然，没有带任何吃的喝的，现在又饿又渴，浑身无力。开始，她乳房里的奶水如同泉水一样丰盈，杰鹰吃饱了两次，就同枯竭的泉眼了。杰鹰又饿了，咬着她已经没有一滴奶水的乳房不松口，让她疼痛难忍。她还是顽强地忍受着。

在叫天天不应，叫地地不答的情境中，梦静几乎绝望了。但是考虑到杰鹰生命的绿树刚刚钻出泥土，不能再埋葬在这泥土里，她不忍心，也不甘心。如果是那样，她对不起孩子，也对不起二豹。即使牺牲她自己，也要保护孩子的生命。于是，梦静不再指望村民们来帮助他们，也不再希望二豹和大豹能够及时挽救他们了。她要依靠自己的力量，把杰鹰从地窖中救出去。

母爱，让梦静产生了一种神奇的精神力量。

梦静首先想到的是把猎枪子弹中的火药倒出来，炸碎石板，但是她立即就否定了这一想法。因为她只有四颗猎枪弹，火药的威力不足以炸碎石板，即使能够炸碎石板，地窖如此狭小，也会把他们母子炸碎，或者把他们埋葬在地窖里。她拔出腰间的猎刀，准备用猎刀把石板撬开。然而，她撬了几下，石板纹丝不动。

梦静观察了半天，她也知道石板是铺在泥土上的，如果把泥土的一面挖空，挖出来一个出口，石板也不会掉下来。那样，他们就可以钻出去了。不过那样也很危险，万一泥土塌方，石板就会掉下来，将她和杰鹰砸伤，甚至砸死。除此之外，没有其他能出去的办法。为了孩子，梦静豁出去了，只要有一线希望，她就要竭尽全力去争取。于是，她开始用猎刀挖石板一侧的泥土。

刚挖了不一会儿，梦静就感觉头昏眼花，四肢无力，甚至有昏迷的危险。她知道这是饿的，而且地窖里乏氧，这也是她头昏脑涨的原因。她自言自语道："二豹啊二豹，你在哪儿呀？我和儿子也许就要死在这地窖里了，你都不知道。快来救救我们吧！"

刚刚生完孩子，梦静的身体远远没有恢复到以往的程度，还很虚弱，加上饥饿，她更加虚弱无力。

梦静琢磨，二豹没有按时出现在和大豹约好的会合地点，说明他已经出事儿了，否则他早就应该回到北山村了。大豹也没有再回来，说明他还没有找到二豹。二豹不是被鬼子捉住了，就是被鬼子杀害了！想到这儿，梦静的眼睛里流出了心痛的泪。

梦静休息了一会儿，想通过通风木桩呼吸一下新鲜空气，接着挖。然而，通风木桩已经在手榴弹爆炸的时候被泥土堵塞。她意识到，时间越长，她的体力越差，地窖里的空气越稀薄。在她还有一点儿体力的时候，要尽快在石板的侧面挖出一个能让他们母子钻出去的洞来。

在太平沟村的时候，梦静挖过通向后山的暗道，有一定经验。只是地窖的空间比太平沟村的暗道还要狭窄，加上她过度饥饿，身体虚弱，挖起来格外吃力。但是，母爱的精神力量，让她发挥出最大潜能，使她坚定不移，锲而不舍。

最后，梦静实在是没有力气了，手软得拿着猎刀都非常吃力，更没有力气去挖泥土了。她彻底绝望了。

就在这时，梦静感觉有人来帮助她了。上面有一双手在扒着泥土。不，是一双爪子，是狗的灰色爪子。一定是灰虎来帮助她了！梦静欣喜若狂！

灰虎两只爪子扒土的速度很快，也非常有力量，不一会儿，梦静看到了星光。此刻，寥落的星星，就是她希望的太阳。

梦静看到了希望，也增添了走出地窖的信心。

终于，在灰虎的帮助下，她挖出了一个足以让他们母子走出地窖的出口！

梦静把杰鹰抱到出口下面。她想把杰鹰先托举上去，然后自己再上去。

突然，出口下方的泥土出现裂缝，顷刻间，泥土塌方。梦静立刻用大腿接住掉下的泥土，确保杰鹰不被泥土砸到。紧接着，石板下滑，也掉了下来。梦静如果不去接这块沉重的石板，那么沉重的石板立马就会要杰鹰的性命。梦静拼命用肩膀接住石板，然后又用手臂托住石板，慢慢地放在地上。

梦静瘫坐在地上。

这时，她听到上面传来激烈的厮打声音和凄厉的狼或狗的叫声。

梦静用尽了最后的力气。在受到巨大惊吓后，她的精神几乎崩溃。

她细嫩的肩膀被石板磕出了血。她的手臂也被石板磨出了血。但是，杰鹰安然无恙，她感到欣慰。对于身体是否受伤、是否出血，她毫不在意。

休息了一会儿，梦静听听上面已无动静，就又准备把杰鹰先托举上去。当她把杰鹰抱起来，想要托举的时候，一声刺耳的嗥叫，如同一块玻璃被打碎了，令人肝胆俱裂。黑夜也不再宁静。

梦静以为是灰虎，看到她要出来了，高兴地嗥叫。然而上面出现的不是灰虎，而是一条黄色野狗。她拎起猎枪就要朝野狗开枪，又把猎枪放下了。北山村的村民都要揭不开锅了，没有吃的喂狗了，所以狗都和灰虎一样，饿得和野狼一样凶猛了。

野狗执着地蹲在地窖上面，虎视眈眈地等待着要吃掉他们娘俩似的。她没有办法将杰鹰送出地窖。无奈之下，她只好再次举枪，不打死野狗，他们就得被野狗困死在地窖里。她举起猎枪就要朝野狗开枪。野狗也许只想管她要点儿吃的，没想要吃掉她。它一看，梦静要向它开枪了，立马逃了。

梦静诧异了，明明刚才她清楚地看到是灰虎在用灰色的爪子帮助她扒泥土，怎么就变成一条黄色的野狗了呢？刚才厮打的声音和凄厉的狼或狗的叫声是怎么回事儿？再聪明的狗也不会说人话，如果狗会说人话，这一切就不会像谜一样地让她费解了。

梦静观察了一会儿，确定野狗跑远了，也没有和野狗一样的别的什么危险了，才先把杰鹰送出地窖。然后她自己爬出了地窖。

梦静带着杰鹰终于走出危险重重的地窖，有一种从地狱走出来的感觉。外面的世界也许比地窖更加危险。

从危险重重、没有自由的黑暗地窖里艰难地出来，她更能感受到安全和自由的可贵了。当日本鬼子被赶出中国，中国人安全了、自由了，一定跟她走出地窖的感觉一样令人如释重负，令人欣喜若狂！

已是深夜。天空繁星闪耀，如同春天那漫山遍野的花朵。

母子俩无路可走，无家可归。她想到一户村民家暂住一宿，明天白天再考虑何去何从。然而，她敲了五户人家的院门，竟然没有一家为她开门。

梦静在地窖的时候听到了一些枪声，也许村子里好多人家也遭遇了不幸，也许好多村民都被鬼子吓破了胆，夜深人静的，不敢给她开门。万般无奈之下，梦静只好带着杰鹰离开北山村，去找张二豹他们。

梦静怕杰鹰冷，又怕他掉下来，用背带把他紧紧地捆在她的后背上。然后，她手里紧握着猎枪，毅然踉踉跄跄走进幽深而凄迷的夜……

第十九章　石缝里绝处逢生

　　昏迷了一天一夜的张二豹终于苏醒了。

　　他的意识是恍惚的，恰似山上刚刚流淌下来的溪水，断断续续地在流动。这是一个地窖，不对，地窖是梦静曾经进入的，专门为了躲避鬼子。现在再进入地窖就不是她一个人了，她得抱着儿子。地窖是他和大豹挖的。大豹刚才还在他身边，现在怎么不见了？大豹干什么去了？地窖里是漆黑的，他们得点着煤油灯。这个地窖里也是漆黑的。不知道是因为没有煤油灯，还是他没有睁开眼睛。没有眼睛，世界就没有光明，太阳就照不进心灵。他的印象中，他和大豹挖的地窖四周都是泥土，这个地窖怎么都是石头？石头坚硬，地窖是怎么挖出来的？为了杰鹰的安全，他可以变成一只耗子，把地窖挖得深不见底。耗子好像也挖不动石头啊，这地窖是怎么挖出来的呢？

　　鬼子来的时候，他的心仿佛也跟梦静一起进入地窖。他最担心的是鬼子发现了地窖。那样，梦静就完了。他的心也就完了。但是，他要在自己完了之前，必须先让几个鬼子也跟着完了。他是绝不会空手就完了的。大豹也不会空手就完了的，总得拿几个游荡到我们中国的鬼魂来祭奠我们的灵魂，然后把他们一起带进地狱，不能让鬼子在中国的土地上阴魂不散。一想起阴魂不散，就好像看见一大群鬼子向他追来。大豹，你听到了吗？打鬼子呀！

张二豹想睁开眼睛，眼皮好像被血粘在了一起，永远也睁不开了。他站起身来，脚仿佛已经和他的身体分离，永远也站不起来了。浑身都在疼痛，好像浑身都对他像受伤的老狼一样躲在狼洞中用舌头舔着伤口表示不满，表示抗议。他绝不是一个轻易被打败的人，如果胳膊、腿都动弹不了了，他会用牙齿咬死鬼子。即使身体倒下了，精神也在蓄积杀鬼子的力量。人的精神往往是不可战胜的。

猎枪哪儿去了？猎手是离不开猎枪的，正如砍柴的离不开柴刀一样。如果遇到残忍的狼群，或者遇到比狼群还要残忍的鬼子，没有猎枪就只能沦为任由狼群、鬼子或吃或杀的傻狍子。有了猎枪，才是令狼群望而生畏的好猎手，让鬼子闻风丧胆的真战士。对了，柴刀怎么也没了？中国人如果都像他一样，没有了手里的猎枪，没有了手里的柴刀，没有了手里的一切武器，那么，别说被日本鬼子欺负，就连胡子和野狼都得欺负上来。所以，猎枪不能丢，柴刀也不能丢。于是，张二豹开始在身边摸着他的猎枪和柴刀。摸着摸着，突然摸到了一个人的脑袋！是大豹吗？不是大豹。大豹的脑袋比他的脑袋还要大，还要圆。

张二豹猛然清醒了，也猛然睁开了被血糊住的眼睛！

他想起来了。他和大豹要去收获钢丝套套到的猎物，二十多个鬼子突然冲了出来，对他们穷追不舍。

他对大豹说要分开跑，才更有希望摆脱鬼子。于是，他向左，大豹向右，快速奔跑。十多个鬼子在他的后面疯了一样穷追猛打，边追边开枪。

他眼看要甩掉后面的鬼子了，突然从前面又冲出来四五个。他的子弹打光了，最后一颗手榴弹也投向了鬼子，鬼子还像狼群一样疯狂地追赶着他。最后他被逼到一个山崖。他返身用猎枪的枪托砸向一个鬼子，鬼子的脑袋碎了。他的枪托也碎了。四个鬼子把他包围了，一起端着刺刀向他冲来。他猛然侧身，抓住一个鬼子的刺刀，随手抱住他一起跳进了山崖。他清楚，这个山崖绝不是冬天时他和大豹跳下去的那个如同雪窝的山崖。他绝望地大喊一声："杰鹰……"

在掉落山崖底下的瞬间，张二豹压在了鬼子身上，鬼子死了，他侥幸活着。

张二豹浑身疼痛，就像骨头已经摔散了一样。他的脚踝疼得厉害。

猎人必须具备野外生存的本领。他小时候，爷爷和爹爹就向他传授过野外自救的一些知识，尤其是一些中医知识。他为自己粗略检查了一下全身，也试着活动活动腰和胳膊、腿，感觉没有骨折和骨裂，内脏也没有受伤，只是筋肉挫伤和皮外划伤，估摸是从上面掉下来的过程中被四周凸起的石头划伤的。

张二豹观察了一下四周。四周都是石壁。他才知道，这不是一般的山崖，而是一个下面比较开阔的石缝。石缝的底儿只有周家的西屋那么大。地面有厚厚的一层尘土，上面长着稀疏的荒草。鬼子戴着钢盔的脑袋正好磕在一块尖石上，钢盔碎了，脑袋也碎了。

张二豹不知道自己昏迷了多长时间，但是从鬼子肚子的鼓胀程度看，最少有一天一夜了。他的第一感觉就是饥饿和干渴。饥饿得身体直出虚汗，没有力气；干渴得嗓子直冒青烟，说不出话。他似乎感觉自己的血液都不再流淌，血管宛如干涸的河床。

生命啊，因为有水而绽放，因为没水而凋谢。

他仔细观察了四周，除了龇牙咧嘴的石头，什么吃的也没有。四面的山崖虽然险峻，有三四十米高，却不是斧劈刀削、兀立奇险的峭壁，而是怪石嶙峋、凸凹错落的石壁。如果在平时，他可以轻而易举地登上去，然而现在，他的脚踝因为受伤而疼痛难忍，他的身体因为饥饿而虚弱无力，登上山崖比登上蓝天还难。

有一块石头上在一滴一滴地渗水。他爬过去，用嘴吃力地接着水滴，顽强地喝了几滴。他感觉用嘴去接那滴水，特别消耗体力。本来就没有多少的体力不应该消耗在接水滴上。于是，他从鬼子钢盔的碎片中捡了一片最大的，放在水滴的下面接水。

然而，他发现水滴掉在钢盔的碎片上就溅飞了，接到的水很少。他想捡起一块石头把钢盔碎片垫起来的时候，猛然看到了他的柴刀，他如同在山洞里发现了古人埋藏的青铜宝剑似的，爱不释手地把柴刀放在心口上。他在石缝底下是寂寞的、孤独的，柴刀的失而复得，让他觉得就好像和一个老朋友久别重逢一样，他不再寂寞和孤独。

也不知道梦静、杰鹰和大豹都怎么样了！

张二豹用石头把钢盔碎片垫了起来，接住的水就多了一些。有水喝了，他的嗓子立马如同龟裂的土地，被滋润出了丰茂的水草，浑身的血液似乎也流淌了起来。他试着说了几句话，也能自言自语了。

干渴的问题暂时解决了，饥饿的问题成为当务之急。他饿得眼睛直冒金星，有一种生命之火就要熄灭，自己瞬间就要成为灰烬的感觉。他想站起来，试了几次都没成功。他简直弱不禁风，生怕一缕微风吹来，就把他带到一个永远也见不到亲人，见不到阳光的世界。

朦朦胧胧之中，张二豹看到旁边倒着一头野猪，也许这头野猪是他和大豹用猎枪打死的，或者是用钢丝套套住的。野猪肉应该烀、炒或者烤，眼下没有洋火和柴火，更没有铁锅。为了活命，只能生吃了。他拿着柴刀，想要割下一块野猪肉。他吃力地举起沉重的柴刀，猛然意识到，躺在他旁边的不应该是野猪，而是鬼子。于是，张二豹想把柴刀再放下，他却顺势砍了下去。因为，他看到了一只榛鸡大小的耗子，在啃噬着鬼子的尸体。他想砍死耗子，当作他的猎物。他感觉自己使出了平时砍柴的力气，疾而有力；其实他只是使出了切豆腐的力气，慢而无力。他竟然没有砍到耗子。

张二豹又砍了几次，耗子还是安然无恙。

耗子都在纳闷儿：我在吃鬼子的肉，招你惹你了？你拿个柴刀总比量我，干扰我！

张二豹连柴刀都拿不动了，更别说砍了。但是，求生的本能会让人发挥出最大潜能。他突然朝耗子扑去，借助身体的重量，加上两只胳膊的配合，终于抓住了耗子。也许耗子只防备张二豹的柴刀，没有想到他不按套路出招，竟然扑了上来。耗子最终着了他的道。

耗子成为张二豹在石缝底下的第一个猎物。他迫不及待地用颤抖的手扒掉了耗子的皮，又掏空耗子的内脏，然后大吃大嚼了起来，简直像在大吃一头美味浓香的烤全野猪一样。

石缝下面有一种透骨的阴冷。美味的耗子，非但没有给张二豹带来热量，反而让他感觉更加寒冷，他仿佛置身于冰窖一样，浑身战栗。

一只耗子远远填不饱张二豹空旷的肚子。他继续在鬼子身上寻找着耗子。他没有看到耗子，却看到鬼子的军装被耗子嗑出了几个小洞。他立刻把鬼子的军装脱了下来，如果它被耗子嗑得漏洞百出，他就没有办法穿了。他把鬼子的军装穿在自己的身上，然后又看了看自己的鞋子，已经露出了脚趾，他接着把鬼子的军用皮鞋也脱了下来，穿在自己的脚上。他浑身立马暖和了许多。

黑天的石缝下面更为寒冷。然而张二豹又抓到两只大耗子。

他已经无所谓白天黑天了。眼睛在黑暗的环境里时间长了，适应了黑暗的环境，夜视的能力明显增强了。黑天就是白天，白天就是黑天。他困了就睡觉，醒了就抓耗子。黑天的耗子比白天还多。他在黑暗中能够轻而易举地抓到耗子。

生命的阳光，照耀着石缝底下的黑暗。

张二豹突然闻到一种难闻的臭味。他对这种臭味并不陌生。夏天打猎的时候，如果不及时给猎物开膛，取出内脏，猎物就会捂膛，发出这种难闻的臭味。是鬼子的尸体臭了。

有一天，他正处在似睡非睡间，似乎有一根绳子在眼前晃动。他一睁眼睛，只见一条大蛇吞吐着黑色的信子，在他的眼前悠荡。也许蛇想贪心地吞掉他，又感觉他太大，不太好吞，即使不自量力地把他吞进肚子里，不把它的肚子撑破，也得消化个一年半载的。大蛇正在犹豫的时候，张二豹突然挥起柴刀向它砍去。大蛇灵活地一躲，竟然没有被砍中。大蛇伸出它长长的脖子，向他袭来。他一把抓住了大蛇的脖子。大蛇竟然用它比缰绳还粗的身体来缠张二豹的脖子。张二豹想起了小时候在家里的屋檐下掏家雀，经过激烈搏斗，他最终把蛇的脖子咬断的情节。这个时候的张二豹，可不是小时候的张二豹了。他一手抓住大蛇的脖子，另一手拿起柴刀，一刀砍下大蛇的脑袋。然后他扒掉蛇皮，取出蛇胆，津津有味地可劲儿吃了起来。

张二豹分析，耗子是来吃鬼子的，大蛇是来吃耗子的。所以他才有源源不断的食物来源。

他的脸多天没洗了，已经积攒了一层泥土，胡子如同泥土里长出的小草。他突然发现自己的脸已经和冯大侃一样胡子拉碴的了，想要用柴刀把胡子刮掉。一琢磨，他可以根据胡子的长度，类似古人结绳记事的方法，大概估摸出待在石缝底下的时间。如果把胡子刮掉，他就不知道待在石缝底下的时间了。于是，他没有刮掉胡子，任由胡子在他肥沃的脸上自由生长。

鬼子的尸体已经严重腐败，越来越臭了，简直是臭不可闻，让他喘不过气来。

连续几天，耗子无影无踪了；耗子无影无踪，蛇也就无影无踪了；蛇无影无踪，张二豹的食物也就无影无踪了。也许耗子也不愿意吃死鬼的腐肉。

不能再等耗子、大蛇主动送到他嘴里了。饥肠辘辘的张二豹开始寻找新的食物。他琢磨，有泥土就有生物，尤其是潮湿的泥土里面，一定有蚯蚓什么的。他开始用柴刀挖泥土中的蚯蚓吃。过了两天，蚯蚓也吃光了，他就挖石壁上潮湿的泥土吃。

又过了两天，张二豹突然感觉头昏脑涨，浑身乏力，有要休克的感觉。他意识到，是石缝底下通风不好，鬼子尸体腐败产生的有毒气体熏得他头昏脑涨的。必须想方设法尽快离开这可怕的石缝，否则再过几天，鬼子的尸体腐败成烂泥产生的气体就不是让他头昏脑涨了，而是让他也成为烂泥了。

他活动活动脚踝，感觉还有些疼痛。活动活动身体，感觉身体不那么疼痛了，只是因为饥饿，感到浑身疲惫，极其虚弱。

石壁上的水滴也没有了。他就要干渴成干尸了。他寄希望于憋了一天的尿，然而一天的尿不过像石壁上滴下的水滴，只占了钢盔碎片的底儿。他小心翼翼地把自己那金贵的尿喝下。还好，没有掉地上一滴。

张二豹并没有绝望。鬼子还没有被赶出中国，没有被杀光，他绝不能在这个暗无天日的石缝中成为饿殍，最后和鬼子的尸体一起化为泥土。他相信凭着他的机智和顽强，一定能上去的。

他把穿在自己身上的鬼子军装脱下，撕成一条条，编成绳子，然后做成四个圆形绳套。绳套比套猎物的钢丝套要大些，而且打的是死结。

他还把鬼子的牛皮腰带扎在自己腰上，并在腰带上套了一个绳套。

简单的攀岩工具准备就绪，只是过于饥饿，让他无力攀登险峻的石壁。他尤其担心攀登到一半的时候，无力继续了，那么，上，上不去；下，下不来。他就只能永远挂在半山腰了。

石壁上已经没有一滴水。他用嘴去舔石壁，试图从石壁里面吸出一点点水来，石壁比他的舌头还要干，甚至要把他舌头上仅有的一点点水分吸干似的。

张二豹这回绝望了。

没想到聪明绝顶、胆识过人的张二豹，竟然要被困死在这区区石缝之中了！

想到这儿，他的眼睛里竟然掉下几滴眼泪。他猛然意识到，不对呀！他的眼睛早已经是没有一滴水的枯井，怎么会有眼泪。向上一看，天下起了大雨。他大喜过望，真是天无绝人之路啊！

张二豹吃力地把嘴对着外屋地大小的天空，尽情地吮吸着雨水。这个时候，他唯一的感觉就是他的嘴开口太小了，如果有外屋地那么大的嘴，他那龟裂的河床就能恢复成水流如初的大河。

蓦然，一个东西一下砸在他的嘴上，又掉到地上。张二豹一看，竟然是一只大蟾蜍。过去，他和大豹都把它叫癞蛤蟆。上初小的时候，他才知道癞蛤蟆又叫蟾蜍。他们打猎的时候，无论山林中，还是荒原里，癞蛤蟆随处可见，比任何猎物都多。癞蛤蟆不咬人硌硬人，他和大豹生怕它爬到脚面上，更不会吃它了。现在，癞蛤蟆却成了他的美味佳肴。

张二豹如获至宝，用两只手把癞蛤蟆捧在怀里，如同在深山老林里抓到一支百年野山参一样，生怕它跑了。张二豹知道癞蛤蟆的皮有毒腺，虽然他不清楚一只癞蛤蟆的毒性有多大，但是，如果他饥不择食地把癞蛤蟆连皮带瓤都吃进肚子，无异于饮鸩止渴，很可能会被置于死地。于是，他用颤抖的心勉强支配颤抖的手扒去了癞蛤蟆的皮，就狼餐虎噬了起来，不一会儿工夫，就把一只活蹦乱跳的大癞蛤蟆连骨头带肉都吞进了肚子。

张二豹吃完一只癞蛤蟆，连嘴都顾不得擦，就继续把嘴张成漏斗的形状对着天空。这次，他绝不仅仅是贪婪地接着雨水，而是极度渴望天上再掉下几只癞蛤蟆来。

也许是他的虔诚感动了天地。不一会儿，又噼里啪啦掉下来三只癞蛤蟆。真是谢天谢地呀！如果我张二豹能活着走出石缝，以后我绝不对天对地开枪！

和吃第一只癞蛤蟆一样，他又把后三只癞蛤蟆吃个精光。他干沟枯壕一样空荡荡的肠胃，才被雨水和癞蛤蟆装得沟满壕平了。

张二豹的肠胃由过饿突然变为过饱，有些不适应，叽哩咕噜直叫唤。不过，张二豹身体是强壮的，消化功能是强大的，平时即使是吃一只大山兔、一个狍子大腿，都能轻而易举地消化掉，何况一肚子雨水和几只癞蛤蟆了。不一会儿，他的肠胃就风平浪静、坦坦然然了。

张二豹静等雨过天晴。

过了半个时辰，大雨终于停止了。

他准备攀登山崖。然而，刚刚下过大雨，石壁相当光滑，十分不利于攀登。他一拍脑袋，感觉自己太迫不及待了，雨后怎么能攀登山崖呢？太危险了！他只好等到明天早晨再攀登。

前些天，在张二豹的大肆捕食下幸免于难的一些蚯蚓，因为惊吓而纷纷躲藏了起来。雨水，又使那些蚯蚓纷纷钻了出来。他抓了二十多条蚯蚓，放进另一个钢盔碎片里，并在上面放了些湿润的泥土养了起来，想作为明天的早餐，吃饱喝足了再攀登山崖。

这一夜，张二豹简直是在水牢中度过的，比老虎凳、辣椒水更难捱。大雨灌进石缝里，石缝底下的积水到他的大腿根儿。他坐没有地方坐，站没有力量站。水里还漂浮着鬼子白条猪一样的尸体，臭气熏天，恐怖弥漫。石缝里简直是黑暗的鬼窟，人间的地狱。

第二天早晨，石缝底下的水退下去大半，鬼子的尸体也不再阴魂不散地四处漂动了。

张二豹朝上面的石壁观望了一会儿，感觉石壁也不那么湿滑了。于是，他想吃完早餐就开始攀登石壁。他拿过钢盔碎片往地上一倒，除了泥土，竟然没有一条蚯蚓。记得小时候钓鱼，他就是把蚯蚓放在破瓷碗里的，上面再放些泥土。蚯蚓乖乖地在破瓷碗里待着，一个都不会跑。钢盔碎片里的蚯蚓就好像知道张二豹早晨要吃它们似的，都悄悄地逃走了。

张二豹只能是不吃不喝就开始攀登山崖了。

他把柴刀别在后腰带上，手里握着一个绳套，把其余两个绳套搭在肩上。先是拽着一块伸出来的石头，用脚踩着另一块石头，攀登上了第一个台阶。上面伸出来的石头稍高，他就把手中的绳套向上轻轻一抛，搭在伸出的石头上，然后拽着绳套向上攀登。再把另一个绳套套在上面的石头上，继续攀登。累了的时候，索性将套在牛皮腰带上的绳套套在石头上休息，绳套可以帮助身体减轻重量，让他放松自己，保存体力。

恢复一些体力之后，张二豹继续攀登。他还是把绳套套在上面的石头上，登上一个台阶后，把绳套摘下，再套到上面的石头上。摘下，再套上，反复操作。他竟然以最小程度的体力消耗，攀登到了山崖石缝的上面。

张二豹伸头观察了一会儿，看看上面没有什么动静，就走上了崖顶。

他本想坐下来休息一会儿，担心附近有鬼子，就捡起一根木棍，拄着木棍，跌跌撞撞地朝山下走去。他恨不得一下飞回北山村。

他边走边采摘着野果、野菜和木耳蘑菇什么的，往自己的肚子里填着。

傍晚的时候，张二豹终于回到了北山村。

他在村外朝村里张望了一会儿，断定村里没有鬼子，才往周家走去。还没到周家，他远远就看到周家的房子已经不见了，院子里是一片烧焦的废墟，仿佛是刚刚发生了一场激烈战斗的战场。他大惊失色，不知道周家发生了什么事情，也不知道周大娘和大豹、梦静、孩子怎么样了，被鬼子抓走了，被烧死了，还是逃出去了？

张二豹迅速朝周家的猪圈跑去。到地窖跟前一看，地窖被破碎的栅栏半掩着，可以明显看出盖着地窖口的石板不见了，地窖口大敞四开着。

他朝地窖里看了看，石板掉进地窖里，里面已经空无一人。他又环顾了一下四周，别人家的房子完好无损，绞尽脑汁也想不明白鬼子为什么单单烧了周家。

张二豹去敲邻居肖老旺家的门。半天，肖老旺才颤巍巍地出来开门。

肖老旺一看张二豹，脸脏脏的，目光呆滞，以为是一个沿村讨饭的，走到了他家门口儿，转身想给他拿一个烀土豆，打发他走。

张二豹说话了："肖爷爷，我是二豹啊！"

肖老旺惊讶地问："什么，你是二豹？你真的是张二豹啊！"

"我是张二豹。"

肖老旺这才认出他来，连忙把他让进屋里。

张二豹焦急地问："肖爷爷，周家发生了什么事情？周大娘、大豹、梦静和孩子都到哪里去了？"

肖老旺看一向干净利索的张二豹，竟然变成这样了，难怪他都认不出来了。他说："也不知道你们兄弟俩，还有梦静他们娘俩都猫到哪儿去了。前几天，鬼子又闯进了北山村。也不知道什么原因，一声枪响，然后是一声爆炸，你周大娘和三个鬼子死在了一块儿。之后，鬼子杀害了十一个人进行报复。楚孝义和钱拴柱的爹妈都被鬼子用刺刀刺死了，多亏楚孝义和钱拴柱到镇里扛活，要不也逃不过这一劫呀。村里男的就剩下我一个了！"

张二豹焦急地问："周大娘也许是用梦静的手榴弹和鬼子同归于尽的。梦静和孩子应该跟周大娘在一起，他们去哪儿了？是死是活呀？"

肖老旺说："我和村里人都只看见鬼子把三个同伙的尸体抬走了。我们没看到大豹、梦静和孩子，不知道他们是死是活。你们没在一块儿呀？你周大娘简直是太惨了，已经尸骨不全了！我叫了几个媳妇去把你周大娘的半截身子埋在了山脚下。"

张二豹本想立马就去寻找大豹、梦静和孩子，但是看看天色已晚，自己又累又饿，只好在肖老旺家吃几个土豆，又和衣眯了一宿。

第二天一早，张二豹就拄着木棍，开始漫山遍野地寻找张大豹、梦静他们……

第二十章　灰虎是比狼还凶的狗

张二豹边走边琢磨，梦静带着那么小的孩子，她能去哪儿呢？他先是到北山村附近的几个村子寻找，最后决定到青梅山……

其实，梦静开始并没有离开北山村。

她背着孩子，握着猎枪，朝青梅山的方向走着。前面有一个草房孤零零地伫立在荒原中，远看像一个新长的蘑菇，近看像一个陈年的草垛。梦静琢磨，黑夜茫茫，荒路漫漫，往青梅山去的路途坎坷，危险重重，经常有豺狼虎豹、胡子鬼子出没，无论是遭遇豺狼虎豹，还是遭遇胡子鬼子，他们都是有死无生。她可以置生死于不顾地独闯任何艰难险阻，然而杰鹰太小。她不应该带着孩子去冒险，去送死。于是，她准备到前面草房那户人家住一夜，讨点儿吃的，明天早晨再赶路。如果人家实在不敢开门，她就和杰鹰在人家的柴草垛上过一夜。

草房人家的院子门是虚掩着的，一推就开。梦静去敲房门。她敲了半天，也没有一点儿动静。她猛然意识到，这家没有人，是个空房子。于是，她推开了虚掩着的门。

自从鬼子闯入北山村以来，已经有几户人家被鬼子杀害了，也有几户人家离开了。也不知道这户人家是被鬼子害得家破人亡了，还是被鬼子逼得背井离乡了。

梦静先是找吃的。她已经饿得远远超过饥不择食的程度，只要是能吃的，即使是咸菜、大酱，她都能吃一碗两碗的。然而，屋子里除了厚厚的灰尘，没有一点儿能吃的，甚至连咸菜、大酱都没有。

梦静明显地感觉到这家人在北山村都是最困难的了，可以说是一贫如洗。

屋子里找遍了，她又到院子里找。她寄希望于能找到几个生芽的土豆、几穗石子一样坚硬的老苞米什么的。她还是一无所获。

梦静口渴得厉害，嗓子干得如同陈年的老苞米瓢了。她看到院子里有一个辘轳井。俯瞰水井，里面好像没有多少水，几乎干涸。她把一个三扁四不圆的水桶放进深邃的井里，然后竭尽全力地摇着辘轳，长长的绳子从深深的井里把重重的水桶拎了上来。刚一看到水桶的时候，她大失所望。水桶的上面漂着一层树叶和枯草，水似乎脏得无法饮用。当她把树叶、枯草捞出来之后，又欣喜若狂了。水桶里面竟然有十来只青蛙！

有吃的，她和孩子都有救了！

捞出水桶上面的杂物，梦静才看到水井里的水并没有想象的那么脏，甚至还算清澈。她把灶台上的铁锅涮了一下，把水桶里的一半水倒进铁锅里，从院子里取些柴火，填进灶膛里点燃。水烧开后，她再把青蛙一只一只抓到开水里煮熟。

梦静狼吞虎咽地享用了一顿青蛙盛宴。吃到了青蛙，喝到了清水，梦静的乳房里立马就有了些许奶水，如同那个辘轳井。

梦静是个爱干净爱漂亮的女子。她在清水上照了一下自己，清水中立刻映照出一个蓬头垢面的女人，平时的清秀靓丽全无，她用清水洗了洗脸。

炕上没有铺被褥，却铺了厚厚一层灰尘。梦静把两捆枯草铺在炕上，想和衣躲在枯草上睡觉。

梦静忽然想起，听周大娘说过，冯大侃家的房子建在远离北山村的荒野中，为了多开垦些荒地。这幢空房子应该就是冯大侃家！

已经到了后半夜。孩子早已经进入天真的梦境，梦静却辗转反侧地睡不着。她为张二豹的失踪做出了种种设想，哪一种设想都是凶多吉少。最大的可能只有两种，被鬼子打死了，或被鬼子活捉了。被鬼子打死的可能性最大。梦静最了解二豹，他是个宁折不弯的硬汉，绝不会向鬼子投降，只能是和鬼子血战到底。

梦静昏昏沉沉地睡着了。朦胧之中，她听到了狗吠声。她想起了灰虎！

北山村因为距离青梅山较近，又靠近荒原，经常有野狼半夜进村偷鸡摸狗。因此家家养狗，用来看家护院。从鬼子第一次进村开始，有几条狗因为朝鬼子狂吠，被枪杀了。

有一天晚上，梦静先是听到院子里鸭子的叫声，又听到灰虎的叫声。她想让二豹出去看看，一定是野狼进院子吃鸭子、吃灰虎来了。一看他睡得正香，她就自己拎着猎枪出去了。只见两只鸭子躺在地上，一只野狼正和灰虎撕咬在一起。灰虎虽然有虎的身形、虎的威仪，却没有虎的英勇、虎的彪悍。它平时一向忠厚仁义，没有和村子里别人家的狗红过脸，打过仗，更没有和狡猾残暴的野狼较量过，在嗜杀成性的野狼的疯狂攻击下，显得胆量、顽强有余，凶狠、勇猛不足，在和野狼的拼搏中处于劣势。

梦静立马举起猎枪，要增援灰虎，射杀野狼。都说狗急了跳墙，狼急了也会跳杖子。野狼一看梦静要向它开枪，转身飞跑几步，纵身跃过杖子，朝山上逃去。

梦静一看，两只鸭子已经被野狼咬死。灰虎的一条腿被野狼咬伤，一只耳朵被撕下一半，嘴也被咬出了血。梦静立马为灰虎包扎伤口，并把勇敢顽强的灰虎领进了屋子里。

后来，村民自己都吃不上饭了，以野菜、野果或者一半苞米面一半野菜做粥度日，没有东西来喂狗了。他们又舍不得把喂养多年的狗吃掉，就都把狗撵到野外去了。

周大娘极力要把灰虎也撵到野外去。开始梦静坚决不同意，后来，实在没有可以喂它吃的东西了，只好同意把它放生到野外去。梦静和二豹一起，把灰虎的眼睛蒙上，牵到遥远的荒原里。梦静含着眼泪，搂着灰虎的脖子，久久不肯松手。张二豹解开了束缚灰虎自由的绳子和让它失去光明的黑布，让它到野外自谋生路。灰虎对他们，尤其对梦静恋恋不舍，紧紧地盯着梦静，频繁地摇晃着尾巴，迟迟不肯离去，好像还在哀求梦静把它留下来似的。

梦静含着眼泪挥手和灰虎告别。

从此，灰虎和同村的另外两条狗——张三儿、臭鼬一同闯天下，成为和野狼、野猪齐名的野狗，开始了自由自在和自食其力的生活。

开始，灰虎、张三儿和臭鼬充分展示的是家狗的内向和软弱，不英勇，不善战。尤其是张三儿和臭鼬，过去只生活在自家院子那小天地里，没有见识过广袤的山野，看到狐狸和豺狗都胆战心惊，被它们追得落荒而逃。有时甚至在灰虎和野狼、别的野狗短兵相接、生死相搏的时候，张三儿和臭鼬袖手旁观，它俩没有勇气助灰虎一臂之力。它们活得好吃力，好辛苦！

为此，灰虎还回过周家两次，想看看鬼子是不是被打跑了。如果鬼子被打跑了，周家的生活好转了，就可以心念旧情地回心转意，大发慈悲地留它在家，不让它继续闯荡险恶江湖了。当它看到周家人都吃不饱，每天还在为吃饭着急上火，就知趣地返回了荒山旷野。

有几次，它们三个差一点儿被狼群包围。它们拼命奔跑，才摆脱了狼群的围攻。

后来，为了在荒山旷野里野狼环伺、黑熊猖獗的环境中能够顽强生存，它们也逐渐变得凶猛了起来。尤其是灰虎，变得更加高大强悍，虎虎生威，连野狼都对它望而生畏，敬而远之。

有一天早晨，张二豹到院子里拎柴火，看到院子里有一只野鸡。他估摸是灰虎送来的。它知道梦静最愿意吃野鸡炖榛蘑。

还有一天，梦静远远地看到灰虎、张三儿和臭鼬站在一个山坡上，向北山村的方向张望……

梦静在冯家的空房子里待了三天，休息养伤。

冯家的空房子没有一点儿吃的，因此，连耗子都没有。就连水井里的青蛙都让梦静吃光了。如果还在空房子里待着，就会饿死。于是，梦静决定离开冯家空房子，到青梅山去找大豹和二豹。

一路上，梦静边走边采摘婆婆丁什么的，依靠吃野菜来维持生命。

杰鹰两个多月饭量就挺大。梦静因为只吃野菜，奶水不多，无法满足杰鹰的需要。他吃不饱，就使劲儿咬她，让她疼痛难忍。她想打一只野鸡、山兔什么的，烤熟了吃，好让杰鹰有足够的营养。

平时不想打猎的时候，总是有野鸡、山兔什么的从身边跑过，想打猎的时候，反而一个猎物都没有了。

到了下午，突然有一只山兔从梦静前面跑过。她抬手一枪，山兔倒在草地上。

梦静立马为猎枪补充了一发子弹。她找到一个石窝，准备烤山兔。

她知道，烤山兔容易招来野狼，想快烤快吃，快点儿离开石窝。

她堆起柴火，支起木棍，开始点火。无论是烤野鸡，还是烤山兔，都要等柴火烧成炭火的时候，才能把猎物吊在支架上烧烤。否则刚点着的柴火会把猎物外面烤得黑黢黢的，里面还没熟。山兔烤熟一层，她就用猎刀削下一层，边吃边烤边削，半个多时辰，梦静就将一只大山兔吃个精光，只剩下七零八落的骨头了。

吃完山兔，梦静迅速将柴火灭掉，然后系紧杰鹰，拿起猎枪，就要离开石窝。

就在这个时候，梦静听到了杂草被轻微碰撞的声音。她猛一回头，只见三只野狼在后面的草丛中窥视着她，随时准备向她扑来。

梦静有一种毛骨悚然的感觉。她清楚，如果三只野狼一起向她冲来，她就命悬一线了。她赶忙紧了一下背孩子的背带，然后把猎枪握在手里。

梦静在前面疾走，野狼在后面紧跟。她看看天要黑下来了，如果不摆脱野狼，它们一嗥叫，还会招来更多的野狼。狼群进攻不会给任何对手以喘息的机会，顷刻间就会把她和杰鹰撕得惨不忍睹。

梦静是机智的，她和张二豹一样聪明。她想先把这三只野狼干掉，不让它们再招来更多的野狼。她清楚她只有三发猎枪子弹了，而且子弹里都是高粱米粒大的枪砂。她想借助枪砂射出去的扇面，一枪打死或打伤两只野狼。于是，她瞄准前面的两只野狼开了枪。

随着一声沉闷的枪响，两只野狼一齐倒下了。梦静刚要朝另一匹野狼射击，没想到，同时倒下的野狼又同时站了起来。她忽然想了起来，张二豹制作这几发猎枪子弹的时候，大号独弹早就没有了，高粱米粒大的铅弹也只够制作五发子弹的了。张二豹又用小米粒大的铅弹制作了几发子弹。从北山村出来的时候，她身上的这四发子弹中，有两发装的应该是高粱米粒大的铅砂，另两发装的应该是小米粒大的铅砂。刚才打山兔用的枪弹应该是装的高粱米粒大的铅砂，而打野狼用的子弹一定是装的小米粒大的铅砂，所以，野狼倒下之后，又站了起来。梦静清楚，小米粒大的铅砂射进野狼的肉里，虽然不会让它们瞬间丧命，但是会让它们疼痛难忍，它们会发疯地向她扑来，更加凶残地报复她。

另一只野狼朝梦静冲来。

梦静不知道猎枪里面是什么型号的铅弹，如果是小米粒大的铅弹，那么这匹野狼还是只受伤，不会死。小米粒大的铅弹是用来打麻雀的，打野鸡和山兔都勉为其难，打野狼就更是力所不及了。

没有时间考虑什么铅弹的问题了。她摸了一下腰间的手榴弹，如果这一枪打不死这匹野狼，她就用猎刀、用手榴弹和野狼作最后的搏斗。

在孩子受到死亡威胁的时候，母亲会发挥不可思议的巨大潜能。这是一种让野狼望而生畏的力量。

一声闷响，冲上来的另一只野狼倒在草丛里。

梦静快速为猎枪换子弹。她只有一发子弹了。她担心前面的两只野狼一起向她扑来，也担心后面的野狼站起来，对她夹击。

前面的两只野狼面带痛苦表情，目光中却带着令人恐惧的凶狠。这两匹野狼没有冲过来，后面倒下的野狼又站了起来，并疯狂地向梦静扑来。

梦静举手开枪，打中了它的脑袋。这回，这只野狼再也不会站起来扑向她了。

梦静刚要拿出手榴弹朝两只受伤的野狼扔去，又怕吓着孩子。她一犹豫，两只野狼同时向她扑来。

梦静把手榴弹放在地上，抽出猎刀，准备迎战野狼。此刻的梦静没有恐惧，也没有时间恐惧。为了保护孩子，她会牺牲自己的一切。梦静想起张二豹和她讲过，四海甸有一个强悍的猎手，叫郝钢。他一个人用镰刀勇斗四只野狼，最后杀死了两只，打伤了两只。她要是能像硬汉郝钢那么强壮那么勇猛就好了，就不怕眼前的两只野狼了。

突然，从树木中又冲出来三只野狼。

梦静这回害怕了，因为她清楚她和杰鹰的结局。五只野狼冲来，即使是张二豹也无能为力。

然而眼前的情景让她大惑不解。三只野狼没有向她冲来，而是向两只受伤的野狼冲去。她看出来了，那不是三只野狼，而是灰虎和张三儿、臭鼬。它们三个和野狼一样凶猛，尤其是灰虎，一下就把一只野狼扑倒在地。张三儿和臭鼬把另一只野狼扑倒在地。三条狗和两只野狼撕咬在一起。两只野狼看到对手来势汹汹，还有狗仗人势的心理优势，在实力上是二对三，它们两个又受了伤，料难取胜，不敢恋战，转身遁入幽暗的树林中。

　　灰虎它们也不追赶。

　　梦静激动地搂着灰虎的脖子，灰虎亲切地舔着梦静的手，就像久别重逢的亲人一样。这时，梦静才知道，那天在地窖口对着她嗥叫的正是臭鼬。也许是灰虎带着张三儿去驱赶企图吃掉她和杰鹰的野狼、野狗，让臭鼬在地窖口保护他们。

　　梦静用松树明子点燃了一支火把，想找一个避风的地方过一夜。

　　灰虎跟在梦静身后走了一会儿，又跑到她前面。梦静感觉灰虎似乎在为她当向导，就跟在它的后面走。不远处有一个小山洞。与其说是个小山洞，还不如说是个狗窝。这是为它们三个遮风避雨的家。

　　它们把自己的家让给了梦静和孩子，然后像三个卫兵一样站在洞外，保护着他们……

　　第二天早晨，梦静早早就醒来了。当她走出狗窝的时候，看到狗窝外面有一只野鸡。不难看出，野鸡是灰虎它们专门为梦静扑到的食物，难道灰虎真的知道梦静喜欢吃野鸡炖榛蘑吗？即使知道，它也不知道野鸡炖榛蘑是怎么做出来的，否则就不会光叼来野鸡，而没有叼来榛蘑和铁锅什么的了。

　　梦静要离开灰虎它们，到深山继续去找大豹、二豹他们。

　　灰虎表现出对梦静的依依别情，就好像此次一别，后会无期似的，有一种生离死别的感觉。灰虎送梦静过了一座山。梦静让它回去，它也不回去。梦静硬让它回去，它才无可奈何地回去。过了一会儿，梦静往后面一看，灰虎和张三儿、臭鼬还在后面远远地跟着她，就好像担心她行走在深山老林里不安全，要暗中保护她似的。

其实，张三儿、臭鼬跟梦静没有什么感情，在北山村的时候互相也不认识。只是张三儿、臭鼬离开不开灰虎，灰虎到哪儿，它们就跟到哪儿。

梦静不忍心离开灰虎，也为灰虎担忧。三条狗出没于荒山密林中，时刻面临狼群、东北虎、黑熊等猛兽的威胁或攻击。今天它们轻而易举地打跑了两只野狼，是因为两只野狼被她打伤了。这两只野狼要是没有受伤，灰虎它们就没有那么幸运了。如果有一天，灰虎它们真的面对狼群、东北虎、黑熊的攻击，不奢望它们能够轻而易举地胜利，只希望它们能够轻而易举地逃脱。

梦静已经走出去很远了，回头再看一眼灰虎它们。它们已经像家雀那么大了，还是在那儿看着她。猛然，梦静感觉家雀逐渐变大，一会儿就变成了乌鸦。灰虎它们又朝她追来了。

梦静激动地迎着灰虎它们走去。

灰虎跑到了梦静跟前，激动地摇晃着尾巴，舔着她的手，就好像周家不再撵它走，又让它回家了一样！灰虎走在前面，为梦静娘俩带路。

梦静本来是个英勇无畏的女孩子，自从当上了妈妈，顾虑比过去多了许多，在危险逼近的时候，甚至感到了不安和恐惧。她的猎枪里已经没有子弹了，她害怕自己保护不了杰鹰，担心杰鹰受到伤害。有灰虎它们陪伴她一起寻找二豹他们，她心里踏实了许多。

当梦静走到一个小山坳的时候，灰虎突然停住了脚步，并开始轻声叫，然后又用嘴咬着梦静的裤子。梦静意识到灰虎发现了什么。于是，她转身往回走，刚刚走了五六步，只见从前面和一侧的山坡上冲下来十几个胡子。两个胡子用步枪顶住了梦静，并把她的猎枪、猎刀以及腰间的手榴弹抢了过去。

灰虎如同一只东北虎，突然跳起，一下将抢走梦静手榴弹的胡子扑倒在地。张三儿和臭鼬看到灰虎扑胡子，它们也扑向两个胡子。胡子们大惊失色，然后一起朝灰虎它们开枪。灰虎迅速蹿进另一侧山坡的树林里，张三儿也跟着灰虎蹿进了树林。臭鼬动作稍慢，被胡子的步枪打中了脑袋，死于山坳。

一个个子不高、头发星崩儿没几根的老胡子走到梦静面前，像是胡子头儿。他仔细打量了梦静，然后对手下的胡子说："把她带回山寨。"

翻过了一座山，就到了胡子的山寨。

梦静被关在一个阴暗的小木屋里。过了一会儿，一个胡子给梦静送来两个苞米面饼子、一小碗狍子肉、一碟咸菜和一碗水。

梦静已经饥火中烧，孩子更是嗷嗷待哺。她把食物吃个精光，然后开始喂孩子。

梦静心里清楚，落入胡子山寨，和落入狼窝结果是一样的，必死无疑。胡子没有立马打死她，一定是另有所图。从胡子山寨逃出去，比野猪从陷阱里逃出去还难，她还带着杰鹰。梦静做好了死的准备。

晚上，梦静听到了野狼那撕心裂肺的嗥叫。不对呀，那声音又不像是野狼的嗥叫，一定是灰虎在山寨外面……

张二豹历尽艰辛，没有寻找到梦静。张大豹和冯大侃却寻找到了张二豹。

大豹和二豹简单介绍了一下各自的情况，主要是梦静和孩子的情况。兄弟俩告别了冯大侃，又返回北山村寻找梦静。

北山村的人还是不知道梦静的去向，说明梦静没有再回北山村。

兄弟俩商量，目前，他们没地方落脚，只能先住在冯大侃山林队的营地，然后以营地为核心，呈放射状地寻找梦静母子。于是，兄弟俩又返回青梅山。

路上，张二豹的心情是忧郁、沉重的。梦静带着孩子失踪几天了，现在还是杳无音信。他不得不往最坏处考虑，那就是他们很可能已经遇害了。她身上只有五发猎枪子弹，还是打野鸡、打麻雀的小号铅弹，遇到了野狼、黑熊，遇到了胡子、鬼子，都是凶多吉少……

梦静被抓进胡子山寨的第二天，一个自称是在山寨做饭的女人进来对梦静说："我给你道喜来了。我们队长看上了你的美貌，想娶你做妇人。"

梦静气愤地说："我有丈夫，也有孩子，怎么能再嫁别的男人？"

她说："你一个人背个孩子，出现在这荒山野岭上，一定是无家可归或者被逼无奈才这样的，有男人你就不会这样。再说了，谁都知道青梅山是胡子、野狼出没的地方，即使你有男人，他能够让你背着孩子进山，千辛万苦，命悬一线，这也和没有男人一样，不要也罢。你就应了我们队长吧。我们队长也怪可怜的。三年前，他媳妇也和你一样，背着孩子上山来找他，遇到了狼群，被吃得只剩下一小堆骨头了。这三年以来，他从来没有看上过别的女人。看上你了，也算是你的荣幸、你的福气！如果你同意，我们队长明天就风风光光地把你娶进来。"

梦静坚决地说："让你们队长死心吧，我就是上山来找我的丈夫的。我既然胆敢上山，就不惧怕野狼，也不惧怕死亡。如果有人逼我，我就把自己撞死！"

这女人走了。不一会儿，五六个胡子竟然抬进来一个装满热水的大木桶，还抬进来一个箱子。

胡子刚一出去，她又进来了，满脸堆笑地打开地上的箱子，露出金银珠宝，然后说："我们队长把他当胡子时敛的财物都给了你，作为娶你的聘礼。你洗一洗，换上一身新衣服，明天好漂漂亮亮地做新娘。"

梦静怒不可遏地说："我说得已经很明白了，你听不懂我的话吗？我不可能嫁给你们队长，嫁给一个胡子，除非我死了。让他死了这条心吧！"

她说："我们队长过去当过胡子，现在可是打鬼子的大英雄啊！你嫁给抗日英雄，体体面面地在这山寨过舒舒服服的日子，不比你背个孩子，在这荒山野岭被野狼撵得到处乱跑，随时都可能被野狼吃掉强一百套啊？你对不起孩子不说，也对不起你自己呀！"

梦静义正词严地说："如果真是打鬼子的英雄，能像黑熊似的躲藏在山寨里猫冬吗？能像胡子似的强抢民女民妻吗？他要真是抗日英雄就应该深明大义，保家卫国，杀光日本鬼子，而不是苟且于这小小的山寨，做一些为人所不齿的鸡鸣狗盗之事！"

她灰溜溜地走了。

过了一会儿，她领着那个个头儿不高、头发很少的"抗日英雄"进来了。

她介绍说："这位就是我们抗日山林队的队长、抗日英雄郑久成。"

郑久成抢过来说："鄙人郑久成。我的意思她也向你转达了，你的话她也告诉我了。我们过去是胡子，现在是抗日的队伍，所以我不能强迫你嫁给我，强扭的瓜也不甜。再说了，我看你性格刚烈，如果我强迫你嫁给我，你有可能半夜趁我不备杀了我。但是，有几句话我要说明白。我想知道，你舍生忘死地进山，要找的究竟是什么人啊？如果你找不到他，或者他已经死了，你能不能再回到我们营地，做我的夫人，与我结秦晋之好呢？"

梦静平静而肯定地说："我找的人对你来说肯定无关紧要，对我来说却至关重要。他是我的丈夫。如果找不到他，我就坚持找他一辈子；如果他死了，我也不苟活，我要陪他一起死。"

郑久成向梦静抱了一下拳，然后说："没想到你对感情如此忠贞不渝，不胜钦佩！你丈夫能娶到你这样漂亮又纯洁的媳妇太幸运了。请问你丈夫叫什么名？"

梦静直言不讳地说："他叫张二豹。"

郑久成心里打了个冷战，表面却不动声色地说："久仰久仰。你丈夫是个大英雄啊！你好好休息吧，明天一早，我派人送你们母子出去。"然后，怏怏离去。

房门没有门闩，让梦静没有安全感。晚上，她一刻也不敢合眼。她知道郑久成是个阴险狡诈的老胡子，什么事儿都能干得出来。

深夜，梦静还能听见灰虎在山寨外面野狼一般凄厉地叫……

大豹、二豹在山里发现一个野狗窝，想在野狗窝中休息一宿，第二天早晨再赶路。朦胧之中，他们听到一种叫声。那叫声凄厉而又怪异，既熟悉，又陌生；既像野狗的吠叫，又像野狼的嗥叫。

兄弟俩翻过来掉过去，无论如何，也摆脱不了那种叫声的干扰，他们难以入睡。大豹甚至想用猎枪射杀了嗥叫的野狼或者野狗。

实在睡不着了，张二豹就坐了起来，琢磨梦静母子能在什么地方。这时，嗥叫的声音再一次传来，更加清晰了。张二豹猛然意识到，怪异的嗥叫既包含凶悍的威慑力量，又包含凄厉的求救信号。这绝不是一般的嗥叫。他赶忙把大豹叫了起来，朝怪异的声音跑去。

到了那声音附近，看到了两匹野狼或者野狗在嗥叫。因为长久地嗥叫，它们的声音都有些沙哑。

张二豹拔出柴刀，张大豹端着猎枪，轻轻地靠近两匹野狼或者野狗，想看看有没有梦静的线索。这时，他们突然看到了前面有一个幽暗的山寨。张二豹迫不及待地想去山寨打听梦静的下落，再一考虑，不清楚山寨是胡子的还是山林队的，尤其是深更半夜的，进入山寨容易自投罗网，只能远远地观察着山寨的动静。

嗥叫的，是灰虎和张三儿。

当兄弟俩朝它们走来的时候，灰虎就认出了他们，兴奋不已地朝他们跑来。

张大豹以为是两匹野狼朝他们冲来，立马举枪要向灰虎射击。张二豹赶紧阻止他："像是灰虎！"

灰虎转眼就跑到了他们跟前。真的是灰虎！

灰虎来不及和兄弟俩亲热，咬着张二豹的衣服就要往郑久成的山寨跑。

面对灰虎的举动，大豹心里是糊涂的。二豹心里明镜似的，灰虎一定知道梦静在山寨里面，让他们去山寨救梦静。于是，二豹对大豹说："梦静很可能就在这个山寨里。咱们不清楚是胡子的山寨还是山林队的营地。光凭咱们俩救不了梦静。我在这儿监视着山寨，你立马去找冯大侃带人帮忙。"

大豹听到梦静有可能就在山寨里，既焦急又高兴："嗯哪。"他要把猎枪留给二豹。二豹说："你路上也许会遇到野狼，你带着猎枪，我有柴刀就行了。"

为了快点儿救出梦静，张大豹转身就跑，比被野狼撵得还快……

第二十一章　鬼子的鹰犬

当张大豹带着冯大侃及其二十个手下返回郑久成山寨的时候，天已经大亮了。

冯大侃说："这是郑久成他们山林队的山寨。"他来过郑久成的山寨。

张二豹一听说是郑久成的山寨，立马就要冲进去和他理论。

冯大侃说："你不要冲动，咱们商量一下再行动。我听说郑久成已经投降了鬼子，在没有确定之前，他就是个刺猬。打，打不得；放，放不下。郑久成以为他做的见不得人的事儿神不知鬼不觉，所以他现在还不能对我背后开枪。我一个人先进去和他谈谈，如果梦静在他们山寨，他会给我面子放了梦静的。"

张二豹说："不行，你一个人进去太危险。我和大豹陪你进去。如果郑久成胆敢对你不利，我们就擒贼先擒王，拿下郑久成。"

冯大侃说："郑久成认识你们兄弟俩。咱们三人要是都进去，郑久成肯定会对咱们三个痛下杀手，铲除他的后顾之忧，然后向鬼子请功的。你们兄弟俩在外面接应我，郑久成会有所顾忌。这样吧，我带着十个弟兄进去。郑久成的山寨里已经没有几个人了，他不敢对我们轻举妄动。你们在外面接应，听到里面传出枪声，立马冲进去。"

张二豹只好说："那你们多注意！"

冯大侃刚要带人进入郑久成的山寨，张二豹一把拉住了他。只见山寨的大门打开了，梦静拿着猎枪，背着孩子从里面走了出来，后面还跟着两个胡子。胡子没有带枪，但是可以明显看出，他们腰间各别着一把匕首。

冯大侃对张二豹说："你和大豹绕到他们侧面去，立马把两个胡子杀掉。"

张大豹拎着猎枪就要去杀掉两个胡子。

二豹让大豹先等一下，然后问冯大侃："为什么要杀他们？"

冯大侃说："以我对郑久成的了解，他是绝不会轻易放掉梦静的。梦静不会自己走进山寨，一定是被他们抓进山寨的。郑久成是个心胸狭窄又疑心过重的伪君子，把梦静抓进山寨来一定有所企图，估摸是让梦静做他的压寨夫人。梦静不从，他又不敢强迫她，只好把她放了。郑久成又不会让他强抓良家妇女上山做他压寨夫人的砢碜事儿暴露出去，只能派他的心腹假借送梦静母子下山，然后在僻静之处杀了她们。"

张二豹说："我也认为郑久成这个老狐狸不会轻易放过梦静的，让我和大豹知道此事，也得宰了他。我们先去救梦静！"

大豹、二豹带着灰虎、张三儿，飞跑着去救梦静和孩子。

兄弟俩和灰虎、张三儿偷偷地在梦静和两个胡子的侧面跟随着他们。

张大豹举起猎枪就要朝两个胡子开枪。张二豹制止了他："先别开枪。咱们盯紧那两个胡子，一会儿听他们说些什么。"

张大豹急切地说："我担心梦静和杰鹰有危险！"

张二豹胸有成竹地说："有咱们两个在暗中保护着，他们不会有危险。"

于是，他们悄悄地跟在梦静和两个胡子后面。

到了远离山寨的树林深处，一个胡子对另一个胡子小声说了一句什么。他俩叫住走在前面的梦静。

梦静开始就感觉两个胡子不怀好意，在路上就警觉地拔出猎刀，握在手上，并用衣服遮挡住，不让胡子看见。同时，猎刀刀鞘却在腰间时隐时现，给胡子一种猎刀一直别在腰间的错觉。

两个胡子走到梦静跟前，用色眼盯着她的脸说："美人儿，和你说掏心窝子的话吧，郑队长压根儿就不是让我俩送你下山，而是让我俩来收拾你。我俩大老远儿地来送你一程，你得好好犒劳我俩呀。让我俩舒服了，我俩会让你死得痛快一些、好看一些。否则，我俩会把你的细皮嫩肉一刀一刀割下喂野狼，让你死得贼拉遭罪、贼拉硌碜！"

梦静假装很害怕地说："求求两位大哥，只要能给我个全尸，我什么都听你们的。你们谁先来？"梦静说完就把杰鹰放在了石头后面。

一个胡子手里握着匕首走向梦静，伸出一只手要取下梦静别在腰间的猎刀。当他的手抓住猎刀鞘的瞬间，才知道他抓到的只是猎刀鞘，一切都晚了。梦静手里的猎刀猛地刺进了他的胸膛。

他临死之前，还从牙缝里绝望地挤出几个字："女人下手，太狠……"

另一个胡子拔出匕首，要向梦静冲去。只见灰虎的身影一闪，跳起来咬住胡子的手臂。同时，张大豹的猎枪顶在了他的脑袋上。

梦静看到大豹、二豹和灰虎一起来救她和杰鹰了，激动得流下了眼泪。

这时，冯大侃他们也过来了。他上去审问被灰虎咬住手臂的胡子。他说："我就想问你一个问题，如果你能如实回答我，我就饶你不死。否则，把你喂灰虎！"

胡子连声求饶："只要能饶了我，不把我喂狼，不对，喂狗，问我什么，我说什么，只要我知道的。"

冯大侃问："郑久成是不是投降了鬼子？"

胡子连连说："是，是，他投降了鬼子。上次我们山林队中了鬼子的埋伏，鬼子本来可以把我们全部消灭，因为郑久成的投降，鬼子才没有把我们杀光。"

冯大侃接着问："对了，我还有一个问题。鬼子给了郑久成什么任务？让郑久成干什么？"

胡子说："鬼子不杀郑久成，就是想利用他熟悉青梅山，他们搜捕抗联队伍，捣毁抗联密营和你们山林队营地，让他当向导，做内应。"

冯大侃不再问了。郑久成真的投降了鬼子，成为鬼子屠杀中国人的鹰犬。一定要找机会除掉他。

张大豹问了一句："冯哥，你问完了吗？"

冯大侃回答说："我问完了。"

冯大侃的话音刚落，就见张大豹手腕一抖，猎刀刺进胡子的后心。

胡子挣扎着说出一句话："我是，如实，回答的，不是说，饶我，不，死吗？"

张大豹猛一用力，拔出猎刀，并回答胡子："那是冯哥说的。我可没说不杀你。"

冯大侃对兄弟俩说："郑久成投降鬼子的消息已经得到证实。他可是个老胡子、老江湖了，对密山地界及周边的深山密林了如指掌。如果不把郑久成除掉，他要是充当鬼子的鹰犬，带着鬼子进入深山寻找抗联密营，那是一找一个准儿。那样，抗联的损失可就大了！他还熟悉我们山林队的营地，如果带领鬼子袭击营地，后果不堪设想。"

张二豹说："现在咱们就冲进郑久成的山寨，捣毁他的老巢，杀死郑久成！"

冯大侃说："好。郑久成的山寨里面有两个碉堡，在大厅的门口，先偷偷地摸进去，把碉堡炸了，然后咱们前后夹击，冲进山寨。别让他从后山跑了！"

　　张二豹说："我和大豹去炸碉堡，你们冲进山寨。"

　　冯大侃说："好。碉堡一炸，我们就冲进去。"然后他把兵力分成前后两组，做好冲锋准备。

　　大豹、二豹从队员手里接过四颗手榴弹，迅速接近山寨。

　　当冯大侃到达预定位置时，只见兄弟俩跑回来了。张二豹说："山寨已经空无一人，一定是郑久成看他派出去杀梦静的胡子迟迟没回来，知道事情败露，从山寨后门逃走了。"

　　冯大侃遗憾地说："这个老狐狸，感觉到一丁点儿风吹草动就跑了。郑久成一定是投靠住在密山北大营的鬼子去了。早晚要干掉他！"他看了一眼兄弟俩，"大豹、二豹兄弟，你们有什么打算？"

　　张二豹说："我们已经无家可归了，打算和你们一起去寻找抗联，共同杀鬼子。"

　　冯大侃非常高兴："太好了！如果我们山林队早有你们兄弟俩，就不怕鬼子讨伐了！我派出去寻找抗联的人还没回来，不能再等了。郑久成投靠了鬼子。鬼子随时都会进攻咱们的营地。咱们分成两组，我带一组，二豹带一组，明天就撤离营地，去投奔抗联队伍。"

　　晚上，冯大侃派出去寻找抗联的一伙人回来了，还救回来了一个抗联游击小队的队长和三个战士。

　　游击小队的队长叫战长勇，密山二人班人，是一个老抗联。他最早参加东北人民革命军，后来加入抗联，当上抗联的连长。

　　一九三八年以来，鬼子除了不断加强对东北的增兵，还加强了对抗联的封锁和讨伐，采取"篦梳山林""归屯并户"的隔离政策，抗联陷入鬼子的重重包围，粮食失去补给，兵源几乎断绝，进入极端困难时期。抗联开始以小股部队分散活动打击敌人，开展机动灵活的游击战争。近日，由于抗联内部叛徒的出卖，战长勇带领的游击小队遭到鬼子偷袭，秘密营地遭到破坏。他们游击小队被打散，他和三个战士跟鬼子在山林里周旋的时候，又遭到七八个鬼子的追杀，被冯大侃派出去寻找抗联的山林队队员救了。

张二豹问战长勇："你们抗联队伍中有个叫钟志强的，你认识吗？"

战长勇点着了一支关东烟，然后回答说："钟志强是我的营长，他作战勇敢，而且具有出色的军事指挥才能。你认识钟营长？"

张二豹从来不抽烟，他爷爷、爹爹也不抽烟，所以感觉关东烟辛辣难闻，有一种让他喘不上来气的感觉。隔了半天，他才回答战长勇说："我和大豹在南山和钟志强他们一起打过鬼子。那时，他还是连长。"

战长勇说："哦，就是雪地伏击鬼子那次吧。那次战斗因为我负伤休养，没有参加。我想起来了，我听钟志强讲到过你们兄弟。那场战斗之前，你们就救过钟连长他们。你们还把手榴弹当成专门砸鬼子脑袋的铁疙瘩呢。"说到这儿，战长勇笑了起来。

张二豹不太好意思了，也笑了。

战长勇接着讲："那个时候，我是副连长，但是钟志强比我有文化，比我会打仗，就当上营长了。抗联进入困难时期之后，我和钟营长每人带领一个游击小队，各自对鬼子进行游击战，联系就少了。再往后，他们游击小队的一个战士被打散，加入我们小队。他说钟志强他们小队经历了千难万险，和鬼子周旋于密山和虎头之间。有一次中了鬼子的埋伏，他们小队弹尽粮绝，就剩下钟志强和五名战士，最后撤退到了苏联。"

张二豹惊讶地说："钟营长被鬼子逼到苏联去了？"

战长勇解释说:"钟营长撤退到苏联是暂时的,先前也有一些抗联高级将领和队伍进入苏联休整。总有一天,他们会打回来的。"

张二豹说:"但愿钟营长平安无事,但愿他们早日打回来!"

冯大侃、张二豹和战长勇都认为,现在鬼子到处搜查围剿抗联队伍,这个时候,他们就不应该去寻找抗联队伍了,即使去寻找,别说东北了,黑龙江都这么大,如同在茫茫林海中寻找几只东北虎,未必能找得到。别的地方也没有安身之处,只能暂时以青梅山为根据地,发展壮大力量,开展游击战,寻找时机打鬼子。眼下面临的一个紧迫问题,就是鬼子近期一定会在郑久成的指引下袭击山林队的营地。冯大侃主张坚守营地。

战长勇说:"不能轻易放弃营地,没有营地,咱们无以为家,怎么也不能露宿山林吧;也不能誓死坚守营地,在敌强我弱的情况下,坚守营地,不是游击战的打法,也坚守不住。鬼子的迫击炮会轻而易举地摧毁营地的木头房子,咱们只能被动挨打,也阻挡不住鬼子的进攻。我的建议是多安排一些明岗暗哨,如果鬼子来了,在营地外面伏击鬼子,然后撤退。"

张二豹出主意说:"郑久成的山寨不应该空着,应该利用。建议由战长勇和我带一伙人去把守郑久成的山寨,和山林队的营地互相呼应、互相支援,要比只驻扎山林队营地一处好得多。"

冯大侃说:"太好了。我建议将抗日山林队改为'抗联游击小队'。"

战长勇说:"我建议先改为'抗日游击小队',等上级批准后再改为'抗联游击小队'。"

冯大侃同意。

冯大侃随即抽调抗日游击小队的三十名精壮战士,接受战长勇、张二豹指挥,负责驻守郑久成的山寨,并让他们带着大量弹药。他又吩咐道:"近期,郑久成一定会带领鬼子大队人马进攻咱们营地和山寨，我们要做好准备。无论是营地还是山寨，发现了鬼子，立刻朝天空鸣枪三响作为信号，互相增援，不能有误！"

张二豹说："弹药就不用多带了，你们更需要弹药。我估摸郑久成惊慌出逃，未必带走山寨的全部弹药，也没有炸毁弹药，所以，山寨中一定还有一些弹药。"

第二天早晨，战长勇、大豹、二豹、梦静一行三十多人，进驻郑久成的山寨。灰虎和张三儿也随梦静来到了山寨。

张二豹一到山寨就迫不及待地寻找弹药。开始，他没有找到。他清楚郑久成的性格，"狡兔三窟"就是用来形容郑久成这类人的。虽然前些日子郑久成的大山寨曾经被鬼子袭击过，但是这个小山寨一定还藏着一些弹药，于是，他继续寻找，不放过每一个角落。最后，张二豹发现大厅直通门外的两个碉堡。他走进碉堡，在碉堡中又发现了一个暗洞，里面藏有十支步枪、两挺轻机枪、两支双管猎枪、十箱步枪子弹、两箱猎枪子弹和五箱手榴弹，还有为数不多的一些粮食，以及一些狩猎用的钢丝套、捕猎夹子什么的。

在这个时候，找到了这么多弹药，比找到了真金纯银都令人欢欣鼓舞！

按照战长勇的部署，张二豹在山寨的院里院外设了三个暗哨，没有设明岗。同时，两个碉堡各住五个战士，各配一挺轻机枪。他还把步枪子弹、手榴弹分配给大家。

张二豹在跳进石缝之前，用猎枪的枪托砸鬼子，枪托和鬼子的脑袋一起碎了。他已经没有猎枪了。于是，他拿了一支猎枪。这支猎枪是崭新的，和他使用的猎枪基本一样，遗憾的是少了他自己制作的步枪枪管。

只有大豹、二豹和梦静使用猎枪，猎枪子弹主要由他们三人使用。

战长勇和鬼子打了多年，是伏击战、游击战的专家。他指挥战士们把战壕挖深、加固，并挖出了防备鬼子迫击炮弹的葫芦洞。就是在战壕里再向两侧挖出不对称的深洞，躲避鬼子迫击炮的打击。张二豹看这些深洞恰如一根葫芦秧上结出的葫芦，就给它起名"葫芦洞"。

战长勇的烟瘾很大，思考问题的时候，一根接着一根地卷烟抽烟。张二豹开始不适应，后来适应了，但是从心里告诫自己，一定不要抽烟！

张二豹不懂军事，却懂得逃跑，近似军事上的撤退。他清楚，如果鬼子袭击山寨，游击小队为了保存实力，不能和鬼子硬拼，必须及时逃跑或撤退。无论逃跑还是撤退，都得有路径。这一点甚至比坚固的阵地还重要。他让战士们在两个碉堡之间挖出一条通道，从碉堡中挖出一条通向后山的暗道，关键时刻好让大家沿着暗道逃跑或撤退到后山去。张二豹还在暗洞中设了一个简单的机关，就是堆了一堆石头。谁也不明白是怎么回事儿。

战长勇极为赞赏张二豹的做法，说他具有和鬼子打伏击战和游击战的天赋。

三天时间，战壕修筑完成，暗道也挖掘完成，就等着鬼子来了。

鬼子没有来。

张二豹还建议在山寨外面挖一些陷阱。陷阱也设置好了，鬼子还是没有来。

眼看山寨里的粮食已经不多了。张二豹对战长勇说："咱们这么多人，不能在山寨坐吃山空。山寨里有一些狩猎钢丝套。我每天带着张大豹到山腰儿布设一些钢丝套、捕猎夹子，捕捉一些猎物，既能当菜，又能当饭。同时，等待猎物的时候，我们去巡山，防备鬼子偷袭。"

战长勇非常赞同二豹的建议，心想，有二豹的智慧，加上战士们的勇敢，何惧鬼子进攻山寨呢？

兄弟俩开始到半山腰儿设置捕猎钢丝套和夹子。设置完成后，他们不在原地守株待兔，而是四处巡逻，观察山下的动静。每天，他们都能套到或夹到野鸡、山兔，有一天竟然夹到一头野猪。捕猎夹子夹到野猪不容易。它拼命挣扎着，就要挣脱夹子的时候，兄弟俩赶到。张大豹冲上去就是一猎刀，杀了野猪。这些猎物改善了战士们的生活，又解决了粮食不足的问题，深受战士们的欢迎。

半个月匆匆过去了。

一天，兄弟俩正在收获钢丝套上的猎物，突然听到冯大侃游击小队营地方向传来三声清脆的步枪响。兄弟俩赶紧往山寨跑，准备去增援他们。

到了山寨，战长勇已经集合好队伍。

梦静也背着孩子，要和队伍一起出发，张二豹让梦静留下来，同时让大豹带着灰虎、张三儿也留下来，保护山寨和梦静、孩子。

战长勇说："光留下大豹保护山寨和梦静母子不行，力量太弱，再留下十个战士。"

于是，张大豹和十个战士负责保护山寨。按照二豹的安排，他们分别住在两个碉堡里，万一鬼子进攻山寨，他们要先突然射击，然后从碉堡转移到后山。

战长勇、张二豹带领战士们跑向游击小队营地。

游击小队营地方向的枪声、爆炸声此起彼伏。他们恨不得飞到营地。

到了游击小队营地，眼前的景象让他们大吃一惊。枪声和爆炸声已经停止。营地的六幢营房以及马棚、仓库悉数被炸毁，变成一片废墟。鬼子已经攻进营地。

冯大侃仰仗营地有一个他们自己挖出来的山洞，还有四个碉堡，就以为固若金汤、坚不可摧了，明明知道最近鬼子一定要来进攻营地，但只是简单地加固了一下战壕，并没有挖掘撤退的暗道。营地都是用木头建造的房子，在鬼子的疯狂进攻之下，尤其是在迫击炮的密集打击之下，很容易土崩瓦解。

冯大侃他们挖出来的山洞如果能通向后山，他们就可以高枕无忧，然而他们挖的山洞只有一个洞口，没有解决后顾之忧，那么何谈固若金汤啊！战长勇和张二豹为他们担忧，也不知道他们到底怎么样了，冯大侃突出鬼子的包围了没有……

战长勇要勇敢地指挥战士冲过去，和鬼子短兵相接，杀退鬼子，去救冯大侃。张二豹阻止他说："咱们的战士不擅长和鬼子短兵相接，冲进去会遭受更大损失，甚至全军覆没。况且能明显看出冯大侃没在营地，一定是突围出去了。鬼子占领了游击小队营地之后，立马就会进攻咱们山寨。赶紧返回山寨，做好迎敌准备。"

战长勇感觉张二豹说得有道理，就听他的，迅速返回山寨。

张二豹到山寨的第一件事儿，就是进一步布置杀敌设施。前几天在山寨门前挖陷阱的时候，他没有让战士在陷阱底部插上木箭，担心误伤了追赶猎物的猎人或者进山采摘山货的村民。鬼子就要来了。张二豹让战士们在陷阱底下插上了锋利的木箭，只要鬼子掉进陷阱，就会被利箭刺中，非死即伤。他亲自把捕杀大型猎物的钢齿夹子设置在鬼子必经之路上，上面盖上一些树枝。捕杀大型猎物的夹子劲道很大，有上下两排锋利的钢牙，只要鬼子踩上它，钢牙突然咬合，他们的腿或脚立马会被钢牙咬得鲜血淋漓。同时，张二豹还让张大豹带领几个战士，在山寨附近的树林里设置了一些绊雷。

战长勇还让战士们在山寨大厅门前堆起了一排沙包，作为阻击鬼子的掩体。

一切准备就绪，张二豹嘱咐大家说："除了山上放哨的，不要在山寨门前设明岗，只在院子里设隐蔽的暗哨。谁也别出声，让鬼子尝试完陷阱、夹子、绊雷之后，还给他们一个错觉，就是咱们设置完这些机关之后望风而逃，山寨已经人去屋空了。鬼子的迫击炮弹也不会像母鸡下蛋那样来得容易，不该开炮的时候，他们也不会噼里啪啦地乱开炮。山寨里的对手已经跑光了，鬼子是不会朝山寨发射迫击炮弹的。"他嘱咐完大家后，小声儿嘱咐战长勇说，"你的关东烟也不能抽了！"

战长勇回答说："我明白。"立马把烟掐灭，然后对大家强调说，"大家听到我的枪声后再一起开枪，要狠狠地打。记住，如果鬼子朝山寨发射迫击炮弹了，立马从暗洞撤退到后山，向西北方向转移，到毕家烧锅会合。"

大豹、二豹和梦静在自己的子弹带上插满了猎枪子弹，弹药包里也装满猎枪子弹，猎枪子弹是用来打野狼、打野猪、打鬼子的，不能把子弹留给鬼子。张二豹和梦静每人拿了两颗手榴弹，张大豹拿了六颗。对张大豹来说，铁疙瘩比猎枪都好使。

天还没亮，山寨外面的树林里突然传过来三个手榴弹爆炸的声音，有人触到绊雷了。

战长勇和张二豹知道鬼子来了。鬼子一定是郑久成带来的。因为抗联都知道，鬼子晚上一般不敢在深山密林里搜捕抗联，不敢在森林里过夜。他们害怕晚上遭到抗联或者其他抗日武装的袭击。

战长勇和张二豹同时意识到一个问题。山上放哨的战士没有提前回来报信儿，说明他们或者被鬼子干掉了，或者睡着了。如果哨兵被鬼子干掉了，鬼子就不会认为山寨人去屋空了；如果哨兵睡着了，鬼子还会认为山寨已经人去屋空了。他们最担心的是鬼子的迫击炮，必须做好随时撤退的准备。但是，他们也琢磨，如果鬼子一开炮就撤退，那么费劲巴拉地挖掘葫芦洞干啥。应该利用葫芦洞和鬼子真刀真枪地干一会儿，然后再撤退。

二豹让大豹带着梦静、杰鹰及两条狗先从暗洞撤退到后山，提前到毕家烧锅等着和游击小队会合。

战长勇负责坚守大厅外面的防御沙包。张二豹负责指挥两个碉堡里的战士。他们都在聚精会神地观察着山寨门口的动静。

鬼子就要进攻山寨了。张二豹没有丝毫紧张，反而感觉非常兴奋，就好像他等待的不是残暴的鬼子，而是就要进入他猎枪射程的猎物一样。和战长勇这样的老抗联一起打鬼子，张大豹心里踏实、激动。抗联战士都是打鬼子的英雄好汉。他打鬼子也绝不含糊，对鬼子和对狼群一样，绝不心慈手软！

鬼子终于出现了。他们没有先朝山寨院子里开炮，而是先投掷了三颗手榴弹……

第二十二章　艰难的突围

鬼子怀疑山寨里的人听到了冯大侃营地的动静，已经落荒而逃、人去寨空了。为了试探，他们向山寨院子里扔了三颗手榴弹，看看山寨里面没有反应，然后，先派十几个鬼子冲进了山寨。

眼看鬼子就要冲到大厅门前的沙包了。战长勇朝冲在最前面的鬼子打了一枪。瞬间，碉堡、战壕、沙包后面的战士一齐开火。十几个鬼子顷刻被消灭。

鬼子停止了进攻。不一会儿，就听"嗵嗵嗵"的一连串声音，鬼子的迫击炮弹打进了院子里。

随着此起彼伏的爆炸声，山寨的三四幢木屋倒塌了，令人胆战心惊。迫击炮的射击持续了一分钟才戛然停止，鬼子立马就像密集的鱼群冲进渔亮子一样，冲进院子里。躲避在战壕葫芦洞里的战士把二十多颗手榴弹投向鬼子。手榴弹的爆炸声和鬼子迫击炮的爆炸声一样震耳欲聋，一样令鬼子胆战心惊。

战壕里的战士们再一次向鬼子射击，然后迅速进入碉堡的暗洞向后山转移。在战士们从战壕进入碉堡的过程中，鬼子的机枪疯狂扫射，子弹就像洋炮射出的铅砂一样密集，有六个战士牺牲。

张二豹是最后一个从暗洞出来的。他把事先固定好了的两颗手榴弹的拉火绳，挂在暗洞另一边由一堆石头固定的木桩上。

鬼子追进了暗洞，绊到了手榴弹的拉火绳。手榴弹炸塌了暗洞旁边堆积的石头，暂时将暗道堵塞。鬼子的追击受阻，战士们得以逃脱。

战长勇和张二豹带领战士们朝西北方向转移，准备和其他被打散的战士在毕家烧锅会合。他们到了毕家烧锅，一清点人数才知道，三十个战士牺牲了六个，还有六个被打散。毕家烧锅的人待人热情，一听说他们是抗联的，立马把为伙计们蒸的苞米饼子拿出来给他们吃。他们刚要吃点儿东西，休息一会儿，警戒的战士慌慌张张跑进来说："鬼子和伪军追上来了！"

他们一人抓起一个苞米饼子，急急忙忙地向山坳的里面跑。张大豹带着五名战士负责掩护。

梦静背着孩子跑不快。张二豹把孩子接过来背着跑，比梦静快很多。

突然，后面传来了两声狗叫。

张二豹和战长勇他们都知道这是鬼子的狼狗的叫声。鬼子的狼狗和鬼子狙击手一样，都是经过特殊训练的。它们的嗅觉、听觉极其敏锐，兼有野狼的凶猛，所以跟踪能力极强，对游击小队的威胁很大。有这些狼狗的存在，他们很难摆脱鬼子的追杀。

张大豹跟了上来。张二豹刚要对他说，把鬼子的狼狗干掉，只见灰虎和张三儿嗖的一下蹿了出来，朝鬼子的狼狗冲去。

战长勇对张二豹说："大家在一起跑目标太大，很难甩掉鬼子的追赶，还是分头跑。"他迅速把大家分成三组：他自己领一组，张二豹领一组，一名战士领一组。张二豹这组有张大豹、梦静和孩子，还有两名抗联战士、三名游击小队的战士。战长勇还嘱咐五名战士一定要保护好梦静和孩子的安全。然后，三组立马分道扬镳。战长勇带领战士继续沿着山坳跑，吸引鬼子。张二豹一组朝左侧山坡的树林里跑。战士带着的一组朝右侧山坡树林里跑。

张二豹背着孩子，照顾着梦静，拖家带口地跑到了半山腰。他向下一看，山坳里的鬼子和伪军密密麻麻的，有一百多人。他们向树林深处快跑。张大豹和五名战士主动在后面断后。

不一会儿，山坳里面传来枪声。

张二豹清楚，这是鬼子追到跟前了，战长勇他们组负责掩护的战士和鬼子打了起来。他吩咐大豹说："你带着五名战士在山坡上伏击鬼子，缓解战长勇他们的压力，掩护他们摆脱鬼子追杀。"

张大豹刚一回头，只见山坡上出现了五六个鬼子，正朝着他们这边追来。这样，张大豹他们如果朝山坳里的鬼子开枪，就会被上下的鬼子包围。但是，兄弟俩和五名战士都不能置战友的危险于不顾。张二豹让张大豹和五名战士每人朝山下扔出一颗手榴弹，来干扰山坳里鬼子的行动，然后迅速向深林里转移。

张大豹他们投掷手榴弹的时候尽量隐蔽，但还是被后面的鬼子发现了，鬼子快速朝他们追来。

张二豹感觉不把后面这五六个鬼子干掉，是无法跑出去的，就把孩子递给梦静，然后对一名抗联战士说："你带一名游击小队的战士负责保护梦静和孩子，一直朝树林里面跑，别拐弯儿。"

两名战士和梦静一起朝树林里面跑去。其实，张二豹并不是非得让两个战士保护梦静，而是为了让他们吸引后面鬼子的注意。如果没有朝前面跑动的声音，鬼子是不敢大步流星地追赶上来的。

二豹又对大豹他们说："咱们隐蔽好，等鬼子追到跟前，突然干掉他们。记住，看到我动手的时候，你们再动手。尽量不要开枪！"

他们隐藏在树后、石头后。当第一个鬼子跑过来时，张二豹没有出手，最后一个鬼子跑过来时，他猛地冲出，一柴刀抹了鬼子的脖子，然后反手一柴刀，刺进另一个鬼子的后腰。同时，张大豹用猎刀杀了一个鬼子。一个战士用步枪的刺刀朝一个鬼子刺去，然而，后面的一个鬼子听到了前面的动静，当战士的刺刀刺进前面鬼子的胸膛的同时，后面鬼子的刺刀也刺中了战士的心脏。抗联战士用匕首干净利落地杀死了一个鬼子。当最后一个小战士用步枪刺刀朝最后一个鬼子刺去的时候，这个鬼子的身手出人意料地敏捷。他一把抓住了小战士的步枪护木，瞬间飞起一脚，把小战士踢个趔趄。鬼子回头就跑，眼看就要消失在树林中了。小战士无奈之下朝他开了一枪。鬼子滚下山坡。

听到了枪声，后面大批鬼子向他们扑来。

张二豹带领大家朝梦静他们的方向跑。

小战士没有和大家一起跑，而是出人意料地朝鬼子跑去。大豹、二豹他们知道小战士是要掩护大家，想阻止他已经来不及了。只见小战士刚向鬼子投去一颗手榴弹，就趴在了地上，再也没有起来。

鬼子越来越多，山坳里的一些鬼子也冲了上来，一边追赶张二豹他们，一边朝他们打枪，有好几枪差一点儿打到张二豹的脑袋。于是，张二豹对两个战士说："鬼子越来越多了，咱们还得分头跑。我和大豹往左，你们往右。能跑多快跑多快！"

张二豹向左跑了二十多步，突然朝天空打了一枪。几乎在同时，两个战士也朝天空打了一枪。张二豹开枪是为了掩护两个战士，把鬼子引到自己这边来。他也清楚，两个战士朝天空开枪，目的和他一样，是为了掩护他和大豹，把鬼子引到他们那边去。

兄弟俩拿出狩猎时在深山密林里追赶猎物的本事，一气儿飞跑了十来里路，终于把鬼子甩得无影无踪。他们开始寻找梦静他们。他们也是无影无踪。

张二豹从时间、距离上判断着梦静他们的方位，感觉自己和大豹有些跑猛了。于是，他们往回跑，想迎着梦静他们跑过来的方向，和他们会合。

他们跑了两里多路，就听到前面不远处传过来狗叫声和枪声，还隐约听到了孩子哭的声音。张二豹立刻朝着声音飞跑，比在草丛中被苍鹰追赶的兔子跑得都快。因为从那声音不难断定是梦静他们遭遇了险情！

大豹紧紧跟着二豹。两只发怒的东北豹勇不可当地冲向鬼子。

梦静他们按照张二豹说的那样，朝一个方向一直跑。跑了六七里路的时候，他们听到后面有狗叫的声音。她听出那是灰虎的声音。向后一看，灰虎追了上来。当灰虎朝鬼子的狼狗冲过去的瞬间，梦静的第一感觉是灰虎肯定回不来了。凭灰虎现在的勇猛和强悍，战胜野狼都不在话下。她不是担心灰虎会被鬼子的的狼狗咬死，而是担心它会被鬼子开枪打死。灰虎竟然活着回来了，梦静非常激动！

灰虎舔着梦静的手，梦静搂着灰虎的脖子，场面如同生离死别一样感人！当梦静突然摸到灰虎脖子上那条深深的伤口时，她流下了热泪。她想为灰虎包扎一下伤口，又没有能够包扎伤口的东西。于是，她把自己的衣服撕下一条，为灰虎包扎伤口。这个时候，梦静他们还不知道，危险正在朝他们跑步逼近。

刚才在山坳，灰虎和张三儿朝鬼子的狼狗冲去的时候，鬼子的两条狼狗正好向它们这边冲过来。灰虎和张三儿同鬼子的狼狗进行了一场恶战。最后鬼子的两条狼狗夹着尾巴逃跑了。这时，大批鬼子已经追到离灰虎不远的地方。他们朝灰虎和张三儿射击。灰虎和张三儿朝山坡上飞速狂奔，然而，它们没有跑过鬼子的子弹。张三儿中弹身亡，灰虎脖子上的皮肉被一颗子弹打穿。它拼命朝山坡上跑，避开了鬼子追命的子弹。

灰虎和鬼子的狼狗搏斗已经消耗了大量体力，脖子上又受了枪伤，流了好多血，所以，它奔跑的速度远不如平时。灰虎一路上的血迹，也给鬼子留下追赶的标记。鬼子沿着这血迹，向它追来。

灰虎毕竟是一条狗，而且是一条没有像鬼子的狼狗那样受过专门训练的狗。四个鬼子在它后面紧紧追赶，它竟然毫无察觉。

当灰虎追上梦静和两名战士的时候，四个鬼子也离他们不远了。

梦静也意识到此地不能久留，必须马上离开，然而已经晚了。他们刚刚走出二十多米远，就见灰虎猛地转身，向后面狂吠。梦静转身一看，三个鬼子已经站在他们的身后，只有大概三十米距离了。灰虎疯了一般朝鬼子冲去，接着腾空跃起扑向鬼子。鬼子的步枪响了。灰虎重重地摔在了一块锋利的山石上。

梦静身后的杰鹰被枪声惊吓得大哭起来。

梦静看到鬼子的瞬间，她和两个战士迅速隐蔽在三棵树后，向鬼子射击。有两个鬼子被击毙。游击小队的战士被鬼子打死。

抗联战士拽着梦静就往树林深处快跑。他们刚跑了几步，抗联战士突然看到侧面有一个鬼子正要向梦静射击，他用身体挡住了鬼子的子弹，保护了梦静和杰鹰。同时，梦静用猎枪打死了偷袭他们的鬼子。

梦静快速向森林里面跑，后面的鬼子对她穷追猛打，不给她一点儿为猎枪换子弹的机会。

因为一路奔跑，还背着孩子，梦静的两腿已经酸软。如果没有孩子，她会快速奔跑，猛然躲在一棵树后为猎枪换子弹，然后就地一滚，朝鬼子开枪。然而，身上背着孩子，无法快跑，也无法就地翻滚，只能等待鬼子为步枪上弹夹的机会，她再为猎枪换子弹。鬼子的确很鬼，打出四发子弹后，最后一发子弹就不再打了，一直给梦静留着。也许，他清楚梦静的意图。

这样，梦静只有顽强地奔跑。当她筋疲力尽的时候，鬼子就可以轻而易举地从后面打碎她的脑袋。

前面有一棵倒树。梦静平时可以轻松跳过去。现在，她故意高抬小腿，以为一定能迈过去呢，却没有迈过去，一下被树绊倒。

鬼子举枪向她射击。

瞬间，梦静在心里对二豹说了最后一句话："二豹，为我们娘俩报仇，杀光鬼子！"

枪响了，是几乎同时的两声枪响。然而死的不是梦静，而是要向她射击的鬼子。大豹、二豹在关键时刻救了梦静和孩子。

张二豹背着孩子，带着梦静和张大豹继续在森林里向前奔跑。在这个时候，他们都清楚，鹅行鸭步，就是死亡；逐电追风，就是生存。

他们逐电追风般地奔跑，终于摆脱了鬼子。他们坐在一个大石头后面休息，又累又饿。大豹去采摘了一些山野菜，主要是婆婆丁、山葡萄的嫩芽，缓解暂时的饥饿。这个季节，山上也没有什么野果。

张大豹一下想起了灰虎，看看灰虎没在身边，就问梦静它哪去了。

梦静一边流眼泪，一边讲述灰虎救她的经过。兄弟俩都为它在关键时刻救了梦静和杰鹰而感动，也为它的死感到惋惜！

刚才困扰他们的是如何逃生的问题，现在他们忧虑的是如何安身的问题。中国广袤的土地、苍茫的山林，竟然没有中国人安身的地方！

张二豹想到去寻找抗联，马上又意识到这个时候寻找抗联，比在夏天的苞米地里找一棵高粱还难。

张大豹提出回北山村，像在太平沟村一样，暂时住在冯大侃的空房子里，明年春天在周家的院子里再建造一个新房子。

梦静反对说："咱们已经不能再回北山村了。三个鬼子是在周家被打死被炸死的。鬼子已经记恨了周家。如果咱们回去，还要建房子，鬼子一定会把咱们当作抗联的杀害或者抓起来的。"

张大豹说："北山村回不了，咱们还能去哪儿？"

梦静说："我看咱们回小狼洞看看，也许鬼子已经把小狼洞忘记了。"

张二豹说："即使鬼子把小狼洞忘记了，被咱们赶出去的那些野狼也不会忘记小狼洞。现在小狼洞一定住进野狼了，咱们怎么也不能再把野狼赶出去吧？"

张大豹说："把野狼赶出去也没什么不可以。野狼毕竟咬死了咱爹，和咱们有杀父之仇。咱们现在没地方住了，像野人似的在山里游荡，咱们不能眼睁睁地看着咱们的杀父仇人，对了，它们不是人，应该叫杀父仇狼，舒舒服服地住在咱们曾经住过的小狼洞吧！再说了，咱们三个啥罪都能遭，好对付，我大侄子可啥罪都不能遭，不能对付。我看现在就去小狼洞，一会儿天黑了！"

梦静说："如果野狼又住进了小狼洞，我也不想把它们第二次赶出去了，感觉那样做有点儿不太人道，和野狼差不多了。咱们早就承认小狼洞是属于野狼的，'小狼洞'三个字已经说明问题了。"

张大豹说："你们都不同意回小狼洞，那你们手里有黑瞎子洞、野猪洞、狐狸洞什么的也行，拿出来呀！只要有住的地方，哪怕是蝎子精住的琵琶洞，老鼠精住的无底洞，蜘蛛精住的盘丝洞，我都敢住，我不在乎。"

梦静笑着说："要说连《西游记》都读过的张大豹没文化，那他可冤死了。以后谁说大豹没文化，我和谁急！"

张大豹憨厚地说："我哪能读懂什么记呀！我小时候听奶奶给我讲的故事里有这几个妖精洞。"

张二豹说："有一个地方，我一直在琢磨。我认为咱们可以去那儿。"

张大豹急切地问："哪疙瘩呀？"

张二豹故意神秘地说："那疙瘩太神秘了！我绞尽脑汁，脑袋里都要掏空了，拔凉拔凉的，才想出这么一个热乎的结果来。要说熟悉也熟悉，要说陌生也陌生。咱们三个都知道。"

梦静责怪他说："你别故弄玄虚了，赶紧说出来，行不行还两说呢，不行咱好再商量别的地方。"

张大豹不相信地说："我小时候就听二豹的，跟在他后边走，谁让人家聪明，人家读过书；我不聪明，我没读过书呢。人家成了老大，我成了老二。真没处说理。所以说，平时他去哪疙瘩我就去哪疙瘩，他知道的地方，我还能不知道！别听他胡诌八扯了，麻溜儿琢磨个地方吧！"

张二豹认真了起来："都这个时候了，我怎么还能胡诌八扯？大豹还记得你说过的另一个大的狼洞吧？在咱们心里，那个狼洞是不是很神秘？你们想一想，咱们刚到住过的小狼洞时，从外面看就是个狼洞吧？进入之后，你们看到了什么？"

张大豹着急地说："你别问那么多个为什么，我都捋不过来了，简直手忙脚乱。你就直截了当地说让我一下子就能听明白的意思吧。急死我了，再听你说出几个'什么'，真要出人命什么的了！"

梦静也有点儿莫名其妙："大豹说得对。听你说话比听灰虎叫唤都令人费解，想说什么你就直说。这么多个疑问句，不是你的风格！"

张二豹只好直言不讳："不是一个智力层次的，和你们说话费劲。没办法，只能敷陈其事而直言之了。我说的意思是，咱们刚到小狼洞的时候，在外面看，就是个狼洞，但是进入小狼洞，里面却是一个装有武器弹药的仓库。后来我分析，抗联建有很多秘密营地，也许咱们住过的小狼洞就是抗联的一个小型秘密营地。"

张大豹接过来说："你一说我才捋直了，对上号了。你说得很有道理，咱们住过的小狼洞可能真是抗联的秘密营地呢。但是这和我说过的大狼洞有什么关系呀？"

梦静只是在旁边微笑。

二豹跟大豹逗趣："脑袋不够用了吧？还是没捋直，没对上号？当初让你和我一起去上学，你一心就想种你那一亩三分地，说什么也不去上学。学和不学看出差距了吧？梦静虽然也没上过学，但是人家聪明，和上过学的爹学的东西比上学学的还要多。我每次费尽心机地想出一个主意，还是热乎的呢，人家就猜到了。这件事儿也是如此，梦静听明白了，你还是没听明白。也罢，人和人的智力肯定是有差距的。我就用初小一年级老师的讲课方法对你讲吧。"二豹清了清嗓子。

大豹撇了撇嘴："没办法，早知道现在，我宁可放弃种地，也一定去和你读初级小学。也许，我读了初级小学会比你更精明。麻溜儿说吧，别卖关子了！"

二豹知道梦静听明白了，就对大豹说："我经常琢磨这件事儿。你说的那个大狼洞也许和咱们住的小狼洞一样，表面看就是个狼洞，里面很可能是抗联的一个规模较大的秘密营地！"

大豹一拍脑袋："哎呀，哎呀……我这么大个脑袋白长了。我怎么就没想到呢？"

二豹接着说："开始我也没想到，到了北山村我才琢磨出来。咱们住的小狼洞和那个大狼洞离得不远。假如小狼洞是抗联的一个秘密营地，那么，抗联也一定会想到把大狼洞当作他们的秘密营地。"

梦静提出来一个疑问："我也觉得大狼洞应该是抗联的一个秘密营地，但是，现在里面有没有武器、弹药和粮食就不好说了。也许已经被抗联取走了，尤其现在还是抗联最困难时期。再说了，即使里面的东西还在，咱们能随随便便就使用了吗？"

张二豹表情严肃地说："你说得对，也许抗联已经把秘密营地里面的武器、弹药、粮食取走了，也许这些东西还在。有很多抗联将士被鬼子杀害了。如果知道这两个秘密营地的抗联战士牺牲了，这两个营地也许一年半载也不会被人发现；如果这个秘密营地就是钟志强曾经提到过的那个秘密营地，他们退到苏联休整，一时半会儿也顾不上这个秘密营地。我认为，如果这些武器还在，咱们可以理直气壮地使用，因为咱们是用这些武器打鬼子，而不是用来打猎物，是和抗联在做同一件事情，那就是打侵略我们国家的敌人。即使以后抗联知道了，也会支持咱们的。"

张大豹不解地说："我就不明白了，咱们不是已经加入抗联了吗？冯大侃不是把抗日山林队改成抗联，不对，改成抗联游击小队了吗？"

梦静替二豹解释说："战长勇不是不同意咱们现在就改为抗联的名头吗？抗联是有纪律的，需要批准。你们也别在这儿讨论了，赶紧去大狼洞吧。我最担心的是大狼洞里面住着野狼，咱们还得把它们赶出来呀！"

张大豹一边拿猎枪一边说："不把它们赶出去，咱们住哪儿？"

张二豹一边起身一边对梦静说："我和你担心的正好相反。我最担心的是大狼洞里面没有住着野狼。如果里面不住着野狼，即使是抗联的秘密营地，也早就被别人发现了。那么，营地里面的武器、弹药、粮食什么的，也就不可能存在了。"

他们朝着大狼洞进发……

第二十三章 抗联的秘密营地

当大豹、二豹和梦静来到大狼洞附近的时候，已经是晚上了。除了星光，没有别的光亮。他们依靠猎手的敏感和经验，才尽快适应了夜里的山路。

在路上，张二豹就注意寻找一些松树明子。

到了大狼洞，他们首先要确定里面有没有野狼。

张大豹说："这简单，一顿乱枪，野狼就得跑出来。"

张二豹说："你说的话总是不经过大脑，就从嘴里直接溜达出来了。如果大狼洞里面住着狼群，咱们把它们强硬地轰出来。它们被激怒了，一起向咱们疯狂围攻，咱们三支猎枪根本招架不了。有些事情如果不经过大脑思考，就简单鲁莽地做了，会给自己和别人带来意想不到的麻烦，甚至惹来杀身之祸。"

张大豹不服气地说："这黑灯瞎火的，不用猎枪，还能把野狼礼貌地请出来呀？"

张二豹说："把野狼请出来并不难。"说完，他从兜儿里掏出洋火，点燃了一根松明，递给大豹，又点燃一根，递给梦静。他一共点燃了十根松明，然后对大豹说："你把两根松明扔到大狼洞口。野狼就自己跑出来了。你千万别空着手，手里一定要有火把，否则野狼冲出来了，你也回不来了。"说完，又递给他三支松明火把。

二豹告诉梦静准备好猎枪，万一野狼向他们这边冲过来，好开枪自卫。

大豹一手拿着两支火把，跑到大狼洞跟前，用力将两支火把扔在洞口，然后就像野狼冲了出来一样扭头就往回跑，风驰电掣一般。跑到二豹、梦静跟前，他回头一看才知道，野狼根本没冲出来。

二豹对大豹说："你准备好猎枪，我把这两支火把扔过去。"他没有把火把扔在大狼洞外面，而是直接扔进了里面。

只见一群野狼从大狼洞里冲了出来，就像火把塞进了耗子洞一样，有十二只野狼。

狼群本想扑向二豹，一看二豹手里挥舞着两支火把，又想扑向大豹和梦静，一看他们手里也拿着火把，于是，它们直接朝树林里惊慌逃窜。

二豹让大豹收集了一些干枯的树枝、树干，在大狼洞外点燃一堆篝火，防止狼群冲进洞中。

梦静担心地问："篝火能防备野狼，也能招来鬼子和胡子。咱们只拿火把，不点篝火不行吗？"

二豹说："狼群刚刚被驱逐出大狼洞，它们一定不甘心，总想伺机反扑，只有看到篝火，它们才能彻底放弃大狼洞。今天冒一次险，以后就不用再冒险了。"

他们每人拿着两支火把，进入大狼洞。大狼洞的确比以前住过的小狼洞宽敞，有太平沟村的房子东西屋加上外屋地那么大。

他们一进大狼洞就开始寻找抗联的武器弹药和粮食。然而，他们大失所望，除了枯骨狼藉、腥味弥漫之外，没有一丝抗联秘密营地的痕迹。

梦静在一个草窝里发现三只狼崽儿。狼崽儿似乎刚刚断奶，没有自卫能力，也没有攻击能力，走起路来步履蹒跚，摇摇晃晃。她感觉狼崽儿怪可怜的，也很好玩，就抱起来一只。狼崽儿的眼睛清澈见底，没有一丝凶光，就像杰鹰的眼睛一样天真无邪。

张大豹问："我把这三只小狼崽子扔出去吧？"

梦静说："三只小狼崽儿还不能独立生活，送到外面自己不能捕食，还会被别的动物吃掉。就让它们先留在狼洞吧。我喂它们。"

张大豹担心地说："我好像听爷说过，母狗、母狼、母熊最凶猛的时候，就是有人动它们的崽子的时候，甚至你从它的崽子旁边经过，它都以为你要伤害它的崽子，而向你发起猛烈攻击。如果把狼崽子留在狼洞，外面的母狼能不能率领狼群不顾一切地冲进来抢崽子呀？"

张二豹说："群狼战术是战无不胜的，连东北虎和黑熊都害怕。咱爹不是经常说这样一句话吗，'好虎架不住一群狼'。都说野狼怕火，咱们在为爹报仇的时候和在小狼洞住的时候都证实了这一点。但是，我认为，如果狼群真的被激怒了，它们连死都不怕，还能怕火吗？所以咱们不要激怒狼群，还是把狼崽儿还给狼群吧。"

梦静反驳兄弟俩说："我认为情况和你们说的恰恰相反。如果把狼崽儿留在大狼洞，对它们精心呵护，就像对自己的孩子似的，我想无论母狼，还是狼群，都不会无情无义、无动于衷的，更不可能恩将仇报，视咱们为敌的。"

张大豹反对梦静的观点："这上哪儿说理去呀，我都听出你说得不对了。刚到大狼洞，你就犯了和在小狼洞相同的错误。野狼不是人，没有人的情义，更不可能知道感恩。你以为野狼像我似的呀，那么有人情味？"

狼群在洞外窥视，可以明显看出它们不甘心被赶出狼洞，在观察着洞内的动静，伺机一举夺回大狼洞。

张二豹也说："野狼的确很聪明，像我似的。狼与狼之间可以通过气味、叫声、肢体动作进行沟通。但是，那只是局限在野狼和野狼之间。我想那是一种动物的本能，和野狼扑食的本能一样。狼和人之间就不可能沟通交流，更不可能有感情了。把狼崽儿留在大狼洞，就是留下一个隐患。"

梦静无奈地说："一对二，我说不过你们。你们两个把狼崽儿交到它们的妈妈手里吧，反正简单地把它们扔到狼洞外面肯定不行。这么鲜嫩可口的小生命，还没明白这个世界是怎么回事呢，就要被无情的人丢弃到洞外，瞬间就会被那些贪婪的动物吃掉。可惜呀！"

张二豹说："外面已经被狼群控制了，别的动物哪能靠前？狼崽儿不可能有危险。"

当兄弟俩去抱那三只狼崽儿的时候，狼崽儿以为母狼来给它们喂食了，就兴奋地撒欢儿，然后用它们那还没有长出狼牙的孩子一样的小嘴来舔他们的手。这让张二豹想起了杰鹰，想起了灰虎小时候，于是，他把抱起来的狼崽儿又放回草窝里。张大豹一看张二豹把狼崽放回草窝里，也把抱起来的狼崽儿放回了草窝里。

二豹向梦静解释说："我不是怕它们到外面被别的动物吃掉，而是担心它们无家可归，在外面风吹雨淋的，怪可怜的。让它们在洞里再待几天吧。"

梦静说："我想你和大豹也不会是铁石心肠的人。本来人家在大狼洞里生活得好好的，咱们把人家的洞穴强行霸占了，狼崽儿成为无家可归的孩子，那么脆弱的生命，谁能忍心把它们弃之荒野呀？即使它们的妈妈在外面等待着它们，咱们把它们送到大狼洞外面，它们也没处去呀。咱们都知道，青梅山的洞穴只是星崩儿的，它们到哪儿再找一个给狼崽儿遮风避雨的洞穴呀？把它们留在洞里是对的！我想也许母狼能够理解咱们的做法，也希望咱们能够暂时喂养它们的崽子呢。"

大豹无奈地说：“你们两口子都有情有义，替野狼喂养狼崽子。就算我无情无义，我也不想得罪狼群，它们哪天再对我来一个群狼战术。那就听梦静的吧，把狼崽子先留在洞里。那以后你就不光是照顾杰鹰一个孩子了，还得照顾它们三个狼崽子！”

梦静如释重负地说：“一个也是喂，四个也是赶。再说了，杰鹰可没人家狼崽儿那么皮实，过些天狼崽儿吃生肉就行。”

大豹说了一句胡子说的话：“如果野狼像人似的就好了，它们的崽子在咱们手里，它们反而不敢轻易对咱们怎么样了。”

二豹说：“你这是胡子绑票啊？”

大豹和梦静都笑了。

笑过之后，他们开始愁了。大狼洞里什么吃的都没有。这个时候，还不能出去打猎。他们可以坚持一宿，杰鹰和三个狼崽儿却坚持不了。对了，狼崽儿也许已经吃饱喝足了，但是杰鹰已经饿得哇哇叫了。

二豹休息了一会儿，一下站起身来，对大豹说：“你看住洞口，防备狼群万一冲进来。我再仔细看看里面。我就不相信我的判断是错误的！”他拿起一支火把，在洞内细心观察，搜寻着每一个角落。当二豹走到大狼洞深处的时候，他看到了十几块大石头。开始，他以为大石头是洞里天然形成的，后来他感觉不对。大石头应该是人从外面抬进来或者推进来的。为什么要费劲巴拉地抬进来这十几块大石头呢？

如果大石头是平的，也许是抗联、猎人或者胡子以前在洞里居住、休息时，用于放东西的，或者当饭桌什么的。但是大石头不是平的，而是三扁四不圆的普通石头，每块大石头都有百八十斤重。那么，大石头就是用来堵和挡洞口的。如果是用来堵和挡大狼洞洞口的，大石头不应该堆放在大狼洞的最里面。由此看来，大石头一定是堵和挡大狼洞里面的洞口的！

想到这儿，二豹感到异常兴奋！他叫来梦静，对她说："我可能找到抗联秘密营地了。"

梦静问："在哪儿？"

二豹得意地说："这回，我的想法都凉了，你也没猜到吧？"

梦静说："你的想法即使结冰了、枯萎了，我也猜不到。因为我也没读过你的初级小学。"

二豹听出梦静话外有音："哦，明白了，你是替大豹讽刺我呀？"

梦静着急地问："谁敢讽刺你张二豹。快点儿说吧，抗联秘密营地在哪儿？"

二豹指着大石头堆说："就在这石头堆后面。"

梦静说："我也感觉这堆石头很奇怪，但是没有想那么多。这就是差距。"

大豹一听找到了抗联秘密营地，立马跑了过来："哪儿呢，哪儿呢？"

二豹对梦静说："你去看守洞口吧，不能大意。我和大豹搬大石头。"

大豹用力搬起一块大石头，放了旁边。二豹也搬起一块大石头，放了旁边。当他们搬起第五块大石头的时候，露出了一个洞口。他们赶紧把其余的大石头搬走，竟然是一个洞中洞。

二豹又点燃了两个火把，自己拿一支，递给大豹一支。然后，兄弟俩进入洞中洞。眼前的场面让他们喜出望外！洞里是一个仓库，有武器、弹药、棉衣、粮食、铁锅等各种军需物资。兄弟俩非常兴奋，他们可以在大狼洞里长住了！

二豹确认大狼洞是抗联的一处秘密营地，就是无法确认是不是钟志强说的秘密营地。

张大豹拎起一袋粮食，送到梦静跟前："这回咱们不会挨饿了，可以放开肚量可劲儿造了！"

找到了抗联的秘密营地，有了粮食，梦静比兄弟俩还高兴。她打开粮袋子一看，是苞米。因为洞里有潮气，苞米存放时间太长，已经发霉了。她扒拉到粮袋子里面看，也是如此。在粮食紧缺的情况下，如果粮食是一般的发霉，多洗几遍，也能对付吃。但是这些粮食是严重发霉，别说放开肚量可劲儿造了，连吃都不能吃了。

大豹又拎过来两袋子粮食。梦静打开一看，还是苞米，也是严重发霉，不能吃了。这么多粮食都不能吃了，他们感觉特别可惜！

仓库里一共有十袋子粮食，大豹全拎到了梦静跟前，让她鉴定。有八袋子苞米发霉，不能吃了；只有两袋子黄豆没有发霉，可以吃！

在大狼洞这样的环境中，有两袋子黄豆，就完全可以生存了。

二豹拎过来铁锅，在靠近大狼洞洞口的地方点燃了一堆柴火，用木棍支起铁锅，开始炒黄豆。

内洞里的东西很多，就是没有碗和筷子。张二豹把手伸出大狼洞外，摘几个大一些的绿叶，当碗；再掰几根硬而直的树枝，当筷子。

然后，他们开始吃炒黄豆。炒黄豆真香！

吃完炒黄豆，他们感觉渴得厉害。大半夜，狼群那阴森恐怖的目光一直朝着大狼洞闪烁。他们没有办法到外面弄水。

大豹到仓库里找了半天，想再找些能吃的。他竟然找到了四瓶白酒，如获至宝地拎了出来。他还以为是水呢。当二豹说是酒的时候，大豹建议每人喝几口，解解渴。他们兄弟俩看到过爷爷、爹爹喝酒，自己从来没喝过。因为高兴，兄弟俩也想喝点儿酒。他们打开瓶盖儿一闻，里面装的仿佛是火，只喝了两大口，就感觉火烧火燎的了。

梦静喝酒的时候，大豹、二豹一直盯着她，以为她得被如火的白酒烧得咳嗽不止，满脸痛苦表情呢，没想到她恰似喝白水一样，平静如水，不以为然。原来，梦向东喜欢喝酒，虽然喝不了多少，但是经常喝点儿。有时晚上喝酒的时候，他也让梦静品尝品尝，这一品尝，一不留神，就品尝出梦静的酒量来了。

兄弟俩一看梦静喝酒平静如水，他们俩却觉得辛辣如火，感觉有失男子汉的颜面，就强装威猛无畏地又喝了几大口。本来，兄弟俩脸上是火烧火燎、满脸痛苦的表情，却硬装出一副和梦静一样的平静如水、不以为然的表情，反而是漏洞百出、尴尬无限。

过了一会儿，兄弟俩都有一种头晕目眩、天昏地暗的感觉，本想坚守着男子汉的刚强，却在白酒的冲击之下弱不禁风、不堪一击了起来，像两头野猪一样酣然入睡。呼噜声比野猪还响，一直响彻到洞外。

梦静却是神清气爽，没有一丁点儿醉意和睡意，自然而然地担当起为大狼洞站岗放哨，保护两个男子汉的重任。她把仓库里的棉被拿出来两床，给两个男子汉盖上。然后自己披上一件棉衣，抱着猎枪，坐在正对洞口的枯草上。她过一会儿就要往篝火里添一点儿柴火，生怕篝火熄灭。

梦静一夜没有合眼。狼群在大狼洞外面一夜没走，十二双仇视和愤怒的眼睛一直在闪亮。

第二天早晨，大豹醒来第一句话就是："我还有点儿酒量，喝了那么多酒，竟然没喝醉！"

梦静说："还没醉呢，再醉就永远也醒不过来了。"

二豹醒来后，竟然说了这样一段不着边际的话："毕竟是男人，与酒有缘，真是把酒临风，放歌纵酒，杯酒长精神。横行负勇气，一战净妖氛。浊酒一杯家万里，燕然未勒归无计。壮志饥餐胡虏肉，笑谈渴饮匈奴血。待从头收拾旧山河，朝天阙。好酒啊！"

梦静说："你听听，他现在还没醒酒呢。"

大豹说："人家有文化，连醉话梦话都带着文化的味道。我没文化，听不明白。"

太阳升起，天地一新。野狼不见了。

二豹让大豹看守大狼洞，他和梦静出去找水。仓库里有个牛皮桶，破得都要漏水了。二豹拿着牛皮桶，梦静拿着破盆。他们向下走不远就看到了一条小溪，水很清澈，他们洗洗手，洗洗脸，再洗洗脚，然后装满牛皮桶和盆，回到了大狼洞。以后，他们每天都要到这个小溪取水，一天最少两次。

梦静每天在小溪里洗手、洗脸、洗脚。

有水了，梦静开始煮黄豆。她让大豹出去采摘点儿野菜。黄豆将要煮熟的时候，把野菜放进去。

黄豆野菜饭煮好之后，梦静把饭嚼碎，喂狼崽儿。狼崽儿不吃，直摇头。它们还没有断奶，吃狼奶习惯了，不习惯吃黄豆野菜饭。梦静就把自己的奶挤出一些，和嚼碎的黄豆野菜饭搅拌在一起。狼崽儿抢着吃了起来，就像吃到了母狼奶一样津津有味。

兄弟俩清理了仓库，里面有二十支步枪、六箱步枪子弹、三箱手榴弹、十床棉被、二十套棉衣，还有其他一些军需物资。

梦静说："八袋苞米发霉了，不能吃了，还占据了很大空间。你们把它们扔到外面去吧，也许动物能吃。"

二豹说："应该给动物吃，放洞里藏着怪可惜的。有些动物连腐肉都能吃，胃肠都没问题，吃这些发霉的苞米估计也没问题。"

兄弟俩开始往大狼洞外搬那些发霉的苞米。大豹要把苞米倒在大狼洞附近的一个平地上，好让那些连腐肉都能吃的动物吃。

二豹则坚持把苞米扔得远一些："不能扔在大狼洞附近，如果鬼子或者胡子看到这些发霉的苞米，立马就会找到大狼洞。"

兄弟俩费了一上午时间，才把八袋子苞米送到离大狼洞三里多远的地方。

八袋子发霉的苞米被清理出去之后，洞中洞显得宽敞了许多。平时睡觉，二豹、梦静和杰鹰住在内洞。大豹和三只狼崽儿住在外洞。本来，梦静让大豹自己住在内洞，他说什么也不去，说内洞太闷，不愿意住内洞，只好让他和狼崽儿住在外洞了。

　　第三天，兄弟俩到扔发霉苞米的地方一看，苞米一粒都不见了，粮袋子被撕成了碎片。看来一些动物还是可以吃发霉苞米的。

　　过了七天，狼群也不在大狼洞外窥视了，只是偶尔有野狼出现在洞外的树林中。

　　狼崽儿开始对人有点陌生，吃的也不习惯。不给它吃的东西里加点儿人奶，它就不吃。后来，它们对人，尤其是对梦静适应了，也亲切了，简直就像对母狼一样信任和依赖了。即使不在它们吃的东西里加人奶，它们也吃得津津有味了，有时还和她玩耍，和她撒娇。

　　一天早晨，梦静突然发现最小的狼崽儿不见了，只剩下两只比较大的狼崽儿了。他们找遍了大狼洞和内洞的犄角旮旯，找遍了大狼洞周边，也没有小狼崽儿的影子。他们分析，也许小狼崽儿想它的妈妈了，趁他们没注意，自己偷着跑出去找妈妈了；也许母狼想小狼崽儿了，趁他们没注意，偷偷地溜进了大狼洞，把小狼崽儿领走了。

　　想到也许母狼偷偷溜进了大狼洞，他们真有些后怕。万一母狼偷袭他们，他们就太危险了。于是，他们更加提高了警惕性。每天晚上，二豹和大豹轮流站岗，一人半宿。所谓站岗，也不是站在大狼洞外面，而是持枪坐在洞内，半宿不睡觉，守护洞口，防备野狼冲或溜进来。

　　刚在大狼洞住的一段日子，兄弟俩怕被鬼子发现，只是在树林中采摘野菜、野果、木耳、蘑菇什么的，几乎不到山上打猎。半个月以后，他们才偶尔到距离大狼洞很远的地方打猎，打狍子、野猪、山兔、野鸡什么的。有一次打猎，他们追赶一只狍子，竟然跑进一个伐木的工地，差一点儿被鬼子抓去采伐树木。

为了捕捉猎物，解决粮食不足的问题，兄弟俩还在山腰挖了几个陷阱。

兄弟俩一样喜欢杰鹰。大豹在收拾狍子的时候，总是把公狍子的三叉角留下，把狍子的嘎拉哈留下，送给杰鹰当玩具玩。嘎拉哈本来是村子里女孩子玩的，杰鹰实在没什么好玩的，玩起嘎拉哈来，也是饶有趣味。

过了一个月，狼崽儿可以吃一些碎肉了。梦静就不再喂它们嚼碎的黄豆了。

张大豹小时候就愿意吃鱼。他总想找一条小壕沟，再设置一个渔亮子。然而，附近没有壕沟，也没有小河，只有一条小溪，里面还没有鱼。

兄弟俩在打猎的时候发现山下有一个靰鞡草沟。过了靰鞡草沟应该是个湿地，后来湿地里的水逐渐减少，形成草多水少的半湿地地貌。下雨的时候是湿地，不下雨的时候是靰鞡草沟。有一天，他们发现靰鞡草沟的水泡子里面有好多鱼在游动。

张大豹看到过别人在有鱼的水里放置一种捕鱼工具，好像叫须笼。他想在靰鞡草沟的水泡子放置一个须笼，捕捉一些鱼，改善生活。但是，他又不会编须笼，问二豹，他也不会编须笼。

大豹还埋怨他说："连这么简单的事儿都办不了，还上过初级小学的聪明人呢！"

梦静接过来说："找我呀！别看咱没上过初级小学，也没人家聪明，但是办这点儿事儿简单。"

张大豹欣喜若狂："哎呀，住进大狼洞，我竟然忘了在小狼洞时的渔亮子就是你设计的了。以后简单的小事儿找二豹，复杂的大事儿找你。"

梦静说："你去砍点儿柳条，我马上编。你明天就可以下须笼了。"

张大豹乐颠颠地去砍柳条。

梦静心灵手巧，编须笼就像在编织一件工艺品，不到一天时间，就编制完成了两个精致美观的须笼。须笼的原理简单，但是编制起来也挺复杂。它就是一个柳条编成的鱼篓，篓口处朝里伸出一圈锋利的柳条尖须，露出一条鱼那么大的口，鱼钻进鱼篓是顺着尖须钻进去的，要出鱼篓，就得顶着尖须钻出来了。这也是须笼这个名字的由来。因此，鱼只要钻进须笼，就钻不出来。须笼的底儿是一个活的门，倒鱼的时候打开，放进水里的时候要闩紧。须笼上要拴一根结实的长绳，从水里收回须笼的时候要拽着绳子，人就不用进入水中。往水里投须笼的时候，里面还要装一些鱼爱吃的东西，作为诱饵，吸引鱼钻进须笼。

第二天早晨，张大豹早早就起来了。他连早饭都没顾上吃就背着两个须笼，哼着他自己都不知道是什么曲子的小调，怡然自得地到水泡子下须笼。他把吃剩的炒黄豆放进两个须笼里，再把须笼扔进泡子里，然后把系着须笼的麻绳系在岸边的树上。

下午，张大豹去水泡子收须笼。里面竟然有大大小小三十多条鱼，主要是鲶鱼和鲫鱼。

晚上，他们吃了一顿丰盛的鱼宴——铁锅炖鱼。

这回张大豹可有事儿干了。每天傍晚，他把须笼放到水泡子里，绳子固定好；第二天早晨，把须笼收上来，把里面的鱼倒出来，然后再把须笼放到水泡子里，把鱼拎回大狼洞。每天早晚各收一次须笼，取鱼，再各放一次须笼。大豹乐此不疲，和在小狼洞时到渔亮子起鱼一样。

有时没什么事儿干，大豹就坐在水泡子岸边，眼睛直勾勾地盯着须笼，有时也下水洗个澡，捞点儿嘎拉，回大狼洞和鱼一起炖，或者烤嘎拉，很香！

因为捕鱼吃鱼，他们的食物更丰富了，生活也变得有滋有味起来。

过了三个月，狼崽儿已经长到半大小狗那么大了。有一天，张大豹把两根生狍子骨头给它们吃。梦静说："狼崽儿还小，吃不了生狍子骨头。"

张大豹就想把生狍子骨头抢回来。只见两只狼崽儿皱着鼻子，露出了还没有长齐的牙齿，同时嘴里还发出低沉的"唔唔"声。它们的眼睛已经不再是清澈见底、天真无邪的了，而是露出了食肉动物好斗、强悍、残暴的凶光。兄弟俩和梦静才意识到狼崽儿长大了，有捕猎甚至攻击人的征兆了。

狼崽儿可以独立生活了，或者可以和它们的爹妈去捕食猎物了。他们想把狼崽儿放到山林中去。然而，它们怎么也不走，把它们送出去，它们又回来了；再送出去，它们再回来。反复了三四次，就像当年送灰虎一样。

有一天，兄弟俩蒙上狼崽儿兄弟俩的眼睛，把它们抱到扔发霉苞米的地方的附近，放到树林中。他们兄弟俩害怕狼崽儿兄弟俩再跟他们回到大狼洞，就往回狂蹾猛跑，头也不敢回。

他们兄弟俩气喘吁吁地跑到了大狼洞，以为那兄弟俩这回不能再回来了。气儿还没调匀乎呢，那兄弟俩又跑回了大狼洞，而且，它们还面带微笑，摇头尾巴晃的，就像是两条小狗。

实在是没有办法让它们离开大狼洞了，只好随它们的便了。但是，兄弟俩感到狼崽儿已经长大，不再是狼崽儿了，对它们有点儿提心吊胆，生怕它们突然攻击人，尤其是攻击杰鹰……

第二十四章　阻止鬼子盗伐木材

最近几天，张大豹总是遇到倒霉的事儿，简直成为倒霉蛋了。

前天早晨，他去水泡子起须笼。一拽麻绳，感觉须笼很重，用力拽上来一看，里面有一条八九斤重的怀头鲶鱼。他大喜过望！平时，他倒鱼的时候总是小心翼翼，生怕那些活蹦乱跳的鱼跑掉了。这次，他看怀头鲶鱼已经奄奄一息了，就想利索儿地把它倒出来，然后麻溜儿回大狼洞向二豹、梦静显摆，给他们一个惊喜。然而，他把怀头鲶鱼倒出来的瞬间，它猛然挣扎，力量很大。他用力一抓，它浑身溜滑，他没有抓住。怀头鲶鱼竟然蹦到了泡子里，逃走了。而且，它已经把须笼破坏了，连小鱼都无法捕到了。张大豹由大喜过望变成了乐极生悲！

昨天早晨，张大豹到陷阱里取猎物。他希望陷阱里的收获让他喜出望外，好弥补怀头鲶鱼跑掉的失落。他远远就看到一个陷阱已经塌陷，说明有狍子或者野猪掉进了陷阱。他风风火火地跑到陷阱跟前一看，竟然是一头梅花鹿。即使尴尬地掉进陷阱里，因为人家头上长着金贵的鹿茸，也显得高贵和高雅。张大豹清楚梅花鹿是张二豹"道"里不能打的猎物，只好费劲巴拉把它弄上来，放掉了。由希望变成失望，大豹感到异常失落！

今天早晨，张大豹拎着牛皮桶到小溪取水。当他把一桶水拎到大狼洞口的时候，突然发现牛皮桶里有一条一尺多长的蛇。他掰了一根树枝，想把蛇挑出去，挑了几下都没有挑出来。那条蛇在水里和鱼一样灵活。他情急之下，用手去抓那条蛇。蛇却在情急之下咬了他一口。张大豹一气之下，大手一用力，掐碎了蛇的脖子。他听说过有些蛇有毒，不知道这条蛇有没有毒，就忧心忡忡地进入大狼洞，让梦静帮助他处理伤口。二豹到洞口一看，是一条水蛇，没有毒。大豹这才放心了。本来，大鲶鱼跑掉了，梅花鹿放跑了，让张大豹心凉如雪。这回又被水蛇咬了，真让他的心情雪上加霜啊！

狼崽儿越来越大。张二豹担心哪天它们突然向他们发起攻击。

张大豹说："听说一些猎人打猎的时候都带着猎狗，帮助猎人寻找追赶猎物。猎人打到猎物后，猎狗还能把猎物叼回来，非常好使。咱们训练一下两只狼崽子，让它俩当咱俩的猎狗呗！"

张二豹说："野狼毕竟是野狼，无论怎么训练，它们也不会成为任人吆五喝六任意指使的猎狗。如果把它们带到野外当猎狗，万一遇到了狼群，两只狼崽儿，不对，到时它们已经长大，不是狼崽儿了，它们俩是帮助咱俩对付狼群，还是帮助狼群对付咱俩呢？我现在都担心有朝一日，两只狼崽儿狼性大发，突然向咱们扑来！"

梦静说："我看两只狼崽儿现在挺老实的，是不是已经没有狼性了？"

张二豹说："狼性是流淌在狼崽儿血管里的血液，是根植于狼崽儿生命中的本性。到了山林原野，它们的狼性很可能突然暴发。那样，咱们就危险了。我看别冒那风险了。天天与狼为伴，我现在整天都提心吊胆的，尤其担心它们突然袭击杰鹰。等哪天再把它俩送到野外去，不能让它们继续在大狼洞里待下去了。"

张大豹说："它们的爹妈凶狠吃人，狼崽子也好不到哪儿去，不可能像灰虎那样通人性。我早就反对你们把狼崽子留在洞里，没人听啊！现在看出危险了，怨谁呀？麻溜儿把小狼崽子赶出去还来得及。"

有一天，兄弟俩出去打狍子，翻山越岭地跑了大半天，回来已经下午了。

张二豹回到大狼洞倒在枯草上就睡。张大豹回来就找吃的，什么吃的也没有，就求梦静立马烀些狍子骨头。

张二豹醒来后，自言自语："也不知道战长勇和冯大侃他们怎么样了。"

张大豹问他："你梦到他们了？"

张二豹说："我梦到和他们一起打鬼子了，把小鬼子打得屁滚尿流、狼哭鬼号的，太过瘾了！到哪儿能找到他们呢？鬼子前些日子作得太甚，这段日子也消停了。咱们不能总是在这大狼洞里面消停着吧！如果知道战长勇他们在哪儿，咱们去找他们，把武器弹药给他们送去，和他们一起痛痛快快地打鬼子。怎么也不能让这些武器弹药像文物一样深藏在大狼洞里吧！咱们也不能忘记打小鬼子呀，得折腾他们，不能让小鬼子消停了，打得他们痛彻骨髓！"

大豹听到二豹说这话，立马来劲儿了："我也想找他们，和他们一起打鬼子。这么长时间不打鬼子了，我这……你说的那个词儿怎么说来着？对了，家仇国恨。家仇国恨不报，都把我憋屈出病来了，病得那啥那啥的。心里对小鬼子的恶气出不来，让我整天憋闷得抓心挠肝的。咱们不能总在这大狼洞里待着！"

梦静也说："孩子大了，狼崽儿也大了，咱们应该干点儿什么了，不能像这两个狼崽儿似的，待在大狼洞里不愿意出去，饱食终日，不思进取，一点儿没有凶残好斗、顽强进攻的狼性了。"

张大豹脑袋反应慢，但也反应过来了，梦静好像说的不是两只狼崽儿，而是他和二豹。

张二豹说："我也不想总待在大狼洞里猫冬似的。我总琢磨着到哪儿去找战长勇、冯大侃他们。后来一想，既然找不到他们，咱们也不能不打鬼子呀！不参加抗联照样能打鬼子，咱们就是抗联！食肉动物长时间不捕猎，不吃肉，爪和牙都得变钝。咱们也是一样，时间长不打鬼子了，容易丧失勇气，丧失斗志！"

听了二豹的话，大豹立马又跟了上来："看，人家读过书的是食肉动物，爪和牙都是带尖的；咱们没读过书的是食草动物，爪和牙是不带尖的。人家就是邪乎！你琢磨好了吗，怎么个打法？"

梦静端上来一锅烀狍子骨头，顺便接过大豹的话说："咱们没读过书的和他读过书的怎么不一样了？他该吃野菜的时候也得吃野菜，咱们该吃狍子肉的时候也得吃狍子肉。人是杂食动物，喜欢吃肉，也喜欢吃草。有狍子肉不吃的，是傻狍子。"

张大豹一看烀狍子肉就说："我都快饿成炕席了，浑身没肉，再不吃东西只能把自己卷巴卷巴扔到外面喂野狼了。野狼都不会吃。真到了该吃肉的时间了，几天没吃到肉了。"他伸手去抓狍子骨头。

张二豹和梦静都清楚，张大豹才是和野狼一样喜欢吃肉的食肉动物，专门往肉上叮，一天不吃肉，黄豆吃得直放屁，还感到没吃饱。

张二豹边吃狍子肉边对张大豹说："有一天，咱俩追赶一只狍子，跑到了一个伐木工地，差一点儿被一群鬼子和伪军抓去伐木。你还记得吧？"

张大豹说："我怎么不记得。那次还是我先看到小鬼子的呢。你光顾着追狍子了，像个傻狍子似的。多亏咱们蹽得像狍子一样快，否则，咱们就得被小鬼子和伪军抓去当伐木工人了。那样就不能坐在大狼洞里啃狍子骨头了！"

张二豹说："回来我就一直在琢磨，很显然，那些中国的伐木工人被是被鬼子和伪军强行抓去的，被迫没日没夜地为鬼子采伐中国的树木，木材源源不断地被运往日本。如果日本鬼子天天、年年采伐咱们中国的林木，然后强盗一样没完没了地运到日本去，那中国的木材不都得让日本鬼子偷光砍净呀？"

张大豹说："谁说不是呢，是中国人都得干着急。你说怎么办？"

张二豹坚定地说："咱们不能整天待在大狼洞里啃着狍子骨头干着急，绝不能眼睁睁地看着日本鬼子把我们中国的木头都倒腾到日本去呀，一定得想办法阻止他们，不能让他们的强盗行为继续得逞。"

梦静说："我也去打鬼子！"

张大豹说："你去打小鬼子谁看杰鹰？让两个狼崽子蹲在那儿眼睁睁看着杰鹰，你放心啊？"

梦静报怨地说："你们兄弟俩经常到山林里打猎，游山玩水地逍遥自在。我整天待在这暗无天日的狼洞里，像囚犯一样见不到阳光。我背着杰鹰和你们一起打鬼子，顺便呼吸一下新鲜空气，晒晒太阳。"

张二豹也说："你就别去了。大狼洞不能没有人。再说了，我们是去舍生忘死地和鬼子你死我活地打仗，不是去游山玩水、享受阳光的。要不咱俩去打鬼子，让大豹在大狼洞里看杰鹰和狼崽儿吧。"

张大豹连忙说："别，别。看孩子和看狼崽子我都不擅长，我就擅长打小鬼子。要不让二豹留在大狼洞里看孩子和看狼崽子。我和梦静去打小鬼子呗！"

梦静说："你们谁也不用留在大狼洞看什么孩崽子、狼崽子了。我感觉和你们在一起打鬼子，都比我和杰鹰在大狼洞里安全。万一狼群冲进来收复失地怎么办？万一鬼子搜山发现大狼洞了怎么办？"

张大豹说："也是，万一狼群冲进来，万一小鬼子发现了大狼洞，梦静一个人，真不好办！"

张二豹为难地说："那天我看了，监督中国工人采伐树木的鬼子和伪军有二十多人。咱们最好是晚上给鬼子、伪军一个突然袭击，让他们措手不及，咱们趁乱把工人放走，然后快点儿撤退，不能恋战。否则，咱们很难摆脱那些熟悉山林的鬼子和伪军。梦静要是去，就得带着杰鹰。她背着杰鹰摆脱鬼子和伪军的追杀，行动必然缓慢，很容易被鬼子、伪军抓到。那不更危险？"

梦静说："反正我觉得和杰鹰两个人在大狼洞里极其危险。白天还行，关键是晚上。"

张二豹说："我琢磨了一个办法，能让梦静和孩子更安全。"

张大豹赶紧问："什么办法？"

张二豹说："咱们俩收拾一下外洞，把东西都放进内洞，完全恢复到咱们刚进来时的样子。让梦静娘俩进入内洞，然后用大石头把内洞封上。"

梦静反对说："这样太冒险了吧。万一鬼子或者胡子来了，我们连跑都跑不出去，不是等着挨打吗？张二豹你咋想的，简直是在为我们娘俩准备坟墓！"

张二豹说："万一鬼子、胡子来了，你要是跑出去，不就是去送死吗？在内洞出不来，更安全。我的目的是把大狼洞恢复到狼洞的样子，尤其还有两只狼崽儿的掩护，无论是鬼子，还是胡子，都不会想到狼洞里面还能住着人。坚持半天一夜，我们就回来了。"

梦静也没有别的好办法，只好任二豹折腾了。

晚上，兄弟俩把大洞收拾完毕，还为梦静准备了三支步枪和足够的枪弹。梦静为他们兄弟俩还有她和杰鹰准备了一些吃的。

第二天中午，梦静和孩子进入内洞。两只狼崽儿也想和梦静他们进去，二豹没让它们进去。兄弟俩用大石头把内洞封上，还给梦静留了两个隐秘的枪眼儿，可以通过它观察大狼洞内的情况。万一鬼子来了，并发现了他们，她就可以从枪眼儿突然向鬼子射击。

梦静想起在北山村的地窖里那惊险的一幕幕，仍然心有余悸。她拿起一颗手榴弹，感叹地说："但愿鬼子、胡子和野狼都别来。如果真的来了，关键时刻，我们娘俩只能和他们同归于尽！"

张二豹安慰她说："我相信你和孩子没事儿！"

兄弟俩除了带着猎枪之外，每人还带着六颗手榴弹。他们到达森林采伐区附近时，已经傍晚了。

张二豹说："就凭咱俩，不可能把看管伐木工人的鬼子和伪军杀光。咱俩把伐木工人救出去，然后朝鬼子和伪军投几颗手榴弹，就马上撤退。没有伐木工人了，鬼子再找工人来伐木需要时间，这样，也就影响和破坏了鬼子盗伐中国林木的进度。如果战长勇和冯大侃他们和咱俩一起干就好了。就咱俩干，也只能是这样了。"

张大豹斗志昂扬地回答："嗯！"

伐木工地上，有四五十个中国工人在紧张地伐木。他们都穿着一样的灰色衣裤。二十多个鬼子牵着狼狗，带着伪军在监工。

张二豹本以为天一黑，伐木工人就得吃饭休息。因为天黑，没法进行采伐。没想到鬼子为了更多地盗伐中国的木材资源，让工人夜以继日地工作。天黑了，点着煤油灯，打着探照灯继续采伐。

兄弟俩已经观察明白了：用半圆木头搭建的两个坚固的木房子是鬼子住的；一个普通的大木板房是伪军住的；四个破烂不堪的大帐篷，则是伐木工人住的。鬼子的半圆木房子和伪军的大木板房之间，还有一个有烟囱的木板房子，看来是做饭的厨房。鬼子住的半圆木房子、伪军住的大木板房和伐木工人住的破帐篷距离很近，而且门前都有鬼子或伪军站岗。各个岗哨互相还可以看见，相互照应。木房子和帐篷组成的居住区周围三面有带刺的铁丝网，只有一面没有铁丝网，却有两条凶神恶煞般的狼狗看守着，它们摆出一种随时要吃人的架势。

靠近居住区没有铁丝网的开口处，有一个高塔，上面有一个鬼子站岗，还有一盏探照灯。

兄弟俩埋伏在鬼子和伪军的房子外面的树林里，隔着铁丝网窥视着鬼子和伪军的动静。

夜里十点，鬼子突然哇啦哇啦地喊了几声，工人们开始放下工具，疲惫地走回透风漏雨的破帐篷里。

木板厨房里出来两个推着推车的厨师，先是给鬼子送饭，再给伪军送饭，最后给伐木工人送饭。给鬼子送饭的推车装得满满的，应有尽有；给伪军送的饭就差些了，家常便饭；给伐木工人送的饭，大概只有苞米面窝窝头和陈年咸菜了，简直是狗饭猪食。

过了一个小时，传来三声刺耳的口哨声，木房子和帐篷立马熄灭了煤油灯。森林里瞬间落下比黑熊的皮还要厚重、黑暗的夜幕。

二豹嘱咐大豹说："按我说的，咱俩先把伐木工人住的帐篷边上的铁丝网弄个出口，再把鬼子和伪军岗哨干掉，然后把伐木工人救出来。"

兄弟俩到了帐篷边上的铁丝网。张二豹用手轻轻抓了一下铁丝网，感觉不仅带刺，还很硬实，就找了一根更硬实的木桩，把上下三根带刺的铁丝绞到一起，然后继续用力绞，最后把两根带刺的铁丝绞断，露出了一个足以跑出人的大洞。

他们轻轻地接近两个帐篷门前站岗的伪军，一刀将他们干掉。接着，又把在另外两个帐篷门口站岗的伪军杀死。然后，兄弟俩分别进入四个帐篷，让伐木工人赶紧从铁丝网大洞逃跑。

伐木工人刚刚从铁丝网大洞跑出去一半，鬼子的探照灯朝他们照来。工人们不知所措地停住了。

张二豹让他们快跑。

高塔上的鬼子发现了逃跑的工人，开始朝工人开枪。鬼子的狼狗也突然狂吠起来。

鬼子立马从半圆木房子里冲了出来。伪军也从大木板房里冲了出来。

张二豹又大喊一声：“快跑！”然后，用猎枪瞄准高塔上的探照灯，想打碎探照灯。瞬间，他又将枪口对准鬼子岗哨开了一枪。

探照灯是由鬼子岗哨手动控制的。打死了鬼子岗哨，探照灯就像被拧断了脖子的鬼子，脑袋立马耷拉下来。

有两个工人跑得稍慢，被鬼子的子弹打中。

随即，大豹和二豹每人向鬼子和伪军投掷了三颗手榴弹，然后飞速奔跑，冲到铁丝网大洞跟前一骨碌，就穿过了铁丝网，钻进茂密的森林。

兄弟俩投掷的手榴弹的爆炸声，鬼子的机枪、步枪射击声，狼狗的狂吠声和被炸的鬼子、伪军的号叫声，在森林中回荡……

然而，张二豹并没有沿着伐木工人逃跑的方向跑，而是在森林里沿着铁丝网朝伐木工地跑去。

张大豹不明白他要干什么，也来不及问，只能跟在他的后面跑。

到了伐木工地，他们看到了两台专门运输树干的拖车。二豹向一个拖车投掷了一颗手榴弹，将拖车炸毁。大豹一看二豹朝拖车投掷了一颗手榴弹，他也向另一辆拖车投掷了一颗手榴弹，将其炸毁。然后，兄弟俩飞快地朝密林深处跑去。

一些追赶伐木工人的鬼子和伪军，听到伐木工地传来爆炸声，迅速朝伐木工地追来。

大豹这才明白了二豹的用意。他朝伐木工地跑，既炸毁了运输树干的拖车，又吸引了鬼子和伪军，掩护了伐木工人逃跑……

梦静和杰鹰在内洞里挨着暗无天日的时光。

梦静时不时地通过枪眼儿朝大狼洞内和洞口观望。如果狼群来了，胡子或者鬼子来了，她好有准备。

梦静在内洞里能看清大狼洞里的一切。

突然，大狼洞口出现了一头野猪。它站在洞口朝洞里闻着什么，然后掉头跑掉了。

　　过了一会儿，大狼洞口又出现一头野猪，个头儿比刚才那头野猪小一点儿。梦静感觉两头野猪应该是一公一母，仿佛是就要结婚的新郎新娘，分头寻找洞房一样。它们肯定已经嗅出大狼洞的危险，但是动物和人一样，有时为了爱情，可以心甘情愿地冒险。

　　野猪突然听到一声吼叫，吓了一大跳。那吼声既像野狼的嗥叫，又像是狗的吠叫。随即，两只狼崽儿朝野猪勇敢地冲来。它们照着野猪的后腿就要咬。野猪猛然回头，一嘴巴就将狼崽儿打得骨碌了两个个儿。狼崽儿站起来继续英勇顽强地扑向野猪。另一只狼崽儿看到自己的兄弟吃了亏，为兄弟出气一样要咬野猪的长嘴。野猪张开大嘴，要咬狼崽儿的小脑袋。狼崽儿出于本能一个躲闪，避开了野猪那足以将它的脑袋咬碎的大嘴。这个时候，两只狼崽儿才感觉自己和野猪相比实力悬殊，根本不是它的对手，就一前一后围着它打转。狼崽儿的鼻子皱着，露出刚刚长出的两颗狼牙，嘴里还不断发出低沉的呻吟声。

　　梦静看到两只狼崽儿处于劣势，根本不是强悍的野猪的对手，就把猎枪从枪眼儿伸出，想助狼崽儿一臂之力，打死野猪。二豹他们不用到很远的地方打野猪，回来就能吃到野猪肉了。她担心猎枪误伤到狼崽儿，迟迟没有开枪。她还顾虑野猪是个新娘，不忍心朝新娘开枪。

　　野猪一看，是两个小狼崽子。它要是吃掉它们简直轻而易举，但是，它琢磨，这是个狼洞，既然有小狼崽子，就会有大野狼，甚至是狼群。如果狼群突然回来了，它在野狼的洞穴中撒野，就是主动送上门的猪肉，很难脱身。于是，野猪不想和两个小狼崽子玩了，虚晃一嘴，然后大摇大摆地走出大狼洞。狼崽儿追到洞口，也不再继续追赶，就若无其事地回到它们的草铺上睡觉了。

　　梦静却睡不着了，杰鹰和狼崽儿一样在酣睡。挨到晚上，梦静还在辗转反侧。

平时，兄弟俩在的时候，每天晚上都在外洞口点燃两支松明火把，防备野狼冲进大狼洞。在内洞，梦静不敢点燃火把，怕被胡子或者鬼子发现，也害怕火把熏着他们娘俩，让他们窒息，只能在比没有星光的夜空还要黑暗的内洞中睡觉，消磨时光。

突然，大狼洞中又有了动静。

开始，梦静以为是两只狼崽儿发出来的声音。后来，她感觉那声音绝不是狼崽儿发出来的。狼崽儿和他们在一起生活了几个月，她对狼崽儿的一切都了如指掌，包括它们发出的细小声音。

进来的一定是一个比野猪还要凶猛的庞然大物。因为梦静明显地感觉到两只狼崽儿在凝神静气，生怕自己的喘息声音被大家伙听见而惨遭横祸似的。

这到底是个什么动物呢？梦静在心里犯嘀咕。她和杰鹰在被大石块儿封住洞口的内洞里，没有什么危险。她担心两只狼崽儿有危险，会命丧大家伙之口。

洞内黑暗得她甚至看不到自己的猎枪管，更无法帮助两只狼崽了。

猛然，梦静听到内洞口外，有一种"呼哧""呼哧"喘息的声音。接着，就听到有挪动封堵洞口的大石头的声音。她心脏的跳动骤然加速，仿佛比那"呼哧""呼哧"的声音还要响，她简直魂飞魄散，不知所措。

梦静怀疑这不过是自己的幻觉，马上又意识到这不是幻觉。她把猎枪放在腿上，又把步枪子弹上膛，还把手榴弹的保险盖打开。她明显地感觉挪动大石块的不是人，而是个大动物。估摸大动物闻到了内洞有人的气味，或者说有活物的气味，它想挪开大石头，吃掉活物。

一块大石头已经被大家伙挪到一边了，另一块大石头正在被它挪动。

如果再不打死大家伙，它再挪开几块大石头，洞口就完全露出来了，那么她就被动了。于是，梦静把猎枪伸出枪眼儿，想打死大家伙，又害怕枪声吓坏了杰鹰，就把一件棉衣蒙在他的头上。梦静又担心大家伙太大，猎枪不足以置它于死地，就把猎枪放在身旁，又拿起一支步枪，准备向大家伙射击。就在这时，猛然听到了一声嗥叫。梦静知道这是狼崽儿的嗥叫。紧接着，又听到两只狼崽儿一边嗥叫，一边朝大狼洞的外面跑去。

狼崽儿的嗥叫吓了梦静一跳，也吓了大家伙一跳。它看到两个狼崽子朝它嗥叫，又朝洞外跑去，就放弃了进入内洞的想法：现成的小鲜肉不吃，还费劲巴拉地搬大石头干啥？它咆哮着去追赶两只狼崽子……

梦静确定大家伙是一只庞大的黑熊。

受到惊吓之后，梦静更是难以入睡了。她担忧两只狼崽儿的安危，不知道它们能不能摆脱黑熊的追杀，能不能再回来了。

梦静一夜没有合眼。朦胧之中，她又听到有人在搬动内洞口的大石块。她拿起猎枪就准备朝外面射击。

就听外面有人喊道："梦静，你别害怕，我和大豹回来了！"

真的是二豹他们活着回来了！梦静激动得扔下猎枪，迫不及待地想走出内洞！

梦静从内洞走出来才知道，兄弟俩不仅自己活着回来了，还背回来了一个受伤的男人。梦静一看，受伤的男人竟然是冯大侃！

不一会儿，两只狼崽儿竟然也活蹦乱跳地回来了！

梦静激动地搂着两只狼崽儿的脑袋。它们也亲切地舔着梦静的手。这让梦静想起了灰虎。她感觉家狗和野狼没有什么区别，甚至幻想着两只狼崽儿也许是家狗，灰虎也许是野狼了。

梦静不知道两只狼崽儿是被黑熊吓得逃出大狼洞，还是为了救她把黑熊引出大狼洞。不管狼崽儿为什么跑出大狼洞，梦静都很激动！

第二十五章 英雄的故事

昨晚，兄弟俩炸毁了鬼子运输树干的拖车后，火速跑进了森林。他们感觉伐木工人安全了，任务圆满完成，就朝大狼洞的方向跑去。

不一会儿，张二豹看到有几个伐木工人朝他们这边跑来，而且速度较慢。鬼子的一条狼狗在后面追着他们，他们瞬间就要被鬼子和伪军撵上了。

二豹对大豹说："如果不把狼狗除掉，伐木工人很难摆脱鬼子和伪军的追踪。"

大豹说："我去把它杀死。"

二豹说："还是我来。猎枪射程太近，打死了狼狗之后，必须快速离开，否则容易被鬼子包围。"

于是，兄弟俩躲藏在了两棵树后。伐木工人跑过去之后，张二豹朝狼狗开枪。狼狗像一只中弹的野狼一样倒下了。

鬼子一看狼狗被人射杀了，更加疯狂地朝兄弟俩这边追来。

兄弟俩在山林中奔跑就像鱼在水里游动一样自如，轻松甩开了鬼子和伪军的追赶，也掩护了伐木工人。他们放缓了脚步，继续朝大狼洞的方向跑着。

张大豹差一点儿被一个物体绊倒。他回头一看，草丛中躺着一个伐木工人。

张二豹蹲下来一看，竟然是冯大侃！

张二豹看到冯大侃的肩膀在流血。鬼子的步枪子弹打穿了他的肩膀，他已经昏迷。不难看出冯大侃是刚才逃跑的时候中弹的。也不知道他是用怎样的毅力坚持跑到这么远的，更不知道他是如何被抓去伐木的。

张二豹为他简单包扎了一下伤口，然后想把他背到大狼洞去。

兄弟两人轮流背着冯大侃。冯大侃虽然瘦但是高，结结实实的，背起来感觉非常沉重。兄弟俩平时背野狼，背狍子，就差没背黑熊了，锻炼出了背的力量。天刚放亮，终于把冯大侃背回了大狼洞……

兄弟俩一进入大狼洞，明显看出内洞外面的石头有被搬动的痕迹，他们大吃一惊。但是，当他们看到梦静和杰鹰安然无恙，心里才如释重负！

冯大侃昏迷一天，到了傍晚，他终于醒了过来。

梦静给他们做了些吃的，并喂冯大侃吃了些东西。

张二豹问冯大侃："你怎么当上了伐木工人？"

冯大侃说："说来话长了。我们是被鬼子逮捕，然后送到这儿为鬼子采伐树木的。"

那天，鬼子偷袭游击小队营地，冯大侃带领战士们进入战壕顽强防守，阻击鬼子。然而，鬼子的迫击炮弹就像十多个鬼子一起朝营地里投掷手榴弹一样密集，炸得他们无法进行正常射击。看看营房纷纷倒塌，成为废墟，他只能带着战士们沿着战壕突围。他的战壕是一直挖到营地外面的。然而鬼子早就知道了他这个秘密。十多个鬼子和一挺机枪守在战壕通向营地外面的出口。他想带着战士返身撤退到营地里，一看大队鬼子已经冲进营地，他们只好拼命冲向战壕通向外面的出口。战士们一个个倒下了。在鬼子为机枪换弹夹的瞬间，他和其他战士才抓住时机，朝鬼子机枪手的位置投去了五六颗手榴弹。

冯大侃他们终于冲出了鬼子包围，游击小队只剩下十九个战士。

他们在树林里面拼命奔跑，鬼子在后面穷追不舍。又有六名战士被鬼子打死。

后半夜，冯大侃他们才甩掉追击的鬼子。

战士们都疲惫不堪了，刚要休息，冯大侃猛然想起了郑久成，偷袭游击小队营地的鬼子一定是郑久成带的路，否则鬼子不可能对他们伪装起来的战壕出口都了如指掌。郑久成对自己经营多年的山寨更是了如指掌，对占据他们山寨的人恨之入骨。那么，鬼子摧毁了游击小队的营地后，郑久成一定会立马带着鬼子大队人马去偷袭战长勇和张二豹他们。于是，冯大侃不畏艰辛，立即带领战士们去增援战长勇和张二豹他们。

当冯大侃他们赶到山寨的时候，山寨和营地一样，已经被鬼子的迫击炮炸成了废墟。

冯大侃他们在废墟中只找到了六名战士的尸体，没有找到伤员，说明战长勇、张二豹他们已经成功突围。他们没有看到一具鬼子的尸体。他相信，抗联游击小队是最擅长打伏击和游击的，还有兄弟猎手那样过人的胆识、精准的枪法，也绝不会轻易放过送到枪口下的猎物。没有看到鬼子的尸体，并不能说明鬼子没有伤亡，只能说明他们已经把伤亡的士兵运走了。

冯大侃他们把六名战士的尸体在山寨外面的山坡上草草埋葬了，并做好标记。

他们想去追赶战长勇、张二豹他们，又不知道他们在什么地方。冯大侃猛然想起战长勇曾经提到过的一个地方，叫毕家烧锅。于是，冯大侃和战士们费尽周折，第二天才找到毕家烧锅。

毕家烧锅指的不是一家酒坊，而是一个山村。这个山村因为有一家酒坊叫毕家烧锅而得名。毕家烧锅位于一个山坳中，只有七八户人家。

冯大侃打听了两户人家，都说只看到上百个鬼子和伪军跑了过去，像是追赶什么人，但是没看到追赶的是什么人。他又到毕家烧锅酒坊打听。他家掌柜的说："昨天的确来了二十多个持枪的人，他们说是抗联的。还没等吃点儿东西，鬼子就追来了。他们麻溜儿就离开了。"

冯大侃确定了战长勇、张二豹他们二十多人顺利突出鬼子的包围。但是，他们能不能摆脱一百多个鬼子和伪军的追杀，目前在什么地方，还是个谜。

毕家烧锅掌柜的看冯大侃他们打听抗联的，从他们的穿戴上看，一定也是抗联的，又把新做好的苞米饼子拿出来给他们吃。冯大侃他们一路上吃的只有野菜，已经饿得半死不活的了，一看到苞米饼子，立马风卷残云，一会儿工夫就吃个精光。毕家烧锅掌柜的看他们都没吃饱，又吩咐伙计为他们多做一些苞米面粥。

冯大侃推辞说："不用再做了，这已经非常感谢了。后会有期！"

毕家烧锅掌柜的让伙计拿出一袋苞米面，送给冯大侃他们。冯大侃说不要。掌柜的和伙计硬要给。他们也就不再推辞了。冯大侃清楚，这一袋苞米面对他们来说至关重要，甚至能救他们的命。

离开毕家烧锅，冯大侃感触很深。人们都非常憎恨日本鬼子，渴望早日把鬼子赶出中国去。抗联是打鬼子的队伍，所以人们对抗联的感情是极为深厚的。这更增加了他加入抗联的决心。他决心带着战士们，即使走到天涯海角，也要找到战长勇他们，找到抗联队伍……

那天，战长勇他们终于甩掉了鬼子和伪军的追击，跑出了山坳，然而后面负责掩护的五名战士牺牲了。

战长勇琢磨着和张二豹、冯大侃会合，又不知道他们在哪里，尤其是冯大侃，在鬼子的偷袭之下，是否顺利突围都不知道，更不知道他们在什么地方了。

战长勇多年没有回家了。前些日子听说老爹被鬼子杀害了，年迈的老妈一个眼睛已经失明。他想回二人班看看，四名战士一致要和他回二人班看望老妈。

他们到了二人班才知道，他的老妈也被鬼子杀害了。他的哥哥腿脚残疾，走路一瘸一拐，很不方便，自己照顾自己都力不从心，更没有办法照顾和保护爹妈了。

战家的田地挨着苏联。

战长勇的哥哥哭诉着说："爹铲地的时候到对面的树林里撒了一泡尿，就惹来了杀身之祸。鬼子把爹抓了起来，对爹施以各种酷刑，逼迫爹承认是苏联间谍，越境撒尿是为了传递情报。爹哪懂得什么是间谍，什么是传递情报啊！重刑之下，鬼子问什么，爹招认什么。最后鬼子放出两条狼狗，把爹活活咬死了。"

战长勇悲痛地问："那妈是怎么被鬼子杀害的？"

他哥哥悲愤地说："妈死得更惨。她听说爹是被鬼子的狼狗咬死的，总想杀死鬼子的狼狗，为爹报仇。她在鬼子兵营外踅摸了几天，然后朝村里的老猎人要了一点儿做药豆毒野鸡的氰化钾，放在一块苞米面大饼子里，想毒死鬼子的狼狗。半夜，妈跌跌撞撞地走到鬼子兵营，寻思从大门外将大饼子扔给鬼子狼狗，正好被鬼子的探照灯照到了。鬼子岗哨一吹哨，妈惊慌失措地把大饼子朝鬼子的狼狗脚下一扔，回头就要跑，一下摔倒在地上。警戒的鬼子兵以为妈朝兵营里投掷手榴弹，两挺机关枪同时朝妈射击，可怜的老妈啊，被打成了苞米瓢子！妈死得太惨了！"

平时流血不流泪的战长勇也流泪了，他把手里的关东烟一掐两截，朝地上一扔，然后咬着牙说："我一定为爹妈报仇！"

当天晚上，战长勇和四个战士悄悄地爬到鬼子兵营附近，朝一队牵着狼狗的鬼子投掷了五颗手榴弹，然后急忙进入一片苞米地。

　　之后的一段日子，战长勇他们见到鬼子就打，见到伪军就杀，后来被一群鬼子追赶到了乌苏里江边上。他们也想过江，到苏联去和钟志强他们会合，立马再杀回来。然而江面平静得没有波浪，也仿佛没有发生战争；没有一条船，也没有一个人影。这时，从树林中又冲出来十三个只用刺刀不开枪的鬼子。战长勇他们几乎弹尽粮绝，竭尽全力和鬼子拼刺刀。

　　眼看着三个战士被鬼子刺死了。他和另外一个战士刺死了三个鬼子，也已经筋疲力尽了。最后他掏出仅有的一颗手榴弹，准备和鬼子同归于尽……

　　冯大侃他们苦苦地寻找着战长勇和抗联队伍，也经常遭到鬼子的追杀。队伍越来越小，最后只剩下七个人了。有一天，他们迷了路，走到一条大江边上。他们已经累得走不动了，就在树林中采摘野菜、野果吃。就在这时，他们听到不远处有厮杀的声音，寻思一定是抗联战士或者其他抗日武装在和鬼子拼杀。他们一定不会袖手旁观。于是，他们立马冲了出来。只见战长勇和另一名战士正在与七八个鬼子拼杀，眼看战长勇招架不住了，掏出手榴弹就要和鬼子同归于尽。

　　冯大侃大喊一声："战长勇快扔掉手榴弹，我冯大侃来了！"

　　战长勇一看来了帮手，立马精神抖擞了起来，瞬间将手榴弹投向鬼子，然后和冯大侃他们一起，把最后七八个鬼子杀死。

　　这场遭遇战是异常惨烈的。战长勇的四个战士牺牲，冯大侃的五个战士牺牲。他们一共杀死了十三个鬼子。战长勇和冯大侃，还有冯大侃的一名小战士，一共三人合兵一处。他们担心附近还有鬼子，迅速离开了乌苏里江畔。

他们三人走投无路了，一边朝永安的方向走着，一边冥思苦想着要去的地方。

战长勇猛然想起钟志强说过，他们在青梅山有一处秘密营地。这处秘密营地是钟志强带人建立起来的，所以他不清楚秘密营地的具体位置。于是，他和冯大侃等三人奔青梅山而来。

青梅山草木幽深，要找到抗联的秘密营地绝非容易的事情。抗联的秘密营地都是建立在极为隐秘的地方的，否则轻易被鬼子找到了，就不能被称为秘密营地了。

有一天，他们饿得实在走不动了。山下有一个村庄，冯大侃要到村庄弄点吃儿的。战长勇不让他去，他非要去。战长勇不放心，就让小战士和他一起去。然而，他们去了两个时辰也没回来。

战长勇在山头上焦急地等待，看看天色将晚，就进入村子打听他们俩的下落。一个村民说："村子里的男人都被抓走了，谁也不知道被抓到了什么地方。你要找的人估摸也是在鬼子抓人的时候被抓走了。"

战长勇吃了一肚子野菜，然后在一棵树上待了一夜。蚊子仿佛鬼子的轰炸机群般地向他狂轰滥炸。他一支接一支地抽着关东烟，用辛辣的烟味驱赶着蚊子。因为一夜没有合眼，加上被关东烟熏了一夜，第二天早晨，他感觉头昏脑涨，差一点儿从树上掉下来。他认为冯大侃他们一定是被鬼子抓走了，再等也没有意义了，才下了树，离开山坡，继续寻找秘密营地。

战长勇又在青梅山寻找了十多天，也没有一点儿秘密营地的蛛丝马迹。有一天，他经过一个水泡子，准备洗洗脸、喝口水的时候，突然发现有人在水泡子里面投放了两个须笼。他拽着绳子，把一个须笼收了上来，看到里面有二十多条鱼，就抓出来几条鲶鱼吃掉了，然后再把须笼放进水泡子里。战长勇琢磨，鬼子一般不会制作须笼，抗联的人或者村民才会制作须笼。投放须笼的能不能是抗联的人呢？

如果是抗联的人，他就用不着踏破铁鞋，像在茫茫林海中寻找棒槌一样漫无边际地苦苦寻找了。他埋伏在水泡子附近的草丛中，等待来收须笼的人……

原来，冯大侃和小战士刚一进村子，就被两边冲出来的七八个鬼子捉住了。鬼子缴了他们的枪支，也不问他们是抗联的还是胡子，就用黑布把他们的眼睛蒙上，将他们押送到了一个森林采伐场，让他们和五十来个工人一起，没日没夜地为鬼子采伐树木……

大豹和二豹救了冯大侃之后，张二豹每天到山上为他采摘消炎的草药。

张大豹还是每天到水泡子投放和收取须笼，捕获的鱼小的正常食用，大的为冯大侃增加营养。对了，梦静已经把那只被怀头鲶鱼破坏了的须笼修好。

这天傍晚，张大豹和每天一样，来水泡子收取须笼。天下着小雨，他披着一件自己粗制滥造的蓑衣。当他正要往岸边拽须笼的麻绳时，一支步枪顶在了他的腰上："别动，慢慢转过身来！"

张大豹以为遇到了鬼子或者胡子，突然转身，疾速用左手将对方的步枪拨到一边，用比鹰爪还要有力的右手抓住了对方的脖子，同时一个背摔，将对方摔倒在烂泥里。张大豹刚劲的大手正要发力掐碎他的喉咙，猛然发现对方有些面熟，只是他的脸脏兮兮、胡子拉碴的，还被他的大手抓得严重变形。他看不清楚是谁了，就松开了手。当战长勇看出了张大豹，并叫出了他的名字，他才认出了野人一样潦倒的战长勇！

张大豹立马站起身来，并把要喘不上来气的战长勇拽了起来。

当张大豹把战长勇和一袋子鱼带回大狼洞，张二豹、冯大侃和梦静都感到了意外的惊喜。他们为大家都活着并且能在大狼洞团聚而高兴！

第二十六章　最后的生死搏杀

张二豹他们回到大狼洞之后，梦静向他们讲述了两只狼崽儿为了保护他们母子，不顾一切，挺身而出，把黑熊引出大狼洞的故事，兄弟俩很受感动，已经把狼崽儿当作自己家养的两条小狗了。

冯大侃的枪伤一直有炎症。张二豹让张大豹找一个镇子去买消炎药。张大豹不知道别的什么镇子，只知道有个叫裴德的地方，就去了裴德。裴德只有一家药店，购买消炎药必须持有裴德当地的良民证，经过鬼子批准，否则药店一律不卖。张大豹真想掏出身上的猎刀，硬抢药店的消炎药，一看药店的对面就是鬼子住的地方，好像是宪兵队，只好打消了抢药的念头，无奈地返回大狼洞。

张二豹只能凭借和他爹学过的一点儿自救知识和中草药知识，继续到山上采摘草药，为冯大侃疗伤。

经过战长勇确认，大狼洞应该就是钟志强带人建立起来的秘密营地。但是，他也感到找到得太晚了，那么多粮食发霉，太可惜了！

战长勇说："得把这些武器弹药利用起来，再组织一支抗联游击小队。不能让鬼子消停了，要让鬼子知道抗联的队伍还在。"

张二豹他们都同意。

组建一支抗联游击小队并非易事。张二豹和战长勇几次到附近的村子物色队员。然而村子里的青壮年太少，大多是老弱病残。整个密山乃至整个东北的大部分村子都和这些村子一样人烟稀少。一些人在鬼子的铁蹄下过着水深火热的生活，他们穷困潦倒，缺衣少食，提心吊胆，如履薄冰；一些人参加了东北抗联，有的牺牲了，有的进入苏联休整，有的还在和鬼子进行艰苦卓绝的游击战；一些人逃到关里，参加了八路军和新四军，正在中国广阔的战场上和鬼子进行殊死血战；一些人当上了胡子，平时像乌龟一样龟缩在山寨里面，大碗喝酒，大块吃肉，然后下山抢劫老百姓；一些人被鬼子抓了劳工，被迫为鬼子砍伐中国的树木，挖掘中国的煤炭，采掘中国的黄金；有相当的一部分人被鬼子残酷地屠杀了，甚至被鬼子当作练习射击、刺杀的靶子，当作研究化学武器的活人实验品……

进入冬天，冯大侃的枪伤才痊愈。

有一天，冯大侃对二豹说："在狼洞里待了半年，我感觉浑身的血脉流通不畅，像没有水的河床。我寻思和你们一起去打猎，出去活动活动筋骨。"

冯大侃主动要求去打猎，张二豹非常高兴，说明他的身体已经完全恢复了。

战长勇提出："为了庆祝大侃身体康复，咱们四人一起去围猎，争取打一头野猪，准备过年吃。"

于是，大豹、二豹、战长勇和冯大侃四人一起去围猎，专门打野猪。

梦静和杰鹰留在大狼洞里。

杰鹰已经学会走路，并能叫妈妈了。对了，还有两个狼崽儿。现在已经不能再叫它们狼崽儿了，它们已经长大，和灰虎一样威猛了。

现在，抗联大的行动少了，鬼子也不像以前那样疯狂残暴地搜捕讨伐抗联了。狼群似乎也放弃了大狼洞，夜晚也不在洞外窥视了。大狼洞里人多了，张二豹也不像以前那样谨小慎微、百倍警惕了。

他们四人一起出去围猎，竟然没有让梦静母子进入内洞，然后用大石头把内洞封上。

梦静在煮苞米楂子。突然，大狼洞里暗了下来，一个怪物的黑影映在了洞口对面的石壁上。梦静朝洞口一看，一头巨大的野猪目中无人地朝洞内走来。

过去，梦静住在大狼洞里整天提心吊胆的，做饭都得背着猎枪。现在，她不仅没有背着猎枪，还让杰鹰在洞口通风处玩耍。

野猪一进大狼洞，直奔煮着苞米楂子的大铁锅而来，急不可耐地把它长长的猪嘴伸进滚开着的苞米楂子锅中。然而，它哪里知道苞米楂子是滚烫的，它长这么大也没有吃过热和熟的食物啊，所以，被烫得"吱"的一声跳了起来。接着，它就朝正在洞口旁边玩耍的杰鹰冲去。

梦静一看杰鹰有危险，就不顾一切地朝野猪扑去，简直比野猪还要凶猛。就在这时，只见两只狼崽儿同时向野猪冲去，和野猪撕咬在一起。

梦静害怕野猪伤到杰鹰，迅速跑进内洞，本应该拿起一支步枪，却惊慌失措地拿起了猎枪。因为张二豹他们平时出去打猎，已经把大号独弹用光了，这次打野猪急需大号独弹，她把自己的大号独弹都给他们了，她的猎枪里装的是黄豆粒大的枪砂。她顾不了是猎枪还是步枪了，习惯于使用猎枪，本能的反应就是拿猎枪。为了救杰鹰，她快速返回外洞，举起猎枪就要向野猪开枪，然而，狼崽儿和野猪撕咬在一起，打野猪很容易伤到狼崽儿，而且杰鹰毫不畏惧地站在洞口附近静静地观望着它们的拼杀。梦静如果开枪，也容易误伤到杰鹰。于是她又抽出腰间的猎刀，还是没有机会朝野猪下手。

她只能把猎刀插回刀鞘，跑到杰鹰身边，把他抱到里面，让他躲藏到内洞里。杰鹰直蹬腿，不想进入内洞，还想继续观看狼崽儿和野猪打仗。梦静硬是把他送进内洞，然后握着猎枪，继续寻找向野猪射击的机会。

看着狼崽儿和野猪撕咬，梦静明显感到现在的狼崽儿和当年的灰虎极为相似。它们从小就生活在没有斗争、没有危险的环境中，更没有和残暴凶狠的动物较量过，在嗜杀成性、庞大威猛的野猪的攻击下，显得胆量、顽强有余，凶狠、勇猛不足，在和野猪的拼杀中处于劣势。

梦静心急如焚，几次想开枪帮助狼崽儿都没有机会。

突然，野猪一口咬住了一只狼崽儿的脑袋，用力朝石壁上一甩，狼崽儿重重地摔在了石壁上，又掉在地上。另一只狼崽儿扑上去要咬住野猪的嘴巴。野猪用嘴巴猛地向上拱起，两颗锋利的獠牙一下刺进狼崽儿的肚子里。

看到狼崽儿一个个被野猪咬伤，梦静格外痛心，趁机瞄准野猪那肥硕的脑袋狠狠地开了一枪。

野猪都杀红眼了。梦静朝它开枪，它巨大的身体一趔趄，一屁股坐在地上，随后脑袋摇晃了几下，挣扎着站起身来，又向梦静冲来。梦静照野猪的脖子，又打了一枪。野猪一头栽倒在地上。

梦静大步跑进内洞，想为猎枪换子弹。

这时，野猪"呼"的一下站立起来，疯了一样朝内洞冲来。梦静还没有拿到猎枪子弹，却看到野猪更加凶猛地扑了过来，她担心杰鹰受到野猪的伤害，更加惊慌失措。就在这时，她看到杰鹰的手里拿着一支步枪。她一下跳到杰鹰跟前，伸手接过步枪。当她快速将步枪子弹上膛，然后准备朝野猪射击的时候，野猪已经冲到她的枪口了。梦静几乎把枪口顶在野猪的胸膛开了一枪。她立刻感觉到一股强大的力量，把她推倒在地上的草铺上。野猪那巨大的身躯，一下压在她的脚上。

野猪终于被梦静打死了。

梦静的脚也被野猪压伤了。她用尽了全身的力气，才把脚从野猪的肚子底下拿了出来。

梦静抱着杰鹰，一瘸一拐地走到狼崽儿跟前，然而，两只狼崽儿的心脏已经停止了跳动。一只狼崽儿是被野猪咬住脑袋甩到墙上的，脖子断了；一只狼崽儿被野猪锋利的獠牙刺穿肚子，血都要流干了。

梦静虽然勇敢顽强，但是容易流泪。她坐在狼崽儿的旁边流着眼泪。她对两只狼崽儿有着深厚的感情，简直就像对自己的孩子。她后悔当初不应该把它们留在洞里。如果狼崽儿和它们的爹妈在一起，它们也会和别的野狼一样充满野狼的血性和凶猛了。

野狼和人肯定是有感情的。以后，除非野狼攻击她，要吃掉她，她绝不会再向野狼开枪了。

当张二豹他们围猎回来，看到大狼洞一片狼藉，俨然刚刚发生一场战争。他们大吃一惊！是鬼子来了，还是胡子来了？看到梦静和孩子安然无恙，才放心了。

他们为狼崽儿在关键时刻冲向野猪，救了杰鹰和梦静的性命而感激；为狼崽儿无所畏惧地与野猪拼命搏斗，最后不幸遇难而惋惜；为梦静果敢大胆地保护杰鹰，又英勇顽强地击毙野猪而赞叹。兄弟俩对狼崽儿能够挺身而出，舍己救人，感触很深，决定以后不再以野狼为敌，更不能杀光野狼了。

野狼真的会成为人的朋友。张二豹猛然意识到，也许灰虎也是一只野狼。

要杀光的敌人是日本鬼子！

战长勇赞美梦静说："猎人都知道'一猪、二熊、三老虎'最厉害，不能惹。孤野猪最凶猛，最顽强，连东北虎都对它畏惧三分，连老猎人都不敢轻易打，尤其是这头野猪，块头更大，有五六百斤，让梦静打死了，太不可思议了。梦静真是巾帼英雄啊！"

张二豹为梦静自豪，也为她后怕。

张二豹他们四人的围猎行动虽然尽兴而回，但并不是满载而归。他们只打到三只山兔、六只野鸡，没有打到他们想要打的野猪。正好梦静打死的这头野猪，就成为他们过年的宝贝了。

本以为在大狼洞里度日如年，没料到却是度年如日。一转眼，又一年过去了。

张大豹收取须笼的时候，还遇到了抗日游击小队两个被打散的战士，并把他们带回了大狼洞。游击小队的力量得到了壮大。他们每天都在树林中苦练枪法，张二豹还教会了他们猎手拳。

一九四五年的盛夏即将过去。

战长勇领着大家开了一个小会。他说："一年来，鬼子很少进山搜捕讨伐抗联，说明抗联的活动不像以前那样轰轰烈烈、声势浩大了。大侃的伤也好了，二豹的枪法更准了，大豹的身体更壮了，我也闲得更胖了。咱们明天就下山，狠狠地捅鬼子一刀，让他们感觉疼痛难忍，不能不疼不痒。让鬼子感受到抗联的存在、抗联的厉害！"

张大豹提出要袭击黑台火车站。

张二豹提出反对意见："黑台火车站鬼子很多，袭击黑台火车站很难全身而退，甚至会全军覆没。我建议袭击鬼子的军火列车。听说密山有个北大营，驻扎了很多鬼子，还有很多飞机，经常有鬼子的军列为北大营运送军火等物资。咱们把军火列车炸掉，就在一定程度上削弱了北大营鬼子的战斗力量。"

战长勇说："我知道密山北大营，那是日本鬼子的大兵营，驻扎过几万个鬼子，存放着上百架飞机。中国人只要靠近北大营的铁丝网，日本鬼子不是放出狼狗来撕咬，就是用步枪或机枪射击。更有甚者，还曾经发生多起鬼子把中国种地的农民当活靶子射击取乐的事儿。现在的密山北大营实力远不如从前，驻军也没有以前多了，有些被调到了太平洋战场，有些被调到关里战场。当然了，北大营仍然是东北重要的军事要塞。袭击黑台火车站也就是扔几颗手榴弹，顶多炸死仨瓜俩枣的鬼子，不能对鬼子铁路运输线造成伤筋动骨的影响。如果把给驻扎在密山北大营的鬼子运送军火和物资的火车炸毁，不仅削弱了北大营鬼子的军事力量，还能破坏铁路线。所以，我同意二豹的意见。我们以前就多次炸毁过鬼子运送军需物资的火车。火车被炸毁后立马脱轨，那瞬间产生的巨大力量会把钢轨拧成麻花，没有十天半个月修不好。"

冯大侃说："我也同意炸毁黑台附近的鬼子军列。但是上哪儿去整炸药啊？没有炸药也炸不了火车呀！"

战长勇说："炸毁鬼子军火列车用炸药更好，没有炸药，用手榴弹也照样能炸毁。"

于是，战长勇决定明天行动，炸毁鬼子的军火列车。

第二天早晨，他们很早就起来了。

梦静起来得更早，为大家做了野鸡炖榛蘑，贴了苞米面大饼子。

战长勇、张二豹等六人除了每人带着自己的武器和子弹外，还带了六颗手榴弹。

梦静说："我也想去。"

张二豹说："你看孩子，保护大狼洞。你总不能背着孩子去打鬼子吧？"

张二豹想起上次野猪闯进大狼洞，梦静和野猪生死搏斗的惊险经历，为了梦静和杰鹰的安全，下山之前，让他们娘俩进入内洞，然后再次用大石头把内洞封死。

打仗总会有牺牲。张二豹怕他们万一回不来，梦静和孩子就永远出不来了。他为他们琢磨了一个走出内洞的办法，就是在一大块石头的支点预留了一个能够放进一颗手榴弹的缝隙。如果张二豹他们两天不回来，梦静就把一颗手榴弹放进石头缝隙中，然后他们娘俩到内洞靠近洞口一侧的最里面，蒙上全身，拉响加长了拉火绳的手榴弹。这样，内洞会被炸开一个缺口，而人却不会受伤。

事情往往是出人意料的。

当二豹一行人走到山腰的时候，突然看到山坳里出现了一百多个鬼子。

开始，他们还以为鬼子是进山搜捕和讨伐抗联的，立马又感觉不对。平时进山讨伐抗联的鬼子队形严整，装备齐全，杀气腾腾。眼前的鬼子队形松散，军纪涣散，有些士兵手里没枪，有些士兵连外衣都没穿，只穿着白衬衫。甚至队伍里还有女人和孩子，就像鬼子要搬出密山一样。

张二豹和战长勇昨天晚上隐隐约约听到了枪炮声音，他们还交流了几句，战长勇说："不能是枪炮声，什么战斗枪炮声能持续这么长时间，这么猛烈呀？"后来感觉也许是听错了。现在，看到这些鬼子，他们才意识到昨晚的枪炮声是真的了。难道是钟志强他们从苏联打回来了？

张二豹说："不管是不是抗联从苏联打回来了，只要是打鬼子，咱们都不能无动于衷、袖手旁观，必须助打鬼子的队伍一臂之力。"

冯大侃说："对，不能让日本鬼子轻易从咱们眼皮底下逃走。"

张大豹也说："我爹说过，当年小鬼子进攻密山的时候，开着长长的一队军车，看到中国人就开枪，一路打死了不少中国人。咱们不能放过他们！"

于是，他们准备伏击鬼子。

张大豹掏出四颗手榴弹，兴奋地说："军火列车不用炸了，就让鬼子尝尝铁疙瘩的滋味吧！"

张二豹提醒他说："手榴弹朝鬼子头上扔，别朝女人和孩子扔！"

张大豹有点儿些不服气："小鬼子屠杀我们中国人的时候考虑女人和孩子了吗？"

战长勇也说："咱们不能和鬼子一样，否则不也成没有人性的畜生了吗？"

张大豹爽快地随着说："嗯哪，咱不能和畜生一样。"

他们六人刚要把手里的所有手榴弹投向山下的鬼子，山上突然冲下来二十多个鬼子。

连一向头脑清醒的张二豹都有点儿糊涂了，不知道鬼子布下的是什么迷魂阵。他们立即朝冲下来的鬼子开枪。然而这些鬼子个个都像疯了一样，一点儿不躲避子弹，拼命一样向他们冲来。

一个小战士中弹牺牲。

冯大侃打死了两个鬼子，步枪里的子弹打光了，刚要为步枪上子弹，另一个鬼子就冲到了他跟前。这个鬼子身高力大，刺刀照着冯大侃的肚子刺来。冯大侃极速躲闪，同时用手来抓鬼子步枪的护木，没有抓住。鬼子的刺刀没有刺中冯大侃，枪托猛然回击，一下打在冯大侃的鼻子上。他被打得顿时骨折了。冯大侃满脸是鲜血，满脸是眼泪。鬼子又用刺刀向他刺来。冯大侃把已经打开保险盖的手榴弹拉火后，朝鬼子一晃。鬼子以为冯大侃要把手榴弹投向他，极力躲闪。冯大侃顺势抱住鬼子的后腰，一起滚下山坡。手榴弹爆炸了，冯大侃和鬼子同归于尽。

另一个小战士看到鬼子来势凶猛，佯装步枪里没有子弹了，摆出一副要和鬼子拼刺刀的架势。当鬼子挺起刺刀向他冲来的时候，他扣动了扳机。鬼子想说什么，没说出来，就倒在山坡上。又一个鬼子向他冲来。他还是采取刚才的办法，端着步枪迎着鬼子冲去，突然开枪，然而步枪没有响，这回真的没有子弹了。鬼子的刺刀刺进了小战士的肚子。小战士捂着肚子倒下了。

战长勇已经杀死了四个鬼子。这伙鬼子来势异常凶猛。他和冯大侃一样，来不及为步枪上子弹，就用刺刀和鬼子拼杀。一个鬼子动作极快，刺刀向他连连刺来，都被他用刺刀拨开。鬼子看刺刀没有刺中他，突然向他开了一枪，打在他的左臂上。鬼子以为他的左臂已经不能拿步枪了。他用一只手握着步枪，抢向鬼子。鬼子双手握着步枪朝他快速刺来。战长勇迅速侧身，躲过鬼子的刺刀，突然双手握枪，刺刀尖直接刺进前冲的鬼子肚子。他接着一脚，把鬼子踢下山坡。其实，鬼子的子弹并没有伤到战长勇胳膊的骨头，只是从表皮穿过。这时，又有两个鬼子朝战长勇冲来，两把刺刀刺向他。战长勇和鬼子打了多年，自知拼刺刀的能力不如鬼子。但是他苦练过刀术，使用大刀的功底深厚。当两个鬼子的刺刀同时向他刺来的时候，他没有用拼刺的方法应对，而是采用大刀的招式，刺刀横着砍向鬼子的胳膊。鬼子立马收枪，想避开战长勇的步枪刺刀。然而战长勇的大刀招式是连贯的，鬼子收枪的同时，他急速回身，刺刀又向鬼子横着砍来。步枪上的刺刀比大刀长得多，锋利的刀尖一下划开鬼子的肚子。另一个鬼子朝战长勇侧身刺来。战长勇再次用大刀的技法，向鬼子的双手砍来。鬼子一收手，才发现战长勇这一砍是个虚招。他只做出一个砍的动作，立马变为拼刺的招式，猛地刺进鬼子的胸膛。这时，一个鬼子从坡上腾空飞下，用刺刀直刺战长勇的脖子。战长勇侧身躲闪，又回手一划，刀尖划开了鬼子的脖子。没想到被他划开肚子的鬼子没死，突然从后面刺向他，可怜抗联英雄战长勇死在鬼子的偷袭之下。

张二豹用猎枪打死了四个鬼子，打伤了三个鬼子。被打伤的鬼子都是为他猎枪中的铅砂所伤。他听他爹讲过，人被铅弹击中，即使当时不死，过后必死。一个鬼子挺着刺刀向张二豹冲来。他来不及为猎枪换子弹，猎枪又没有刺刀，只能把猎枪当作木棍使用，和鬼子拼杀。鬼子的刺刀让他挡开了，然后他用猎手拳的钻心脚，将鬼子踢下山坡。张二豹刚要以最快速度为猎枪换子弹，好去援助其他人。山坡上突然又冲下来三个鬼子，疯狂地向他冲来……

张大豹用猎枪打死了两个鬼子，打伤了三个鬼子，子弹已经打光。因为他们的大号铅弹都用于打鬼子、打狍子、打野猪了。张大豹也和张二豹一样，枪弹里面都是黄豆粒大的铅砂，所以被猎枪打伤的鬼子多。他突然看到三个鬼子朝张二豹冲去，他立马朝三个鬼子冲去，增援张二豹。三个鬼子全神贯注地要对付张二豹，没有防备后面的张大豹。张大豹从侧面飞一样地冲了过来，让鬼子措手不及。一个鬼子的后脑挨了张大豹重重的一枪托，脑袋迸裂，当场死亡。另外两个鬼子一个转身来对付张大豹，一个继续冲向张二豹。张大豹还是采用刚才的方法，用猎枪的枪托朝鬼子的脑袋砸了下来。鬼子用步枪一架，张大豹的猎枪一下断为两截。这时，鬼子的刺刀顺势向他刺来。张大豹一把抓住鬼子的步枪，一手抽出猎刀，一刀抹了鬼子的脖子。

冲向张二豹的鬼子拼刺能力极强，他连续三个虚晃，让张二豹感觉眼花缭乱。他开始不想用猎枪的枪托砸鬼子，担心自己心爱的猎枪被砸断，只想抓住鬼子的步枪护木，然后再用猎手拳的脚法，把他踢下山坡。后来他发现，被踢下山坡的鬼子又上来了。

在关键时刻爱惜猎枪，就是对鬼子的仁慈。于是，当鬼子用实招向他刺来的时候，他举起猎枪朝鬼子射击。鬼子迅速躲闪。张二豹立马用猎枪枪管拨开鬼子的步枪，同时枪托反弹，砸向鬼子的脑袋，然后用柴刀刺进鬼子的胸膛。张二豹的猎枪里根本没有子弹。

张大豹本以为山上的鬼子已经被他们杀光了呢，刚把柴刀插进腰带上，想招呼张二豹离开，只见山下又冲上来四个鬼子。

张二豹想为猎枪换子弹，一摸，剩下的两颗子弹已经在刚才的搏斗中掉落。他只能把猎枪扔到一边，随手捡起一支带刺刀的步枪。张大豹也学着张二豹的做法，随手捡起一支带刺刀的步枪。兄弟俩背靠背，眼睛注视着鬼子，刺刀对着鬼子。

张二豹清楚，他们兄弟俩的拼刺能力远不如鬼子。他们只有借助猎手拳和猎刀、柴刀才能取胜。张二豹看了一眼柴刀，柴刀还在。

两个鬼子向张二豹冲来，两个鬼子朝张大豹冲来。

张二豹突然感觉两个人背靠背地死站着，只能是被动挨打。要冲向鬼子，用灵活的战术动作，各个击破，才能杀光鬼子。于是，他对张大豹大喊一声："杀鬼子！"就向两个鬼子冲去。

张大豹也会意地大喊一声："杀死小鬼子瘪犊子！"也向两个鬼子冲去。

张二豹用刺刀朝一个鬼子刺去，另一个鬼子迅速上前，想从侧面攻击张二豹。没想到张二豹的刺刀猛然侧挑，直接对准侧面鬼子的手腕。鬼子试图拨开他的刀尖，出乎鬼子预料的是张二豹登时收手，刺刀又猛然向正面的鬼子的脖子划去，那速度之快，让正面的鬼子猝不及防，他的脖子瞬间被划开，鲜血喷出。侧面的鬼子抓住机会，刺刀直刺张二豹的侧肋骨。张二豹借助划开正面的鬼子的脖子的力量，疾速回身，将步枪连刺刀一起甩向侧面的鬼子。鬼子仓促之中，急忙用刺刀来拨张二豹的刺刀。就在这时，张二豹已经腾空跃起，用猎手拳腾空劈石的招数，用柴刀力劈榆木疙瘩的力量，重重地劈在鬼子的脑袋上。鬼子的脑袋顿时如同葫芦干壳一样被劈开了瓢。

张二豹回头再看张大豹，他想增援大豹的时候，猛然看到一个鬼子正用步枪朝他射击。他就地翻滚，躲闪鬼子的子弹。鬼子的这颗子弹躲过去了，却没有躲过另一个鬼子的刺刀。鬼子就像蝗虫一样多，打也打不完。张二豹的左腿被鬼子的刺刀尖划出一个深深的口子。他跪在了地上。就在鬼子再次用刺刀刺向他的时候，他随手将一颗手榴弹朝鬼子掷去。鬼子趴在地上躲避手榴弹。张二豹的手榴弹没有拉线。鬼子一看手榴弹没响，刚要站起来，张二豹投过去的另一颗手榴弹爆炸了。

这时，朝张二豹开枪的鬼子再次举起步枪，朝他开枪。就在这关键时刻，那个肚子被刺中的小战士一把抱住了鬼子的大腿。鬼子受到了干扰，子弹打偏了，没有打中张二豹。就在鬼子向张二豹开枪的同时，张二豹借助倒地的力量猛然将柴刀飞出。柴刀穿透了鬼子的胸膛。鬼子倒地的瞬间，把刺刀刺进了小战士的肚子。

小战士牺牲了。

张大豹已经把冲向他的两个鬼子杀死，然而，其中的一个鬼子临死的时候磕响了一颗手榴弹。张大豹飞身躲闪，还是没有躲过手榴弹的弹片。他的头部被炸伤。

当张二豹去支援张大豹的时候，张大豹已经昏迷。

张二豹本想找一找战长勇、冯大侃他们。估计他们已经牺牲了。有两个被他们打伤的鬼子挣扎着要站起来。张二豹只好捡起自己的猎枪，拔出自己的柴刀，在鬼子在军服上擦拭干净，然后背起沉重的张大豹，一瘸一拐地离开了这个血腥的战场。

张二豹历经千辛万苦、千难万险，第三天中午，才把张大豹背回大狼洞……

已经两天了，张二豹他们还没回来。梦静两个晚上没有睡觉，只是在白天才眯一会儿。她总是担心大狼洞里突然进来鬼子，进来胡子，进来野猪，尤其是担心张二豹他们六个人血淋淋地站在洞口。

梦静整天胡思乱想、惶恐不安。以前，张二豹他们出去打猎或者打鬼子，她总是坚信他们一定会平安无事的。这次，好像有一种直觉，提前告诉她张二豹他们肯定遭遇了不幸。到了第三天，张二豹他们出去已经整整两天了，还是音信杳然。她确信她的直觉是可靠的。张二豹他们回不来了！

到了中午，张二豹他们还没回来。

梦静彻底绝望了。她把张二豹为她加长了拉火绳的手榴弹拿在手上，颤巍巍地放进石头缝隙里，然后给杰鹰盖上四层棉衣。她把准备盖在自己身上的棉衣也盖在杰鹰身上了，自己什么也没盖。猛然又一想，自己不能不盖呀，如果她死了，二豹又不在了，谁来养活杰鹰啊！他弱小得还不如一只山兔，刚一走出大狼洞，就得被野兽吃掉。想到这儿，梦静把自己也蒙了起来。

就在梦静准备拉响手榴弹的瞬间，猛然听到有人走进大狼洞的声音，那声音她是极其熟悉的，只是带有一种陌生的沉重。是二豹他们回来了！

梦静从内洞枪眼朝外一看，真的是二豹回来了。她使劲喊着二豹的名字。

二豹对梦静的呼喊置之不理。他已经累得连说话的力气都没了。过了二十分钟，二豹才用颤抖的手，把内洞口的大石头一点一点移开……

第二十七章　尾声

一个多月后，大豹的头部伤口基本痊愈了。

这一个多月里，二豹克服腿伤的困扰，天天到山上为大豹采摘草药，有些是内服的，有些是外敷的。梦静精心为大豹煎药。

二豹为了给大豹补充营养，还用钢丝套套猎物，也用须笼捕鱼。

大豹伤愈之后，提出要和二豹去收须笼里的鱼。二豹也想让大豹到外面走走，一个多月没出阴暗的大狼洞，肌肉都要萎缩了。二豹的猎枪已经没有子弹，他带着柴刀；大豹的猎枪在和鬼子的拼杀中折断，他带着猎刀。

外面阳光刺眼，天空蓝得耀眼，让刚从黑暗中走出来的张大豹感觉不适应，但是，阳光照进他的心里，让他感觉温暖。

兄弟俩收完须笼里的鱼之后，又去收钢丝套套到的两只山兔。

突然听到一声沉闷的枪响。

兄弟俩立马警觉地躲藏起来。他们都清楚，这是猎枪的声音，一定是有人在附近打猎，不知道是抗联的，还是胡子和鬼子。他们很好奇，想看看是什么人在打猎。是抗联的，也许就能找到抗联队伍了。如果是鬼子，就乘其不意猎杀了他们，不能让鬼子在中国的土地上随随便便打猎，尤其是不能让他们把中国稀少的野生动物偷运到日本去。如果是鬼子打猎，张大豹迫不及待地要杀掉他们，好把他们的猎枪弄到手。于是，他们拔出柴刀和猎刀，悄悄地接近打猎的人。

打猎的既不是抗联的，也不是胡子和鬼子，而是一个黄头发、白皮肤的外国人。外国人也发现了兄弟俩，并向他们俩走来。

张二豹上学的时候，看到课本上有画着外国人的插图，也听老师讲过地理知识。他感觉这个外国人应该是一个苏联人。张大豹没见过外国人，也没见过课本上的外国人插图，更不懂地理知识，感觉眼前的外国人像个怪物，不像好人。他握紧了猎刀。

正当兄弟俩和外国人都有些不知所措的时候，从树林中又走出来一个拿着步枪的中国人。他们立马认出了他是钟志强！

钟志强也认出了他们兄弟俩。

钟志强问他们："你们怎么在这儿？"他本以为他们也是来山里打猎，一看他们手里没有猎枪。

张二豹也不回答钟志强的话，而是激动地问他："抗联大部队打回来了？"

钟志强随口说了一句："打回来了。"

张大豹兴奋地说："太好了！你们大部队打回来了，这回可够小鬼子喝一壶的了！我们想加入抗联，和你们一起打小鬼子！"

钟志强听到张二豹的话时就有些莫名其妙，张大豹的话，更让他感觉不知所以。但是，他立马恍然大悟："你们还不知道啊？日本鬼子已经被赶出中国，鬼子投降了！"

"鬼子真的被赶出中国了？"

"真的！"

兄弟俩激动得跳了起来。之后，张二豹捂着大腿，张大豹捂着脑袋，高兴得伤口差一点儿挣开！

经过钟志强的简单介绍，兄弟俩才知道，抗联队伍为苏联红军

332

侦察敌情，当向导，为苏联红军打跑驻密山北大营的鬼子起到重要作用。之后，抗联还帮助苏联红军维持密山的秩序。拿着猎枪的苏联军人叫彼德·罗夫，是苏联远东军区的团长。钟志强陪同他视察兴凯一带的治安，顺便陪同他来青梅山打猎。

告别了钟志强，兄弟俩赶紧跑回大狼洞，将鬼子投降的消息告诉了梦静。梦静激动得哭了！

他们终于走出大狼洞，搬回太平沟村。

梦静把猎枪给了张大豹。

大豹和二豹是两头拔犟眼子的倔驴。别人都可以直接搬进日本移民的房子。兄弟俩因为对日本鬼子的刻骨仇恨，非得把日本移民的房子扒掉，费劲巴拉地在梦家老宅和张家老宅的旧址重新建起了新房子。

钱拴柱和楚孝义来到太平沟村投奔大豹、二豹和梦静。他俩的爹妈都被鬼子残忍地杀害了，不想在北山村那个伤心地住下去了，想和他们在一起，也在太平沟村安了家。

日本鬼子投降后，苏联红军并没有把密山交给中国共产党或者抗联，密山的政治形势十分混乱。日伪残渣余孽趁密山无政府状态之际，各立山头，招兵买马。国民党的势力也蠢蠢欲动，觊觎战略要地密山。盘踞在密山一带的各股土匪也十分猖獗，流窜城乡。就连一个小小的甲长也拉起了一个"骑兵旅"。他们成立和组织了"维持会""保安总队""公安队"等名目繁多的反动组织和形形色色的反动武装，甚至建立了临时政府，都企图统治密山，把密山地区搅得天昏地暗，鸡犬不宁。他们到处杀人放火、抢劫群众财物，给群众带来深重灾难。

一九四六年四月，牡丹江军区三支队等共产党的军队开始在密山地区大规模剿匪，和国民党东北先遣军十五集团军司令，土匪头子谢文东、郭清典等进行了浴血奋战，取得辉煌战绩。

一九四六年六月二十二日，英雄的三五九旅和牡丹江军区三支队在密山人民的配合下，南北合击，势如破竹，解放了密山。

密山解放后，中国共产党为了开辟东北大后方，建立巩固的东北根据地，开展了农村土改工作，成立了土改工作团，下设土改工作队。梦静参加了土改工作队，动员村民，打土豪，分田地。他们吃住在穷苦村民家里，白天和村民一起下地干活，晚上走村串户，了解情况。组织村民开座谈会，揭发罪大恶极的地主、恶霸，然后召开斗争大会，公审罪大恶极的地主恶霸、汉奸特务，没收他们的财产，分给穷苦村民，使村民真正站起来，当家做主。

由于当时形势复杂，山上的胡子、隐藏的汉奸、国民党的特务、恶霸地主经常抢劫刚刚解放了的村民，袭扰土改工作队。所以，土改工作团组织成立了农民自卫军。大豹、二豹、钱拴柱和楚孝义都参加了农民自卫军，围剿胡子等反对势力，防备他们的破坏，保护农民生命财产安全，保护土改工作队和土改胜利成果。

郑久成被剿匪部队逮捕。他投降日本鬼子，甘心当汉奸，帮助鬼子屠杀抗联和其他抗日武装，鬼子投降后又加入郭清典匪帮，并投靠国民党，企图把密山让给国民党。他们攻入密山的时候，杀害了大批朝鲜族人，制造了"5·26"惨案。土改工作队经过公审，枪毙了郑久成。郑久成罪有应得。

这个时候，兄弟俩和梦静才知道，鬼子在南山半截河修筑的秘密工事不是一般的工事，而是秘密的军事要塞。除了南山半截河要塞之外，鬼子还在密山地区及周边修筑了观月台要塞、庙岭要塞和虎头要塞等。

农村土改工作完成后，农民自卫军也解散了。因为张二豹和梦静有文化，工作团领导找他俩谈话，让他俩和他们一起走，到密山县里工作。张大豹没有文化，只能回太平沟村。梦静和二豹为了陪同大豹，毅然放弃了到密山县里工作的机会，和大豹一起，回到太平沟村种地，当农民。

他们都分到了土地。兄弟俩不再打猎。二豹开始和大豹学习种地。

梦静托人陆续给大豹介绍了几个姑娘，对方都对大豹很满意，然而大豹都对人家不满意。二豹和梦静都不知道他是怎么想的。

刚刚建国时，国家还没有禁止狩猎，二豹就提出把猎枪交给政府，不再打猎。

张大豹不同意："离开了打猎，我可能就活不了了。你自己活吧。再说了，咱们张家祖祖辈辈都以打猎为生，咱们家可是猎人世家！"

张二豹说："不管咱们猎人世家的祖先是肃慎人还是挹娄人，都是中国人。打猎是一种生存手段，是原始的生产方式，现在是新社会了，咱们分到了土地，就不用依靠狩猎生存了。祖辈留下来的东西该留下的留下，该舍弃的也得舍弃。你不是最愿意种地吗？我和梦静向你学习种地。"

梦静说："我同意把猎枪交给政府。打猎太残酷了。以前为了生存，没有办法。现在有土地了，就不应该继续打猎了。"

张大豹一夜没睡。他也感觉打猎有点儿那啥，但是真是舍不得把他爱不释手的猎枪交给政府。以后不再打猎，以后真的不能再打猎了？！

第二天早晨，张二豹拎着自己的猎枪走出家门，还没走出村子，张大豹拎着猎枪追了上来。兄弟俩把自己心爱的猎枪交给了政府。

一九四九年十月，梦静又生了个儿子。这回他们可以光明正大地为儿子起一个有纪念意义的名字了。名字是张二豹起的，叫张建国。

一九五〇年十月二十五日，抗美援朝战争爆发。政府到太平沟村征兵，号召群众抗美援朝，保家卫国。张大豹在没有和张二豹商量的情况下，偷偷地和钱拴柱、楚孝义一起报名参加志愿军，到朝鲜打美国鬼子。到了报名处他才知道，张二豹已经报了名。按照政府规定，一家必须留一个男人。张二豹报名了，他就不能再报名了。张大豹急匆匆地找到张二豹，请求张二豹把参加志愿军的机会让给他："求求你了，还是让我去吧！我一个人去朝鲜，全家都不饿，轻手利脚的。你拖家带口的，建国还小，你就别去了！"

张二豹坚决地说："保家卫国，咱们兄弟义不容辞。我抢先报名，就是不想让你再报名了。咱们俩去一个就行了。你老大不小了，还没有成家，你早就到了该成家的时候，却让我抢到了前面。在家娶妻生子吧，你就别去了！"

然而，张大豹特别坚决地要赴朝参战，保家卫国，即使张二豹报名了，也改变不了他报名的决心。张大豹固执得不得了，他认准要做的事情，几只黑熊都拉不回来。张二豹实在没办法了。最后，兄弟俩决定一起报名去朝鲜……

一九五三年七月二十七日，抗美援朝战争结束。太平沟村参加抗美援朝的有七人，只有四人回来了，其中有钱拴柱和楚孝义。大豹、二豹兄弟没有回来。

梦静哭了一天一夜。

楚孝义和他们兄弟俩是一个侦察连的。经过他的讲述，梦静才知道兄弟俩在朝鲜战场上英勇杀敌、可歌可泣的悲壮故事。

他俩在朝鲜战场上表现出色，充分展示了中国军人作战勇敢顽强、不怕牺牲的精神，尤其是张二豹，发挥了他的身手敏捷、头脑灵活的优势，经常出奇制胜，屡立战功。抗美援朝战争就要结束的时候，张二豹当上了侦察连连长。他负责在志愿军的一个师部周围执行侦察和巡逻任务。一天，张二豹带着三十多个战士在后山巡逻，突然发现了美军的一支部队。他分析美军是要偷袭师部。于是，他带领战士偷袭了要突然袭击师部的美军，为师部报警并赢得转移时间。美军在二豹他们"波波沙"冲锋枪突如其来的猛烈扫射中，二十多人中弹倒地。其他人迅速卧倒，没有急于进攻。顷刻，美军的迫击炮弹就像猎枪霰弹一样落在张二豹他们周围。紧接着，美军的远程火炮也向他们打来。大豹和二豹分别隐蔽在两个相距七八米远的弹坑里，其他战士为了躲避美军密集的炮击，迅速进入一个弹痕累累的巷道里。炮弹把巷道口的支护圆木、木板炸得支离破碎，战士们被封在里面。美军的炮火刚一停歇，二豹猛然看到美军的一辆喷火坦克冲了上来，后面跟着二十多个穷凶极恶的大兵。二豹他们用"波波沙"冲锋枪射击美国大兵，美国大兵被喷火坦克阻挡着，打不着；射击浑身装甲的喷火坦克，就像用弹弓打钢盔一样无济于事。眼看美军的喷火坦克越来越近了。如果喷火坦克到了将巷道变成火海的射程，朝巷道里面以及外面的木料喷火，里面的战士们都得葬身火海。二豹万分焦急！他突然想起大豹过去对手榴弹喜爱有加，现在又对反坦克手榴弹情有独钟，无论到哪儿都带着两个沉重的反坦克手榴弹。于是，他让大豹扔过来一颗反坦克手榴弹，想用反坦克手榴弹炸毁喷火坦克。大豹没有把反坦克手榴弹扔给二豹，而是突然跃起，大喊一声："让美国鬼子尝尝大铁疙瘩的厉害！"就向喷火坦克冲去。二豹清楚大豹不想让他冒险去炸喷火坦克，而是想自己用生命去炸毁喷火坦克，保护他和战友们。二豹清楚，大豹在他们连无论投掷手榴弹，还是投掷反坦克手榴弹都是最远的。然而，他的右臂负伤，还缠着绷带呢。所以，他投不了沉重的反坦克手榴弹，只能用身体把它送到美军喷火坦克的下面去。想到大豹冲向喷火坦克只能惹火烧身，必死无疑，二豹不顾一切地冲向大豹，要强行搋他卧倒，然后自己把反坦克手榴弹投向喷火坦克。眼看他就要冲到大豹身边的时候，喷火坦克上的机枪突然向兄弟俩猛烈扫射。大豹胸膛中弹，轰然倒下了。二豹大腿和腹部中弹，也倒下了。

巷道里的战士已经把巷道口的木料移开了能钻出一个人的出口。战士们眼看兄弟俩中弹，以为他们都牺牲了。一个战士拿着一个反坦克手榴弹冲了出来，想炸毁喷火坦克，也被美军的机枪打中。这个时候，美军的喷火坦克距离兄弟俩只有两米远了，只见二豹突然一个豹子翻身，把大豹没有扔出去的反坦克手榴弹拿到自己手上。美军的喷火坦克就要从兄弟俩的身体上碾压过去的瞬间，战士们的心要碎了。巨大的爆炸声响彻云霄，美军的喷火坦克也碎了……

师部派来的增援部队及时赶到。侦察连的战士们和增援部队前后夹击，全歼了偷袭的美军，五十多个武装到牙齿的美军大兵伤亡……

梦静没有再嫁人，一直在太平沟村生活。

张杰鹰长大后报名参加了解放军，读了三年军校，成为有文化的军人。他参加过对越自卫反击战，屡立战功，当上了师级干部。他的血管里流淌着猎人的血液，威猛强悍，坚韧无畏，他的头脑还武装了现代战争必需的科学技术，他比他爹更具有军事智慧和指挥才能。

后来，张杰鹰的二儿子也参了军。他威武强悍、足智多谋，当上了海军的舰长，驻守在中国的南海。

张建国也和张杰鹰一样参军，从军事院校毕业，当上了团长后转业到地方，在省政府直属单位工作。后来，张建国当上了该单位的领导。

张建国的大儿子也是一个英勇无畏的军官——边防军的团长。

张家由猎人世家成为军人世家。

梦静晚年，被张建国接到了省城哈尔滨生活。二〇一三年，梦静在睡梦中平静地离世，享年九十岁。

战争年代，有无数个像大豹、二豹兄弟一样的血性男儿，在民族危亡的关键时刻能够挺身而出，与侵略者进行不屈不挠、英勇顽强的浴血抗争，使国家不亡。和平年代，同样需要无数个像他们兄弟一样的热血男儿，为了捍卫国家的尊严，为了实现民族梦想，而进行坚韧不拔的努力、艰苦卓绝的创造，使国家富强。

人类是自然界发展到一定历史阶段的产物，历史是人类一路前行的脚印。历史本身主宰不了人类的生关死劫，但是人类可以改变历史发展的趋势。不忘记历史，会让人类经历的悲剧不再重演，会让后人更加珍惜现在的幸福生活，更加努力地创造美好的未来……